BESTSELLERWORLDBOOK 58

심 판

프란츠 카프카 지음/이진희 옮김

소담출판사

아름다운 세상, 아름다운 이야기는
먼 곳에 있지 않습니다.

DER PROZESS

by Franz Kafka

차례

제 1 장 체포, 뷔르스토나라는 여인 · 9

제 2 장 최초의 심리 · 40

제 3 장 텅 빈 법정에서, 학생, 사무실 · 56

제 4 장 뷔르스토나의 친구들 · 80

제 5 장 채찍을 휘두르는 사나이 · 89

제 6 장 숙부, 레니 · 97

제 7 장 변호사, 사장, 화가 · 120

제 8 장 상인 블로크, 변호사를 해약하다 · 170

제 9 장 대사원(大寺院) · 205

제 10 장 종 말 · 230

미완(未完)의 단장(斷章) · 236

작가와 작품 해설 · 258

작가 연보 · 260

어떤 놈이 요제프 K를 밀고했음이 분명하다.
왜냐하면 어느날 아침 아무 죄 없는 그가
갑자기 체포되었기 때문이다.

제1장 체포, 뷔르스토나라는 여인

어떤 놈이 요제프 K를 일러바친 게 분명하다. 왜냐하면 어느 날 아침 아무 죄 없는 그가 갑자기 체포되었기 때문이다. 아파트 주인인 프라우 구르바흐 부인의 하녀가 아침 여덟 시에 식사를 날라다 주기로 되어 있는데도 오늘따라 그녀의 모습이 보이지 않았다. 이것은 전례 없는 일이었다. K는 잠시 동안 기다리면서 베개 위에 머리를 얹은 채 길 건너에 사는 노파가 이상하게 빛나는 눈초리로 이쪽을 응시하고 있는 모습을 무심코 바라보다가 뭔가 불안한 기분과 공복을 함께 느끼고 벨을 눌렀다. 그 순간 문을 두드리는 소리가 나더니, 이 아파트에서는 한 번도 본 적이 없는 사나이가 방 안으로 밀고 들어왔다. 후리후리한 키에 야무진 몸집인데 그 위에 걸친 검은색 양복이 아주 잘 어울렸다. 그것은 여행복처럼 여러 곳에 주름이 잡혀 있고, 호주머니며 단추며 물림쇠 같은 것이 여러 개 달려 있었으며 밴드를 두르게 되어 있었다. 보기에 이상하게 생긴 옷이었지만 어떻든 퍽 실용적인 것으로 보였다.

"누구시죠?" K는 놀라 물으면서 침대에서 몸을 일으켰다.

사내는 이 물음에는 귀도 기울이지 않고, 자신의 방문이 당연한 것인 양 몹시 거만스럽게 불쑥 말을 건넸다.

"벨을 눌렀나요?"

"네, 안나에게 식사를 부탁했습니다." 하고 대답한 K는 우선 이 사내가 무엇 때문에 왔는지 온 신경을 써서 훑어보기 시작했다.

사내는 잠시 그의 시선을 받고 있다가 등뒤 문간 쪽으로 고개를 돌려 문을 살며시 열었다. 그리고는 문 밖에 버티고 서 있음에 틀림없는 어떤 사내에게 말을 했다.

"안나에게 식사를 부탁한 모양이야."

옆방에서는 낄낄거리는 웃음소리가 들려 왔는데 그것은 한 사람의 목소리가 아니라 두세 사람의 목소리같이 생각되었다. 사내는 그 소리를 듣자 알았다는 듯이 고개를 한번 끄덕여 보이고는 마치 명령을 내리는 장군처럼 "그건 안돼!" 하고 K에게 말했다.

"이상한 일도 다 있군요." K는 자리에서 벌떡 일어나 재빨리 바지를 입었다.

"옆방에 있는 사람들의 정체를 밝혀 내어 프라우 구르바흐 부인에게 책임 있는 조치를 취하도록 해야겠습니다."

이렇게 그는 덧붙였는데 이와 같은 말투는 도리어 사내의 감독권을 이쪽에서 인정해 주는 결과밖에 안 된다는 것을 이내 깨달았으나, 그 따위 것은 별 문제가 아니라고 생각했다.

그런데 그 사내가 "이 방에 그대로 계시는 것이 좋겠는데요."라고 말함으로써 아까의 염려가 현실로 나타났다.

"있기가 싫단 말입니다. 그리고 신분을 밝히지 않는 한, 난 당신과 얘기도 하지 않겠습니다."

"그렇겠군." 하고 사내는 말하면서 태도를 다소 누그러뜨리고는 문을 열어 주었다. 이렇게 되니 도리어 이 쪽에서 기가 죽어 버렸다. 옆방을 훑어보니 간밤에 있었던 그대로였다. 이 곳은 프라우 구르바흐 부인의 거실이고 가구와 양탄자, 화병, 사진 같은 것이 어지럽게 놓여 있는 방인데, 오늘은 평상시보다 정돈이 잘 되어 있는 것 같았다. 창문은 열려 있고, 한 사내가 책을 펴놓고 읽고

있었다. 그밖의 것은 아무런 변화를 보이지 않고 있는데 이 광경이 보는 사람의
눈에는 오히려 차분한 느낌을 주는 것 같았다. 책을 보던 사내가 고개를 들었
다.

"뭣 때문에 왔어? 방에서 얌전히 기다리고 있으라고 프란츠가 일렀을 텐데
말이야."

"그래, 어떻게 하시겠다는 겁니까?"

K는 이렇게 말하면서 새로 나타난 사내로부터 눈길을 돌려, 문간에 우뚝 서
있는 프란츠라고 불린 사내를 잠시 바라보고 난 다음 다시 시선을 돌렸다.

아까의 그 노파는 이번에는 이 방과 마주 보고 있는 창가에 나타나서 마지막
까지 봐야 되겠다는 듯이, 늙은이다운 호기심에 찬 눈빛으로 이 쪽을 바라보고
있었다.

"프라우 구르바흐 부인한테 잠깐……." K는 이렇게 말하면서 약간 떨어진
곳에서 자기를 바라보고 있는 두 사내를 떨쳐 버리려는 듯이 문 밖으로 걸음을
옮기려고 했다.

"안 돼!" 하고 창가에 서 있던 사내가 손에 들고 있던 책을 탁자 위로 내던
지면서 말했다. "돌아다녀서는 안 돼! 넌 체포된 몸이란 말이야."

"그게 무슨 소리죠? 왜, 나를 이렇게 하는 겁니까?"

"그건 설명할 수 없어. 우리들 권한 밖의 일이니까. 방으로 돌아가 얌전히 기
다리고 있어! 지금 수속중이니까. 그게 끝나면 알게 될 거야. 이렇게 친절한 설
명은 못 하도록 되어 있지만, 여긴 프란츠말고는 아무도 없으니 봐 주는 거다.
이 사내의 너에 대한 친절도 확실히 규칙 위반이지만 말이야. 앞으로도 계속 이
런 행운을 얻게 된다면 너는 앞으로의 일에 희망을 가져도 괜찮을 거야."

K는 앉고 싶었으나, 창문 옆에 있는 거말고는 아무 데도 의자가 없었다.

"얼마 후 당신도 깨닫는 것이 있을 거요." 프란츠는 이렇게 말하면서 다른 사
내와 함께 옆으로 다가왔다. 그 새로 나타난 사내는 고개를 위로 들어 봐야 할
만큼 몸집이 크고 우람하게 생겼는데 K의 등을 자꾸만 탁탁 가볍게 쳤다. 둘이
서 함께 K의 속옷을 뚫어지도록 훑어보더니, 이제부터는 더 질이 나쁜 속옷을

입게 되겠지만 이 속옷은 다른 물건과 함께 보관해 두었다가 만일 사건이 너에게 유리하게 결말이 나면 그 때 전부 되돌려 주겠다고 말했다.

"소지품을 창고(감옥)로 가지고 가는 것보다는 우리들에게 맡겨 두는 편이 훨씬 현명한 생각이야."하고 두 사람은 말했다. "창고에서는 도둑맞기 일쑤고, 일정 기간이 지나면, 절차를 밟든 밟지 않든 상관하지 않고 모조리 매각해 버리는데 요즈음은 소송이 너무 오래 걸리거든. 물론 창고에서는 나중에 매각 대금을 받게 되겠지만, 이 매각이라는 게 얄궂은 것이라서, 이 쪽에서 원하는 값으로 팔리지도 않을 뿐더러 저희들 멋대로 해치우고 말거든. 그러니 금액도 적은데다가 여러 사람의 손을 거치고 보면 너에게 인도될 때쯤에는 10분의 1도 되지 않을 거란 말이야."

K는 이 말을 건성으로 듣고 있었다. 자신의 소지품에 대한 소유권은 당연히 인정되어야 할 것이라고 생각했으나 그런 일보다는 자신의 현재 입장을 명확히 파악하는 것이 무엇보다 중요한 문제였다. 그러나 이 녀석들과 함께 있는 이상 여유 있게 생각할 겨를이 없고, 둘째 번 감시인——놈들은 요컨대 감시인에 불과하지만——이 사내의 튀어나온 배가 이상할 정도로 낯익은 느낌을 주었다. 몇 번이나 K와 부딪쳤는데도 그럴 때마다 K가 쳐다보면 이 뚱뚱한 몸뚱이에는 조금도 어울리지 않는 메마르고 앙상한 얼굴과 굵직하고 비뚤어진 코가 보였으며, 이 얼굴이 K의 머리 위에서 또 한 사람의 감시인과 대화를 주고받고 있었다. 이들은 대체 어떤 놈들일까? 무슨 얘기를 하고 있는 것일까? 소속은 어디일까? K는 법치국가의 국민이며 국내는 평화롭고, 법률은 확실히 존재한다. 그런데 어떤 자가 이 집에 부당한 침입을 한단 말인가?

무슨 일이든 간단히 생각해 버리며, 최악의 경우는 직접 부딪쳐 보고 난 다음에 판단하고 위기를 예감케 하는 것이 있더라도 미리 걱정하지 않는 것이 그의 성질이었다. 그러나 지금의 경우는 그런 사고 방식으로 통하지 않았다. 모든 일을 짓궂은 장난이라고 생각해 버릴 수도 있었다. 다소 질이 나쁜 장난이기는 하지만 어떤 이유로 해서, 이를테면 오늘은 그의 서른 번째 생일이므로 은행의 동료들이 계획적으로 꾸민 장난이라고도 생각할 수도 있다. 그러므로 기회를 포착

하여 이 감시인 노릇을 하고 있는 녀석들에게 웃음을 주기만 하면 그들은 더 참
지 못하고 폭소를 터뜨릴는지 모른다.

이들은 누군가가 사주한 사람들일 테고, 또 그러고 보니 어디서 본 듯한 얼굴
이기도 하다——그런데도 불구하고 처음에 프란츠라는 사내를 봤을 때부터 이
녀석들에 대한 유효한 무기를 최대한 작동시키지 않으면 안 되겠다는 생각을 K
는 가슴에 품고 있었다. 멋을 모르는 녀석이라고 나중에 조소를 받는 일이 있어
도 그런 것쯤은 문제가 되지 않는다.

그러나 지금까지 두세 번 경험했던 사건을 새삼스레 머리에 떠올리자면——
과거의 경험 같은 것을 회상하는 일은 K에게는 지극히 드문 일이었다——그
때 그는 사건의 결말을 예상할 수 있었음에도 불구하고 자기 혼자 애써 태연한
체하다가 그만 혼이 날 정도로 심한 고통을 당한 일이 있었다. 이와 같은 경험
을 적어도 지금은 되풀이하고 싶지 않았다. 이것이 희극이라면 자진해서 한몫
끼여들고 싶을 정도였다.

K는 아직 자유의 몸이었으므로 "실례합니다." 하고 말한 다음 감시인들 사
이를 빠져 나와 자기 방으로 돌아왔다.

"사태를 깨달은 모양이지."

K의 뒤에서 이런 소리가 들려 왔다. 방에 들어오자마자 곧 책상 서랍을 열어
보았다. 말끔히 정돈되어 있었다. 그러나 흥분하고 있는 탓인지 신분 증명서는
얼른 눈에 띄지 않았다. 마침내 그는 자동차 면허증이 눈에 띄었으므로 그것을
가지고 감시인이 있는 곳으로 되돌아가려고 했다. 그러다가 그 서류는 그다지
도움이 되지 않을 거라는 생각이 들어 계속해서 더 찾아보았고 드디어 출생 증
명서가 발견됐다. 그가 다시 옆방으로 들어선 순간 정면의 문이 열리고, 프라우
구르바흐 부인의 모습이 정면으로 보였다. 그는 방 안으로 들어오려고 했던 것
같았는데 K가 있는 것을 보자 몹시 당황한 기색을 보이면서 실례했습니다, 하
고 얼버무리더니 허둥지둥 자취를 감추며 아주 조심스럽게 문을 닫았다. "들어
오십시오." 하고 이제라도 말해도 늦지 않을 것 같았으나 증명서를 손에 쥔 K
는 방 한가운데에 우뚝 선 채 두번 다시 열리지 않는 문짝을 뚫어져라 쳐다보고

있다가 감시인이 건네는 말소리에 놀라 그 때서야 제정신으로 돌아왔다. 두 사람은 창문 옆에 놓인 책상에 앉아 K의 아침 식사를 게걸스럽게 먹고 있었다.

"왜 그녀가 들어오지 않는 거죠?"

"들어와서는 안 되기 때문이다." 하고 뚱뚱보 사내는 대답하더니, 이어서 "넌 지금 그런 것 간섭할 처지가 못 돼, 체포된 몸이란 말이야." 하고 말했다.

"무슨 이유로 체포된 것입니까? 그것도 이런 터무니없는 방법으로 말입니다!"

"또 시작이군." 감시인은 이렇게 말하더니 빵 한 조각을 꿀단지 속에 푹 찍어 입으로 가져가면서 "그런 질문에는 대답할 수 없어." 하고 말했다.

"아니오, 나는 꼭 알아야겠습니다." K가 강력하게 말했다. "이것이 신분 증명서입니다. 당신네들의 신분 증명서와 구속 영장을 보여 주시오."

"웃기고 있네." 하고 감시인이 말했다. "치사스럽게 구는 놈이로구나. 지금 누구보다도 너에게 가장 가깝게 있는 우리들에게 자극을 줄 작정인가. 그러면 재미없을 거야. 그러지 말고 얌전히 있는 것이 어때?"

프란츠는 말을 마치자 손에 들고 있던 커피 잔을 입으로 가지고 가던 동작을 멈추고 뭔가 의미 심장한 눈초리로 K를 응시했다. 이 쪽도 그 시선을 피하지 않고 되받아 주며 서류를 왼손바닥에 한번 탁 쳐 보이면서 말했다.

"이것이 내 신분 증명서입니다."

"몹시 귀찮게 구는군!" 몸집이 큰 감시인은 별안간 고함을 질렀다. "어린애들보다도 더 시끄럽게 구는 사내로구나. 대체 어떻게 하라는 거야? 신분 증명서니 구속 영장이니 하는 것들로 우리 감시인을 괴롭히면 그것으로 너의 형사 문제가 간단히 끝날 줄 아느냐? 우린 심부름꾼에 불과하단 말이야. 신분 증명서 같은 건 우리가 알 바 아니야. 매일 10시간쯤 감시를 하고, 그 보수를 받는 것이 너와 우리들의 관계란 말이야. 물론 당국으로서도 이와 같이 체포에 앞서서 구속의 원인이라든지 피구속자의 인적 사항을 조사부터 하는 것이 관례이고 당연한 일이야. 이 조사에는 잘못은 없어. 난 재판소의 하급 직원들밖에는 알지 못하지만, 이 보잘것 없는 지식으로 판단해도, 우리들의 관청이 사람들 속에서 범죄를 찾아 내는 것이 아니고, 거꾸로 법률에도 명시되어 있듯이 관청이 범죄에 이끌리어 우리들처럼 이렇게 감시인을 보내지 않으면 안 되게 되는 거야. 이것이 법률이란 말이다. 이 점에 어떤 잘못이 있다는 거지?"

"그런 법률이 어디 있어요!" K가 악을 썼다.

"그러니 넌 귀찮은 인간이란 말이야."

"당신들은 일종의 망상에 빠져 있습니다." K는 감시인들의 사고 방식에 대항하여 그것을 자신에게 유리하게 인도하든지, 아니면 상대편에 동화(同化)해 버릴까 하고 생각했는데 감시인은 그 의도를 알아차린 것처럼 말했다. "곧 알게 될 거야."

그 때 프란츠도 한 마디 거들었다.

"봐, 뷜렘, 저놈은 법률 같은 것은 필요 없다. 무조건 나는 무죄다, 하고 말하고 있는 거란 말이야."

"너의 말도 맞지만 내가 타일러도 소용이 없어." 하고 다른 감시인이 말했다. K는 대답하고 싶지도 않았다. 이런 저능한 무리들——이것은 그들 자신의 고백이니까——과 시시한 대화를 계속해서 자꾸 머리만 더 아프게 만들 필요가 없었다. 도시 이해할 수 없는 말만 그들은 으스대며 지껄이고 있었다. 바보들이기 때문에 그런 짓을 할 수 있는 것이다. 자기와 비슷한 교양을 갖춘 사내라면 불과 두세 마디면 이와 같은 문제는 깨끗이 해결하고 간단 명료하게 결론을 내릴 수 있으리라. K는 방 안의 빈 곳을 찾아 어슬렁어슬렁 거닐었다. 종전의 그 노파는 몹시 늙고 찌든 노인 한 사람을 창가로 끌고 와 차렷자세로 나란히 세우고는 이 쪽을 바라보고 있었다. K는 자신이 이렇게 구경거리까지 된 것에 몹시 화가 났다.

"당신네들의 상관에게 갑시다." 하고 K는 말했다.

"명령이 있을 때까지는 여기서 움직일 수 없다!" 하고 뷜렘이라는 사내가 대답하고는 "한 마디 충고해 두겠는데……." 하고 말을 계속했다. "방에 돌아가서 어슬렁거리지 말고 때가 올 때까지 기다리란 말이야. 쓸데없는 생각을 해서 말썽을 부리지 말고 말이야. 좀 침착하라고, 얼마 있으면 명령이 떨어질 거야.

내 생각엔 제법 친절히 해 주었는데 넌 이 호의를 무시했다. 우리가 시시한 인간일는지는 몰라도 적어도 이 시점에서 넌 자유의 몸은 아니란 말이야. 이런 점에서 너하고는 신분이 다르니까 명심해 두라고. 그러나 돈만 준다면 길 건너 식당에서 아침 식사쯤은 시켜다 줄 수 있다!"

K는 아무 대답도 하지 않고, 한동안 한 자리에 묵묵히 서 있기만 했다. 지금 옆방의 문, 또는 좀더 대담하게 응접실 문을 연다 하더라도 이 두 사람에게는 그것을 제지할 용기가 없을 것이며, K로선 극단에 이르기까지 철저하게 시도해 보는 것이 가장 간단한 해결 방법일지도 모른다. 그러나 그들이 달려들어 주먹으로 때린다면 지금 어느 정도 유지하고 있는 우월감도 대번에 사라지고 말 것이 확실했다.

그런 까닭으로 그는 자연스러운 추이에 맡겨 두는, 보다 안전한 해결 방법을 택하고는 자기 방으로 돌아왔다. 감시인도 아무 말 없었고 K도 역시 침묵을 지켰다.

그는 침대에 누운 채, 세면대에 손을 뻗쳐 간밤에 아침 식사를 위하여 남겨 두었던 커다란 사과를 집어 들었다. 아침 식사는 지금 상태로 보아 이것으로 끝나게 될 것이었다. 한입 크게 깨물면서 시켜다 먹는 불결한 식당의 아침 식사보다는 훨씬 낫다는 생각을 했다. 기분이 좋아지고 희망 같은 것이 느껴졌다. 오늘 오전중에는 은행에 출근할 수가 없게 되었는데 꽤 높은 자리에 있는 몸이므로 얼마든지 변명은 할 수 있었다. 하지만 뭐라고 변명을 하지? 사실대로 말해야 할 것인가? 그는 그렇게 하려고 생각했다. 국외자(局外者)의 입장에서 그 변명을 믿어 주지 않는다면, 프라우 구르바흐, 혹은 두 사람의 노인, 지금 이 방이 바라보이는 위치로 걸음을 옮기고 있음에 틀림없는 그들을 증인으로 내세우면 될 것이다. 감시원들이 그를 자신의 방으로 쫓아 보내 놓고는 자살의 가능성이 충분한 장소에 혼자 내버려 두는 그놈들은 제정신을 가진 인간일까? 하는 생각이 들었다. 그러나 그와 동시에 자살을 해야 할 이유가 있단 말인가? 하고 이번에는 자신의 생각에 반문(反問)을 했다. 두 사람이 옆방에 있으면서 자기의 아침 식사를 대신 먹어치워 버렸다는 것만으로는 그 이유가 되지 않았다.

아무튼 자살이란 것은 당치않은 일이었다. 만약 그런 생각이 들었다 하더라도 그것은 실행에 옮길 수 없는 것이었다. 감시원들의 머리가 그다지 좋지 못하기 때문에 역시 같은 견해에 의해서 그를 방임한 것이었다고 K는 생각하기로 했다. K는 지금 고급 브랜디가 들어 있는 찬장 옆으로 다가가서, 아침 식사 대신에 먼저 한 잔 마셨다. 두 잔째는 용기를 내야 할 경우를 위해서 들이켰는데 이 광경을 그들이 보고 있는지도 모른다.

이 때, K는 옆방으로부터 그를 부르는 소리를 듣고, 깜짝 놀라 술잔을 떨어 뜨릴 뻔했다. 그것은 "주임이 부르셔." 하는 소리였는데 이 느닷없는 고함 소리에 그는 기절할 정도로 놀랐던 것이다. 간결하고 냉랭한 군대식 호령, 그것이 프란츠의 목소리라고는 생각되지 않을 정도였다. 하지만 그 명령은 그에게 잘 어울렸다.

"드디어 올 것이 왔구나!" 하고 큰 소리를 지르며, 찬장문을 닫고 옆방으로 달려갔다. 그 곳에는 두 사람의 감시인이 지켜 서서 어처구니없다는 표정으로 그를 다시 방으로 쫓아 버렸다.

"저게 정신 돈 거 아냐?" 하고 소리치고는 말을 이었다. "속옷 바람으로 갈 참인가? 너 때문에 우리들까지 두들겨맞는단 말이야."

"제발 너무 간섭하지 말아 주시오." 하고 말하는 사이에 옷장 옆에까지 밀려 왔다. "잠자는 사람을 습격했으니 이런 꼴이 될 수밖에 더 있겠습니까?"

"변명은 다음에 듣기로 하지." 순간적으로 두 사람은 아주 얌전해졌고 얼굴에 슬픈 빛조차 떠올랐다.

그 때문에 그는 당혹해하거나 아니면 제정신으로 돌아가곤 했다.

"거창한 예식이라도 있단 말인가?" 하고 불만스러운 말투로 K는 중얼거리면서도 손은 의자에 걸려 있는 웃옷을 집어 들어 잠시 두 손으로 펴들고 있는데 그것은 마치 두 사람으로부터 평을 듣고 있는 꼴 같기만 했다. 두 사람은 고개를 저었다.

"검은색 웃옷을 입으시오!" 하고 말했다.

K는 바로 웃옷을 마룻바닥 위에 집어던져 버렸다. 어떤 뜻으로 말한 것인지

는 자신도 몰랐다.

"오늘은 재판이 있을 것도 아니잖습니까!"

두 사람은 미소를 띠었으나 그래도 자기네들 주장을 굽히지 않았다.

"검은색 웃옷을 입으시오!"

"글쎄요, 검은색 웃옷을 입으면 취조가 빨리 끝나나요?"

K는 옷장을 열고 잠시 그 속을 뒤적거린 후 가장 좋은 검은색 양복을 골랐다. 허리의 선이 멋지게 만들어져 있어서 친지들 사이에 센세이션을 일으켰던 옷이다. 다음에 속옷도 새 것을 끄집어 내어 천천히 갈아 입기 시작했다. 그들이 목욕까지 하라고 요구하지 않는 것을 은근히 기쁘게 생각했다. 그러면서 그 새 그들이 그런 생각을 하지나 않을까 하고 눈치를 살폈으나 그런 염려는 할 필요가 없었다. 단지 그들은, K는 지금 옷을 갈아 입고 있습니다, 하고 주임에게 보고하는 것으로 그치고 말았다.

옷을 다 챙겨 입고 옆방으로 갔다. 문은 이미 양쪽 모두 활짝 열려 있었다. 이 방은 최근 타이피스트인 뷔르스토나가 세들어 있던 방이었다. 그런데 그녀는 굉장히 일찍 출근하고 밤늦게 돌아오기 때문에 K는 인사조차 한 일이 없었다. 바라보니, 작은 탁자들을 침대 옆으로부터 방 한가운데로 끌어다 놓고 이것을 취조용 책상으로 삼고 그 안쪽에 주임이 버티고 앉아 있었다. 방 구석에는 세 젊은이가 벽에 걸려 있는 뷔르스토나의 여러 가지 사진을 들여다보고 있었다. 열려진 창문 걸음쇠 끝에 흰 블라우스가 하나 걸려 있었다. 길 건너 건물의 창문에는 또 그 노인 둘이 나타났는데 그 뒤에는 굉장히 키가 큰 사내가 가슴을 드러낸 속옷 바람으로 불그스름한 수염을 손가락으로 매만지고 있으니 이 패거리들도 꽤 붙어난 셈이다.

"요제프 K인가?" 주임은 두리번거리는 K의 시선을 자기에게로 모으려고 질문하는 것 같았다. K는 가볍게 고개를 끄덕였다. "오늘 아침 몹시 놀랐죠?" 주임은 이렇게 말하면서 탁자 위에 놓여 있는 촛대, 성냥, 한 권의 책조차도 취조에 필요한 물건인 듯 차분한 동작으로 하나하나 책상가로 옮겨 놓았다.

"네." 하고 K는 대답했다. 이제 이성도 있고, 얘기도 통할 수 있는 사람을

만나게 되어 안심하고 사건의 전말을 진술을 할 수 있게 되었다는 안도감과 유
쾌한 기분이 그를 사로잡았다.

"놀라긴 했습니다만, 말씀처럼 그렇게 심하진 않았습니다."

"그렇습니까!"

주임은 가장자리에 있던 촛대를 탁자 가운데로 가져다 놓고 다른 것도 그 옆
에 나란히 가져다 놓았다.

"제 말을 잘못 이해하고 계신 모양인데." 이렇게 말한 K는 이어 "즉……."
하고 말을 계속하려다가 그만두고 주위를 두리번거리면서 "앉아도 될까요?"
하고 물었다.

"그건 곤란해. 규칙에 그렇게 나와 있지 않거든." 주임이 이렇게 대답하자
K는 말했다.

"분명히 놀라기는 했습니다만, 나이 서른 살이 넘으니 특히 나처럼 고생을 많
이 한 사람은 웬만한 일에는 놀라지도 않고 오히려 배짱이 생깁니다. 오늘 생긴
일 같은 경우엔 더욱 그렇습니다."

"오늘 생긴 일 같은 경우엔 더욱 그렇다고 말했는데 그 까닭은?"

"그건 기껏 장난일 테니 놀랄 것 없다고 생각하는 것은 아닙니다. 장난치고는
지나칩니다. 아파트 사람들이나 당신네들이 총동원해서 그런 장난을 하실 리도
없으니 말입니다. 그러니 장난이라고 단언할 용기도 없습니다."

"정확한 추측이군요." 주임은 이렇게 말하면서 손가락으로 성냥개비를 세고
있었다.

"그런데……." 하고 K는 그를 바라보면서 입을 다시 열었다. 사진을 들여
다보고 있던 세 사람도 이 쪽으로 고개를 돌려 주었으면 하는 바람으로 말을 계
속했다. "어쨌든, 이 사건은 그다지 중요하지 않습니다. 나는 기소되었으나, 그
럴 만한 잘못을 저지른 적이 없기 때문입니다. 아니, 범죄의 유무가 문제가 아
니라, 내가 알고자 하는 것은 누구의 손에 의하여 내가 공소(公訴)되었느냐 하
는 점입니다. 그 절차를 어느 관청에서 다루고 있느냐, 당신들은 정당한 수사관
이냐, 보건대 당신들은 아무도 제복을 입고 있지 않고, 또 당신들이 지금 걸친

옷은……." 하고 K는 프란츠 쪽으로 고개를 돌렸다. "제복이라고 했으면 좋겠습니다만 내가 보기엔 여행복에 불과합니다. 이와 같은 의문에 명쾌한 답변을 해 주신다면 그것으로 모든 일이 잘 해결이 되고 우리들은 서로 유쾌한 기분으로 헤어질 수 있을 것으로 생각됩니다."

주임은 성냥통을 탁자 위에 내려놓으면서 말했다.

"당신은 터무니없는 오해를 하고 있소. 당신의 사건에 대해서는 이 사람들이나 나나 전혀 모르고 있다고 해도 과언이 아니오. 사건 내용 같은 것은 전혀 아는 바가 없소. 그리고 당신의 말대로 규정에서 조금도 벗어나지 않는 제복을 입어도 되겠지만 그렇다고 해서 당신에게 무슨 특별한 수가 생기는 것도 아니잖소. 또 당신이 기소된 것인지 아닌지도 모른단 말이오. 도대체가 알고 있는 것이란 없단 말이오. 알 필요도 없는 몸이란 말이오. 이것은 단언할 수 있고, 감시인들이 뭐라고 지껄였는지는 모르지만 그건 아무 소용 없는 것이오. 난 당신의 질문 따위에 일체 대답할 수 없으니 쓸데없는 생각일랑 아예 하지 마시오. 충고해 두겠는데, 억울한 죄라도 덮어쓴 것처럼 날뛰지 않는 것이 좋을 거요. 그런 짓은 모처럼 우리가 당신에게 품고 있는 호감을 공연히 짓밟아 버리는 결과가 될 뿐이오. 그리고 될 수 있는 대로 말을 삼가시오. 당신이 더 이상 말하지 않더라도 그 동안 지껄인 몇 마디만으로도 당신의 성격을 알 만큼 알았으니까. 아무튼 중얼거린다는 것은 결코 유리한 일은 아니니 그리 알고 조심하시오."

K는 조용히 주임을 바라보았다. 자기보다는 나이도 아래인 것 같은데 이런 사내로부터 이 따위 설교를 듣다니 참을 수 없는 일이다. 기껏 떠들어 봤으나 새빨간 거짓말만 듣게 되고, 체포의 이유는 고사하고 그 명령자의 정체조차 알 수 없지 않았는가. K는 일종의 흥분 상태에 빠져 방 안을 이리저리 걸어다녔다. 이 모습을 그들은 말없이 바라보고만 있었다. 커프스를 속으로 밀어넣고, 가슴 근처를 쓰다듬으며, 머리카락을 올리며 세 사람의 옆을 지나면서 말했다.

"기가 막힌 일도 다 있군!"

이 말을 들은 세 사람은 고개를 돌려 K의 얼굴을 바라보았다. 네 멋대로 중얼거리는 것은 좋으나 서로의 입장만은 잊지 말아 달라는 듯한 표정이었다. 마지막에 K는 주임 책상 앞에서 걸음을 멈추었다.

"하스테라 검사는 내 친구입니다만." 하고 말을 꺼냈다. "전화를 좀 걸어도 될까요?"

"좋소." 하고 주임이 승낙했다. "대체 무슨 목적으로 전화를 거는 건지 난 잘 모르겠습니다만, 아마 개인적인 용무가 있나 보지요?"

"목적을 잘 모르시겠다고?" K는 화를 낸다기보다는 어이가 없어서 큰 소리로 그렇게 말했다.

"당신은 누구요? 남의 일엔 꼬치꼬치 캐물으면서 자신이 하는 일은 조금도 밝히려 하지 않으니 말입니다. 이래도 당신을 제정신을 가진 사람이라 할 수 있나요? 난데없이 남의 주거지에 침입하여 방 안에서 앉았다 섰다 하면서 내 신경을 있는 대로 곤두서게 하니 말입니다. 그리고 심지어 당신 눈앞에서 고등 마술을 연출해야 될 정도니 말입니다. 확실히 체포되었음에 틀림없는 내가 검사에게 전화를 거는 목적을 모르겠다고 말씀하시는데 그렇다면 전화 거는 일은 그만두기로 하지요."

"그렇게 오해하지 마시고……." 하고 주임은 전화가 있는 응접실 쪽으로 손을 뻗치면서 "좀 앉으시지요." 하고 말했다.

"아니, 괜찮습니다." K는 이렇게 대답하면서 창문께로 걸어갔다. 길 건너 건물 안의 무리들은 아직 창가에 서 있었으나 K가 이 쪽 창가에 나타났으므로 조용한 관찰에 적지않은 파장을 일으킨 모양이었다. 두 노인은 발돋움을 하고 바라보려고 하는데 키 큰 사내가 제지했다.

"저런 곳에서 다 사람을 구경거리로 삼고 있단 말입니다." K는 주임을 향하여 이렇게 말함과 동시에 손가락으로 그들을 가리키면서 "당장 꺼지지 못해!" 하고 소리쳤다.

세 사람은 당장 몇 발짝 뒤로 물러섰고 두 노인은 키 큰 사내의 뒤로 숨어 버렸다. 멀어서 들리지는 않지만 사내의 입이 움직이는 것으로 보아 뭔가 그 노인들에게 말을 하고 있는 것 같았다. 그러나 두 노인은 그 모습을 완전히 숨긴 것이 아니고, 기회만 있으면 다시 창문으로 다가올 기색이었다.

"염치없는 인간들이로군!" 방 안을 돌아보면서 K는 말했다. 그리고는 곁눈질로 주임을 보았으나 아무런 반응이 없었다. 왜냐하면 주임은 한쪽 손바닥을 책상 위에 엎어 놓고 손가락 길이를 하나하나 비교하고 있었다. 두 감시인은 곱다란 천으로 만든 덮개를 씌워 놓은 트렁크 위에 걸치고 앉아서 정강이를 비비고 있었으며, 세 젊은이는 허리에 손을 얹고 멍하니 주위를 둘러보고 있었다. 한가로운 사무실 안처럼 조용하기만 했다.

"여러분!" 하고 K는 결연한 태도로 외쳤는데, 그 순간 그 자리에 있는 사람들 전부를 어깨에 짊어지고 있는 느낌이었다. "문제는 이로써 일단 마무리된 것으로 봐도 될 것 같습니다만. 아무튼 당신의 태도가 옳으냐 그르냐 하는 논의는 더 이상 하지 말고 서로 악수나 교환하고 기분 좋게 헤어지는 것이 어떻겠습니까? 찬성하신다면 말입니다." 이렇게 말하면서 탁자 앞으로 다가서며 손을 내밀었다. 주임은 아래로 내리깔고 있던 눈을 치뜨며 이를 악물고는 눈앞에 내민 K의 손을 가만히 바라보고만 있었다. 당연히 응하리라고 믿었는데 주임은 일어서서 뷔르스토나의 침대 위에 놓여 있던 딱딱하고 둥근 모자를 집더니 두 손으로 조심스럽게 쓰면서 이렇게 말했다.

"당신 생각은 좀 단순해! 기분 좋게 헤어지자고 당신은 말했지만 그것은 당치도 않은 생각이야. 물론 당신의 신경을 건드리고 싶진 않지만 어떻든 당신은 체포된 사람이란 것을 알고 있어야 돼! 더 이상 서로 따질 것은 없단 말이야. 난 당신에게 이 사실을 알려 주기만 하면 돼. 그리고 당신이 그 명령을 수령한 것을 나는 확인했으므로 오늘은 이만 해 두기로 하지. 다시 또 만나게 되겠지만 잠시 헤어져야겠어. 당신은 이제라도 은행에 나가는 것이 어때?"

"은행요?" 하고 K는 반문하고 "체포된 몸이라고 하지 않았소?" 도전적인 질문을 던졌다. 악수하자는 제안은 거절되었으나, 주임이 모자를 쓰고 자리에서 일어서는 것을 본 K는 갑자기 배짱이 생기는 것을 느꼈다. 그들과 노닥거리고 있다는 기분이었다. 그들이 물러갈 때 현관까지 쫓아가 체포된 몸인데도 괜찮겠느냐고 다짐을 받으려고 몇 번이나 되풀이하여 "내가 은행에 나가도 괜찮다는 것인가요?" 하고 물었다.

"아아, 참!" 하고 입을 연 주임은 "그건 당신의 오해요. 체포된 것은 틀림없는 사실이지만 난 당신의 직무 수행까지 방해할 순 없어. 종전과 다름없는 생활을 해도 상관없어." 하고 말했다.

"그것 참 좋은 얘긴데요." 하면서 K는 주임 옆으로 다가갔다.

"처음부터 그렇게 말했을 텐데." 하고 주임은 대답했다.

"그렇다면 일부러 구속 영장까지 발부할 필요는 없는 것 아닙니까?" 하고 K는 그에게 더욱 가까이 다가갔고 구경꾼들까지 몰려들었다. 그리하여 현관은 잠시 복잡했다.

"내 임무를 다한 것뿐이야."

"이상한 임무도 있군요."

"그럴는지도 몰라." 하고 주임은 대답했다. "하지만 이런 입씨름으로 시간을 낭비할 순 없지. 난 당신이 출근할 것을 희망하는 줄로 알고 있었는데, 이 쪽에서 그것을 강제로 권하고 싶지는 않아. 한 가지 덧붙여 두겠는데, 마음놓고 나다니되 될 수 있으면 남의 눈에 띄지 않도록. 그리고 여기 당신의 동료 세 분을 당신에게 와 있도록 모셔왔으니까 그렇게 아시오."

"네?" K는 깜짝 놀라며 바로 그의 옆에 서 있는 세 사람의 얼굴을 훑어보았다. 푸르죽죽하게 별로 이렇다 할 특징도 없는 젊은이들은 단지 사진을 같이 찍은 적이 있었던 동료로서 기억에 남아 있었다. 하지만 그들은 은행의 행원에 불과하고, 동료라는 말은 결코 어울리지 않는 사람들이었다. 주임의 전지전능한 두뇌도 어딘가 모자라는 데가 있는 것 같았다. 그런데 어째서 그들의 존재를 몰랐던 것일까? 주임과 감시원들에게 넋을 빼앗기고 있었기 때문인 것 같았다. 두 손을 힘없이 아래로 떨어뜨리고 동작이 느릿느릿한 라벤쉬타이나, 눈이 쑥 들어가고 다갈색 머리카락을 가진 쿨리히, 그리고 일종의 만성 경련으로 인해 보기에도 기분 나쁜 엷은 웃음이 얼굴에서 떠나지 않는 카미나였다.

"안녕하시오!" 잠시 입을 다물고 있던 K는 그렇게 말하면서 단정하게 고개를 숙이며 인사하는 그들에게 손을 내밀었다.

"전혀 몰랐어. 그럼 나가 볼까!"

　세 사람은 밝은 웃음을 띠면서 이 순간을 기다리고 있었다는 듯이 반가운 기색을 보였다. 그러나 K가 모자를 쓰고 나오지 않는 것을 보자 그들은 서로가 방으로 모자를 찾으러 달려갔다. 그들의 행동은 어딘지 모르게 어색했다. K는 문이 열린 채로 있는 두 방을 들락거리는 그들의 뒷모습을 바라보고 있었다. 맨끝으로 나간 라벤쉬타이나는 제자리걸음을 걷고 있었다. 그는 모자엔 그다지 관심이 없는 모양이었다. 모자는 카미나가 가지고 왔다. 그는 얼굴에 미소를 띠고 있으나 일부러 그러는 것은 아니었다. 오히려 자기 뜻에 어긋난 미소인 것이다. 은행에서 일하고 있을 때도 자기 자신에게 가끔씩 충고한 바 있지만, 지금도 K는 자신에게 다짐하는 것이었다.

　응접실로 오니, 별로 관심이 없는 것처럼 보이는 프라우 구르바흐 부인이 현관문을 열어 주었다. 뚱뚱한 몸집에 필요 이상으로 꽉 쥔 앞치마 끈이 여느 때와 마찬가지로 가장 먼저 눈에 들어왔다. 집 밖으로 나서자 K는 시계를 꺼내 보면서 반 시간의 지각을 더 이상 쓸데없이 연장시키지 않기 위하여 택시를 타기로 했다. 카미나가 택시를 잡으려고 길모퉁이까지 달려가고 남은 두 사내는 K를 상대로 얘기를 하려고 했다. 바로 그 때 갑자기 쿨리히가 맞은편 건물의 입구를 가리켰다. 거기엔 분명히 아까의 그 몸집이 큰 사람이 서 있었다. 그 사람은 자기 모습을 완전히 드러내고 만 것이 좀 어색하게 생각되었는지 벽에 바짝 붙을 정도로 물러서서 이 쪽을 바라보고 있었다.

　두 노인은 지금 막 계단을 내려오고 있었다. K 자신도 벌써부터 그 사내의 모습이 나타나기를 기대하고 있었는데 그것을 쿨리히가 먼저 발견하는 바람에 공연히 화가 났다.

　"그런 것은 보지 않아도 돼!" 하고 그는 소리를 버럭 질러 버렸다. 신분이야 어떻든 늠름한 젊은이에게 난폭한 말을 던진 것에 대하여 생각해 볼 그런 여유조차 K에게는 없었다. 그러나 그 때 마침 택시가 왔기 때문에 K가 변명할 필요가 없게 되었다. K와 은행원들은 택시에 함께 올라타고 곧 달리기 시작했다. K는 주임과 감시인이 언제쯤 돌아갔는지 미처 깨닫지 못했다. 주임에게 정신을 빼앗겨 은행원 세 사람이 언제 왔는지 알지 못했고, 그리고 이 은행원들한테 정신을 빼앗겨 주임을 잃어버리고 말았다. 이렇게 멍청해서는 안 되겠다, 좀더 세심한 관찰을 해야 되겠다고 결심했다. 어느 새 다시 되돌아보게 되고 그럴 때마다 어쩌면 주임과 감시인의 눈초리가 아직도 번득이고 있지나 않나 하고 쿠션 위로 상체를 구부려 보는 것이다. 그러나 곧 몸을 일으켜 구석 쪽에다 푹 파묻어 버렸다.

K는 만사가 귀찮다는 듯이 묵묵히 앉아 있었고, 세 사람도 몹시 피로해 보였다. 라벤쉬타이나는 오른쪽 창문으로, 쿨리히는 왼쪽 창문으로 밖을 내다보고, 카미나만이 일그러진 얼굴에 안쓰런 표정을 하고 앉아 있었다. K는 이들을 조롱한다는 것은 좀 가혹하다 싶어 그만두었다.

K는 최근, 퇴근 후 시간의 여유가 있으면——평상시에는 9시까지 사무실에 남아 있었는데——잠시 머뭇거려 보는 것이 습관처럼 되어 버렸다. 혼자일 경우도 있고 동료들과 어울릴 때도 있었는데 대개는 중년 신사들이 많은 어느 맥줏집에 가서 술친구들과 어울려 밤 11시경까지 이야기를 나누며 시간을 보냈다. 그러나 K의 성실한 근무 태도에 탄복한 지점장으로부터 드라이브 하자는 권유를 받거나, 별장에서의 만찬에 초대되기라도 할 때에는 이 시간표에 예외가 생겼다. 그밖에 1주일에 한 번, 엘자라는 아가씨를 찾아갔다. 술집에 나가는 여인인데, 철야로 다음 날 아침 10시경까지 일하고 있었다. 그녀는 낮에 찾아가는 K를 언제나 침대 속에서 맞이해 주곤 했다.

이 날——일에 쫓기고, 여러 사람들로부터 생일을 축하한다는 인사를 받느라고 시간이 어떻게 지났는지도 모를 만큼 빨리 지나갔으나——K는 바로 집으로 돌아가려고 생각했다. 은행에서 일을 하면서도 틈틈이 생각했던 일인데, 오늘 아침의 사건 때문에 프라우 구르바흐 부인의 아파트는 전체가 커다란 혼란에 빠졌으며 그 혼란을 바로잡기 위해서는 자신이 직접 나서지 않으면 안 되겠다는 생각이 드는 것이었다. 한번 질서가 바로잡히기만 하면 그 사건은 흔적도 없이 사라질 것이고 모든 것이 옛날 그대로와 같이 될 것이다. 그리고 그 세 은행원에 대해서인데 그들은 조금도 두려워할 필요가 없었다. 은행에서 일하다 보면 동화를 이룰 것이고 새삼 눈에 띌 만한 이상도 없었다. K는 몇 번이나 자기 방으로 한 사람씩 혹은 세 사람을 동시에 불러 보았는데 시킬 만한 일은 없고, 기색을 살펴볼 뿐이었으나, 그 짓을 몇 번이나 되풀이하는 동안에 어느 만큼 안심할 수 있었다.

밤 9시 반쯤에 귀가하던 K는 아파트 입구에서 한 젊은이를 만났다. 그는 우두커니 서서 파이프 담배를 피우고 있었다.

"누구요?" K는 숨찬 목소리로 물으며 젊은이에게 얼굴을 가까이 갖다 댔다. 현관의 불빛이 희미하여 자세히 보이질 않았다.

"문지기의 아들입니다." 그 젊은이는 이렇게 대답하고 입에서 파이프를 떼면서 옆으로 비켜 섰다.

"문지기의 아들이라고?" K는 되물으면서 의심스러운 듯이 지팡이로 딱딱 바닥을 두드렸다.

"볼일이 있으시다면 아버지를 부르겠습니다."

"아니, 괜찮소." 하고 K는 말했다. 이 말 속에는 이 사람은 나쁜 짓을 했다, 그러나 눈감아 주기로 하자, 이런 말투가 섞여 있었다.

"응, 알았소."라고 말하고는 걸어갔으나 계단을 올라가다가 다시 한 번 뒤돌아보았다.

곧바로 자기 방으로 가도 좋을 것 같았으나 프라우 구르바흐와 얘기해야겠다는 생각이 들어 바로 그녀 방으로 갔다. 구르바흐 부인은 탁자 옆에 앉아서 양말을 짜고 있었고, 탁자 위에는 헌 양말이 산더미처럼 쌓여 있었다. K는 우물쭈물하면서 이렇게 밤늦게 실례를 하게 되어 죄송합니다, 하고 말했다. 구르바흐 부인은 퍽 상냥한 태도로 당신이라면 언제 오셔도 좋아요, 우리 아파트에서는 제일 훌륭한 분인데요, 하고 말했다. 방 안을 둘러보았으나 옛날과 다름없이 정돈되어 있었고, 오늘 아침 식사 도구도 깨끗이 치워져 있었다.

"여자라는 것은 아무튼 비위가 좋단 말이야." 자기 같으면 아마도 당장 그릇들을 쳐부숴 버리고 말지 꼬박꼬박 부엌으로 들고 가지는 않을 것이다 하는 생각을 하면서 감시에 가까운 표정으로 구르바흐 부인을 바라보고 있었다.

"왜 이렇게 늦게까지 일을 하는 거요?" 하고 물었다. 두 사람은 지금 탁자를 사이에 두고 마주 앉아 있었고 K는 때때로 양말 속으로 손을 집어넣었다.

"일이 밀려서 그래요." 하고 구르바흐 부인은 말했다. "낮에는 하숙하는 분들의 뒤치다꺼리를 해야 되니까 아무래도 시간이 부족하지요, 그래서 내 일은 주로 밤에 합니다."

"오늘은 엉뚱한 일로 많은 폐를 끼쳤습니다."

"무슨 그런 말씀을." 하고 말한 그녀는 약간 열띤 표정을 지으며 일손을 멈추었다.

"오늘 아침 일찍부터 이 방에 도사리고 있던 그 녀석들 때문에 말입니다."

"아, 그 말씀인가요." 하고 구르바흐 부인은 다시 조용한 태도로 "뭐, 그다지 부담스러운 것도 아니었어요." 하고 다시 일감을 손에 집어 들면서 말했다.

K는 그녀가 그 일을 알고 있다는 것을 확인하고는 정말 놀랐다. 어쩌면 잘못 알고 있을는지도 몰랐다. 그렇다면 더욱 그 얘기의 진상을 말해 주어야 할 필요가 있다. 이런 경우의 얘기 상대는 중년 부인이 안성맞춤이다.

"아니, 대단히 죄송합니다. 그러나 다시는 그런 일이 없도록 하겠습니다."

"그렇고말고요. 이제 다시는 그런 일이 없어야겠지요." 하고 구르바흐는 격려하는 투로 말하며 조용하고 슬픈 듯한 미소를 띤 채 K를 바라보았다.

"정말 그렇게 생각하십니까?"

"네." 하고 구르바흐는 목소리를 낮추었다. "너무 어렵게 생각하지 마세요. 인간이란 어떤 일을 당할지 알 수 없는 것이니까요. 선생님이 솔직히 말씀해 주시니 저도 말씀드립니다만, 전 문 밖에 숨어 그들이 하는 이야기를 엿듣기도 했고 감시인으로부터 조금 듣기도 했습니다. 아무튼 선생님 신상에 관계되는 일이니까요. 보잘것 없는 하숙 안주인이라고 생각하시겠지만 전 선생님에 대해서는 내 몸 이상으로 염려를 하고 있습니다. 그런데 감시인으로부터 얘기를 좀 들었다고 말씀드렸습니다만, 아는 바가 없어요. 그리고 뭐 그다지 크게 걱정할 건 없을 것 같아요. 체포당했다고는 하지만 도둑질하다가 체포된 것과는 근본적으로 다릅니다. 도둑질이라면, 그건 용서할 수 없을 것입니다만, 선생님의 체포는

28

뭔가 그 학문적인 느낌이라 할까, 정확히 표현할 수는 없지만 그런 느낌이 듭니다. 그 내용은 물론 전 모릅니다. 또 알 도리도 없지만요."

"결코 서투른 표현이 아닙니다, 구르바흐 부인. 옳은 생각이십니다. 다만 저는 부인보다는 심각하게 생각하고 있으므로 이 사건에는 학문적인 것도 없을 뿐더러 전적으로 무의미한 사건이라고 생각합니다. 확실히 불의의 습격을 받긴 했습니다. 그러나 안나가 오느냐 오지 않느냐 하는 일로 시간을 낭비하지 않고 집에서 깨어나자마자 곧 일어나서 방해하는 인간들을 상관하지 않고 부인에게로 와서 오늘만은 예외로 부엌에서 아침 식사를 하고 옷은 부인으로 하여금 가져오시게 해서 입는, 즉 좀 이성적인 행동을 했더라면 불의의 습격을 받은 것만으로 일은 끝났고 사건은 더 이상 커지지 않았을 것입니다. 아무튼 좀 소홀했습니다. 만약 이것이 은행 안에서의 일이었다면 저에게도 그만한 준비가 있고 하니 이런 결과는 생기지 않았을 것입니다. 전속 급사, 눈앞에는 외선과 내선용의 전화기가 두 대, 내빈, 거래 관계자, 행원, 쉴새없는 사람들의 출입이 있습니다. 게다가 이것이 가장 중요한 것입니다만 저는 언제나 직책이라는 그물 속에 있으므로 두뇌의 기능이 활발하고 따라서 오늘과 같은 사건이라면 도리어 기꺼이 상대를 해 주었을 것입니다. 그러나 이미 지나간 일, 더 이상 이런 얘기는 하고 싶지 않습니다. 다만 부인의 생각, 사리를 잘 아시는 부인의 생각이 알고 싶었을 뿐이었는데 그것이 제 생각과 똑같아서 몹시 기쁩니다. 부디 손을 좀 내밀어 주십시오. 우리 손을 마주잡고 일치하는 이 심정을 더욱 굳게 다짐해야 되지 않겠어요."

과연 부인이 손을 내밀 것인가? 아침에 주임은 손을 내밀지 않았는데, 하고 생각하며 상대편을 살피려는 듯한 눈초리로 쳐다보았다. K가 자리에서 일어섰으므로 구르바흐도 일어섰는데 K의 말을 잘 이해할 수 없는 까닭에 다소 당황한 기색을 보였다.

"제발 그처럼 어렵게 생각하지 마세요." 하고 경우에 어울리지도 않을 뿐 아니라 역시 자신의 뜻에도 어긋나는 말을 지껄이고는 눈물까지 글썽글썽해져 그만 악수 같은 것은 잊어버렸다.

"별로 어렵게 생각되지는 않습니다." 이렇게 대답한 K는 갑자기 피로를 느끼고, 이런 여인에게 동의를 구하는 자신의 어리석음을 새삼스럽게 느꼈다.

그는 방을 나가면서 "뷔르스토나 양은 지금 있습니까?" 하고 물었다. "없습니다." 하고 구르바흐는 말했는데, 자신이 무뚝뚝한 표정으로 대답했다는 것을 깨닫자 다시 태도를 부드럽게 바꾸면서 덧붙였다. "연극 구경을 간 모양이에요. 말씀하실 것이 있으면 제가 전해 드리도록 하겠습니다만······."

"아니, 별로 할 말이 있는 것은 아닙니다."

"연극 구경을 갔으니 늦게 돌아올 것 같아요. 몇 시쯤에나 돌아올는지······."

"몇 시에 돌아와도 상관없는 일입니다마는······." 하고 K는 말한 뒤, 등을 휙 돌려 문 밖으로 나서다가 "오늘 그분 방을 승낙도 없이 함부로 사용해서 사과라도 하려고 했었는데······." 하고 말했다.

"그런 염려는 하실 필요가 없습니다. K선생님은 너무 신경을 많이 쓰세요. 아침에 일찍 나갔기 때문에 알지도 못할 뿐더러 방 안도 깨끗이 정돈이 되어 있으니 말예요. 자, 보세요." 그녀는 뷔르스토나의 방문을 열었다.

캄캄한 방 안은 달빛이 조용히 흘러 들어 가구들이 희미하게 보였다. 과연 잘 정돈되어 있었다. 창문의 걸음쇠에 걸렸던 블라우스만은 보이지 않았다. 침대의 다리가 터무니없이 높게 보였고, 그 다리의 일부가 달빛을 받아 모습을 드러내고 있었다.

"이 사람은 매일 이렇게 늦는 모양이지요." K는 마치 비난하는 듯한 말투로 얘기하면서 프라우 구르바흐 부인을 바라보았다.

"아무래도 아직 젊으니까요." 하고 프라우 구르바흐 부인은 변명하듯 말했다.

"그건 저도 같은 생각입니다." K는 이렇게 대꾸하고는 "아무튼 극단적으로 행동하기 쉬운 나이지요." 하고 덧붙였다.

"정말 그래요. 이 아가씨에겐 딱 들어맞는 말일 거예요. 전 뷔르스토나 양의 험담을 늘어놓을 생각은 없습니다만, 마음씨도 곱고, 상냥하고 깔끔한데다가 부지런한 아가씨니까요. 그런데 한 가지, 그 아가씬 좀더 자존심을 가지고 차분한 생활을 해야 하지 않을까 싶군요. 이 달 들어서도 벌써 두 번이나, 어스름한 뒷골목을 두 번 다 다른 남자와 걷고 있는 것을 보았답니다. K선생님, 우리끼리 얘기니까 이런 말씀을 드립니다만, 전 아주 불쾌하거든요. 앞으로 기회가 있으면 그 아가씨에게 직접 충고를 할 생각입니다. 그리고 다른 면에서도 분명치 못한 것이 있기도 하답니다."

"그건 전혀 사실과 다릅니다." K는 흥분하면서 거의 침착성을 잃다시피 되어서는 "그 아가씨에 대해서 내가 한 말을 부인은 오해하고 계시는 것 같은데, 전 그런 뜻으로 말한 것이 아닙니다. 부인께서 그 아가씨에게 직접 충고를 한다는 건 당치도 않은 일입니다. 모두가 부인의 편견입니다. 저도 그 사람을 잘 알고 있습니다. 부인이 말씀하신 건 아무 근거도 없는 거짓입니다. 하지만 이건 지나친 내 생각일지도 모르겠습니다. 저로서는 이러니저러니 간섭하고 싶지 않으니까, 부인께서 원하시는 대로 그 사람에게 충고를 하시든지 말든지 알아서 하십시오. 전 이만 실례하겠습니다."

"K선생님." 그 부인은 애원하듯, 서둘러 자기 방으로 들어서려는 K를 쫓아와서 말했다.

"지금 당장 충고를 하겠다는 것을 아니에요. 물론 그전에 더 살펴보고 말할 작정이었는데, 선생님을 믿는 나머지 저의 느낌을 얘기한 것에 불과하단 말예요. 그리고 하숙집 주인 입장으로 봐서는 누구라도 자기가 경영하는 하숙집에 나쁜 소문이 떠도는 것을 싫어하지 않겠어요? 저도 그런 심정으로 말씀드린 거예요."

"하숙집을 깨끗이 유지하시겠다?" K는 빠끔히 열린 문 틈으로 밖에 서 있는 구르바흐 부인에게 노성을 계속 퍼부으며 "부인이 그런 생각을 갖고 있다면 먼저 나부터 쫓아 내야 하겠는데요!" 하고는 문을 쾅 닫아 버렸다. 희미한 노크 소리가 울려 왔으나 몹시 흥분해 있는 그는 그 소리를 듣지 못했다.

K는 잠자리에 들고 싶지도 않았으므로, 기다렸다가 뷔르스토나가 몇 시에 돌아오는지 살펴보기로 결심했다. 그다지 좋은 일은 못 되지만, 그렇게 하면 어떻든 그녀하고 얘기는 해 볼 수 있지 않겠나, 그리고 프라우 구르바흐 부인을 처

벌하고 뷔르스토나를 설득하여 함께 이 집을 나가 버리자, 하는 생각도 머리를 스쳤으나 이것은 극단적인 행동이므로 그만두어야겠다는 생각으로 바꾸어 버렸다. 그는 오늘 아침에 있었던 사건 때문에 하숙을 바꾸려고 결심했던 자기 자신이 도리어 수상쩍게 여겨져서, 이다지도 무의미하고 유치한 행동을 순간적이나마 머리에 떠올렸던 자신을 비난하고 싶어졌다.

그는 아무도 다니지 않는 깊은 밤의 장막에 싸여 있는 거리를 바라보는 것도 싫증이 났다. 응접실에 이어져 있는 문을 조금 열어 놓고, 소파 위에 드러누워 이 집을 드나드는 사람들이 잘 보이도록 하고 있었다.

2시경까지는 담배를 입에 문 채 얌전히 기다리고 있었으나 그 이후부터는 가만히 있을 수가 없어 응접실에 살짝 들어가 보았다. 거기서 기다리고 있으면 뷔르스토나가 빨리 돌아올 것 같은 생각이 들었기 때문이다. 꼭 만나고 싶은 것도 아니고, 어떤 여인인지 잘 알지도 못하지만, 오늘은 어쩐지 얘기를 해 보고 싶었다. 또 그녀의 귀가 시간이 늦은 것으로 하여 오늘 하루가 끝나지도 않았는데 불안과 무질서가 마음 속에 생기게 되었다는 사실이 그로 하여금 더욱 초조하게 만들었다. 오늘 밤엔 저녁 식사도 하지 못했고, 엘자를 방문하려던 계획도 포기한 것은 다 그녀 때문이었다. 물론 지금부터라도 엘자가 나가고 있는 술집에 가면 이 두 가지는 회복될 수 있을 것이다. 그러나 그것은 뷔르스토나를 만난 다음으로 미루기로 했다.

드디어 계단에서 발소리가 들렸다. K는 무언가 골똘히 생각하면서, 응접실 안을 마치 자기 방인 양 터벅터벅 발소리를 내면서 걸어다니고 있다가 갑자기 문 뒤로 몸을 숨겼다. 그 소리의 주인공은 뷔르스토나였다. 문을 닫은 그녀는 추위 때문인지 약하게 떨고 있었고, 어깨에 명주천으로 된 숄을 걸치고 있었다. 지금 우물거리다가는 그녀는 자기 방으로 들어가 버릴 터인데, 이렇게 늦은 밤에 그녀 방으로 갈 수도 없는 처지였다. 그래서 바로 이 순간이 그녀와 얘기를 할 수 있는 좋은 기회라고 생각했는데 그만 자기 방에 전깃불을 켜 놓는 것을 잊고 있었다. 캄캄한 어둠 속에서 불쑥 나타난다면, 아무리 봐도 무슨 폭행이라도 하려는 것같이 보여 그녀를 너무 놀라게 할 것 같기만 했다. 그러나 잠시도 지체할 수 없는 상황이다. 당황한 그는 문을 빠끔히 열고 나지막한 소리로 불렀다.

"뷔르스토나 양!"

그 목소리는 사람을 부르는 소리라기보다 무슨 애원이라도 하고 있는 것처럼 들렸다.

"누구세요?" 뷔르스토나는 깜짝 놀라 눈을 크게 뜨고 주위를 둘러보았다.

"접니다." 이렇게 말하고 K가 어둠 속에서 모습을 나타냈다.

"어머, K씨였군요!" 뷔르스토나는 미소를 띠며 말했다.

"안녕하세요!" 하고 인사를 하면서 손을 내밀었다.

"지금 당장 드리고 싶은 얘기가 있는데 시간을 내주실 수 있습니까?"

"지금 곧 말예요? 다음으로 미루시면 안 될까요? 오늘은 너무 늦었으니 말이에요."

"9시부터 여태 기다리고 있었습니다."

"전 연극 구경 갔었어요. 이렇게 기다리고 계시리라고는 꿈에도 몰랐지요."

"말씀드리고 싶은 것은 다름 아니라 오늘 일어난 사건에 대해서입니다."

"글쎄요, 꼭 거절할 이유도 없고 하니 괜찮으시다면 제 방으로 와 주실 수 없을까요? 이런 데서는 얘기할 수 없을 뿐더러 다른 사람들의 수면에 방해가 되어서 욕먹는 것이 싫으니까요. 불을 켜겠으니 이 곳 불을 끄고 와 주세요."

K가 불을 끄고 기다리고 있자니까 얼마 후 방 안에서 나직한 소리로 여인이 불렀다.

"이리 오세요." 여인은 K를 방 안으로 안내했으나, 피로하다고 말하던 그녀는 침대에 기대서 있었는데 꽃이 잔뜩 달린 모자를 쓴 채였다.

"무슨 얘기시죠? 무척 궁금하네요."

"지금 당장 얘기해야 될 정도로 급한 문제도 아니지 않느냐고 말씀하실는지 모르겠습니다만……."

"전 그런 서론은 듣고 싶지 않아요."

"저 역시 그러는 것이 좋겠습니다." 하고 K는 말했다. "저 때문에 이 방이 오늘 아침 약간 어지럽혀졌었습니다. 제가 아는 사람도 아닌데, 어쨌든 그 원인이 저에게 있었던만큼 사과를 드리려고 한 것입니다."

"이 방이 말예요?" 하고 뷔르스토나는 말했으나 방이 아니라 K의 얼굴을 뚫어지게 바라보았다.

"네, 그렇습니다." 이렇게 말하는 K의 시선이 그만 그녀의 시선과 부딪치고 말았다.

"어떻게 되어서 방 안을 어지럽히게 되었는지 그것은 얘기할 것이 못 됩니다."

"하지만 그것이 알고 싶군요."

"아닙니다."

"그렇다면……." 하고 뷔르스토나가 말했다. "저는 선생님이 비밀로 하시는 일을 억지로 듣고 싶지도 않고 싫으시다면 구태여 청하지도 않겠습니다. 방도 어지럽혀진 흔적이라고는 없는 것 같으니까 말예요."

그녀는 손을 허리에 대고 방 안을 둘러보다가 사진이 붙어 있는 매트 있는 곳까지 와서 걸음을 멈추었다.

"어머! 사진이 엉망진창으로 뒤집혀 있군요. 그렇다면 정말 누군가가 내 방에 들어온 것임에 틀림없군요."

K는 고개를 끄덕이며 카미나라는 동료 행원이 아무 생각 없이 날뛰고 있던 광경을 회상하자 화가 치밀어 올랐다.

"남의 빈 방에 들어와서는 안 된다는 것쯤은 잘 아실 텐데 말예요. 제가 직접 주의를 하지 않으면 안 되다니 뭔가 좀 이상하군요."

"아닙니다, 뷔르스토나 양. 사정이 있었습니다." 하고 K는 자기도 사진 옆으로 가서 "사진을 그렇게 한 것은 제가 아닙니다. 저의 말을 믿어 주시지 않는다면 할 수 없는 일입니다만. 사실은 심리위원회에서 은행원을 세 사람 데리고 왔었습니다. 그 가운데 한 사람이──이 사내는 곧 그만두게 할 작정입니다만──분명히 사진을 손에 쥐고 있었습니다." 그녀가 의아스런 표정을 짓자 "사실입니다. 이 방에서 심리위원회가 열렸습니다." 하고 덧붙였다.

"선생님에 대한 신문이었던가요?"

"네, 그렇습니다."

"농담 마세요." 하고 그녀는 소리내어 웃었다.

"나의 무죄를 믿어 주시겠지요?"

"글쎄요. 전 선생님에 대해 잘 모르니 함부로 말씀드릴 수 없군요. 하지만 중죄인이 아니면 심리위원회 같은 것은 열지 않는 것으로 알고 있는데요. 선생님의 태연한 얼굴빛으로 보아, 감옥에서 도망쳐 온 것 같지는 않고──그런데 선생님이 그런 죄를 지을 리 없잖아요."

"네, 심리위원회는 내가 무죄거나 아니면 예상 밖으로 죄가 가볍다고 인정하고 있는지도 모릅니다."

"아마 그럴는지도 모르겠네요." 뷔르스토나의 태도는 몹시 신중했다.

"뷔르스토나 양은 재판에 대해서 잘 모르는 모양인데요."

"네, 잘 몰라요. 유감스럽지요. 전 뭣이든지 알고 싶고, 특히 재판만큼 재미있는 것은 없다고 생각해요. 뭔가 독특한 매력 같은 것을 느끼지요. 그러나 다음 달부터 변호사 사무소에 근무하게 되어 있으니 이 방면엔 많은 공부를 할 수 있게 될 거예요."

"그것 참 좋은 일이군요. 내 사건도 도움을 청할 수 있을 테니 말이지요."

"네, 도울 수만 있다면!"

"이건 진지한 의논입니다. 적어도 당신에게만은 말입니다. 변호사까지 동원하는 것은 너무 거창한 일이지만 다정한 충고자(忠告者)를 가진다는 것은 필요하다고 생각합니다."

"필요하다고 말씀하신다면, 사건의 내용을 자세히 얘기해 주셔야지요!"

"그건 곤란합니다." 하고 K는 말했다. "난 내용을 모르고 있으니 말입니다."

"사람을 놀리시는 건가요?" 뷔르스토나는 몹시 실망한 모양이었다.

"그런 얘기로 이 귀중한 밤 시간을 낭비한다는 것은 난 싫어요." 그녀는 이렇게 말하고 지금까지 함께 서 있던 사진 옆에서 다른 쪽으로 가 버렸다.

"그런 생각으로 말한 것은 아닙니다." 하고 K는 말했다. "믿을 수 없다는 것입니까! 제가 알고 있는 것은 다 얘기했습니다. 아니, 알고 있는 것 이상으로 말씀드린 것입니다. 이를테면 심리위원회라는 명칭입니다만, 뭐라고 불러야 할지를 몰라서 제가 멋대로 붙인 이름입니다. 심리 같은 것이 있을 리 없지요. 전 체포되었을 뿐이니까요. 그것이 다만 어떤 위원회의 손으로 집행되었다는 것만 알고 있을 뿐입니다." 긴의자에 앉아 있던 뷔르스토나는 다시 웃음을 터뜨렸다.

"그래서요? 어떻게 체포되셨나요?" 하고 그녀는 물었다.

"소름이 끼칠 정도였습니다." 하고 K는 대답했으나, 사건 자체에는 마음이 없고, 그녀가 긴의자에 앉아서 손으로 턱을 괴고 다른 한 손으로 허리를 만지고 있는 모습에 넋을 빼앗기고 있었다.

"그 말만으로는 알 수 없잖아요."

"모르겠다고요?" K는 반문했으나 얼른 정신을 차리고 "그 때의 내 모양을 보여 달라는 것입니까?" 하고 몸을 움직이려 하다가 잠시 머뭇거렸다.

"전 몹시 피곤해요."

"늦게 들어오니까 그렇지요."

"결국은 꾸중까지 하시는군요." 하고 그녀는 계속 말했다. "방에까지 오시게 한 것이 잘못이니까 꾸중을 듣는 것도 자업자득이겠지요. 일부러 여기 오실 필요도 없는 얘기였어요."

"아닙니다. 꼭 뵐 필요가 있었습니다. 그 이유는 곧 아시게 될 겁니다." 하고 K는 말하고 나서 "침대 옆에 있는 작은 탁자를 이 쪽으로 가지고 와도 괜찮겠습니까?" 하고 물었다.

"뭐라고요?" 하고 말한 그녀는 "그건 곤란해요." 하고 거절했다.

"그렇다면 설명을 할 수 없지 않습니까." K는 큰 손해라도 입은 것 같은 생각이 들어 몹시 흥분했다.

"설명하시는 데 탁자가 필요하시다면 조용히 움직여 주세요." 잠시 사이를 두고 있던 그녀는 "너무 지쳐 있었기 때문에 그 정도의 일이라도 하도록 허락한 거예요." 하고 가냘픈 소리로 중얼거렸다.

K는 탁자를 방 한가운데에 놓고서 그 뒤에 팔을 놓았다.

"인물의 배치가 퍽 재미있으니 먼저 그것부터 말씀드리지요. 저쪽에 주임, 상자 위에 감시원이 두 사람, 사진 옆에 젊은 사내가 세 사람 서 있습니다. 창문의 걸음쇠에는 하얀 블라우스가 하나 걸려 있습니다. 그러나 이것은 점경(點景)에 지나지 않습니다. 이렇게 해서 심리가 시작됩니다. 참 깜박 잊었군요. 가장 중요한 인물인 나는 이렇게 탁자를 앞에 두고 앉아 있습니다. 다리를 포개고 한 팔을 이 팔걸이 옆으로 힘없이 아래로 떨어뜨리고 그야말로 태연하게 버티고 앉았습니다. 야만스러운 사내입니다. 자, 이제 심리를 시작하도록 하겠습니다. 주임이 저를 부릅니다. 깨우기 위해서인지 그저 고함 소리만 터뜨립니다. 죄송합니다만, 그 때의 상황을 눈으로 보듯 알려 드리기 위해서 제가 실연(實演)을 해 보이겠습니다. 고함을 쳤다고는 하지만 제 이름을 부를 때의 얘깁니다."

웃음을 짓고 있던 뷔르스토나는 집게손가락을 입술에 대고 제기했으나 이미 때가 늦었다. K는 완전히 주임이 되어 버린 심정으로 태연하게 외쳤다.

"요제프 K!" 고함이라고 할 정도로 큰 소리는 아니었지만 갑자기 튀어나온 이 고함 소리는 밤의 고요 속에 젖어 있는 방 안 구석구석까지 퍼져 나갔다.

이 때 옆방으로 통하는 문을 누군가가 두드렸다. 두세 번 규칙적인, 힘찬 노크 소리였다. 뷔르스토나는 얼굴빛을 바꾸면서 손바닥을 가슴에 댔다. K는 더욱 깜짝 놀랐다. 그것은 오늘 아침의 사건과 자기가 지금 그 실연을 해 보이고 있는 그녀에 대한 생각이 머릿속에 가득 차 있었기 때문에 한층 심했던 것이다. 잠시 제정신으로 돌아오자, 재빨리 뷔르스토나에게로 뛰어가서 그녀의 손을 꼭 잡았다.

"놀라지 마십시오." 하고 속삭이고는 덧붙였다. "저에게 맡겨 주십시오. 사람이 있을 리 없습니다. 옆방은 비어 있습니다."

"그렇지 않아요." 하고 그녀는 K의 귀에다 입을 대고 속삭였다. "어제부터 그 방에는 구르바흐 부인의 조카뻘 되는 대위가 들어 있어요. 제가 깜박 잊고 있었습니다만, 방은 모두 차 있어요. 그런데 그런 고함 소리를 질렀으니 당연하지요."

"걱정할 건 없습니다." K는 이렇게 말하고, 쿠션 속에 파묻혀 버린 그녀의 이마에 키스를 했다.

"무슨 짓을 하는 거예요." 그녀는 벌떡 몸을 일으켰다. "돌아가 주세요. 돌아가세요. 옆방에 다 들리고 있어요. 무엇 때문에 저를 이렇게 괴롭히는 거예요?"

"좀더 침착해지실 때까진 돌아가지 않겠습니다. 결코 돌아갈 수 없지요. 저쪽 구석으로 갑시다. 거기라면 들리지 않겠지요." 그녀는 그 쪽으로 끌려갔다. "냉정하게 생각해 주시지 않으면 곤란합니다. 고함친 것이 못마땅하셨을 것입니다만, 별로 당신에게도 나쁜 영향을 미칠 일은 아닙니다. 대위가 프라우 구르바흐 부인의 조카임에 틀림없는 이상 이 문제를 해결하는 열쇠는 그 사람이 쥐고 있는 것으로 여겨집니다. 프라우 구르바흐 부인은 나를 퍽 존경하고, 내 말이라면 무조건 듣습니다. 그러지 않아도 많은 돈을 융통한 일이 있고, 내게는 꼼짝 못하는 처지이지요. 우리들이 한방에 있었다는 일에 대해서 변명이 필요하시다면 그것이 엉뚱한 상대가 아니라면 협력하겠습니다. 그리고 프라우 구르바흐 부인을 움직여서 여러 사람들 앞에서 결백을 증명해 보일 뿐만 아니라, 그것을 굳게 믿도록 해 드리겠습니다. 그러니 웬만한 양보는 좋지 않습니다. 만약 또, 내가 당신 방에 무단으로 밀고 들어왔다고 소문을 내시고 싶으시면 그렇게 하셔도 좋습니다. 그 사람은 그 소문을 진실로 알겠지만, 나에 대한 신뢰는 버리지 않을 것입니다. 그만큼 그녀도 저를 믿고 있습니다."

뷔르스토나는 입을 다물고, 몸이 앞으로 기울어진 채 마룻바닥만 내려다보고 있었다.

"내가 당신 방에 갑자기 들어왔다고 프라우 구르바흐 부인에게 말해도 되지 않겠습니까?" 하고 K는 덧붙였다.

그는 바로 자기 눈앞에 그녀의 양쪽으로 갈라 조금 불룩하게 단단히 묶여 있는 붉은빛이 도는 머리카락을 보았다. K는 그녀가 자기를 바라볼 것으로 생각했으나 뷔르스토나는 그대로의 자세로 다음과 같이 말했다.

"미안합니다. 갑자기 노크 소리가 들려서 놀라고 말했습니다. 대위에게 들리

면 곤란하다고 생각해서 그런 것은 아니었어요. 선생님이 큰 소리를 내신 것과
고요한 밤중에 갑자기 노크 소리가 들렸기 때문에 놀라게 된 것이에요. 더군다
나 전 바로 문 옆에 있었으므로 그 노크 소리가 더욱 뚜렷하게 들렸던 거예요.
선생님이 여러 가지로 염려해 주시는 것은 고마운 일입니다만, 이 방 안에서 일
어나는 일은 누가 뭐라 해도 저의 책임이에요. 호의는 고맙게 받겠습니다만, 그
런 호의가 이 쪽의 자존심을 상하게 된다는 것도 알아 주셨으면 해요. 하지만,
이제 제발 돌아가 주세요. 혼자 있고 싶어요. 단지 2, 3분이면 된다는 것이 벌
써 30분이나 지났어요."

K는 그녀의 손목을 잡고 "기분이 많이 상하신 것 같은데요." 하고 말했다.

"아녜요. 전 누구에게나 그런 정도의 일로 마음을 상하진 않아요."

K는 다시 그녀의 손목을 잡았고, 그녀는 그것을 뿌리치려고도 하지 않고 손
목을 잡힌 채 K를 문간까지 데리고 갔다. K는 돌아갈 생각이었으나 문간에 이
르자 발걸음을 멈추고 꼼짝을 안 했다. 이 기회를 놓칠세라 뷔르스토나는 K를
뿌리치더니 재빨리 응접실로 들어가 거기서 나지막한 소리로 말했다.

"이것 보세요." 하고 말하면서 대위의 방문을 가리켰는데, 창문 틈으로부터
전깃불이 비치고 있었다.

"불이 켜져 있어요. 그 사람 역시 우리들을 살피고 있었던 것 같아요."

"어디 좀 봅시다." K는 이렇게 말함과 동시에 와락 달려들어 그녀를 잡고
입술에 키스를 해 버리고 나서 목마른 짐승이 간신히 찾아 낸 개울물에 입을 쑤
셔 넣고 핥아먹는 모양으로 그녀의 온 얼굴을 핥았다. K는 그녀의 목덜미에까
지 키스를 하고 나서는 그녀의 입술에 자기 입술을 오랫동안 대고 있었다. 대위
의 방에서 무슨 소리가 났으므로 K는 고개를 들었다.

"이제 돌아가겠소." 하고 K는 말했다. 그녀의 이름을 부르고 싶었으나 이름
이 떠오르질 않았다. 그녀는 금세 기운을 잃었는지 간신히 고개만 끄덕여 보이
고 나서 무의식적으로 손을 내밀며 키스를 받아들였다. K는 부푼 마음을 안고
방으로 돌아왔다. K는 바로 침대 속으로 들어갔다. 곧 깊은 잠에 빠졌는데, 그
전에 조금 전의 자기 행동을 생각해 보고는 적이 만족을 했다. 하지만 더 이상

만족을 느끼지 못한 점에 대해 이상하게 느껴졌다. 그것은 대위의 존재가 마음에 걸렸기 때문이고, 그로부터 뷔르스토나를 지키지 않으면 안 되겠다는 생각이 들었기 때문이다.

제2장 최초의 심리

K에게 전화가 걸려 왔다. 다음 일요일에 그의 사건에 대하여 소규모로 심리가 열리게 되었다는 통고였다. 이 정도의 심리는 매주 일요일이라고 정해져 있는 것은 아니지만, 규칙적으로 계속해서 열린다. 심리가 빨리 끝나기를 누구나 바라고 있지만, 그뿐만이 아니다. 신문은 사소한 문제까지 철저하게 할 필요가 있고, 그러기 위해서는 적지않은 노력이 필요하므로 질질 끌 수는 없다. 그런 관계로 소규모의 신문을 몇 번이고 되풀이하는 방법을 택했다. 일요일로 정한 것은 K의 출근을 방해하지 않기 위한 것이고 따라서 당신도 반대하지 않으리라고 믿는 바지만, 만일 K가 다른 날로 원한다면 바꿀 수도 있다. 그러므로 이를테면 밤이라도 상관없겠는데, 밤이라면 K도 피곤할 것이고 아무튼 이의가 없다면 이 쪽에서 결정한 대로 일요일에 신문을 하도록 하겠다. 잔소리 같지만 어김없이 출두하기를 바란다는 내용이었다. 그러고 나서 출두해야 할 건물의 번짓수를 알려 주었다. 그 곳은 멀리 떨어진 교외의 어떤 거리였는데 아직 한 번도 가본 적이 없는 곳이었다.

K는 이 통고를 받고, 아무 대답도 하지 않고 수화기를 내려놓았다. 출두하기로 마음먹었다. 심리가 시작되었으므로 이 쪽에서도 대항할 필요가 있고, 그런

심리는 단번에 끝맺게 해 버려야만 했다. 멍하니 전화기 옆에서 그렇게 생각하고 있는데 뒤에서 지점장 대리의 목소리가 들렸다. K가 전화기 앞을 가로막고 있기 때문에 전화를 걸 수 없었던 것이다.

"좋지 못한 소식입니까?" 하고 대리가 가볍게 물었다. 무슨 눈치라도 살피려고 그런 것은 아니었다. K가 전화기에서 어서 비켜 주기만을 바라는 것이었다.

"아니오, 그런 것은 아닙니다." 이렇게 K는 말하면서 자리를 비켜 주었다. 그러나 그 자리에서 떠나지는 않았다. 대리는 수화기를 집어 들고 상대방이 나오기를 기다리면서 말했다.

"저어, K군. 일요일 아침부터 내 요트에서 파티가 있는데 참석하지 않겠소? 꽤 많은 사람들이 모이게 되어 있고 당신 친구 하스테라 검사도 참석하기로 되어 있소. 웬만하면 꼭 와 주었으면 좋겠는데……."

K는 대리가 하는 말을 하나하나 되새겨 듣고 있었다. 대리하고는 사이가 좋지 않았으므로 이 초대는 상대편이 한풀 꺾인 것을 뜻하고, 동시에 K가 은행에서 중요시되고, K의 뛰어난 인품이나 아니면 적어도 성실한 근무 태도가 은행에서는 제 2인자인 사람으로부터 인정받았음을 의미하는 것이기도 했다. 그러므로 소홀히 받아들일 수는 없는 말이었다. 수화기를 손에 든 채, 전화가 통하게 될 때까지의 짧은 시간을 이용해서 얘기된 것이지만 어쨌든 그것은 지점장 대리의 이를테면 굴복을 나타낸 것이었다. 그러나 K는 이 굴복에 대하여 제 2의 굴복을 강요하지 않으면 안 될 처지에 있는 것이었다.

"모처럼 고마운 말씀이신데, 어떻게 하지요, 일요일에는 선약(先約)이 있어서……."

"그렇다면 할 수 없군요."

그 때 마침 전화가 통하게 되어 대리는 상대편과 얘기를 시작했다. 그의 통화는 꽤 오랫동안 계속되었는데, K는 어쩐지 그 자리에서 떠나는 것이 미안하게 생각되어 우두커니 그 자리에 서 있었다. 그러다가 수화기를 딸가닥 놓는 소리에 정신이 들어, 무의미하게 서 있었던 것에 대한 변명이라도 하듯이 다음과 같이 말했다.

"아까 전화가 걸렸을 때, 장소는 알았는데 시간을 물어 보지 않았습니다."

"그렇다면, 다시 걸면 되지 않겠소?"

"다시 전화를 걸 것까지는 없는 일입니다." 하고 어색하기 짝이 없는 변명을 했다. 대리는 걸으면서 여러 가지 얘기를 했으나, K는 듣는 척만 할 뿐 머릿속에서는 재판소의 일이 보통때는 9시에 시작되므로 일요일도 오전 9시에만 출두하면 되겠지, 하는 생각만 하고 있었다.

일요일은 흐리고 음산한 날씨였다. 간밤엔 늦게까지 술집에서 친구들과 떠들고 놀았던 관계로 몹시 지쳐 있었고 자칫 늦잠을 잘 뻔했다. 곰곰이 생각하고 지난 1주일 동안 궁리했던 여러 가지 계획을 간추릴 여유조차 없이 허겁지겁 옷을 챙겨 입고는 아침 식사도 하지 않은 채 지정된 교외의 그 장소로 향했다. 주위를 살펴볼 여유라고는 거의 없었으나 이 사건에 관계 있는 세 사람의 은행원, 즉 라벤쉬타이나, 쿨리히, 카미나를 뜻하지 않은 데서 만나게 되었다.

처음 두 사람은 전차를 타고 K의 눈앞을 지나갔고, 카미나는 어떤 다방의 테라스에 있다가 K가 지나가는 것을 보고 의아스러운 얼굴로 난간에 몸을 내밀었다. 세 사람 모두 길을 급히 걷고 있는 상관을 보고 놀랐으며, K의 모습이 사라질 때까지 꽤 오랫동안 그 뒷모습을 바라보고 있었다. 마차를 타지 않았던 것은 일종의 고집 때문이었다. 이 사건에 남의 도움을 청하기가 싫었다. 그런 일로 해서 조금이라도 비밀이 새는 것이 염려가 되었다. 그러나 놀랄 정도로 시간을 지킴으로써 심리위원회에 비굴함을 나타낼 생각도 전혀 없었다. 그래서 그저 달리다시피 했다. 결코 시간을 지정받은 것은 아니었지만 어떻든 9시까지는 도착하고 싶었다.

건물은 분명히 설명할 수는 없는 일이지만, 무슨 특징이 있거나 아니면 건물 입구의 사람들의 동태도 멀리서도 알아볼 수 있을 것으로 생각했다. 하지만 K가 목적지 율리우스 거리에 이르러 그 입구에서 잠시 걸음을 멈추고 쳐다보았으나 주변 어느 것이나 모두 닮은 건물들이 줄을 지어 서 있었다. 그것은 높은 회색의 아파트였다. 마침 일요일 아침이므로 창마다 사람들의 모습이 보였다. 팔을 걷어올리고 창가에 기대어 서서 담배를 피우고 있거나 어린애를 창가에 데리고 와서 달래는 사람도 있었다. 어떤 창문은 침구로 가려 있고, 그 침구 위로 가끔씩 부스스한 여자의 머리가 보였다. 거리를 사이에 둔 건너편에서 사람들이 큰 소리로 지껄이고 있는데 그것이 잠시 후에는 K의 머리 위에서 커다란 폭소로 변했다.

기다란 거리에는 거리의 높이보다 서너 계단 낮은 위치에 일정한 간격을 두고 여러 가지 일용품을 파는 구멍가게가 있었고, 여자들이 들락거리며 계단 근처에서 잡담을 즐기고 있었다. 과일 장수 한 사람이 창문을 통하여 건물 안의 사람과 흥정을 하고 있었는데 K와 이 사람 둘 다 부주의로 말미암아 손수레에 부딪힐 뻔했다. 그 순간 고급 주택지 쪽에서 낡은 축음기 소리가 갑자기 요란스럽게 울려 왔다.

K는 천천히 거리를 걸어갔다. 시간은 충분하다는 태도였다. 예심판사가 어딘가의 창문으로부터 자기 모습을 보고 있을지도 모른다는 생각이 들었다. 9시가 조금 지났을 무렵이었다. K가 찾는 건물은 꽤 멀었다. 우람스러우리만큼 큰 건물은 출입구가 높은데다가 폭도 넓었다. 트럭을 지나다니게 할 수 있도록 일부러 크게 만든 것 같았다.

제각기 전속의 트럭을 가지고 있는 상품 창고가 넓은 안마당을 둘러싸고 있고, 창고에는 아직 자물쇠가 잠겨진 채이며, 은행 관계 때문에 눈에 익은 상표도 눈에 띄었다. 주변의 상황을 머릿속에 새겨 두고 싶은 생각이 들어 안마당의 입구에 잠시 서 있었다. 바로 옆에 있는 커다란 빈 궤짝 위에는 맨발의 남자가 신문을 읽고 있었고, 아이들 둘이 손수레에서 놀고 있었으며, 펌프 앞에는 속옷 바람의 가냘프게 생긴 여인이 물이 물통에 차는 동안 K를 우두커니 바라보고 있었다. 안마당 한쪽 구석에는 창문에서 창문으로 한 가닥 줄을 쳐서 벌써 세탁물을 널어 놓고 있었다. 사내가 아래쪽에서 그것을 이리저리 지시하고 있었다.

K는 신문을 받기 위해 심리실로 가려고 계단에 다가섰으나 곧 걸음을 멈추어 버렸다. 이것말고도 안마당에는 계단이 세 개 있었고 제일 으슥한 쪽에 보이는 작은 통로로부터 또다시 안마당으로 나올 수 있을 것같이 보였기 때문이었다. 방의 위치를 좀더 상세히 일러 주지 않은 것은 직무 태만이요 무관심이라고 할

만한 일이니, 이 점 엄중히 경고해야 되겠다고 생각했다. 하여튼 계단을 올라가 보기로 했으나, 재판은 범죄에 의해서 끌린다고 말한 감시인 뷜렘의 말을 상기하니 K가 우연히 선택한 이 계단이 목적하는 방으로 통해 있다는 결론이 나왔다.

K가 계단을 올라가려 하다 보니 그 곳에서 놀고 있던 아이들에게 방해가 되었고, 그들을 헤치고 올라가는 그를 아이들은 노려보았다.

'이 다음 올 때는…….' 하고 그는 생각했다. '과자라도 사다 주며 달래 줄까, 아니면 지팡이라고 가지고 와서 때려 줄까.' 그러나 이제 한 걸음이면 2층에 올라서기 직전에 아이들이 공을 다 던질 때까지 K는 기다리고 서 있어야만 되었다. 거지처럼 몹시 추악한 꼴을 하고 있는 아이 둘이 어느 틈에 그의 바짓가랑이를 붙들고 달려들었는데, 한 대씩 때려서 쫓아 버리고도 싶었으나, 그러다가 상처라도 나면 어쩌나 하는 생각이 들어 그만두었다.

2층으로 왔으므로 이제 방을 찾아야 하는데, 심리위원회는? 하고 물을 수도 없는 일이었으므로, 목수 랑츠라는 사람을 생각해 냈다——이것은 프라우 구르바흐 부인의 조카인 그 대위의 이름을 상기했던 것이다——랑츠라는 사람이 없습니까, 하고 방마다 돌아다니면서 방 안을 살펴보기로 마음먹었다. 그러나 방문들은 대개 열려진 채로 있었고, 아이들이 들락거리고 있었으므로 이런 방법을 쓸 필요도 없었다. 어느 방도 창문이라고는 하나씩밖에 없는 아주 작은 것이었는데 거기에는 부엌이 하나씩 달려 있었다. 여인들은 대개 한 팔에는 어린애를 안고서 다른 손으로 부엌일을 하고 있었으며, 어려 보이는 소녀가 몸에 앞치마만 걸친 것처럼 보이는 옷차림으로 재빨리 서두르고 있는 광경도 보였다. 어느 방도 어질러진 채로 있었다. 병자가 있거나 아직 잠자리에 파묻혀 있기도 하고, 옷을 입은 채 뒹굴고 있기도 했다. 문이 닫혀진 방 앞에서 K는 노크를 하고 나서 목수 랑츠 씨 댁이 여깁니까, 하고 물었다. 대개 여자들이 나와서 얘기를 들으면 방 안으로 고개를 돌리고 침대 위에 몸을 일으킨 듯한 어떤 사람에게 되묻는 것이었다.

"목수 랑츠 씨라는 분을 찾고 있는데요."

"뭐? 목수 랑츠라고?" 하고 침대 쪽으로 말소리가 들렸다.

"그렇습니다." 하고 K는 말하지만 심리위원회가 이 방이 아님은 분명한 일이고, 더 이상 머물러 있을 필요가 없게 된다. 모두들 K가 랑츠를 꼭 찾아야 할 것으로 생각하고, 오래도록 고개를 갸웃거리면서 생각을 더듬어 보는 것이지만, 목수는 생각해 냈으나 그것이 랑츠가 아니기도 하고 랑츠라는 소리에 닮은 이름의 사내를 생각해 내기도 했으나 그것이 엉뚱한 사람이기도 했다. 옆방에 가서 물어 봐 주는 사람도 있었다. 또 그런 이름을 가진 사람이 어디 더부살이를 하고 있을는지도 모르겠다면서 꽤 떨어진 방에까지 안내해 주기도 했다.

이렇게 되니 이 쪽에서 물을 필요도 없이 여러 층을 그들에게 끌려다니게 되자, 처음에는 되었다 싶은 생각도 나중에는 싫증이 나게 되었다. 6층에 올라갔을 때는 더 이상 찾지 말아야지, 하고 결심했다. 그래서 그 곳까지 데리고 와 주었던 젊고 친절한 노동자를 돌려 보내고 이 방 저 방을 찾기 시작했는데, 아무리 찾아도 소용이 없었다. 울화통이 터져 되돌아오면서 6층 계단 입구 옆에 있는 방을 마지막으로 노크해 보았다. 좁다란 이 방에서 제일 먼저 눈에 띈 것은 커다란 기둥 시계였다. 벌써 10시를 넘어서고 있었다.

"목수일을 하는 랑츠 씨 댁이 여긴가요?" 하고 그가 물어 보았다.

"네, 어서 오십시오." 하고 유난히 빛나는 검은 눈의 여인이 앉은 채 대답했다. 그러면서 대야에 담긴 아이들의 옷을 빨고 있던 물에 젖은 손으로 열려 있는 옆방의 문을 가리켰다.

K는 어떤 집회가 있음에 틀림없다고 생각했다. 다양한 계층의 사람들이 창문이 두 개 있는 넓지도 좁지도 않은 마루방에 가득 차 있는데, 들어간 K를 눈여겨 보는 사람도 없고, 방은 벽을 따라 있는 회랑에 둘러싸여 있는데 이것도 만원 상태였다. 사람들은 몸을 구부려야 겨우 설 수 있을 정도로 낮았기 때문에 머리와 등을 천장에 부딪치고 서 있었다. 공기가 너무나 탁해 가슴이 답답했으므로 K는 오래 있지를 못하고 방에서 빠져 나왔다. 그리고는 아무래도 잘못된 것 같아서 재차 그 젊은 여인에게 말을 걸었다.

"목수일 하시는 랑츠 씨 댁이 여기가 틀림없나요?"

"네." 하고 여인은 대답하고는 "들어가세요." 하고 덧붙였다.

만약에 여인이 K 곁에까지 와서, 문의 손잡이를 잡고 "당신이 들어오시면 문을 닫아야 해요. 이제는 더 이상 아무도 들여보낼 수 없어요." 하고 말하지 않았더라면 그는 아마 그녀의 뒤를 따라 들어가지 않았을 것이다.

"들어가겠습니다." 하고 K가 말했다. "그런데 벌써 초만원이군요." 하면서 그는 방 안으로 들어갔다. 방 안으로 들어가니 두 남자가 이야기를 하고 있는데, 두 손을 내밀고 돈 계산을 하고 있는 듯한 사내의 얼굴을 또다른 한 사내가 날카로운 눈초리로 들여다보고 있는 그 사이를 K가 지나가려 할 때 알 수 없는 손이 왈칵 그를 붙잡았다. 몸집이 작고 볼이 붉은 젊은이였는데 "이 쪽으로 오시오." 하면서 안내를 했다. 그를 따라가니 이 소란스러운 군중 속에도 좁은 통로가 있었고, 그 약간의 공간이 두 개의 무리를 나누는 역할을 하고 있는 듯싶었다. 그것은 통로의 좌우 첫줄에는 K가 있는 쪽으로 고개를 돌리고 있는 사람은 아무도 없고 제각기 자기 무리를 바라보라고 몸짓까지 곁들인 열띤 어조로 얘기를 하고 있는 것만 보아도 알 수 있었다. 대개는 너절한 낡은 흑색 예복을 입고 있었으며 이 복장은 K를 몹시 당황하게 했으나 그밖의 점으로 봐서는 정치적인 지역 집회와 다를 바 전혀 없었다.

K가 안내된 큰 홀의 맞은편 끝은 역시 사람들로 가득 찼고 마룻바닥 높이와 거의 같은 높이의 연단에는 자그마한 탁자가 하나 놓여 있었다.

그 탁자 앞에는 뚱뚱한 사내가 기둥처럼 버티고 앉아 있었다. 그리고 그의 바로 뒤에서 팔꿈치를 의자의 등받이 위에 놓고 다리를 꼰 채 서 있는 사내가 뚱뚱보와 무슨 얘기를 하면서 큰 소리로 껄껄거리며 웃고 있었다. 그들의 행동으로 보아 아마도 누군가를 희롱하고 있는 성싶었다. K를 데리고 온 젊은이는 보고를 하는 데 무척 힘이 들었다. 두 번이나 보고를 했으나 위에 앉아 있는 사내의 귀에까지는 들리지 않는 모양이었다. 연단에 있던 다른 사람들로부터 눈치를 받고 나서야 겨우 몸을 굽혀 귀엣말로 보고를 들었다. 그러고는 시계를 꺼내어 보았다.

"한 시간하고도 5분 지각이다." 하고 말했다.

K는 변명을 하려고 했으나, 이 말이 끝나기도 전에 홀 오른쪽에서 불만의 술렁거림이 일어나서 변명할 기회를 놓치고 말았다.

"한 시간하고도 5분 지각이다." 하고 다시 한번 큰 소리로 되풀이하면서 홀 전체를 재빨리 한번 휘둘러보았다. 그 순간 불만의 소리는 더욱 높아졌다. 그러자 사내는 입을 다물어 버렸고 따라서 술렁거림도 차차 가라앉았다. 홀은 처음 K가 들어왔을 때보다는 한결 조용해졌고, 회랑에 서 있던 무리들만이 제멋대로 투덜거리고 있었다. 그 쪽은 연단에서 보면 먼지가 안개처럼 가득 차 있고 어둠침침해서 잘 알 수는 없으나 복장도 홀에 있는 사람들과 비교하여 한결 떨어지는 것 같았다.

쿠션을 가지고 와서, 머리와 벽 사이에 대고 상처를 방지하고 있는 사람도 있었다.

K는 얘기를 하는 것보다 관찰을 하기로 마음먹었다. 그 때문에 부득이한 사정으로 지각하게 되었다는 변명도 포기하고 그냥 간단하게 말했다.

"지각을 했는지는 모르겠습니다만, 이렇게 틀림없이 출두는 했습니다."

그러자 다시 오른쪽에서 요란하게 박수 소리가 났다. '다루기 쉬운 인간들이군.' 하고 K는 생각했다. 그러자 자기 바로 뒤 홀의 왼쪽에 있는 사람들 중에는 그다지 박수 치는 사람이 없는 것을 보고 뭔가 이상하다는 느낌이 들었다. 모든 청중을 일제히 박수 치게 할 수 없다면 일시적이긴 하지만 왼쪽 무리들도 박수를 치게 하려면 어떻게 하면 될까, 하고 그 문제를 K는 골똘히 생각했다.

"하긴……." 하고 사내는 입을 열더니 "난 당신을 신문할 의무가 있는 것도 아니지만……." 여기서 또 불평의 소리가 일었다. 그러나 사내는 손을 들어 제지하고는 얘기를 계속했으므로 이번에는 쉽게 가라앉았다. "오늘은 각별히 신문을 하기로 한다. 오늘처럼 지각하지 못하게 하기 위해서이다. 자, 올라오시오!" 누군가가 연단 아래로 뛰어내렸으므로 빈 자리가 생겨 K는 그 자리로 올라가 앉았다. 사람들이 밀려들어 탁자에 자꾸만 몸뚱이를 밀어붙였다. 안간힘을 써서 버티지 않으면 예심 판사의 탁자 그리고 예심 판사까지도 함께 굴러떨어질 지경이었다.

그러나 예심 판사는 여기에는 별로 신경을 쓰지 않는 듯했다. 팔걸이의자에 푹 파묻혀 앉아 등뒤에 있는 사내와 짧게 잡담을 교환하더니 자그마한 노트를 끌어당겼다. 책상 위에는 이것 한 권이 있을 뿐이고, 그나마 때가 묻어 있는 것이 학생들의 노트를 연상케 했고, 낡아빠져서 금세라도 하나하나 흩어질 것같이 보였다.

"그럼, 시작하겠소." 하면서 예심 판사는 책장을 넘기고 있다가 K를 바라보며 다짐이라도 받는 듯한 투로 "당신은 화가였지요?" 하고 물었다.

"아닙니다." 하고 K는 대답했다. "어떤 큰 은행의 업무 주임입니다."

이 때, 오른쪽 당파 쪽에서 누군가가 갑자기 큰 소리로 껄껄거렸다. 아무래도 참을 수 없다는 듯한 그 웃음소리에 K는 덩달아 따라 웃어 버렸다. 모두 두 손을 무릎 위에 얹고 심한 기침을 한 때처럼 온몸을 떨고 있었다. 회랑에서도 두서너 사람 웃고 있었다. 예심 판사는 몹시 화를 내고 있었으나 홀의 사람들에게는 전연 불평을 말할 자격이 없는 것처럼 보였다. 그러나 그들은 울분을 참지 못하여 회랑 쪽을 향하여 발로 바닥을 차면서 위협적인 말을 했다. 그러자 여태까지 눈에 띄지 않았던 눈썹들이 눈 위에서 곤두서기 시작하는 것이었다.

그러나 홀의 왼쪽 절반은 여전히 침묵을 지키고 얌전하게 앉아서 연단 쪽을 향했다. 연단 위에서 교환되고 있는 말소리에도 반대의 소동에도 냉정한 태도로 귀를 기울이고 있었으며, 자기 자리에서 일어나 반대 무리와 절충하고 있는 사람들이 여기저기 보이는 것에도 간섭하려는 기색을 보이지 않았다. 좌파는 우파와 비교하여 사람의 수효가 적어 그다지 문제될 만한 존재는 아닌 모양으로, 다만 냉정하게 버티고 있는 것이 좌파로 하여금 뭔가 존재 가치를 느끼게 할 뿐이었다. 말을 시작한 K는 좌파의 심정으로 얘기를 했다.

"예심 판사님! 저에게 화가 났느냐고 물으셨는데, 그것만 보아도 이 절차의 불합리성이 유감없이 폭로되었다고 봅니다. 절차가 아니라고 항의하실는지는 모르겠습니다만 그것은 어디까지나 이 쪽에서 인정하는 경우에 한하여 절차로서 성립하는 것이므로 당신의 항의는 옳다고 볼 수도 있습니다. 그러나 잠시 그것을 인정하기로 하겠습니다. 무어라고 말씀드려야 좋을는지 말하자면 동정심이

생기는 것입니다. 이런 경우 동정심말고는 생길 것이 없습니다. 엉터리 절차라
고는 말하지 않겠습니다. 다만 저의 이 말을 숙고해 주시기 바랍니다."

K는 잠시 입을 다물고 홀 안을 휘둘러보았다. 확실히 그것은 날카로운 지적
이었다. 지나치게 모진 말이 아니었나 하고 생각되긴 했으나, 그것은 어디까지
나 정당한 말이었다. 당연히 박수 갈채를 받을 만한 것이었음에도 청중은 침묵
만 지키고 있었다. 그러나 그들의 얼굴은 다음 순간에 닥칠 사태에 대한 궁금증
으로 몹시 긴장되어, 군침만 삼키고 있는 걸 볼 수 있었다. 폭발은 시시각각으
로 다가오는 듯했고, 역시 그런 폭발로 해서 문제는 일순간 해결되는 것이었다.
이 때 입구의 문이 열리고 빨래를 마친 듯한 그 젊은 여인이 들어왔는데 그녀는
살짝 들어온다고 조심을 한 모양이었지만 사람들의 시선이 그녀에게로 쏠렸다.
그 모양은 이 자리에는 너무나 어울리지 않는 느낌을 주었다. 그런데 K는 자기
가 한 말이 예심 판사에게 적지 않은 충격을 준 것을 알고 내심 기뻤다. 예심 판
사는 K의 공박을 받으면서 회랑을 향하여 우뚝 서 있었는데, 장내가 조용해지
자 다시 자리에 주저앉았다. 그는 침착성을 잃지 않기 위함인지 또 그 노트를
집어 들었다.

"그런 짓은 집어치우는 게 어떻습니까?" 하고 K는 말하기 시작했다. "그
노트도 아무 소용이 없을 것입니다." 자신의 침착한 발언만이 자기와는 아무런
관련이 없는 이 어색한 집회에서 울려퍼지는 것에 만족을 느낀 K는 더욱 신이
나서, 그 노트를 와락 빼앗아 더러운 것이라도 만지는 듯이 중간쯤의 한 페이지
를 손가락 끝으로 집어 올렸다. 그러자 누렇게 바랜 종이에 글씨가 가득 적혀
있는 페이지가 양쪽으로 너덜거리면서 펴졌다.

"예심 판사님의 문서는 이것입니다." 하고 말하고 나서, 그냥 그대로 노트를
탁자 위로 떨어뜨리면서 "마음 내키는 대로 읽어 보십시오. 전 두 손가락으로
만져 보는 것만도 역겨울 정도니까요. 내용은 모르겠습니다만 별로 겁나는 내용
은 아닌 것 같군요." 하고 덧붙였다.

예심 판사는 탁자 위에 떨어진 노트를 주워 들고 바로잡아 읽기 시작했는데
그것은 무조건 굴복하는 증거라고밖에는 생각할 수 없었다. 맨 앞줄 사람들이

긴장한 얼굴로 자기를 바라보고 있는 것을 느끼고 K는 그들을 천천히 내려다보았다. 모두 나이가 많은 백발의 노인들이었다. 이들은 예심 판사가 굴복하는 태도로 나왔는데도 불구하고 K가 연단에 올라서서 얘기를 시작한 순간부터 유지하고 있던 침착성을 잃지 않고 있었다. 이들이야말로 이 집회를 좌우할 수 있는 힘을 가진 무리들이리라.

"저의 체험은……." 하고 K는 맨 앞줄의 표정을 살피면서 나지막한 소리로 얘기를 계속했다. "저의 체험은 말할 것도 없이 개인적인 사선에 시나지 않습니다. 그리고 그 자체만을 두고 말한다면 시시한 사건에 불과하다는 것을 저 역시 인정합니다만 그와 동시에 얼마나 많은 사람들이 이와 같은 절차에 걸렸었는지 상상하고도 남음이 있는 것입니다. 저는 자주 벌어지고 있는 그런 일 때문에 궐기한 것입니다. 결코 나 개인의 문제 때문만은 아닙니다."

자신도 모르는 사이에 음성이 높아졌다. 그 때 두 팔을 쳐들고 박수를 치면서 소리치는 자가 있었다.

"그렇다! 옳은 말이다! 옳은 말이야!" 맨 앞줄의 노인들은 수염만 쓰다듬고 있을 뿐 묵묵히 앞만 바라보았다. K도 박수에는 관심이 없었지만, 그 박수에 용기를 얻은 것은 사실이었다. 만장일치의 박수 갈채는 바라지도 않았지만, 그 대신 모두가 이 문제를 보다 심각한 자세로 반성해 주고 단 한 사람이라도 좋으니 진심으로 이해하고 수긍해 주기만 하면 되는 것이다.

이와 같은 확신을 품고 K는 말했다.

"저는 웅변을 하려는 사람이 아닙니다. 저는 그런 것을 할 줄 모릅니다. 물론 예심 판사께서는 직업이 직업인만큼 연설을 잘 하시겠지요. 저는 오로지 한 가지 부당한 사항에 대해서 여러분에게 이야기하고 싶을 뿐입니다. 아무튼 저의 얘기를 조용히 들어 주시기 바랍니다. 한 열흘 전에 생긴 일입니다. 저는 체포되었습니다. 이 체포라는 사실 자체부터 우습기 짝이 없는 일입니다만 지금 이 자리에서 그것을 상세히 얘기할 성질은 못 됩니다. 어쨌든 저는 새벽녘 잠자리에서 습격을 당했습니다. 저와 비슷한 어떤 죄 없는 화가를 체포하라는 명령을 받았었다는 것이 조금 전의 예심 판사의 말로 밝혀졌습니다만, 어떻게 된 셈인지 바로 제가 억울하게 범인으로 몰렸습니다. 옆방에는 무례하기 짝이 없는 감시인이 두 사람 버티고 있고 마치 난폭한 강도를 다루듯이 저를 다루었습니다. 이들은 포악하기 비할 데 없는 자들이었는데, 시시한 소리를 지껄이는가 하면, 감언이설로 저의 속옷을 가로채려고 수작을 걸기도 하고 저의 아침 식사를 저희들 멋대로 먹어치워 버렸습니다. 심지어 아침 식사를 사다 주겠다는 이유를 붙여서 저의 돈을 빼앗으려는 수작까지 했습니다. 그뿐만이 아닙니다. 저는 세 번째 방으로 끌려가서 주임 앞에 무릎을 꿇어야 했습니다. 그 곳은 제가 존경하는 어떤 부인의 방이었는데, 감시인과 주임의 손으로 엉망이 되어 버렸습니다. 그렇게 된 것은 모두가 저 때문인데, 처음부터 전혀 근거 없는 혐의로 저를 범인 취급하는 데는 대단한 인내력이 필요했습니다. 하지만 어떻게든 저 자신을 자제하고 평온한 태도로——이것은 주임이 증명해 줄 것입니다——주임을 향해 왜 체포하느냐고 물었습니다. 그런데 이 사내는 무어라고 대답했는지 아시겠습니까? 방금 말씀드린 부인의 의자에 가장 우열한 오만의 표본 같은 태도로 비스듬히 도사리고 앉아 있는 모습이 지금도 눈에 선합니다만, 여러분! 이 사내는 결국 아무런 대답도 하지 않았습니다. 아니 대답할 수 없었다는 게 정확한 얘기가 되겠지요. 왜냐하면 저를 체포한 다음에는 아무것도 할 일이 없었으니까 말입니다. 그리고 이 사내는 내가 근무하는 은행의 행원을 세 사람 데리고 왔는데 이들은 그 부인의 사진을 함부로 만져서 못 쓰게 만들어 놓았습니다. 그들을 데리고 온 것은 물론 다른 목적이 있었지요. 그것은 하숙집의 여자 주인이나 하녀를 한편으로 만들어 제가 체포되었다는 것을 소문을 내고 그리하여 저의 사회적 명예를 손상케 함과 동시에, 은행에서의 저의 지위를 뒤흔들어 놓겠다는 것이었습니다. 그러나 유감스럽게도 주임의 이 계획은 완전히 실패로 돌아갔습니다. 하숙집의 여주인은 몹시 단순한 사람으로서——존경하는 뜻에서 그분의 이름을 밝힌다면 프라우 구르바흐——이 구르바흐 부인까지도 이와 같은 체포는 버릇 나쁜 아이가 길바닥에서 장난치는 일이나 다름이 없다고 말했습니다. 되풀이하여 말씀드립니다만, 이 사건 때문에 저는 불쾌했고 화도 냈습니다. 그러나 이런 일이 다시 더 중대한 결과를 가져오지 않으리라고 누가 단언할 수 있겠습니까?"

　여기서 얘기를 끝내고 묵묵히 앉아 있는 예심 판사를 보니, 예심 판사는 군중 속의 어떤 사람에게 눈짓으로 뭔가 신호를 보내고 있었다. K는 빙긋 웃으며 말했다.

　"방금 예심 판사님께서는 저의 옆에서 여러분 가운데 어떤 한 사람과 살짝 신호를 교환하시던데, 여러분 가운데는 이 연단으로부터 내리는 지시를 기다리는 사람이 있는 모양입니다. 방금 내려진 지시가 방해하라는 것인지, 아니면 박수를 치라는 것인지는 모르겠습니다만, 어쨌든 이 쪽에서 한 발 앞서 그 신호를 알아챈 이상 그 신호의 의미를 알 필요도 없어졌습니다. 아무튼 그렇게 비열한 수법을 사용하지 말고 당당하게 연단 아래에 있는 부하에게 '방해하라!'든지 '박수!'라든지 큰 소리로 명령하시는 것이 더 바람직한 일일 것입니다."

　예심 판사는 의자에 앉은 채 이리저리 몸을 움직이고 있었는데 그것은 낭패감과 초조함을 떨쳐 버리기 위한 것 같았다. 등뒤에서 얘기하고 있던 사내가 또 예심 판사한테로 다가갔다. 격려하고 있거나 무슨 좋은 방책을 건의하고 있는 것인지도 모른다. 연단 아래의 사람들은 나지막한 소리이긴 했으나 뭔가 열심히 서로들 이야기하고 있었다. 몹시 대립적인 의견을 가지고 있는 것으로 보이는 이 양파(兩派)는 완전히 혼란 상태에 빠져 버려 K를 손가락질하는 사람, 예심 판사를 손가락질하는 사람 등등 제멋대로이다. 먼지가 안개처럼 뿌옇게 방 안에 들어차서 조금 멀리 떨어져 있으면 연단에서 무엇을 하는지 잘 보이지 않을 정도였다. 특히 회랑의 무리들은 먼지에 시달렸던 모양으로, 형세를 좀 자세히 알려면 예심 판사의 눈치를 보면서 홀 안의 회원들에게 낮은 소리로 물어 볼 도리밖에 없었다. 회원들은 입에다 손을 대고 역시 낮은 소리로 대답했다.

　"좀더 조용히 들어 주시기 바랍니다."

　K는 탁상에 벨이 없었으므로 주먹으로 탁자를 탕탕 치면서 말했다. 놀란 예심 판사와 귀엣말을 하고 있던 두 사람의 머리는 그 순간 반대 방향으로 엇갈렸다.

　"이것은 나로서는 직접적인 이해 관계가 없는 문제이고, 따라서 냉정한 판단을 내릴 수 있는 것입니다만, 만일 여러분께서 이 엉터리 재판에 관심을 가지신 다면 저의 얘기를 잘 들어 주십시오. 그럼으로써 굉장한 이익을 얻게 될 것입니 다. 이제 시간의 여유도 없습니다. 아무쪼록 저의 연설에 대한 비판은 다음으로 미루어 주시기 바랍니다."

순식간에 물을 뿌린 듯이 장내는 조용해졌다. K는 벌써 그 정도로 집회를 지 배할 수 있게 되었다. 처음과는 달리 잡담을 하는 사람도 없었다. 박수를 치는 사람도 없었다. K의 말에 완전히 감동되고 있음이 분명했다.

"확실히……" 하고 K는 아주 낮은 소리로 말했다. 모든 청중이 군침을 삼 키며 귀를 기울이고 있었다. 그것이 K를 기쁘게 했다. 이 정적 속에 일종의 힘 의 너울거림이 생기고 그것이 열광적인 박수보다도 마음을 뒤흔들었다.

"확실히 이 재판소의 모든 현상의 배후, 저의 경우를 예로 들어 말씀드린다 면, 체포 및 오늘의 심리의 배후에는 하나의 커다란 조직이 숨어 있습니다. 그 조직은 매수하기 쉬운 감시인, 우둔하기 짝이 없는 주임, 몹시 기분이 좋을 때 가 아니면 사람다운 말 한 마디 하지 못하는 예심 판사 등을 움직이고 있을 뿐만 아니라 더 나아가서는 각급의 지위를 가진 재판관들로 구성되어 있습니다. 정리 (廷吏)라든지 서기, 헌병, 그밖의 고용인, 그리고 끔찍한 이름입니다만 사형 집행인 등등. 그런데 이 방대한 조직은 무엇을 뜻하는 것일까요? 아무 죄 없는 인간을 체포하고, 무의미한, 그리고 저의 경우가 증명한 바와 같이 전혀 소득이 라고는 없는 절차를 취하는 일, 이것이 그 전부입니다. 이와 같은 우열(愚劣) 한 상황 속에서는 벼슬아치들의 극도의 부패도 피할 수 없는 것입니다. 최고의 재판관이라 할지라도 혼자 힘으로는 이것을 예방하지는 못할 것입니다. 그렇기 때문에 감시인은 체포된 자의 옷을 가로채려는 수작을 합니다. 주임은 무단 가 택 침입을 거침없이 자행합니다. 죄도 없는 사람이 대중 앞에서 신문을 받고 굴 욕을 강요당합니다. 감시인 녀석들은 체포된 자의 소유물을 보관해 두는 창고를 자꾸만 들먹거립니다. 저는 꼭 한 번 그 창고를 구경하고 싶습니다. 체포된 사 람들이 피땀 흘려 마련한 소유물이 도둑이나 다름없는 창고 관리인들의 손에서 위험을 벗어났다 하더라도 대부분은 거기서 썩어 없어져 버리는 것입니다."

K의 얘기는 홀의 한쪽 끝에서 들려 온 째지는 듯한 고함 소리에 의해 중단되었다. 그는 손을 이마에 대고 그 소리의 정체를 살펴려 했다. 젖빛 햇살이 뽀얀 먼지 연기를 하얗게 반사시켜 눈이 부셨기 때문이었다. 소리의 주인공은 아까 세탁하던 여자 같았는데 K가 처음 여기 왔을 때부터 마음을 이상하게 자극하는 존재였다. 하기야 방금 소리를 지른 것이 이 여인이라고는 확언할 수 없었다. 한 사람이 문간으로 여인을 데리고 가서 끌어안고 있었다. 그 모양만이 보일 뿐이었다. 고함친 사람은 그녀가 아니고 남자였는데 바보처럼 입을 벌리고 천장을 쳐다보고 있었다. 두 사람을 둘러싸는 사람 떼도 생기게 되었고, 회랑의 사람들은 그 근처에 있으면서 K가 이 집회를 답답한 것으로 만들어 버린 것을 이런 불의의 사건으로 중단시킨 것이 퍽 유쾌한 모양이었다. 상내의 분위기를 재빨리 깨달은 K는 재빨리 뛰어가 보려고 생각했다. 그 곳의 질서를 회복하고, 적어도 두 사람을 꼭 쫓아 내야 되겠다고 결심했다.

그러나 맨 앞줄은 K의 눈앞에서 뿌리를 박은 듯이 움직이지 않았고 K를 지나치게 하지도 않았다. 그렇게 적극적으로 방해를 시도했다. 노인들이 팔을 내밀었다. 등뒤에서——되돌아볼 여유도 없었다——K의 멱살을 거머쥔 놈이 있었다. 이미 아까 그 남녀는 염두에서 사라지고, K는 자유가 속박된 것을 알았고 따라서 체포의 진실성을 느꼈다. 그는 더 생각하지 않고 연단으로부터 뛰어내렸다. 이리하여 그는 사람들과 정면으로 대결했다. 그들은 옳게 비판했던가? 연설에 지나친 자신을 가졌던 게 아닐까? 자기가 연설하고 있는 동안 가장(假裝)하고 있던 게 그들이 결론에 가까워진 이 때 더 이상 가장하는 것에 싫증을 낸 것일까? 그를 둘러싼 이 온갖 모습들. 조그마한 검은 동공이 소리도 없이 이리저리 두리번거리고, 뺨은 축 처진 술주정꾼의 뺨과 같았다. 기다란 수염은 거칠고 드문드문 났으며, 거기에 손을 집어넣으면 손을 처넣은 것이 아니라 손톱으로 긁힌 느낌이 들었다. 그러나 진짜 발견이라는 것은, 수염에 숨겨진 웃옷의 깃에 여러 가지 크기와 빛의 휘장이 번쩍이고 있는 것이었다. 모두가 그런 것을 달고 있음에 틀림없다. 좌파니 우파니 하는 것은 겉보기만의 것이고 모두가 같은 족속들이었다.

그런데 무심코 되돌아본 K의 눈에 예심 판사의 가슴에도 같은 모양을 한 휘장이 보였다. 그는 두 손을 허리에 대고 침착한 모습으로 연단 아래 사람들을 내려다보고 있었다.

"알았다." 하고 K는 고함을 치며 두 팔을 높이 휘둘렀다. 갑자기 사태가 분명해졌다는 느낌이 들었기 때문이었다. 그는 다음과 같이 말을 이었다.

"당신네들은 모두 관리란 말이지요. 내가 공격했던 부패, 타락의 도당이 바로 당신네들이란 말이오. 이 방 안에 처박혀서 청중과 탐정의 1인 2역을 연출했지요. 당파로 갈려 있는 듯 꾸미고, 나의 본심을 살피기 위해서 한쪽 당파가 박수 갈채를 보냈지요. 죄없는 사람에게 어떻게 죄를 덮어씌우느냐 하고 당신네들은 실험하고 있었던 거지요. 확실히 당신들이 이 자리에 모인 것은 헛된 일이 아니오. 어떤 바보 같은 죄없는 인간이 그 변호를 당신들에게 부탁했다는 사실을 당신들은 얼마나 재미있게 생각했겠느냔 말이오——아아, 가까이 오면 갈겨버리겠소!" 손발을 벌벌 떨면서 옆으로 다가온 노인을 향하여 K는 고함쳤다. "또 사실상 당신네들의 실험은 성공을 거둔 셈이오. 축하하오."

K는 탁자 위에 놓여 있던 모자를 재빨리 집어 들자 망연한 상태로 소리를 죽이고 있는 사람들 사이를 뚫고 문간으로 달려갔다. 그런데 예심 판사는 K보다도 몇 발짝 앞질러 문간에서 그를 기다리고 있었다.

"잠깐 기다리시오." 하고 예심 판사가 말했다.

K는 멈칫 발걸음을 멈추었으나 손은 이미 문 손잡이를 붙잡고 있었고 눈은 문을 쳐다보고 있었다.

"아직 깨닫지 못하고 있는 것 같아서 일러 두겠는데 자네는 오늘 체포된 자가 신문을 받을 때 당연히 누릴 수 있는 권리를 자네 스스로 포기한 것이야."

그러자 K는 조소를 던졌다.

"신문 같은 건 내 알 바가 아닙니다."

그는 소리치고 나서 문을 열고 계단을 뛰어내려갔다. 등뒤에서는 제정신으로 돌아온 청중들의 술렁거림이 일어났다. 아마도 그들은 연구하는 사람다운 태도로 되돌아와서 이 사건을 토론하기 시작했으리라.

제3장 텅 빈 법정에서, 학생, 사무실

K는 다음 1주일 동안 상대편에서 화해하러 오기를 매일 기다렸다. 신문 같은 건 내 알 바가 아니다라고 고함 친 것을, 참말로 받아들였다고는 믿어지지 않았다. 토요일이 되어도 화해하자는 소식이 없었으므로 같은 시각에 그 집으로 오라는 것이겠지, 하는 생각으로 토요일이 되자 K는 그 집으로 다시 가 보기로 했다. 이번에는 망설이지도 않고 곧장 계단을 올라가서 복도를 걸어갔다. K를 기억하고 있는 사람도 더러 있어서 제각기 문간에서 인사를 하기도 했다. 그러나 이젠 찾는 곳을 물어 볼 필요가 없었고 목적하는 방도 쉽게 찾을 수 있었다. 노크를 하니 금방 문이 열렸는데, K는 문간에 있는 전의 그 여인에게는 눈길도 보내지 않고 곧장 옆방으로 들어가려 했다.

"오늘은 쉽니다." 하고 그 여인이 말했다.

"왜 쉬는 거요?" 그럴 리가 없다고 생각했으나, 옆방의 문을 열어 달라고 하여 방 안을 들여다보고 나서야 인정을 했다.

그 방은 텅 비어 있었다. 방 안이 횅하니 비어 있기 때문에 지난 일요일보다도 한층 적막하게 보였다. 연단에는 지난번과 마찬가지로 탁자가 놓여 있고 그위에 책이 두세 권 놓여 있었다.

"저 책을 좀 보여 줄 수 없을까요?" K는 꼭 보고 싶지도 않았으나, 뭔가 이 방에 머물러 있을 구실이 필요하다 싶어 그렇게 물었다.

"안 돼요." 여인은 다시 문을 닫아 버렸다. "저건 판사님의 책이니까요."

"그래요." K는 고개를 끄덕여 보이고 "아마 법률책이겠지요. 누명을 덮어 씌워 놓고 한 마디 설명도 없이 유죄 판결을 내리는 것이 이 재판소의 수법이거든."

"그런가 봐요." 하고 여인은 애매한 대답을 했다.

"그럼 이만 실례하겠습니다."

"뭐, 판사님께 전할 말씀이라도 있으면 전해 드리겠어요."

"예심 판사와는 잘 아나 보죠?" 하고 K가 되물었다.

"잘 알고 있어요." 하고 여인은 말하고는 "주인은 정리(廷吏)거든요." 하고 덧붙였다.

그 때 K는 지난번에 왔을 때 세탁기가 하나 놓여 있던 방이 완전히 거실로 바뀌어 있는 것을 발견했다. 놀라는 K를 보고 여인은 아무렇지도 않은 듯 말했다.

"방은 무료로 빌려 주고 있습니다만, 개정일(開廷日)에는 비우지 않으면 안 돼요. 주인의 신분으로는 여러 가지 불편한 것이 많아요."

"방은 그렇다 하더라도……." 하고 K는 못마땅한 표정을 짓고는 "바깥주인이 있다니 놀라운 일인데……." 하고 말했다.

"지난번에 선생님의 연설을 엉망진창으로 만들어 버린 그 사건을 말하고 계시는군요."

"그래요. 이미 지나간 일이 돼서 거의 잊어버렸지만, 그 때는 몹시 화가 났어요. 그게 남편이 있는 여자 때문이니 말이오."

"하지만 연설을 도중에 중단한 것이 결과적으로는 다행이었어요. 나중에 모두가 선생님의 연설에 대해서는 몹시 나쁘게 얘기하던 걸요?"

"그럴는지도 모르지요." K는 말머리를 살짝 돌려 이렇게 대꾸했다. "그런 말을 한다고 변명이 되는 것은 아닐 텐데요."

"하지만 저의 사정을 알고 있는 사람이라면 저의 변명을 인정해 줄 거예요." 하고 여인은 말했다.

"그 때 저를 부둥켜안고 있던 남자는 오래 전부터 저의 뒤를 따라다니고 있는 사람이에요. 전 남자들의 관심의 대상이 될 만한 여자가 못 되는데도 그 사람만은 달라요. 이건 남편도 알고 있어요. 그 사람은 학생이고 앞으로 굉장히 높은 지위에 오를 사람이므로 그 때 자기 지위를 유지하려고 남편은 보고도 못 본 체하고 있는 거예요. 조금 전에도 선생님의 모습을 보고 달아난 걸요."

"여긴 무슨 일이든 다 그런 식이야. 별로 놀랄 일도 못 되는군!"

"선생님은 여기서 무슨 개혁이라도 하실 작정이세요?" 상대편의 얼굴빛을 살피며 천천히 물으면서, 조용히 여인은 말을 계속했다. "선생님의 연설을 들었을 때부터 그 심정은 짐작하고 있었습니다. 아주 도움이 되는 말씀이었지요. 처음에는 방 밖에 있었기 때문에, 그리고 나중에는 그 학생과 마룻바닥에 뒹굴고 있었기 때문에 아주 조금밖에는 듣지 못했습니다만——여긴 정말 싫어요." 그녀는 잠시 말을 그쳤다가 K의 손을 붙잡으며 덧붙였다. "개혁에 자신이 있으세요?"

K는 얼굴에 미소를 띠며 여인의 부드러운 두 손을 살며시 쥐었다.

"당신이 이야기하는 그런 개혁 같은 것을 나는 해낼 수 있는 인물이 못 됩니다. 설령 당신이 예심 판사에게 일러 준다 하더라도, 당신은 우스갯감이 되거나 도리어 처벌을 받을 게 틀림없습니다. 나는 그런 문제에 관계하고 싶지는 않았습니다. 이 곳의 재판 제도가 그 개혁을 필요로 하고 있다 하더라도, 그것은 나에게 아무런 영향을 주지 못합니다. 다만 보시다시피, 아니, 정말로 체포되었기 때문에 할 수 없이 참견을 한 데 지나지 않습니다. 그러나 이것이 당신에게 어떤 도움이라도 된다면 더할 나위없이 난 더 용기를 낼 수 있을 것입니다. 아무튼 이것은 이웃을 사랑하는 그런 마음만이 아니고 당신도 도와 주겠지, 하는 그런 기대가 있기 때문입니다."

"어떻게 하면 도와 드릴 수 있을까요?" 하고 여인이 물었다.

"그렇다면 우선 탁자 위에 놓여 있는 책부터 좀 보여 주셨으면 합니다."

"어렵잖은 일이에요." 여인은 그렇게 말하더니 K를 방 안으로 끌고 갔다. 그것은 표지도 낡을 대로 낡아 실로 꿰매어 놓은 오래 된 책이었다.

"여기 있는 것은 모두가 이렇게 더럽단 말이야." K가 이렇게 말하자 여인은 앞치마로 책을 닦으며 능숙한 솜씨로 표지의 먼지만 훔치고 나서 K에게 건네주었다.

K는 맨 위에 쌓여 있던 책을 들추었다. 이상한 그림이 나타났다. 한 쌍의 남녀가 나체로 소파에 앉아 있었다. 작가의 더러운 의도가 노골적으로 나타나 있는 책인데, 그 수법이 지극히 유치하고 졸렬한 것이어서, 남자와 여자가 있다는 것만이 분명한 책이었다. 그것이 참으로 육체적인 느낌으로 그림에서 튀어나와 옆에라도 도사리고 있는 것처럼 보였다. 원근법도 서툴러서 굳어진 몸을 겨우 갖다 대고 있는 것처럼 보였다. K는 더 이상 보는 것이 지겨워 두 권째의 책을 집어 표지를 넘겨 보았다. 거기에는 《그레테가 남편 한스로부터 받은 학대의 고백》이라는 표제가 씌어 있었다.

"이게 법률 서적이란 말인가?" 하고 K는 말하고 "이런 한심한 인간들한테 신문을 받게 되다니 말이야." 하고 덧붙였다.

"제가 도와 드리겠어요." 하고 여인이 말했다.

"정말이오? 도와 주다가 당신이 위험하게 되면 어쩌려고? 당신 남편의 모가지는 상관들의 마음 하나에 달렸다고 하지 않았소?"

"그런 것은 문제가 아녜요. 어쨌든 이 쪽으로 오세요. 의논할 것이 많아요. 저에 대해서는 염려하실 필요 없어요. 제 자신이 두렵다고 생각하는 것말고는, 저에게는 두려운 것이라고는 없어요. 이 쪽으로 오시라니까요." 그녀는 연단을 가리키면서 그 나직한 계단에 함께 앉자고 권했다.

"새까만 눈이 참 아름답군요." 함께 자리에 앉자 여인은 그렇게 말하면서 K의 얼굴을 들여다보았다.

"저의 눈이 예쁘다고 말하지만, 선생님의 눈은 훨씬 더 예쁘군요. 처음 오셨을 때부터 그렇게 생각했어요. 그래서 전 나중에 법정으로 들어간 거예요. 그런 짓을 한 것은 처음이었는데 이 법정의 규칙도 우리 같은 사람은 못 들어가게 되어 있어요."

'이제 알았다.' 하고 K는 생각했다. 이 여인은 자기 몸을 제공하고 있다. 여기 있는 온갖 것과 마찬가지로 이 여인도 부패해 있다. 당연한 일이지만 재판소의 관리들에겐 싫증이 날 대로 나서 관리가 아닌 사내를 보기만 하면 상대를 가리지 않고 유혹하려는 것이다. K는 아무 말도 하지 않고 자리에서 일어나 그 마음을 드러낸 여인에 대하여 큰 소리로 자기의 태도를 밝히려 했다.

"당신에게는 나를 도울 만한 힘이 없을 것으로 생각됩니다." 하고 K는 말했다. "진정으로 도와 주려면 고관들과 가까운 관계에 있어야 돼요. 그러나 당신은 이 근처에 우글거리는 신분이 아주 낮은 족속들만 상대로 하고 있어요. 물론 그런 사람들이 다소 힘이 될는지는 몰라도 그런 무리들의 힘이란 뻔한 것이어서 소송의 결과에는 아무런 영향을 미칠 수 없을 것이오. 그렇게 별로 바람직한 일도 아닌 것을 그 사람들한테 부탁함으로써 당신의 입장만 곤란해질 수도 있는 것이니 그런 짓은 한 마디로 어리석은 짓이라고 할 수 있소. 그러니 당신은 종전과 다름없이 그들과 교제하도록 하시오. 그것이 당신에게는 꼭 필요한 일인 것 같소. 무슨 슬픈 일이 있는 것도 아닌데, 당신은 슬픈 표정으로 나를 바라보고 있소. 그런 표정은 내가 좋아하는 표정이오. 당신의 세계에 나는 도전하고 있소. 더군다나 그 세계에 당신은 파묻혀 있는데다 학생을 사랑하기도 합니다. 사랑이란 말이 이 경우에 적합하지 않을는지 몰라도 당신은 남편보다는 그 학생을 사랑하고 있소. 난 당신의 말투에서 금방 알아차렸소."

"그런 말이 어디 있어요!" 여인은 큰 소리로 그렇게 부르짖더니 앉은 채 K의 손을 더듬어 붙잡으려 했다. K는 당황해서 재빨리 손을 빼 버렸다.

"가지 말아 주세요. 오해를 풀지도 않고 가 버리다니 너무하세요. 좀더 계시다가 돌아가셔도 괜찮지 않겠어요?"

"오해하시면 곤란합니다." 하고 K는 다시 주저앉았다. "여기 있어 달라면 얼마든지 있어 주겠소. 별로 바쁜 몸도 아니고, 오늘은 심리가 있을 줄로만 알고 왔으니까. 그러나 방금도 말했지만 이 소송에서 당신의 도움은 받지 않겠습니다. 난 소송의 결과에 대해서는 별로 염려하고 있지도 않고 또한 유죄 판결이

내려진다 하더라도 비웃어 줄 뿐이니까요. 내가 사양한다고 해서 당신이 기분
나빠할 것은 조금도 없소. 하긴 이런 얘기는 재판이 순조롭게 진행되었을 때의
얘기이고 사실은 그 결과가 어떻게 될지 모르는 것이오. 관리들이 태만해서 그
런 것인지, 건망증이 심해서 그런 것인지는 몰라도 좀 심한 표현이지만, 공포심
을 느낀 때문인지 아무튼 절차는 이제 중지되었소. 늦어도 다음번에는 중지가
될 것이오. 나는 이것을 믿고 있소. 그러나 상당한 뇌물을 바라고 형식적인 소
송만은 진행할 것으로 생각됩니다. 하지만 그런 기도는 착각에 그치고 말 것이
오. 지금 말해 두지만 뇌물을 바칠 것으로 생각했다가는 큰 실망을 하게 될 것
이오. 만약 당신이 나에게 호의를 가지고 있다면, 예심 판사나 그밖에 중요한
뉴스를 지껄이고 다니는 사람 누구에게라도 좋소. 이 K라는 사람은 절대로 뇌
물을 쓰는 사람이 아니라는 것을 얘기해 주시오. 이것은 절대로 바랄 수 없는
것이라고 정면으로 분명히 밝혀 주시면 고맙겠습니다. 그 녀석들도 대개는 나의
성품을 짐작하고 있을 것이고, 설사 짐작하지 못하고 있다 하더라도 나로선 그
것을 알아 주기를 바라지도 않겠소. 다만 내 심정을 알면 그들은 헛된 고생을
하지 않아도 될 것이고 나 역시 불쾌한 꼴을 보지 않아도 될 것 같다는 것뿐이
오. 하긴 이 불쾌함은 그 하나하나가 그들을 공박하는 기회를 만들어 주는 거나
다름없는 일이고, 불쾌하다고 해도 그다지 고통스러운 것은 아니오. 아니, 그런
방향으로 나 자신을 다스려 나갈 작정이란 말이오. 그런데 당신은 정말로 예심
판사와 잘 아는 사이요?"

"네, 그렇고말고요." 하고 여인은 말했다. "도와 드리겠다고 말씀드렸지만
저의 머릿속엔 가장 먼저 떠올랐어요. 그분은 지위가 높지는 않아요. 하지만 그
분이 제출하는 보고서는 어딘가에 있는 더 높은 사람의 마음을 움직일 수 있을
것으로 저는 믿어요. 평소에도 꽤 많은 보고서를 쓰고 계시지요. 제대로 일하지
않는 관리들도 더러 있긴 하지만 그분은 그렇지 않아요. 굉장히 많은 보고서를
내고 있어요. 지난번 일요일에도 회의가 밤까지 계속되고, 모두 돌아가고 난 뒤
에도 홀에 혼자 남아 계셨어요. 등불이 필요하다고 말씀하시기에 부엌에 있던
자그마한 램프를 가져다 드렸더니 그 불빛을 위로 삼아 곧 보고서를 만들기

시작했어요. 그러는 동안 그 날 휴가를 얻어 남편이 귀가했으므로 함께 가구를 다시 홀로 들여다 놓고 마침 놀러 온 이웃 사람들과 얘기를 했어요. 그런데 우리는 그분을 완전히 잊어버리고 우리들만 잠자리에 들고 말았습니다. 꽤 밤도 깊었던 걸로 알고 있었습니다만 문득 눈을 떠 보니 침대 옆에 그분이 서서 남편 쪽으로 불빛이 새나가지 않도록 손바닥으로 램프를 가리고 있었어요. 남편은 그런 불빛 정도로 잠을 깰 사람이 아니니 필요 없는 걱정이지요. 전 깜짝 놀라 소리를 지를 뻔했으나 그분은 빙긋빙긋 웃으며 손짓으로 놀라지 말라고 신호를 했습니다. 그러고는 '지금까지 보고서를 쓰고 있었습니다. 이제 다 끝났으니 램프는 돌려 드립니다. 당신의 잠자는 모습은 영원히 잊지 못할 것입니다.' 하고 속삭이듯 말씀하셨습니다. 그분이 굉장히 성실하다는 것은 이것만 봐도 알 수 있겠지요. 게다가 일요일의 회의는 선생님에 대한 신문이 주된 의제였으므로 보고서도 거의 선생님에 대한 것이었습니다. 이렇게 장문의 보고서가 아무런 영향을 미치지 않을 수는 없을 것으로 생각되는군요. 그리고 그분이 지금 저를 사모하고 있으니 이 때야말로 가장 이용하기 쉬울 거예요. 이건 아까 말씀드렸으니까 짐작하실 수 있을 거예요. 저의 판단은 정확합니다. 증거도 있으니까요. 어제였어요. 그분은 가장 신임하는 학생을 통하여 비단 양말을 선물로 보내 주셨습니다. 법정을 청소해 준 보답으로 보낸다고 하셨지만, 그것은 저의 임무이고 그 보수는 남편이 받고 있으니까요. 보답이라는 것은 단지 핑계에 지나지 않는 거예요. 아주 부드러운 양말이었어요." 그녀는 다리를 뻗고 스커트를 무릎까지 끌어 올려 자신도 양말을 바라보면서 "아름다운 양말이지만 너무 고상한 것이어서 우리 같은 사람에게는 어울리지 않겠지요?" 하고 말했다.

그러다가 갑자기 입을 다물고 그녀는 K의 손 위에 자기 손을 얹고서는 속삭였다.

"조용히 하세요. 베르톨트가 이 쪽을 보고 있으니까요."

K가 문을 바라보니 회의실 입구에 젊은이가 한 사람 서 있었다. 몸집이 작고 다리가 바깥쪽으로 몹시 휘어져 있으며, 볼품 없는 불그스름한 수염을 계속 매만지면서 무슨 위엄이라도 차리려고 애쓰고 있는 것 같았다. K는 그 젊은이를

뚫어지게 바라보았다. 정체를 알 수 없는, 법률학도로서는 처음으로 직접 만나
보게 된 인물이었다. 이 학생이 언제인가는 높은 관직에 오를 수 있다는 바로
그 사람이었다. 학생은 K를 보는 둥 마는 둥 하고 수염을 매만지던 손가락으로
여인에게 신호를 슬쩍 보내더니 창가로 갔다. 여인은 K에게 얼굴을 가까이 대
면서 작은 목소리로 말했다.

"기분 나쁘게 생각하지 마세요. 나쁜 여자라고 여기지 말아 주세요. 전 꼭 가
봐야 한답니다. 저 사람 참 멋있는 사내예요. 저 휘어진 다리만 봐도 가슴이 울
렁거려요. 하지만 곧 돌아오겠어요. 갔다 온 후 선생님이 원하시는 대로 따라가
겠어요. 어떤 짓을 해도 상관없어요. 될 수만 있다면 전 이 곳을 떠나고 싶어요.
이런 곳에서 떠날 수만 있다면 정말 행복할 거예요."

그녀는 K의 손을 만지고 있었으나 펄쩍 뛰어서 창문 쪽으로 달려갔다. K는
여인의 손을 붙잡으려다가 허공만 가르고 말았다. 분명히 K도 그 여인에게 마
음이 끌린 것이었다. 그런데 왜 이 유혹에 넘어가서는 안 되느냐 하는 것을 생
각해 보았지만 뚜렷한 이유는 없었다. 재판소를 위하여 여인은 자기를 감금하고
있다고 억지로 이유를 붙여 보았으나 이것은 너무나도 근거가 희박했다. 대체
여인이 감금을 할 수 있을 리 없다. 재판소, 그런 것은 적어도 자기 자신과 관계
가 있는 한 문제없이 때려부숴 버릴 수 있었다. 그처럼 자기는 자유로운 입장에
있지 않느냐, 자기 자신에 대하여 그토록 자신(自身)도 없느냐, 하고 생각하니
도움을 자청한 여인의 태도에 진실성을 느끼게 되었고, 함부로 거절해서는 안
되겠다는 생각이 들었다. 게다가 이 여인을 내 것으로 만들어 버림으로써 예심
판사와 그 일당들에게 뼈 아픈 복수도 할 수 있지 않겠느냐는 생각도 하게 되었
다. 그리고 K에 대한 허위 보고서를 고심해서 작성한 예심 판사가, 깊은 밤 여
인의 침대가 텅 비어 있는 것을 발견하게 되는 것도 분명히 한 가지 복수가 되는
셈이다. 침대를 비우게 된 것은 그 여인이 K의 것이기 때문이다. 창가의 그 여
인, 올이 굵은 검은색 천으로 만든 옷을 입고 탄력 있는 몸매에 뜨거운 열기를
풍기고 있는 여인은 K의 독점물이기 때문이다.

여인을 두고 흔들리는 마음을 이렇게 떨쳐 버린 K는 창가에서 소곤소곤 속삭

이고 있는 대화가 지루하게 느껴져, 주먹을 쥐고 연단을 톡톡 두드렸다. 학생은 여인의 어깨 너머로 K를 힐끔 바라보더니, 태연한 얼굴로 여인을 끌어안았다. 여인은 마지못해 고개를 숙이고 사내가 지껄이는 말을 열심히 듣고 있는 것처럼 보였다. 학생은 몸을 기대고 있는 여인의 목덜미에 틈틈이 키스를 했다. 이 광경으로 여인이 호소했던 학생의 전제(專制)를 확인하게 되었다. K는 자리에서 일어나 방 안을 서성거리기 시작했다. 이따금 곁눈질로 학생을 살피면서 가장 손쉽게 그놈을 쫓아 내는 방법은 없을까 하고 생각했다. 그러다 보니 살금살금 걷던 발걸음이 탕탕 마룻바닥이 깨질 정도로 걷게 되었고 K의 이 동작이 매우 거슬린 학생은 다음과 같이 말했다.

"기다리기가 지겹거든 돌아가는 것이 어때? 당신쯤 있으나마나니까. 진작 일찍 돌아갈 일이지. 아냐, 내가 왔을 때 분위기 파악을 해서 깨끗이 사라졌어야 마땅한 일인데 말이야."

이 말은 분노가 노골적으로 드러난 것이라고 할 수 있었다. 그와 동시에 마음에 들지 않는 피고를 향하여 지껄이는 미래의 법관의 오만한 태도도 분명히 나타나 있었다. K는 학생에게 다가서서 빙긋이 웃으면서 말했다.

"기다리기에 지친 것만은 확실한데, 그것은 당신이 돌아가기만 하면 해결돼요. 그러나 당신은 학생인 모양인데, 만약 공부 때문에 이 곳에 왔다면 난 기꺼이 이 방에서 나가겠어. 물론 그 여인은 내가 데리고 말이야. 재판관이 되려면 어지간히 공부를 해서는 안 될 테니까 말이야. 당신이 연구하고 있는 재판 제도가 어떤 것인지 나도 연구중인데, 두려움도 없이 당신이 해 보이는 엉터리 연설 같은 것과는 거리에 먼 것이라고 생각해도 틀림없을 것 같군. 그렇지?"

"이런 사람을 집 안에 놔 둔 것이 잘못이야." K로부터 폭언을 듣게 된 학생은 몹시 화가 치미는 모양인지 이렇게 고함을 질렀다. "확실히 실수했어. 예심 판사에게도 얘기했지만, 신문중에는 아무튼 방 안에 가두어 두어야 하는 건데 말이야. 예심 판사는 무슨 일을 이 따위로 하는지 모르겠어."

"그 따위 소린 하지 않는 것이 좋을걸." 하고 말한 K는 여인 쪽으로 손을 내밀었다. "이 쪽으로 와요!"

"천만에, 그렇게는 안 될걸." 학생은 보기와는 다르게 굉장한 힘으로 한 팔로 여인을 안아들더니, 다정스러운 눈초리로 여인을 바라보며, 몸을 앞으로 약간 굽힌 채 문간으로 달려갔다. K를 두려워하고 있는 기색이 엿보이기는 했으나 비어 있는 손으로 여인의 팔을 만지고 문지르고 했다. 그것은 K를 화나게 만들려고 그러는 것이었다. K는 달려들어 학생의 목이라도 비틀어 주려고 서너 발짝 학생에게로 달려갔으나 여인이 이렇게 말렸다.

"그러지 마세요. 판사님의 호출이니까. 선생님에게는 갈 수가 없어요." 그러고는 "이 고약한 꼬마가." 하면서 학생의 얼굴을 쥐어뜯었다.

"이 꼬마가 저를 놔 주지 않는군요." 하고 여인은 다시 소리쳤다.

"당신이 떨어지기 싫은 거겠지." 하고 고함 치면서 K는 학생의 어깨를 붙잡았다. 그러자 학생은 이를 드러내면서 물어뜯으려 했다. "안 돼요." 여인이 소리치면서 두 손으로 K를 밀어 냈다. "무슨 짓을 하는 거예요? 부탁이에요. 이 사람을 놔 주세요. 저를 생각해 주신다면 그만 놔 주세요. 이 사람은 판사님의 명령으로 저를 데리러 온 것뿐이에요. 이 사람에게 책임이 있는 것은 아녜요."

"그렇다면 놔 주지. 하지만 이제 두번 다시 만나지 않겠소. 그리 아시오."

K는 실망으로 말미암아 환멸을 느끼면서 그렇게 말하고 학생의 어깨를 사정없이 한 대 때렸다. 상대편은 순간 휘청거렸으나 넘어지지는 않았다. 그러자 그 학생은 자신이 생겼는지 재빨리 자세를 바로잡고는 놀라운 힘으로 여인을 안고 달렸다.

K는 아무 말 없이 그들의 뒤를 따라갔다. 그들에게 여지없는 패배를 당했다고 생각했다. 패배를 겁낼 이유는 물론 아무것도 없었다. 도전할 결심이기 때문에 패배를 감수하는 것이었다. 만약 자신의 집 안에서 생긴 일이라면, 그리고 소송에 걸려 있는 몸이 아니라면 이 따위 인간들쯤은 간단히 해결했을 것이다. 굉장히 우스운 장면을 K는 상상했다. 이 엉뚱한 학생, 수염까지 텁수룩한데다가 다리는 휘어 있는 사내가 엘자 앞에 무릎을 꿇고 두 손바닥을 비비며 용서를 빌고 있다. 이런 광경을 머릿속에서 펼쳐 보니 웃음이 저절로 나왔다. 만약 기회가 있으면 정말로 그 학생을 엘자에게 데리고 가 보았으면 싶었다.

　K는 여인이 어디로 끌려가는지, 설마 저렇게 안긴 채 바깥으로 나갈 리는 없 겠지 하는 생각을 하면서도 걱정이 되어 급히 문간으로 나가 보았다. 그러나 길 은 예상 이상으로 간단했다. 응접실의 문을 열자 바로 건너편에 좁은 나무 계단 이 있고 그것이 다락방으로 통하고 있는 모양이었다. 계단 끝은 휘어져 있기 때 문에 보이지 않으나 학생은 여인을 안은 채 그 계단을 올라갔다. 학생은 여인을 들고 꽤 달렸으므로 몹시 헐떡거리고 있었다. 여인은 팔을 내저으며 계단 아래 에 있는 K에게 신호를 보내고 몸을 버둥대면서 이 유괴는 자신의 뜻과는 무관 한 것이라는 표시를 했다. 그러나 그다지 놀라거나 슬퍼하는 얼굴빛이 아니었 다. K는 전혀 모르는 사람을 바라보는 표정으로 여인을 바라보았다. 실망한 자 신의 심정도 그리고 이 실망이 쉽게 처리될 수 있을 것으로 스스로 믿는 심정도 여인에게는 알려지는 것이 싫다고 생각했다.

　벌써 두 사람의 모습은 사라졌으나, K는 아직 문간에 우두커니 서 있었다. 여인에게 완전히 배반당한 셈이었으나 예심 판사에게 끌려간다는 것은 입에서 나오는 대로 지껄인 변명에 불과한 것 같았다. 또 판사가 다락방에서 멍청하게 혼자 앉아서 사람을 기다리고 있을 리도 없었다. 나무 계단을 아무리 노려본다 하더라도 사태를 파악할 수는 없었다. 그 때, 계단 입구에 자그마한 팻말이 걸려 있는 것이 눈에 띄었다. 가까이 가서 보니 서투른 글씨로 '재판소 사무실 입구' 라고 씌어 있었다. 이 아파트의 다락방에 재판소 사무실이 있다는 것은 재판소 의 위엄(威嚴)을 여지없이 떨어뜨리는 일이지만, 가난뱅이들만 모여 사는 이 아파트의 주민들이 헛간으로 이용할 만한 장소에 사무실을 차려 놓은 것을 보면 어지간히 없는 모양이었다. 그러나 피고의 입장에서 보면 마음 놓이게 하는 일 이기도 했다. 말할 것도 없이 재판소를 운영할 돈이야 충분히 있는 것이지만, 재판의 목적에 사용하기 전에 관리들이 먼저 그 돈을 다 써 버리는 것이 아닌가 하는 의심이 들기도 했다. 아니 그뿐이 아니라, K의 오늘까지의 경험에 의해 서, 그런 일이 생겨날 수 있다는 것은 근거 있는 일이었다. 만일 그렇다고 한다 면 재판소의 이와 같은 타락은 피고의 자존심을 상하게 했지만, 재판소가 가난 한 경우와 비교하여 훨씬 피고의 마음을 놓이게 하는 것이었다. 그런 이유로 재판소가 최초의 신문을 할 때, 피고를 다락방으로 소환하는 것을 부끄럽게 여기고 K의 거실로 무단 침입하는 방법을 택한 심정을 K는 이해할 수 있을 것 같았다. 다락방에 있는 재판관. 그런데 K는 은행에서 부속실까지 딸린 커다란 전용 사무실을 가지고 있고, 커다란 창문 너머로 거리의 광장을 바삐 오가는 사람들의 모습도 바라볼 수 있는 신분이다. 물론 K는 뇌물이나 횡령에 의한 부수입이라고는 전혀 없었다. 그리고 급사로 하여금 여인을 안고 사무실로 오게 하는 그런 재주도 없었다. 적어도 현재의 처지에서 그런 짓은 하고 싶지 않았다.

한동안 팻말 앞에 우두커니 서 있자 한 사내가 계단을 올라왔다. 그는 열려 있는 문 틈으로 거실을 들여다보았다. 법정도 함께 바라보이는 곳이었는데 그는 K를 향하여 "여기서 여인을 보지 못했습니까?" 하고 물었다.

"아, 여기 정리(廷吏)신가요?" 하고 K가 되물었다.

"네," 하고 대답하고는 "피고 K씨군요. 어디서 본 듯한 얼굴이었습니다. 하여튼 잘 오셨습니다." 그는 이렇게 말하면서 손을 내밀었다. 뜻밖의 상황에 K는 당황했다. 아무 말도 하지 못하고 있는데 그 사내는 "오늘은 재판이 없습니다." 하고 덧붙였다.

"나도 그건 알고 있소." 하고 K는 대답하면서 정리의 옷차림을 훑어보았는데, 보통 단추말고 장교들의 군복에 달려 있는 것과 같은, 금빛 몰로 된 단추가 두 개 달려 있었다. 아마도 그것이 제복의 유일한 표지인 것 같았다.

"방금 여기서 당신 부인과 얘기를 하고 있었는데, 학생놈이 부인을 예심 판사에게로 끌고 갔소."

"보시다시피……." 하고 사내는 말했다. "마누라는 노상 끌려다닙니다. 오늘은 일요일이어서 비번인데도 시시한 일로 저를 심부름 보냈습니다. 저를 내쫓겠다는 것이지요. 그다지 먼 곳이 아니었기 때문에 일찌감치 일을 마치고 오면 마누라를 빼앗기지는 않겠지 하는 생각에 쉬지 않고 달려갔다 왔습니다. 입구에서 얼굴을 내밀고 상대편 관리에게 숨을 헐떡거리면서 용건을 말했습니다. 그런데 그 관리는 제 말이 무슨 말인지 미처 알아듣지 못한 모양이었나 봅니다. 하지만 더 이상 머무르지 않고 서둘러 되돌아왔는데 그만 학생보다 늦고 말았습니다. 하기야 학생은 다락방으로부터 계단만 뛰어 내려오면 되니까 길이 나보다는 훨씬 가까운 편이지요. 제가 자유로운 신분이라면 학생쯤 이 벽에다가 던져 으깨 버릴 텐데 말입니다. 그야말로 그놈을 갈기갈기 찢어서 피바다를 만들어 버리고 싶습니다. 이건 헛된 꿈이기는 하지만 말입니다."

"달리 생각할 수는 없나요?" K는 미소를 띠면서 물었다.

"없습니다. 자꾸만 마음 상하는 장면만 보게 된단 말입니다. 예전엔 학생놈 자신이 마누라를 끌고 갔습니다만, 지금은 예심 판사까지도 끌고 갑니다. 벌써부터 예상했던 일이기도 하지마는……."

"그렇다면 당신 부인에게는 죄가 없는 셈이군요." 하고 물은 K는 치미는 질투심을 억누르고 있었다.

"천만의 말씀입니다. 죄가 있어도 많이 있지요. 마누라는 그놈한테 반해 있단 말입니다. 그런데 그 학생은 여자만 보면 눈꼬리를 툭 늘어뜨리고 꽁무니를 물고 늘어진단 말입니다. 벌써 이 아파트 안에서만 해도 다섯 번이나 여자 방에 숨어 들어갔다가 들킨 일이 있지요. 그런 놈이니까 이 아파트 안에서는 가장 미인이라고 소문이 난 내 마누라를 그냥 둘 리가 있겠습니까. 정말 어쩔 수가 없습니다."

"그야말로 더러운 팔자로군."

"더러운 팔자라니요?" 정리는 이렇게 반문하고 "그놈 이번에 다시 한번 내 마누라한테 그 짓을 하기만 하면 그냥 두지 않으렵니다. 그놈은 원래가 겁쟁이이니까 한번 호되게 혼을 내주면 효과가 있을 것 같으니까요. 그러나 이건 내 신분으로선 도저히 생각할 수 없는 일이고 다른 사람들도 학생의 세도가 두려워 내 처지를 동정해 주지 않습니다. 이런 꼴이니 선생님께 도움을 청할 도리밖에는 없습니다."

"내가 어떻게!" K는 깜짝 놀라며 말했다.

"하기야 선생님은 기소된 몸이니까." 하고 사내는 알았다는 듯이 말했다.

"글쎄 말이에요. 그게 곤란하단 말이에요. 학생에게 소송을 좌우할 수 있는 힘은 없겠지만, 예심 과정에서는 다소 영향을 미칠 수 있다고 생각되니 말예요.”

 “정말 그렇습니다.” 하고 자신의 생각과 꼭 들어맞는다는 듯이 얼른 맞장구를 치더니 “어쨌든 여기서는 재판소가 이기지 못할 사건은 아예 취급하지 않으니까요.” 하고 덧붙였다.

 “그게 꼭 그렇다고는 할 수 없겠지요.” 하고 K는 말했다. 그리고 덧붙였다. “하지만 내 일은 어떻든간에 기회만 있으면 그 학생을 말려 주고 싶군요.”

 “고마운 말씀입니다.” 정리는 형식적인 것으로밖에는 보이지 않는 감사의 인사를 했다. 이 최고의 희망은 도저히 실현될 수 없는 것으로 완전히 체념하고 있는 듯했다.

 “학생뿐만 아니오. 다른 모든 관리들도 한 놈 남기지 않고 그 뼈다귀를 부러뜨려 놓을 필요가 있습니다.”

 “그렇고말고요!” 두말 할 여지도 없다는 듯한 말투로 맞장구를 치더니 지금까지 부드럽던 태도에서도 볼 수 없었던 친밀감이 넘치는 빛을 띠고 덧붙였다.

 “그놈들은 늘 흉계만 꾸미고 있답니다.” 그러나 이런 대화에 다소 불쾌감을 느꼈는지 갑자기 화제를 바꾸더니 “사무실에 보고하러 가야 합니다만 함께 가시지 않겠습니까?” 하고 말했다.

 “가 봤자 별수없을 것 아니오?”

 “사무실 구경이라도 하시면 되잖습니까!”

 “그럼 가 볼까.” K는 내심 적지 않은 흥미를 느꼈으나 힘빠진 어조로 말했다.

 “그럼은요. 가 보시는 게 좋을 겁니다.”

 “좋아요, 가 보기로 하지요.” 하고 K는 결심을 나타냈다. 그러고는 “자, 함께 갑시다.” 하고 말함과 동시에 계단에 발을 올려놓았다.

 방 안으로 들어가니 문 뒤에 다시 또 다른 계단이 있어서 넘어질 뻔했다.

 “이건 너무 불친절한데!” 하고 K가 중얼거렸다.

 “친절이라는 말은 이 곳엔 없습니다.” 하고 말한 사내는 “여기가 대기실입니다.”라고 설명했다.

그것은 기다란 복도였는데, 나무판자로 칸막이를 만들어서 여러 방으로 나누었고 지붕 밑에 여러 개의 작은 다락방으로 연결되어 있었다. 복도의 벽이 높은 천장까지 닿아 있지 않기 때문에 천장과 벽 사이의 공간으로 햇빛이 새어들어 기다란 복도를 희미하게 밝혀 주고 있었다. 집무중인 관리들과 창문 틈으로 복도에 있는 사람들의 모습을 내다보고 있는 관리들도 눈에 띄었다. 휴일이기 때문인지 그 곳에 있는 사람들은 얼마 되지 않았으나 모두들 말끔히 차린 신사들이었다. 서로 규칙적으로 일정한 간격을 두고 복도의 양쪽에 놓여 있는 나무 벤치에 앉아 있었다. 옷차림은 말할 것도 없고 용모, 태도, 잘 다듬어 놓은 수염, 그밖에 일일이 지적할 수는 없지만 여러 가지 점으로 봐서 상류 계급의 인사들임을 알 수 있었다. 소지품을 걸어 놓을 곳이 없어서 한결같이 벤치 밑에 모자를 넣어 두고 있었다.

K와 정리가 들어가자 문 바로 옆에 있던 두세 명의 사내가 일어나서 인사를 했다. 그것을 보고 있던 다음 사람들도 인사를 하지 않으면 안 되겠다고 생각했는지 그 곳을 지나가는 두 사람에게 차례로 인사를 했다. 그러나 똑바로 일어서서 인사하는 사람은 한 사람도 없었다. 모두가 허리를 조금 구부리고 고개를 살짝 숙일 뿐이었다. 그 꼴은 마치 거리에서 동냥을 청하는 거지들의 모습과 다름이 없었다. K는 조금 뒤떨어져서 걸어오는 정리를 기다렸다.

"퍽 공손하군." 하고 K가 말했다.

"네." 하고 정리는 대답하고는 "여기 있는 이 사람들은 모두가 피고들입니다." 하고 덧붙였다.

"과연, 그래서 그 모양이구나. 그럼 내 동료들이란 말이군요." 하고 K는 말한 다음 바로 옆에 있는 몸집이 큰 사내를 향하여 "무슨 일로 기다리고 있습니까?" 하고 친절하게 물었다.

그런데 갑자기 질문을 받은 사내는 몹시 당황해했다. 이 사람은 세파에 시달린 인물로서 여간 일에는 놀라지 않는 사람인데도 뭐라고 대답해야 좋을지 주저하는 것 같은 표정이었다. 이 때 정리가 다가와서 사내를 달래는 것처럼 소근거렸다.

"이분은 무슨 일로 기다리고 있는지를 묻고 계시니까 어서 대답하시오."

이 목소리는 늘 들어서 귀에 익숙한 모양으로 K가 묻는 것보다 훨씬 효과가 있었다.

"제가 기다리고 있는 것은⋯⋯." 하고 몇 마디 지껄이다가 그만 그쳐 버렸다. 질문에 자세히 대답하기 위해서 이런 말로 얘기를 시작했던 모양인데 그만 다음 말을 잇지 못했던 것이다. 두세 사람이 몰려와서 이들을 둘러싸기 시작하자, 정리는 그들을 향하여 말했다.

"비켜요. 길을 막으면 어떻게 해요."

그들은 조금 물러서기는 했으나 돌아가지는 않았다. 그러는 사이에 질문을 받았던 사내는 침착을 되찾고 얼굴에 약간의 미소까지 띠면서 말했다.

"약 한 달 전에 제 사건의 증거 조사를 청구했었는데, 지금 그 결과를 기다리고 있습니다."

"꽤 골치 아픈 일인 것 같군요."

"네." 하고 사내는 대답했다. "아무튼 저하고 관계 있는 문제니까요."

"그렇지만, 누구도 당신과 꼭 같은 생각을 지니고 있으리라고는 단정할 수 없지 않겠습니까." 하고 K는 말했다. "예를 들면 나 역시 기소당한 사람입니다만, 자유의 몸이 되고 싶은 마음은 간절합니다. 하지만 증거 조사 따위는 청구하지 않았습니다. 그게 그토록 필요한 것인가요?"

"글쎄요." 사내는 확신이 없는 모양이었다. K의 놀림을 받고 있는 줄로 생각했는지 더 이상 시시한 질문에는 대답하지 않기로 결심하는 듯했다. 그러나 K의 초조한 눈빛을 보자 "하여튼 전 증거 조사를 청구했습니다." 하고 말했다.

"내가 고소당한 사람이라는 것을 믿지 않는 모양이군요." 하고 K가 물었다.

"아니, 천만의 말씀을!" 하고 대답하면서 그는 길을 비켜 주었다. 그러나 그의 표정에는 K의 말을 믿지 않는 기색이 역력했고, 도리어 몹시 불안스러운 얼굴빛을 드러내고 있었다.

"믿지 못하는군요." 하고 K는 말하고 나서 사내의 비굴한 태도에 자극되었는지 자기 말을 억지로라도 믿게 하려는 듯이 그 사내의 팔을 붙잡았다. 물론 고통을 주기 위한 것은 아니었다. 그렇기 때문에 살짝 붙잡았던 것인데 그 사내는 불에 벌겋게 단 부젓가락에라도 집힌 것처럼 꽥 비명을 질렀다. K는 이 무의미한 비명으로 그 사내에 대한 관심을 버렸다. 자기가 기소된 것을 믿지 않는다면 그것으로 그만이다. 좀 염치 없는 상상이지만 자기를 재판관이라고 생각하고 있는지도 모른다. 그래서 이번에는 진짜로 사내의 손을 꽉 쥐고 작별 인사를 하고 사내를 벤치 쪽으로 밀어붙였다. K는 다시 앞으로 걸어 나갔다.

"피고들은 거의 모두가 그처럼 신경질적입니다." 하고 정리가 말했다.

두 사람의 뒤로 사람들이 둘러싸고 비명을 지른 사내에게 사건의 자세한 내용을 꼬치꼬치 캐묻고 있는 것 같았다. K한테로 간수가 다가왔다. 허리에 차고 있는 긴 칼이 간수임을 알려 주었다. 그러나 빛깔로 보아서는 그 칼집이 알루미늄으로 만들어져 있는 것 같았다. K는 그만 놀라서 자기도 모르게 손을 뻗쳐 그것을 만져 보았다. 간수는 비명 소리를 듣고 달려왔던 것이다. 그는 왜 그랬느냐고 물었고 정리가 간단하게 설명했으나 간수는 자기가 조사해 볼 필요가 있다고 말하고는 인사를 하고 물러갔다. 그는 몹시 서두르고 있었으나 그 걸음걸이가 약간 뒤뚱거리는 것으로 보아 아마 중풍에라도 걸려 있는 것처럼 보였다.

복도를 반쯤 걸어왔을 때 오른쪽으로 길이 뚫려 있었다. K는 이미 간수나 복도에 앉아 있는 사람들에 대한 것은 완전히 잊어버렸다. 이리로 가도 되겠느냐고 물었고 정리가 고개를 끄덕여 보였으므로 그 모퉁이를 K는 오른쪽으로 돌아갔다. 아까부터 줄곧 정리보다도 두서너 발짝 앞을 걸어왔는데 그것이 마치 체포되어 수갑을 차고 앞서서 걸어오는 듯 보이는 것 같아서 K는 몹시 불쾌했다. 그래서 때때로 걸음을 멈추고 정리가 따라오는 것을 몇 번이나 기다리지 않으면 안 되었다. 그러나 기다렸다가 나란히 걷게 되었는가 싶으면 정리는 곧바로 뒤에 처져 버렸다. 참다못한 K는 말했다.

"이제 충분히 구경했으니 난 이만 돌아가겠소."

"아직 더 구경하실 것이 있는데요." 정리는 그야말로 무심코 한 대답이었다.

"뭐, 구석구석 볼 것까지야 없고." 하고 말하고 나서 K는 진짜 피로를 느껴 "이제 돌아가야 되겠소. 나가는 곳을 좀 가르쳐 주시오." 하고 덧붙였다.

"아니, 나가는 곳을 모르신단 말입니까?" 정리는 놀란 표정으로 "이 복도 끝으로 가서 오른쪽으로 돌아가면 거기에 바로 나가는 곳이 보입니다."

"말로만 하지 말고 따라와서 좀 가르쳐 주시오. 통로가 복잡하여 어디가 어딘지 통 알 수 없소."

"하지만 통로는 하나뿐인걸요." 정리는 귀찮은지 무뚝뚝한 말투로 "지금 보고를 해야 되기 때문에 안내해 드릴 수가 없군요." 하고 거절했다.

"내 말대로 하란 말이야!" K는 몹시 흥분된 얼굴로 거칠게 되풀이했다.

"여기서 그런 큰 소리를 내어서는 안 됩니다." 하고 정리는 속삭이듯 말했다. "이 근처는 모두가 사무실이니 말입니다. 혼자 돌아가기가 싫거든 여기서 조그만 더 기다려 주십시오. 그것도 싫으시거든 보고하는 데까지 따라오시든지. 그러면 어디든지 따라가도록 하겠습니다."

"안 돼! 난 더 기다릴 수가 없소. 당장 함께 가 주지 않으면 안 되겠소."

K는 아직 자기가 서 있는 곳을 살펴보지 않았는데, 이 때 K의 주위를 에워싼 판자벽에 붙어 있는 문이 열리더니 K의 고함 소리를 듣고 달려온 듯한 소녀가 불쑥 나타나서는 K에게 물었다.

"무슨 볼일이라도 있으신지요?"

그 소녀의 등뒤에 이번에는 남자 한 사람이 이 쪽으로 다가오고 있었다. K는 새삼스럽게 정리의 얼굴을 보았다. 여기엔 당신 같은 사람을 상대해 줄 사람은 아무도 없다고 정리는 말했었지만, 벌써 두 사람이나 나타나서 K를 상대해 주려고 했다. 그러다 관리가 그에게 주의를 주는 것은 확실한 일이고, 더불어 왜 여기 왔느냐, 하고 물을지도 모른다. 자기는 피고이고, 다음 신문 날짜를 알려고 왔다고 하면 그럴 듯한 이유는 될 것이다. 그러나 거짓말은 하고 싶지 않았다. 여기에 온 것은 단순한 호기심 때문이고, 좀 서투른 해명이 될는지는 몰라도 이 재판소의 내부가 바깥 세상과 마찬가지로 극도로 부패해 있다는 것을 확인해 보기 위해 왔다고 말하고 싶었다. 그러나 그렇게 말을 하면 아무래도 해명을 요구받게 될 것만 같은 느낌이 들었다. 더 이상 걸어 들어갈 용기도 없었다.

　지금까지 본 것만으로도 가슴이 답답해졌다. 높은 지위에 있는 관리, 어느 문으로부터 불쑥 나타날는지도 모르는 관리들에게 대항할 만한 마음의 준비도 되어 있지 않았다. K는 그저 어서 돌아가고만 싶었다. 정리와 함께 갈 수가 없다면 혼자서라도 나가려고 마음먹었다. 아무런 말도 하지 않고 멍청히 서 있기만 하는 K의 모습이 이상하게 보였는지 정리와 소녀는 그에게서 눈길을 떼지 않았다. 그들은 다음 순간에는 놀랄 만한 변모가 생길 게 틀림없다고 기대하고 있는 모양이었다. 소녀 뒤에서 모습을 보였던 남자는 바로 옆에까지 다가와 있고, 어서 오든지 가든지 하라고 재촉하는 듯한 눈초리로 K를 바라보았다. 소녀는 K의 이러한 태도가 기분이 나빠진 데에 원인이 있을 것으로 판단하고 의자를 가지고 오더니 그에게 물었다.

　"여기 좀 앉으시지요."

　K는 당장 그 의자에 주저앉았다.

　"현기증이 나지 않으세요?" 하고 소녀가 물었다. 그녀는 옆에 바싹 다가서 있었다. 그녀에게는 성숙한 여인의 강렬한 표정이 배어 있었다.

　"너무 걱정하지 마세요. 여기선 흔히 있는 일이니까요. 처음 오신 분은 거의 선생님처럼 기분이 나빠진다고 하더군요. 여긴 처음이시지요? 그래요. 그렇담 당연해요. 이 천장은 바깥쪽에서 뜨거운 햇볕을 받고 있으므로 기둥이 열을 받아서 온 방 안이 찌는 듯이 덥습니다. 이런 상태이니까 사무실로는 그다지 적당치 못하지요. 방 안에는 날마다 많은 소송 당사자들이 모여들기 때문에 숨도 제대로 쉴 수 없을 정도로 공기가 나빠요. 그래도 지금은 괜찮은 편이에요. 게다가 빨래를 널려고 오는 하숙생들도 적지 않으니 혼잡하기 이를 데 없어요. 그러니 기분이 나빠지는 것은 당연하지요. 하지만 이 공기는 곧 익숙해지지요. 두세 번만 와 보시면 가슴을 억누르는 듯한 이 방 안의 공기도 그다지 고통스럽지 않게 돼요. 지금 기분은 좀 어떠세요?"

　K는 대답하지 않았다. 갑자기 몸의 컨디션이 나빠진데다가 마치 이 사람들에게 끌려온 듯해서 못마땅했고, 기분이 나빠진 원인을 듣고 보니 속이 더 메스꺼워졌다. 이 모양을 소녀는 눈치채고 신선한 공기를 넣기 위해서 벽에 기대어 세

워 놓았던 갈고리가 끝에 달린 막대기를 집어 들고 마침 K의 머리 위에 있던 창문을 밀어서 활짝 열었다. 그러나 매연과 먼지가 쏟아졌으므로 소녀는 도로 창문을 닫아 버렸다. 그러고는 손수건을 호주머니에서 꺼내어 K의 손등에 떨어진 먼지를 닦아 주었다. K는 피로하여 스스로 그것을 처리할 힘이 없었다. 될 수 있으면 충분히 회복될 때까지 여기서 조용히 기다렸으면 했으나 귀찮은 존재가 되어 있다면 더 이상 우물거리고 있을 수도 없었다. 그 때 그 소녀는 말했다.

"여기 계시면 통행에 방해가 돼요." K는 눈짓으로 통행에 어떤 방해가 되느냐고 반문했다. 그러자 소녀는 "몹시 괴로우시면 병실로 안내하겠어요. 당신도 좀 도와 주세요." 하고 아까부터 문간에서 지켜 보고 서 있던 남자에게 청했다. 남자는 곧 가까이 다가왔다.

그러나 K는 병실로는 가고 싶지 않았다. 더 이상 끌려다니는 것이 싫었던 것이다. 한 발짝이라도 더 걸으면 그만큼 기분이 더 나빠질 것이 뻔했기 때문이다. 그래서 "혼자 걸을 수 있습니다." 하고 K는 말하고 비틀거리며 의자에서 일어섰으나 이제까지 편히 앉아 있었던만큼 팔과 다리가 말을 듣지 않아 막상 일어섰어도 몸을 똑바로 가누고 걸음을 걸을 수가 없었다.

"안 되겠다." 하고 머리를 저으며 다시 의자에 앉았다. K는 정리를 생각했다. 그 사내라면 힘들이지 않고 데려다 줄 것으로 생각되었으나 그는 어느 새 자취를 감춰 버렸다.

옆에 섰던 남자가 말했다.

"아무튼 공기가 나쁜 것이 원인이니까 병실로 가는 것보다는 차라리 이 방에서 한시라도 빨리 나가는 것이 좋을 것 같소. 그렇게 하는 것이 우리에게나 이 사람에게나 최선일 것이오."

"그 말이 옳소." 하고 K는 큰 소리로 맞장구를 치고 기쁜 듯이 말했다. "밖으로 나가기만 하면 회복됩니다. 그다지 심한 것은 아니니까, 조금 부축해 주시기만 하면 될 것 같습니다. 결코 더 이상의 폐는 끼치지 않겠습니다. 복도도 그다지 길지 않고, 문간까지만 가면 잠시 계단에서 쉬었다가 갈까 합니다. 나도 직장 생활을 하는 몸이므로 사무실 공기에는 익숙해져 있는데도 이렇게 기분이 나빠지는 것이 이해되지 않을 정도입니다. 다만 당신도 말씀하셨듯이, 공기는 좀 나쁜 모양입니다만, 아무튼 현기증이 나고 혼자 일어서기가 거북할 뿐이니까 미안하지만 조금만 도와 주십시오."

K는 팔을 약간 들고 부축하기 쉬운 자세를 취했다.

그러나 그 남자는 그의 말에 응하는 기색을 보이지 않았다. 바지 호주머니에 두 손을 쑤셔 넣고 우뚝 선 채 껄껄 웃었다.

"봐요." 하고 남자는 소녀를 향하여 덧붙였다. "역시 내가 말한 대로지요. 이 방 안에서만 기분이 나쁘고, 다른 데로 나가기만 하면 말끔히 나아 버리는 꼭 그런 사람과 같단 말이야."

그 소녀도 얼굴에 미소를 띠었으나 나무라는 듯이 남자의 팔을 가볍게 손가락 끝으로 쳤다.

"사실이 그렇잖아!" 남자는 계속 웃으면서 "바깥으로 나가고 싶으면 얼마든지 내보내 주지." 하고 말을 이었다.

"정말 그렇게 해요." 소녀는 애교 있게 고개를 갸우뚱해 보이고는 K를 향하여 말했다.

"멋대로 웃게 내버려 두세요."

K는 다시금 침울한 기분이 되어 멍하니 주위를 바라보면서 서 있기만 했는데 그들이 지껄이는 소리는 귀에 들리지도 않는 모양이었다.

"이분을 소개할까요?" 남자는 손짓으로 그럴 필요는 없다고 말했다. "이분은 상담계(相談係)예요. 소송 당사자들의 질문에 대답하는 직책인데, 이 곳의 복잡한 제도를 잘 모르는 사람이 많아서 꽤 많은 질문을 받아요. 그걸 이분은 잘 처리하시지요. 생각이 있으시면 한번 시험해 보세요. 다른 특징이라면 옷맵시가 좋다는 것, 평소 제일선에서 외부에서 찾아오는 손님과 접촉하는 상담계는 멋진 옷차림으로 좋은 인상을 주려는 것이지요. 상담계 이외의 직원들은 모두가 저처럼 이런 허름한 옷차림을 하고 있지요. 매일 사무실 안에서만 살다시피 하니까 별로 신경을 쓰지 않게 되는 것이지요. 그러나 상담계는 방금도 말씀드린 대로 훌륭한 복장이 절대 필요하다는 게 일치된 의견이거든요. 의복은 지급되지 않기 때문에 피고 되는 분들과 우리들이 힘을 합하여 이 훌륭한 옷이나 장식품 들을 산 거예요. 그래서 이제 훌륭하게 보이는 준비가 다 되었는데 이분은 껄껄 웃기만 하고, 모처럼 공들여 놓은 일을 망쳐 버린단 말예요."

"그럴는지는 몰라도……." 하고 남자는 비웃듯이 말했다. "뭐 그렇게까지 노골적으로 얘기할 것은 없잖아! 더군다나 상대편은 그런 말을 듣고 싶어하지 도 않는데 말이야. 이분은 자신의 사건을 해결하기 위해서 오신 거란 말이야."

K는 대꾸할 힘도 없었다. 소녀는 호의를 가지고 있음에 틀림없고, K를 위로 하고 K가 다시 기운을 차리게 되는 것을 도우려고 하는 모양인데, 그 방법을 모르는 것이었다.

"당신이 웃음을 터뜨린 까닭을 이분에게 설명해 줄 수 없나요?" 하고 소녀는 그 남자에게 말했다. "심한 모욕이었다고 해도 과언이 아닐 거예요."

"방 밖으로 보내 주면 이 남자는 더 심한 모욕도 참겠지."

그러나 K는 한 마디도 대꾸하지 않고 아래로 고개를 떨어뜨린 채 두 사람이 무슨 사건이라도 다루듯 하는 것을 참고 견뎠다. 쾌감조차도 느꼈으나 갑자기 한 손에는 상담계의 손을, 다른 한 손에는 소녀의 손을 느끼게 되었다.

"자, 기운을 내세요." 하고 소녀가 말했다.

"두 분 모두 미안합니다." 하고 K는 대답했다. 이것은 형언할 수 없을 만큼 기쁜 일이었다. K는 천천히 일어나자 그들의 부축을 받고 걸음을 옮기기 시작 했다. 그들이 복도에 가까이 갔을 때, K의 귀에다 소녀가 속삭였다.

"이분 때문에 한 마디 변명을 해야 되겠군요. 믿지 않으셔도 상관없어요. 진 정으로 드리는 말씀이지만, 이분은 결코 냉정한 사람이 아니에요. 상담계의 일 이 아닌데도 불구하고 기분이 나빠진 선생님을 이렇게 밖으로 모셔다 드리는 것 을 보면 아실 수 있을 거예요. 이 곳 사람들은 어느 누구도 마음씨가 나쁘지 않 아요. 모두가 남을 돕는 것을 좋아합니다. 다만 직업이 직업이니만큼 무뚝뚝하 게 보일 뿐이에요. 이건 정말이란 말예요."

"조금 쉬는 것이 어떻겠습니까?" 하고 상담계가 말했다. 벌써 복도에까지 나 와 있었고 K가 처음 들어왔을 때 말을 붙였던 피고도 눈앞에 있었다. 쥐구멍이라도 있으면 숨어 버리고 싶었다. 아까는 거만하게 이 사내 앞에 버티고 서 있었으나, 지금은 두 사람의 부축을 받지 않으면 안 될 형편이 되어 있고, 모자는 상담계가 들고 있으며, 머리카락은 헝클어져 땀이 밴 이마에 어지럽게 내리덮여 있었다. 그 피고는 K의 이런 모양에는 관심도 갖지 않고 상담계 앞에 다가서더니 공손한 말투로 자기가 찾아온 용건을 말하기 시작했다.

"저의 청구가 오늘 해결되리라고는 생각지 않습니다만, 아무튼 여기서 기다리게 해 주십시오. 일요일이기도 하고 저로선 달리 바쁜 일도 없고 해서 오늘 이렇게 찾아온 것입니다."

"그런 변명은 하지 않아도 돼요. 여러 가지로 마음을 쓰는 것은 좋은 일이지만, 당신은 확실히 귀찮은 존재야. 하지만 나에게 방해가 되지 않는 한 여기 기다렸다가 당신의 사건 진행 상황을 면밀히 관찰하고 있어도 좋소. 자신의 의무를 소홀히 하는 사람들만 보아 온 나로서는 당신과 같은 사람을 만나면 무엇이든 관대하게 해 주고 싶어진단 말이오. 어서 그 의자에 앉으시오."

"피고를 다루는 솜씨가 대단하지요?" 소녀가 K에게 속삭이고 K가 고개를 끄덕여 보였는데 그 때 다시 상담계가 물었다.

"여기 앉지 않으시겠습니까?"

"아니, 괜찮습니다. 쉬고 싶지 않습니다." 하고 K는 단호하게 말했으나 사실은 좀 쉬고 싶었다. 마치 뱃멀미를 하는 것만 같았다. 그것도 풍랑에 나뭇잎 흔들리듯 하는 심한 고통이었다. 판자벽에 거센 파도가 부딪쳐 산산이 깨지고 복도의 밑바닥으로부터 미쳐 날뛰는 노도 소리 같은 것이 들려 오는 듯했으며, 복도는 좌우로 흔들리고 양쪽에 앉아 있는 피고들이 올라갔다 내려갔다 했다. 그러므로 왜 이 소녀나 상담계가 태연하게 있을 수 있는지 그 까닭을 알 수가 없었다. 두 사람이 하는 대로 내맡기고 있는 K, 만약 그들과 떨어지면 한 장의 판자가 넘어지듯 탁 쓰러지고 말 것 같기만 했다. 두 사람의 날카로운 시선이 주위를 부지런히 왔다갔다했다. 두 사람의 규칙적인 보조(步調)를 K는 느꼈다. 거의 한 발짝 한 발짝 끌리다시피 걷고 있는 K는 그들과 발걸음을 맞출 수가 없었다. 무슨 소린가 자기에게 지껄이고 있는 것 같기는 한데 그 뜻은 도무지 알 수가 없었다. 커다란 소음으로 귓속이 윙윙거리고 그 속을 뚫고 마녀의 부르 짖음과도 같은 날카로운 소리가 울려 퍼졌다.

"좀더 분명히." 푹 숙인 고개를 들지도 않고 K는 작은 소리로 말했으나 다음 순간 공연히 의미도 없는 소리를 했구나, 하고 깨닫고는 후회를 했다.

그 때 드디어 눈앞의 벽에 구멍이라도 뚫린 것처럼 시원한 바람이 얼굴을 스쳐 갔다. 옆에서 이런 말소리가 들렸다.

"어서 돌아가려고 하는데 그러려거든 여기가 밖으로 나가는 곳이라는 걸 몇 번이고 말해 주란 말이야. 그러면 옴쭉달싹 움직이지 못하게 될 테니까."

K는 정신이 들자, 소녀가 열어 준 출구의 문 앞에 서 있다는 사실을 깨달았다. 갑자기 기운이 생긴 것 같았고, 곧 계단을 한 단 내려서서 해방된 자신을 다시 한 번 의식했다. 두 사람에게 작별 인사를 했다.

"여러 가지 폐가 많았습니다." K가 몇 번이나 두 사람의 손을 쥐고 떠나려 하자, 사무실 공기에 익숙해진 두 사람은 계단 쪽으로 흘러 나오는 그다지 신선하다고는 할 수 없는 공기에도 견딜 수 없었는지 K의 인사에 대답할 힘도 없어져서 K가 재빨리 문을 닫아 주지 않았더라면 소녀는 쓰러졌을 것이다. K는 잠시 그대로 서 있었으나 곧 빗과 거울을 호주머니에서 꺼내어 머리를 빗고 계단 쪽에 떨어져 있던 모자를 집어 쓰고——이것은 상담계가 집어던진 것 같았다. ——계단을 자못 상쾌한 걸음걸이로 뛰어내려갔다. 이렇게 금세 딴 사람처럼 되어 버린 것이 K 자신으로서도 이상할 정도였다.

그야말로 지금까지는 전혀 경험하지 못한 일이었다. 육체가 혁명을 일으키고 낡은 육체를 그다지 큰 고통 없이 버텨 온 K를 위하여 하나의 새로운 과정을 마련한 것이 아닐까. K는 될 수 있는 대로 빨리 의사의 진찰을 받으려고 생각했으나 동시에 지금부터는 일요일의 오전을 보다 효과적으로 보내야 되겠다는 생각도 했다.

제4장 뷔르스토나의 친구들

요즘 K는 뷔르스토나와 통 얘기를 할 수 없었다. 그녀와 친해지려고 온갖 시도를 다해 보았지만 그녀는 언제나 교묘하게 빠져 나가 버렸다. 일이 끝나면 K는 곧장 집으로 돌아오고, 등불도 켜지 않은 채 자기 방에서 긴의자에 드러누워 홀 쪽에 귀를 기울였다. 하녀가 그 곳을 지나 문을 닫고 나가면 K는 일어나서 사람이 있을 리 없는 방문을 다시 한번 열어 보곤 했다. 아침에는 평소보다 한 시간 일찍 일어나서 뷔르스토나가 혼자 출근하는 것을 붙들려고 했다.

그러나 모든 방법이 실패로 돌아갔다. 그래서 K는 그녀의 직장과 하숙방으로 편지를 써서 보내기로 마음먹었다. 새삼 자기 태도에 대한 해명과 어떤 방법이든 당신의 명예 회복을 위한 일이라면 적극 협조하겠다는 것, 그리고 당신이 주장하는 어떤 것도 침범하지 않겠다는 맹세를 쓰고, 그러니 한 번만이라도 좋으니 만나서 얘기할 기회를 달라고 간청했다. 프라우 구르바흐 부인에 대해서도 얘기할 것이 있을 뿐더러 미리 그녀와 의논해 두지 않으면 뷔르스토나에 대한 작전은 성공하기 어렵게 되어 있었다. 마지막에 다음 일요일은 하루 종일 방 안에서 기다리고 있을 터이니 자신이 희망을 가질 수 있도록, 아니면 어떤 조건에도 따르겠다고 약속하고 있는데도 불구하고 응해 주지 않는 그 이유를 알려 주면 고맙겠다는 내용이었다. 편지는 하나도 되돌아오지 않았지만 답장 역시 오지 않았다.

그러나 일요일이 되자 뷔르스토나는 너무나도 분명한 의사 표시를 했다. 이 날 아침 일찍부터 홀에서 사람이 바삐 왔다갔다하는, 여느 때와는 다른 분위기였다. 열쇠 구멍으로 들여다본 K는 곧 그 까닭을 알았다. 그것은 프랑스 어 강의를 했던 여교사가 여태까지 세들어 있던 방을 비워 주고 뷔르스토나의 방으로 옮겨 왔던 것이었다. 그녀는 몽탁이라는 이름을 가진 독일 사람인데, 가냘프고 얼굴빛이 창백하며 다리를 조금 절었다. 그녀는 몇 시간 동안이나 홀을 왔다갔다했다. 이제 끝나는가 하면, 속옷이며 덮개며 책 같은 것을 잊고 온 것을 생각해 내고는 가지러 가곤 했던 것이다.

프라우 구르바흐 부인이 아침 식사를 가지고 왔을 때——K의 비위를 심히 거스른 일이 있은 다음부터 구르바흐 부인은 결코 하녀에게 이 일을 맡기지 않았다——K는 닷새 동안의 침묵을 깨고 마침내 그녀에게 말을 걸었다.

"왜, 오늘은 이렇게 시끄럽습니까?" 하고 K는 커피를 잔에 따르면서 물었다.

"좀 그만둘 수는 없습니까? 하필 일요일을 골라서 저렇게 요란스러운 청소는 하지 않아도 되는 거 아닙니까?"

K는 부인의 얼굴도 보지 않고 말했는데, 상대편은 안도의 숨을 쉬는 것을 느낄 수 있었다. 그녀는 이 질문조차 용서받을 수 있는 일, 혹은 용서받게 되는 징조라고 생각하고 있었다.

"청소가 아녜요." 하고 말했다. "몽탁 양이 뷔르스토나 양 방으로 옮기게 되어 짐을 나르고 있는 거예요."

부인은 이 말이 끝나자 다시 입을 다물어 버렸다. 그것은 이 말이 K에게는 어떻게 들릴 것인지, 얘기를 계속해도 좋을 것인지 하는 것을 살피기 위해서인 것 같았다. K는 다만 그녀의 본심을 한번 살펴본 것에 불과했으므로 생각에 잠긴 듯한 표정으로 묵묵히 커피를 저었다. 그러다가 잠시 후 얼굴을 들고 프라우 구르바흐 부인을 향하여 말했다.

"뷔르스토나 양에 관한 일로 아직 저를 의심하고 있는 것은 아니겠지요?"

"아니, K선생님." 하고 이 질문만을 기다리고 있었던 프라우 구르바흐 부인은 큰 소리로 입을 열며 두 손을 포개어 K쪽으로 내밀고 "무심코 한 말을 여태 마음에 두고 계셨군요. 전 선생님이건 또 누구건간에 남의 마음을 상하게 하고 싶지는 않아요. 오랜 교분을 가지신 K선생님은 잘 아실 것 아녜요. 전 그 일이 있은 다음부터 남모르게 괴로운 나날을 보냈습니다. 제가 우리 집에 세들고 있는 분들에 대해 나쁜 말을 하다니! 그런 당치도 않은 일을 다른 사람도 아닌 K선생님께서 그렇게 생각하시다니 참 섭섭하군요. 더욱이 제가 선생님을 쫓아 내겠다는 말을 했다고 소문까지 내시니 말예요!" 마지막 말은 벌써 울음 섞인 목소리였고 말을 끝내자마자 앞치마를 얼굴에 대고는 엉엉 울기 시작했다.

"구르바흐 부인, 울지 마십시오." K는 이렇게 말하고는 창가로 갔다. 그의 머릿속은 뷔르스토나에 대한 일, 그녀가 정체도 알 수 없는 여인을 자기 방에 끌어 넣은 일로 가득 차 있었다.

"제발 부탁입니다. 울음을 그치세요." 다시 한번 그렇게 말하고 뒤를 돌아보니 여인은 계속 울고 있었다. "그 땐 저 역시 무슨 나쁜 생각이 있어서 그렇게 말한 것은 아닙니다. 서로 의사 소통이 안 돼서 그런 거지요. 이런 일은 친한 친구 사이에도 흔히 있는 일입니다."

구르바흐 부인은 얼굴에 댄 앞치마를 조금 아래로 내리고 K가 진심으로 화해를 원하고 있는지의 여부를 살펴보았다.

"이제 아셨겠지요." 하고 K는 부인의 태도로 보아서 대위가 아무 말도 하지 않았다는 것을 확인하고는 조금 대담해졌다. "별로 관계도 없는 여자 때문에 부인과 제가 마음을 상하다니 참으로 어처구니없는 일이지요."

"정말 그래요." 구르바흐 부인은 대답은 했으나 갑자기 안심이 되었던 때문인지 돌이킬 수 없는 실언을 하고 말았다.

"뷔르스토나 양의 얘기만 하면 왜 그렇게 기를 쓰는 것일까, 난폭한 말을 들으면 그만 잠조차 자지 못하는 나의 성질을 잘 알고 있을 텐데, 왜 그 여자를 위해서 다른 사람을 괴롭히는 것일까, 하고 전 벌써부터 이상하게 여기고 있었어

요. 그리고 그 여자에 대한 것도, 전 저의 눈으로 본 것을 그대로 말씀드렸을 뿐
이에요."

K는 계속 침묵만 지키고 있었다. 처음 한 마디를 들었을 때는 당장 방밖으로
끌어 냈으면 했으나 분통을 누르고, 그저 커피만 마시며 구르바흐 부인의 수다
스러운 말을 못마땅해하는 기색을 은근히 보여 주는 것으로 그쳤다.

홀 마룻바닥을 절룩거리며 걸어가는 몽탁의 발소리가 이 때 또 들려 왔다.

"저 소리가 들리나요?" 하고 K는 문 쪽을 가리켰다.

"네." 프라우 구르바흐 부인은 난처한 표정으로 "하녀를 보내 거들어 주려고
했으나 굉장히 고집이 센 사람이어서 무엇이건 자기 스스로 정리하지 않으면 마
음이 놓이지 않는다고 거절하는군요. 뷔르스토나 양도 이상한 사람이지요. 나는
몽탁 양에게 방을 잠깐 빌려 주는 것도 아주 귀찮은데 자기 방에서 함께 살겠다
고 하니 말예요." 하고 말했다.

"함께 살든 함께 살지 않든 그건 그 사람들 마음대로지요." K는 커피 잔에
남아 있는 설탕을 스푼으로 긁으면서 말했다. "그렇다고 부인이 손해보는 것도
없잖습니까?"

"손해가 뭡니까, 우리에겐 오히려 다행스러운 일인걸요. 방이 하나 비게 되
어 조카인 대위의 방이 생기게 되었으니 말이에요. 지금까지는 선생님 방 옆의
거실말고는 잠자게 할 방이 없었기 때문에 그 곳에서 지내게 했는데 거친 사람
이기도 해서 무슨 방해라도 되지 않나 싶어 몹시 걱정했었어요."

"천만의 말씀입니다." K는 자리에서 일어섰다. "전 그런 뜻으로 말씀드린
것이 아닙니다. 그 몽탁이라는 아가씨의 이사――아, 또 지나가는군요――이
것이 참을 수 없단 말입니다. 덮어놓고 신경 과민이라고 여기시면 곤란합니다."

프라우 구르바흐 부인은 그만 어찌할 줄 모를 정도로 무력함을 느꼈다.

"이사를 그만두는 것이 좋겠다고 생각하신다면 그렇게 하겠어요."

"아닙니다. 이사하도록 그대로 내버려 두세요!"

"네." 하고 부인은 대답했으나 멍한 표정이었다. '그러니 이삿짐은 날라야
되겠지.' 마음속으로만 그렇게 생각했을 뿐 그것이 말로 되어 나오지는 않았다.

그러나 부인의 이런 태도가 K에게는 좀 오만하게 보였는지 K는 점점 더 초조해졌다. 창문과 출입문 사이를 왔다갔다하면서 불쾌한 표정을 드러내고 있었다. 이 때문에 그만 달아나 버리려고 생각하고 있었던 구르바흐 부인은 퇴로(退路)가 차단된 꼴이 되고 말았다.

K가 출입문 쪽으로 다시 다가섰을 때 노크 소리가 들렸다. 노크를 한 사람은 하녀였다. 몽탁 양이 드리고 싶은 얘기가 있으니 미안하지만 식당까지 좀 나와주시면 좋겠다, 기다리고 있겠다, 하는 전갈을 가지고 온 것이다.

K는 조용히 그 말을 듣고 나서 어떻게 된 영문인지를 몰라 의아스러운 얼굴빛으로 우뚝 서 있는 프라우 구르바흐 부인 쪽으로 고개를 돌려 조소에 가까운 시선을 보냈다. 이 시선은 몽탁이 이렇게 나올 줄 알았다, 일요일의 오전을 같은 하숙인 때문에 완전히 망쳐 버린 자기에게 이번에는 한술 더 떠서 호출까지 하는구나, 이건 당신 때문이 아니겠소, 하고 비난하는 듯한 시선이었다. 그는 곧 가겠다고 하녀에게 전한 다음 저고리를 갈아입기 위해 옷장 쪽으로 갔다. 그러면서 무슨 그런 사람이 다 있느냐고 투덜대는 프라우 구르바흐 부인에게 아무렇지도 않은 듯이 아침 식사를 한 그릇들을 좀 치워 달라고 부탁했다.

"아직 손도 대지 않으셨네……."

"괜찮습니다. 그만 가져가 주십시오." K는 온갖 것에 몽탁 양이 끼여 있는 것처럼 느껴져서 메스꺼움을 참을 수가 없었다.

K는 홀을 지나면서 뷔르스토나의 방문이 닫혀 있는 것을 바라보았다. 그러나 안내된 것은 그녀의 방이 아니고 식당이었다. 노크도 하지 않고 문을 열었다.

식당은 안쪽으로 깊숙히 뻗어 있는 방이었다. 창문도 하나밖에 없었다. 입구 쪽에 찬장이 두 개 비스듬히 놓여 있는 것말고는 기다란 식탁이 하나 끝에서 끝까지 방 안을 차지하고 있었다. 따라서 왼편 벽에 뚫려 있는 하나밖에 없는 창문에 가까이 다가선다는 것은 거의 불가능한 일이었다. 벌써 식사 준비가 되어 있었고, 더군다나 일요일 점심 시간에는 하숙인들이 거의 같은 식사를 하므로 식탁 위에는 여러 사람 몫의 음식이 차려져 있었다.

K가 방에 들어서자, 창문 쪽에 있던 몽탁은 식탁 옆을 따라 K에게로 다가왔

다. 두 사람은 서로 말없이 눈인사만 교환한 뒤 가까이 마주 섰다. 몽탁은 평소
의 버릇대로, 고개를 뒤로 지나치게 젖힌 자세로 "저를 아시는 모르겠어요."
하고 말했다.

K는 눈을 가늘게 뜨고 쳐다보았다.

"잘 알고 있습니다." 하고 K는 말했다. 그리고 잠시 후에 "이 하숙집에 계
신지도 꽤 오래 되셨지요?" 하고 물었다.

"네, 하숙집에는 별로 관심이 없는 줄 알았는데, 잘 아시는군요."

"그렇잖습니다." 하고 K는 대꾸했다.

"자리에 앉으세요."

"그럽시다."

두 사람은 식탁 맨 가에 있는 의자를 제각기 하나씩 끌고 와서 말없이 마주 앉
았다. 그러나 몽탁은 장갑을 창가에 두고 온 것을 생각해 내고는 재빨리 의자에
서 일어나 그것을 가지러 갔는데 온 방 안에 옷자락이 스치는 소리가 들렸다.
장갑을 가볍게 흔들면서 자리로 돌아오자 그녀는 말문을 열었다.

"사실은 뷔르스토나 양을 대신해서 좀 말씀드릴 것이 있어서 뵙자고 했어요.
본인이 직접 나왔어야 하는 건데, 오늘 몸이 좀 불편하답니다. 기분 나쁘게 생
각지 말아 주세요. 하지만 본인이나 대리로 나온 저나 말씀드릴 내용에는 변함
이 없는 일이고, 어떻게 생각하면 전 제삼자니까 오히려 자유스러운 입장에서
얘기할 수 있을 것 같아요."

"무슨 얘긴데요?" 하고 K는 말했으나 자기 입술에 쏠리고 있는 몽탁의 시선
때문에 적지않은 피로를 느꼈다. 그녀는 K의 피로감을 눈치채고, K가 하고 싶
어하는 말을 선수를 쳐서 억누를 수도 있었을 것이다.

"개인적으로 좀 만나 달라고 뷔르스토나 양에게 요청했는데, 승낙을 받지 못
했지요."

"그렇습니다. 하지만 꼭 그렇다고는 할 수 없지요. 아무튼 선생님이 말씀하
시는 것은 너무 단정적인 것 같아요. 즉, 만나 드릴 수도 있고, 혹은 만나지 않
을 수도 있는 것이지만, 현재로서는 만난다는 일이 불필요하다는 것이에요. 선

생님의 말씀을 듣고 잘 알았으므로 저도 안심하고 얘기할 수 있겠군요. 선생님
께서는 그 사람한테 말로써 혹은 편지로 만나기를 청했다고 알고 있어요. 그런
데 무엇 때문에 만나자는 건지 그 사람은 그 이유를 충분히 알고 있었다고 생각
해요. 그러니 무엇인가 이유가 있어서 선생님을 만나 보았자, 아무에게도 소득
이 없다고 확신하고 있어요. 저에게는 어제 처음으로, 그것도 약간만 얘기했을
뿐이에요. 그때 그 사람은 이렇게 말했어요. 만나서 얘기한다고 했지만, 그 얘
기라는 것이 별 것도 아닐 테고, 또 선생님께서도 시시한 생각을 한 것을 머지
않아 후회하게 될 것이므로, 기어이 만나자고 더 이상 조르지는 않을 것이라고
말예요. 나는 그 말도 일리가 있지만, K선생님께는 분명히 대답해 두는 것이
문제를 애매하게 만들지 않게 되는 것이 아니냐고 말해 주었어요. 그리고 그 대
답은 제가 대신해서 전해 주겠다고 말했더니 뷔르스토나는 잠시 머뭇거리다가
승낙했어요. 이와 같은 저의 노력을 선생님은 인정해 주실 것으로 믿어요. 어떤
사소한 문제라도 분명치 못한 데가 있다는 것은 바람직하지 못하며, 지금의 경
우처럼 조금만 노력해도 문제를 분명히 처리할 수 있는 것이라면 공연히 우물쭈
물 미룰 것이 아니라 단번에 결말을 지어 버리는 것이 옳은 일인 줄로 전 믿습니
다.”

"여러 가지로 염려를 끼쳐서 죄송합니다.” K는 이렇게 덤덤히 말하고 의자
에서 일어나더니 몽탁의 얼굴을 한 번 바라보고 난 뒤 식탁 위로 시선을 옮겼
다. 그리고 그는 다시 한번 식당 안을 휘둘러본 다음 출입문 쪽으로 걸어갔다.
몽탁은 그의 심정을 아직은 믿을 수 없다는 듯한 표정으로 두세 발짝 떨어져 뒤
를 따라갔다. 그러나 출입문 앞에 이르렀을 때, 갑자기 문이 확 열리는 바람에
두 사람은 그 자리에서 걸음을 멈추었다.

그 때 방 안으로 들어온 것은 랑츠 대위였다. 가까이에서 이 대위를 본 것은
지금이 처음인데, 그는 40살쯤 되어 보이는 몸집이 큰 사내로서 햇볕에 검게 탄
얼굴은 무척 건강하게 보였다. 그는 두 사람에게 가볍게 인사를 하고는 몽탁에
게 다가가서 몹시 공손한 태도로 그녀의 손에 키스를 했다. 그의 예의바른 태도
는 몽탁에 대한 K의 태도와는 하늘과 땅의 차이였다. 몽탁은 이 대위를 K에게

소개하려고 마음먹고 있는 것같이 보였는데, K로서는 별로 내키지 않았다. 대위, 몽탁 등과 어울리기도 싫었고, 손에 키스를 시키는 몽탁 같은 여자는 순진무구한 체하면서 사실은 자기를 뷔르스토나와 떼어 놓으려는 속셈을 가진 인간들 가운데 한 사람이라는 생각이 들었기 때문이다. 뿐만 아니라, 몽탁이 교묘한 흉계를 꾸민 것은 의심할 여지가 없고, 더욱이 이 여인은 뷔르스토나와 자기와의 관계, 특히 자기가 부탁한 뷔르스토나와의 만남에 대한 의미를 과장해서 선전함으로써 모든 책임이 K에게 있는 것처럼 보이도록 하려는 것이었다.

그러나 쉽게 그것을 허용하지는 않을 것이다. 자기는 뷔르스토나와의 만남에 무슨 큰 의미를 느끼고 있는 것도 아니니까, 그녀의 간계는 두려울 것도 없었다. 뷔르스토나라는 여자는 그다지 보잘것 없는 타자수에 지나지 않으니 자기가 원하기만 하면 언제든지 뜻대로 할 수 있다고 K는 생각했다. 그러나 프라우 구르바흐 부인에게 들은 바 있는 뷔르스토나의 좋지 못한 소문은 염두에 두기로 했다. 이와 같은 생각에 잠겨 제대로 인사도 하지 않고 K는 성큼 방에서 나와 버렸다. 곧바로 자기 방으로 돌아가려 했으나, 이 때 방금 나온 그 식당 안으로부터 몽탁이 낄낄거리는 소리가 들려 왔다. K는 이 두 사람을 간담이 서늘하도록 놀라게 해 주어야 되겠다고 생각했다. 주위를 휘둘러보고 어디서 방해자라도 나타나지나 않을까 하고 귀를 기울여 보았으나 조용하기만 했다. 다만 식당 쪽으로 들려 오는 얘기 소리와 부엌으로 통하는 복도 쪽에서 구르바흐 부인이 일을 시키고 있는 말소리가 어렴풋이 들려 왔을 뿐이다.

K는 절호의 기회라고 생각했다. 뷔르스토나의 방문 앞에까지 와서 노크를 했다. 그러나 아무런 반응이 없었다. 다시 한 번 가볍게 노크를 해 보았으나 아무래도 사람이 없는 것 같았다. 자고 있는 것일까, 아니면 몽탁의 얘기대로 정말로 몸이 불편하여 앓고 있는 것일까, 혹은 또 이렇게 가벼이 노크하는 것은 K가 틀림없을 것이므로 열어 줄 필요가 없다고 생각하는 것일까, 하고 이리저리 생각하다가 그만 대담한 결심을 했다.

그는 무의미하고 옳지 못한 자신의 소행을 의식하면서도 방문을 살며시 열어 보았다. 그런데 방 안에는 아무도 없었다. 방 안의 상태도 전날과는 많이 변해 있었다. 벽가에 침대가 두 개 나란히 놓여 있었고 문가에 의자가 세 개 있었으며 그 위에는 책과 속옷이 산더미처럼 쌓여 있었다. 찬장은 열린 채로 있었다. 식당에서 몽탁과 K가 얘기하고 있는 사이 밖으로 나가 버린 것 같았다. 그러나 쉽게 그녀를 만날 수 있으리라고는 거의 기대도 걸지 않았기 때문에 K는 그다지 실망하지 않았다. 이것은 다만 몽탁과는 상대하지 않겠다는 자신의 기분에서 한번 감행해 본 일에 지나지 않았다. 그러므로 문을 다시 닫고 복도로 나왔을 때, 식당 입구에 서서 얘기를 하고 있는 몽탁과 대위의 모습에 K는 더한층 심한 굴욕을 느꼈던 것이다. 두 사람은 K가 문을 열었을 때부터 그 자리에 있었던 것 같았는데, K의 거동에는 별 관심도 없는 듯이 보였고, 나직한 소리로 얘기를 계속하면서 K의 동작에 눈길을 간간이 보낼 뿐이었다. 그러나 K는 그 시선을 느끼고 약간 불안한 심정이 되어 복도를 거쳐 서둘러 자기 방으로 돌아갔다.

제5장 채찍을 휘두르는 사나이

어느 날 저녁때, 사무실에서 중앙 계단으로 통하는 복도를 걷고 있을 때——
동료들은 대부분 퇴근했고, 발송실에서 희미한 가스등불 아래 두 사람의 직원이
일하고 있는 것이 보일 뿐이었는데——창고라고 알고 있던 어떤 방 안으로부터
신음 소리가 들려 왔다. 깜짝 놀라 걸음을 멈추고 잘못 들은 것이 아닌가 하고
다시 한번 귀를 기울였더니 다시 또 그 소리가 들렸다. 급사를 불러 와서 함께
살펴보고 싶었으나 울컥 치미는 호기심을 가누지 못하고 그만 창고문을 열어 보
았다. 알고 있던 바와 같이 그 곳은 창고임에 틀림없었고, 폐기 처분될 인쇄물
이며, 도기로 만든 잉크병 같은 것이 가득 들어차 있었다. 그런데 이 낮은 천장
아래서 몸을 구부리고 있는 세 사람의 사내를 선반에 붙여 놓은 촛불이 밝혀 주
고 있었다.

"당신들 거기서 무얼 하고 있는 거요?" K는 흥분한 말투로 이렇게 물었다.
그 중의 한 사람은 두목처럼 보였고 K의 눈길을 유난히 끌었다. 목덜미로부터
가슴까지, 그리고 두 팔을 걷어붙이고, 짙은 빛깔의 가죽 상의를 입고 있었다.
이 사내는 입을 다물고 대답하지 않았다. 대신 다른 두 사람이 외쳤다.

"재판장에게 당신이 쓸데없는 소릴 했기 때문에 이렇게 우리들이 매를 맞고

있는 겁니다."

그 말을 듣고 겨우 K가 자세히 보니 그들은 감시인으로 집에 왔던 프란츠와 빌렘이었고 나머지 한 사람은 채찍을 쥐고 있었다.

"그래?" 하고 K는 뚫어지게 두 사람을 쏘아보았다. "재판장에게 쓸데없는 얘기를 했거나 그의 화를 돋울 만한 말을 한 일은 없소. 내 방에서 일어났던 일을 얘기했을 뿐이오. 그리고 당신들의 행동도 전혀 잘못이 없었다고는 말할 수 없소."

"그러나 우리들은……." 하고 빌렘이 말하자, 프란츠는 그의 뒤에 숨어서 제삼의 사나이로부터 몸을 피하려는 듯한 행동을 했다. "얼마나 보잘것 없는 박봉으로 일하고 있는지를 아신다면 좀더 호의적으로 생각해 주실 수 있을 겁니다. 나에게는 가족이 있고, 이 프란츠는 머지않아 결혼합니다. 두 사람 모두 돈이 필요한데 아무리 기를 쓰고 노력해 보아도 그 결과는 뻔한 것입니다. 그래서 당신의 훌륭한 속옷들이 나를 유혹했습니다. 물론 부정 행위임에는 틀림없으나 원래가 속옷은 감시인에게 속한다는 것이 옛날부터의 관습으로 돼 있지요. 이건 틀림없는 사실입니다. 그렇잖소. 체포될 정도로 불행한 사람한테 속옷 따위가 무슨 필요가 있겠는지 생각해 보면 당장 알 수 있지 않습니까. 그것을 당신이 폭로하는 바람에 벌을 받게 된 거지요."

"그건 처음 듣는 일인데. 난 그런 일로 당신들을 처벌해 달라고 요구한 적이 없고, 어디까지나 근본적인 원칙을 따졌을 뿐이오."

"봐, 프란츠." 하고 빌렘은 동료를 돌아보았다. "내 말대로야. 이분은 우리들의 처벌을 요구할 그런 사람이 아니야. 너도 들었지. 우리가 처벌을 받게 되었다는 것은 이제 처음 듣는다고 하시잖아!"

"허튼 수작들 마라!" 하고 제삼의 사나이는 고함을 한번 질러 놓고는 K를 향하여 "처벌은 정당할 뿐만 아니라 불가피한 일입니다." 하고 덧붙였다.

"그런 거짓말에 넘어가면 안 됩니다." 하고 빌렘은 말하고 후려치는 채찍에 얻어맞은 손을 재빨리 입가로 가져가면서 잠시 입을 다물었다. 그러나 그는 곧 입을 다시 열었다. "우리가 처벌받게 된 것은 당신이 밀고했기 때문이고, 우리가 저지른 짓이 모조리 드러났다고 하더라도 당신이 그렇게 설치지 않았다면 처벌은 받지 않았을 것이란 말이오. 처벌이 정당하다니 참 기막힌 변명이로군. 우리들 두 사람, 특히 이 뷜렘은 오랫동안 충실히 감시인 노릇을 했단 말입니다. 당신도 우리들의 착실한 근무 상태를 인정하지 않을 수 없을 것이오. 우리들은 출세할 수 있다는 기대가 있었소. 얼마 동안만 고생하면 당신처럼 태형리(笞刑吏)가 될 수도 있었소. 아직 한 번도 밀고당하지 않았다는 행복한 신분으로 말이오. 물론 밀고당한다는 것은 운이 나쁜 때문이지만, 그러나 이제는 다 틀렸소. 우리들의 장래도 다 끝장이 나고 말았소. 앞으로는 감시인 노릇보다 더 좋지 못한 일이 맡겨질 것이고, 게다가 까무러칠 정도로 아픈 태형까지 받게 되었으니 말이오.."

"그렇게 아픈 것인가요?" K는 태형리가 휘두르고 있는 채찍을 살짝 만져 보았다.

"사람을 발가벗겨 버린단 말이오." 뷜렘의 말이었다.

"과연 그렇겠군요." K가 그렇게 말하고 새삼 태형리를 관찰하니 수부(水夫)처럼 다갈색으로 볕에 그을은 사내로서 생기가 넘치는 야성적인 모습이었다.

"그 태형을 그만둘 수는 없나요?" K는 태형리에게 물어 보았다.

"없소!" 태형리는 그렇게 대답하고 빙그레 웃으면서 고개를 흔들었다.

"옷을 벗어!" 그 태형리는 감시인들에게 그렇게 명령한 뒤 K를 돌아보고 "저놈들 얘기를 곧이듣다가는 큰 봉변을 당합니다. 태형이 무서워 머리가 좀 이상해진 것 같으니 말입니다, 예를 들면 이 사내가……." 하고 뷜렘을 가리키면서 말했다. "자기의 장래에 대해서 지껄인 말은, 그야말로 웃기는 얘기가 아닐 수 없지요. 어떻습니까, 이 돼지처럼 살찐 꼬락서니 말입니다——후려친 채찍이 비곗덩어리 속으로 비집고 들어갈 듯이 보였다——이 사내가 왜 이렇게 살이 쪘는지 당신은 모를 것이오. 당신의 아침 식사도 먹어치워 버리지 않았소. 그렇지요? 내가 말한 대로지요. 그러나 배때기가 이렇게 튀어나온 놈은 제아무리 발버둥쳐 봤자 태형리는 안 돼, 어림도 없는 일이지."

"배가 나온 사람도 태형리가 된 적이 있다오." 허리끈을 풀고 있던 뷜렘이 항변했다.

"개소리 마라!" 태형리가 그의 목덜미를 노리고 채찍을 후려치자 뷜렘은 온몸에 경련을 일으켰다. "딴데 신경쓰지 말고 빨리 옷이나 벗으라니까."

"이 사람들을 눈감아 주면 사례는 원하는 대로 드리겠습니다." K는 그렇게 말하고는 이번에도 태형리의 얼굴은 보지도 않고——이런 거래는 서로 바라보지 않고 해치우는 것이 바람직한 방법이므로——지갑을 꺼냈다.

"돈을 쥐어 주고 난 뒤 밀고를 해서 나로 하여금 태형을 당하게 하려고? 천만에, 난 그런 수작에 넘어가지는 않아!"

"좀 진정하시오." K는 말했다. "이들을 저벌해 달라고 요구할 정도라면 니쳤다고 돈을 써서 되찾으려고 하겠소? 난 이 문을 탁 닫아 버리고 이 곳을 떠나 버리면 그만이오. 하지만 그럴 수가 없소. 뿐만 아니라 어떻게 해서 이 두 사람을 자유로운 사람으로 만들어 줄 수 있을까 하고 진지하게 생각하고 있소. 두 사람의 처벌이 불가피하다는 것을 알았다면, 아니 처벌될지 모른다는 것만 알았어도 이 두 사람의 이름은 밝히지 않았을 것이오. 한 마디로 말해서 이 두 사람에게는 죄가 없소. 죄는 그 방대한 조직에 있소. 권력을 지닌 사람들에게 있단 말이오."

"그 말씀이 옳소!" 두 사람은 입을 모아 소리쳤다. 그러나 그 순간 태형리는 발가벗은 등줄기에 칼날 같은 채찍을 후려쳤다.

"이 채찍 아래서 지위가 높은 재판관이 있다고 생각한다면……." 하고 말하면서 K는 또 다시 쳐드는 사내의 채찍을 붙잡았다. "난 더 말리진 않겠어. 하지만 당신이 좋은 일만 한다면 돈은 얼마든지 내겠소."

"그럴듯한 얘기군요. 하지만……." 하고 태형리는 말했다. "돈으로 나를 매수하려고 생각했다면 그건 어림도 없는 오산이야. 때리는 것이 내 직책이기 때문에 때릴 뿐이야. 더는 상관하지 마시오."

K가 참견하는 바람에 형세가 유리하게 되는 줄로 알고 얌전히 앉아 있던 프란츠가 문 쪽에 있는 K에게로 다가오더니 바지만 입은 반나체의 몸으로 땅바닥

에 꿇어앉아 K의 다리를 붙잡고는 축 처진 목소리로 말했다.

"두 사람을 모두 구할 수 없거든 나 혼자만이라도 어떻게 살려 주십시오. 뷜렘은 늙었고, 감정이 둔하여 견딜 수도 있을 겁니다. 더군다나 그는 2년 전에 가볍긴 하지만 태형을 받은 적이 있습니다. 저는 그런 처벌을 받은 적도 없고 뷜렘이 가르쳐 주는 대로 무슨 일이든 해치웠을 뿐입니다. 밖에서는 불쌍한 저의 약혼녀가 걱정이 되어 가슴을 죄며 기다리고 있습니다. 쥐구멍이라도 있으면 그만 숨어 버리고 싶습니다." 그는 이렇게 말하고 K의 웃옷으로 눈물을 닦았다.

"그만큼 지껄였으면 되었겠지." 태형리는 별안간 두 손으로 채찍을 잡고 프란츠를 후려 갈겼다. 뷜렘은 구석 쪽에서 웅크린 채 고개를 움직일 용기도 없어서 눈알만 굴려 분위기를 살피고 있었다. 프란츠의 입에서 비통한 신음 소리가 터져 나왔다. 그 소리는 인간의 목구멍으로부터 나오는 것이 아니라 고문을 받는 한 대의 기계로부터 나오는 것만 같았다. 그 소리는 온통 복도에 울려 퍼지고 건물 구석구석까지 들렸음에 틀림없었다.

"소리치지 마라!" K도 고함치면서 급사라도 그 소리를 듣고 달려오지 않나, 하고 복도를 살펴보았다. 그런데 프란츠는 기절한 듯이 마룻바닥에 쓰러져 있었다. 경련이라도 일으킨 듯이 전신을 부들부들 떨면서 손을 허공으로 내젓고 있었다. 그러나 매질은 피할 수 없고 격렬한 고통에 정신을 잃고 버둥거리기만 하는 그의 몸 위에 채찍질은 계속되었다. 그때 사환들이 달려오는 것이 보였다. 그리고 사환의 뒤에는 조금 떨어져서 또 한 사람이 쫓아오고 있었다. K는 재빨리 문을 닫고 가까이 있는 마당 쪽으로 뚫려 있는 창문으로 다가가서 그 창문을 열었다. 비명 소리가 그쳤다. 사환들이 더 다가오지 못하도록 하려고 "나야!" 하고 큰 소리로 말했다.

"늦도록 수고가 많으십니다. 무슨 일이 있나요?"

"아무것도 아니야." 하고 K는 아무렇지도 않은 듯 대답했다. "안마당에서 개가 한 마리 짖어 대고 있을 뿐이야."

사환들이 그 자리에서 떠나지 않으므로 K는 이렇게 말을 덧붙였다.

"너희들 돌아가서 일이나 계속해!"

그는 또 사환들이 무슨 말이라도 걸어오면 곤란하다 싶어서 몸을 창 밖으로 반쯤 내밀고 있다가 잠시 후 복도를 되돌아보았더니, 이미 사환들의 모습은 보이지 않았다. K는 계속 창문가에 서 있었다. 다시 한 번 창고에 들어가 보고 싶었으나 용기가 나지 않았고 그렇다고 집에 가고 싶은 생각도 없었다. K가 내려다본 것은 좁고 네모진 안마당이었는데, 사무소가 주위를 둘러싸고, 사무소의 창문은 모두 캄캄했다. 그러나 맨 위층의 창문만은 달빛이 환하게 반사되고 있었다. 안마당 한쪽 구석에는 손수레가 하나 팽개쳐진 것처럼 뒤집혀 있었다. K의 시선은 그 곳에 머물렀다. 태형을 저지할 수 없었던 것이 K의 마음을 괴롭혔다. 태형을 면하지 못하게 한 것은 아무튼 K의 책임은 아니었다. 프란츠가 그렇게 큰 소리로 비명만 지르지 않았더라면――그렇다, 태형은 격렬한 고통이 따르는 게 틀림없겠지만 결정적인 순간에 자기를 제어하는 여유만은 가져야 하지 않겠는가――그 사내가 비명만 지르지 않았더라도 태형리를 설득할 한 가지 방법을 유효하게 사용할 수 있었을 것이다.

이들과 같은 하급에 속하는 관리들이 모두가 무지막지한 놈들이라고 한다면, 무엇보다도 가장 비인간적인 임무를 맡고 있는 이 태형리만이 예외일 수는 없었다. 그가 지폐를 바라보고 눈빛을 바꾸었던 것은 확실하다. 매질을 더욱 심하게 한 것은 금액을 좀더 많이 받아 내려는 속셈이었음을 알고 있었다. K도 돈을 아끼고 싶지는 않았다. 감시인들을 그 무서운 고통 속에서 구해 주고 싶었던 것은 사실이고, 이 재판 조직의 부패와 싸움을 시작한 이상, 이런 방면에 관심을 가지는 K의 태도는 당연하다고 할 것이다. 그러나 프란츠가 비명을 지르는 바람에 모든 것이 수포로 돌아가고 말았다. 사환을 비롯하여 이 건물 안에 있는 사람들이 몰려들어 창고에서 그들과 실랑이를 벌이고 있는 꼴을 보이기가 싫었고, 사실상 누구라 하더라도 이와 같은 자기 희생을 K에게 요구할 이유가 없는 것이었다.

만약 K에게 그런 마음이 있었다면 자기가 옷을 벗고 감시인들 대신 매를 맞아 주는 것이 차라리 나은 방법일 것이다. 그러나 이것은 태형리로서는 무의미하기 짝이 없는 일일 뿐만 아니라 도리어 중대한 직무 위반이 될 것이다. 게다가 기소중인 K에게 손을 대는 것은 재판소 관계자 모두에게 엄하게 금지되어 있을 것이므로 이중으로 죄를 범하는 셈이 된다. 따라서 결코 이런 대리 행위는 받아들이지 않을 것이다. 물론 특수한 규정이 이런 경우 적용될 수 있을지는 모른다. 어떻든간에 K로서는 문을 닫아 그 광경을 외부 사람들에게 숨긴 것만으로도 힘겨운 일이었고, 그리고 이것으로 위험이 완전히 사라졌다고는 볼 수 없었다. 그리고 프란츠를 뿌리친 것은 참으로 유감스러운 일이지만, 그가 지나치게 흥분해 있었으므로 그것은 어쩔 수 없는 일이다.

그는 먼데서 사환들의 발소리를 들었다. 그들의 눈에 띄지 않도록 하기 위해서 창문을 닫고 중앙에 있는 계단 쪽으로 걸어나왔다. 창고 앞을 지날 때 잠시 걸음을 멈추고 귀를 기울였다. 아무 소리도 들리지 않았다. 감시인은 완전히 그 사내의 수중에 떨어져 그에게 매맞아 죽었을는지도 모른다. 문손잡이에 손을 댔으나 곧 생각을 바꾸어 되돌아서고 말았다. 더 이상 어떻게 할 수도 없고, 또 사환들이 곧 나타날는지도 모른다. 그러나 이 문제를 이후에도 파고들어 진짜 범인, 즉 높은 지위에 있는 관리들, 한 번도 그의 앞에 모습을 나타낼 용기도 없는 이들이 엄벌에 처해지도록 노력하지 않으면 안 되겠다고 K는 새삼 결심했다. 은행의 바깥쪽 계단을 내려올 때 통행인을 한 사람 한 사람 유심히 살펴보았으나, 사람을 기다리게 할 성싶은 소녀는 꽤 멀리까지 살펴보았으나 한 사람도 눈에 띄지 않았다. 약혼녀가 걱정하며 기다리고 있다고 말한 프란츠의 말은 거짓이지만, 너무나 급박한 사태에 빠진 사람으로서 능히 있을 수 있는, 동정받을 만한 거짓말이 아닐 수 없었다.

다음 날까지도 계속 그 감시인의 모습이 머리에서 떠나지 않았다. 일이 손에 잡히지 않고, 무리하게 일을 처리하다가 오히려 더 손해를 보고 말았다. 퇴근하는 길에 또 창고 앞을 지나게 되자, 거의 무의식적으로 문을 열어 보았다. 창고 안은 캄캄하다고 생각하고 있던 그는 그 속에 보이는 광경에 그만 기절할 뻔했다. 모든 것이 어제와 같은 상황이었다. 문턱까지 쌓여 있는 온갖 고물, 그리고 채찍을 손에 쥔 태형리, 여전히 발가벗다시피 한 감시인, 선반 위에 놓여 있는 촛불, 그 어느 것 하나 어제와 다름이 없는 광경이 벌어지고 있는 것이었다. 감시인은 그의 모습을 발견하자 필사적으로 살려 달라고 아우성을 치고 애원을 했다.

"제발 좀 살려 주세요."

그러나 K는 문을 쾅 닫아 버렸다. 꼭 잠그려고 하는 것처럼 주먹으로 문을 두드렸다. 그가 거의 울고 싶은 심정이 되어 사환이 있는 곳으로 달려가 보니 등사판을 조용히 밀고 있던 그들은 놀라서 일손을 멈추었다.

"지금 당장 창고를 청소해 둬!" 하고 K는 고함쳤다. "먼지 속에 파묻히고 말겠어!"

사환들은 그 곳 청소는 내일 할 예정이라고 말했다. K는 고개를 끄덕이고, 늦은 시간이기 때문에 더 이상 자기의 주장을 고집할 수는 없다고 생각했다. 잠시 사환들 옆에 앉아 있다가 등사판에서 나온 인쇄물을 몇 장 뒤적거려 보았다. 이것으로 서류를 조사하고 있는 것처럼 보이게 할 수 있었다고 생각했다. 잠시 후 K는 지치고 텅 비어 버린 머리를 움켜쥐고 집으로 돌아갔다.

제6장 숙부, 레니

어느 날 오후──우편물 마감 시간이 다 되어 눈이 어지러울 정도로 바삐 일하고 있는 곳에──숙부 칼이 때마침 결재 서류를 가지고 들어온 사환 두 사람을 밀어젖히고 나타났다. 숙부는 시골의 보잘것 없는 지주였다. 조금 전에 숙부가 왔다는 전갈을 들었던 터였으므로 지금 그의 모습을 보아도 그다지 놀랍지는 않았다. 한 달 전부터 숙부가 찾아올 것이라는 것을 알고 있었다. 조금 상반신을 구부리고 허름한 파나마 모자를 왼손에 쥐고, 아직 가까이 다가서기도 전에 오른손을 내밀고 남들이야 어떻게 생각하든 아랑곳하지 않고 책상 위로 악수를 청하고 방해되는 것은 사정없이 밀어 내 버렸다. 숙부는 상경하더라도 언제나 하루 이상은 머무르지 않았다. 예정된 계획을 그 하루 동안에 해치워 버리려고 서둘렀으며, 그리고 예정 외의 면회, 상담, 오락 같은 것도 빠뜨리지 않았다. 이런 까다로운 성격으로 말미암아 그는 언제나 허둥거렸다. K는 지난 날에 모든 면으로 자기를 돌봐 준 은혜도 있는 터라 온갖 편의를 봐 주지 않으면 안 되고, 게다가 자기의 하숙집에서 잠자리를 같이하지 않으면 안 되었다. '시골에서 온 도깨비', K는 숙부를 이렇게 불렀다.

형식적인 인사를 하고 난 뒤──K는 팔걸이 의자에 앉도록 권했지만 숙부에게는 그런 시간 여유조차 없고——숙부는 아무도 없는 데서 잠시 얘기하고 싶다고 했다.

"사람이 있어서는…….” 하고 숙부는 불편하다는 듯이 군침을 삼키면서 "아무래도 마음이 놓이지 않으니 꼭 사람들을 내보내 달라." 하고 말했다.

K는 사환을 내보내고 동시에 아무도 들여보내지 말라고 말했다.

"요제프, 무슨 그 따위 짓을 했어!"

방 안에 두 사람만 있게 되자 숙부는 대뜸 고함을 지르며 책상 위에 앉았다. 그러더니 앉음새를 편안하게 하려고 옆에 있던 서류를 닥치는 대로 궁둥이 밑에 끌어 넣었다. K는 말없이 보고만 있었다. 얘기의 내용은 듣지 않더라도 이미 알고 있는 일인데, 바삐 일하던 손을 딱 멈추게 되니 피로가 갑자기 밀어닥쳐 전신에 퍼져 나갔다. 창 너머로 건너편에 있는 건물을 멀거니 바라보았다. K의 자리에서는 삼각형으로 된 자그마한 단편——두 개의 진열장 사이에 끼인 공허한 벽의 일부, 그것이 보일 뿐이었다.

"엉뚱한 곳만 보고 있구나!" 하고 숙부는 팔을 쳐들었다.

"난 도무지 믿을 수 없구나. 도대체 그게 정말이란 말이냐? 대답해 봐!"

"숙부님." K는 어지러운 생각을 미처 정리하지도 못한 채 "대체 무슨 말씀인가요? 무슨 이야긴지 말씀을 해 주셔야 알지요." 하고 말했다.

"요제프." 숙부는 엄한 어조로 말했다. "너는 오늘날까지 나에게 숨기는 일이라고는 없었는데 이제 보니까 그렇지도 않은 것 같군."

"아아, 이제 알았습니다." 하고 K는 순순히 말했다. "제 소송 사건을 들으신 모양이군요."

"그래!" 하고 숙부는 고개를 끄덕였다.

"도대체 누구에게서 들었습니까?"

"에르나가 알려 주더라." 하고 숙부는 대답했다. "난 너와는 자주 왕래도 없고, 너도 불쌍한 그애를 전혀 돌봐 주지 않았다. 하지만 그애는 잘 알고 있단 말이다. 편지를 보고 곧장 달려왔다. 내가 다른 볼일이 있어서 온 것은 아니야. 그것만으로도 내가 올 만한 충분한 이유는 된단 말이야. 너에 대해서 씌어 있는 대목만 읽어 주겠다." 이렇게 말한 숙부는 지갑 속에서 편지를 끄집어 냈다.
"잘 들어 봐! '요제프는 만난 지가 오래 됩니다. 지난 주에 은행으로 찾아갔으
나 바쁘다는 이유로 만나 주지 않았습니다. 한 시간 정도 기다리다가 피아노 연
습 시간이 되어서 그만 돌아왔습니다. 이 다음에는 꼭 기회를 만들어서 찾아볼
작정입니다. 저의 생일날에는 훌륭한 초콜릿 한 상자를 선물로 보내 왔습니다.
어떻게나 예쁘게 만든 과자였는지 모두들 탄성을 지르며 기뻐했습니다. 곧 알려
드리려고 했었는데 그만 깜박 잊고 있었습니다. 그런데 편지를 받고야 생각해
냈습니다. 하지만, 초콜릿 같은 것은 기숙사에서는 눈 깜짝할 사이에 없어지곤
해요. 그런데 요제프에 대해 한 가지 알려 드릴 것이 있습니다. 지난번에 은행
에 갔을 때, 때마침 상담(相談) 관계로 만나지 못했다는 것은 아까 말씀드렸습
니다. 은행에서 잠시 기다리고 있다가 사환을 붙들고 아직 상담이 끝나지 않았
느냐고 물었더니, 아직 끝나지 않았을 것입니다, 그분은 지금 자신의 소송 관계
얘기를 하고 있으니 말입니다,라고 말하지 않겠습니까. 어떤 소송입니까, 소송
이라니 잘못 안 것이 아닙니까, 하고 물었더니 틀림없는 얘기이다, 그것도 상당
히 복잡한 소송이어서 자세한 것은 모르겠다, 그분은 성실하고 훌륭한 분이어서
자기도 도와 드리고 싶지만 어떻게 할 줄을 모르고 있다, 어디 유력한 분이 나
타나서 그분을 위해 힘써 주게 되기를 빌고 있을 뿐이다, 틀림없이 그렇게 될
것이며 결국은 좋은 결말을 맺게 될 것이다, 그런데 요즈음 2, 3일 동안은 몹시
기분이 좋지 못한 것을 보니 그 일이 잘 처리되지 않는 것같이 생각된다, 이렇
게 말했습니다. 이것은 결코 믿을 수 없는 얘기일 거예요. 저는 사람이 좋은 이
사환에게 고맙다고 인사를 하고 주위 사람들에게 함부로 얘기하지 말라고 부탁
을 해 두었습니다. 이것은 아무래도 터무니없는 얘기 같은데, 아버님께서 한번
오셔서 이 사건을 알아보시고, 아버님의 친구 가운데서 유력한 사람을 통하여
사건을 하루바삐 처리하도록 힘써 주시면 좋을 것 같습니다. 십중팔구는 그럴
필요가 없으리라고 생각되기는 합니다마는, 아무튼 아버님께서 이 곳으로 오시
면 저도 아버님을 뵈올 수가 있게 되니 정말로 반가운 일이 아닐 수 없겠습니
다.'——."

편지를 다 읽고 난 숙부는 손수건으로 눈물을 닦고 있었다. K는 짐작이 갔다. 요즈음 이래저래 복잡한 사건이 연달아 일어났기 때문에 에르나에 대한 일은 깜빡 잊고 있었다. 그 생일까지도 잊어버릴 정도였으므로 초콜릿 얘기는 숙부나 숙모에게 K의 인상을 나쁘게 하지 않으려고 에르나가 멋대로 꾸며 낸 얘기임은 말할 것도 없었다. 참으로 감동할 만한 얘기가 아닐 수 없었다. 이제부터 부지런히 극장표 같은 것이라도 보내 주어야 되겠다고 생각하는 것만으로는 에르나의 성의에 대한 보답으로 너무나도 부족한 것 같았다. 그렇다고 해서 기숙사로 찾아가서 열여덟 살밖에 안 되는 어린 여학생하고 이야기하는 것도 싫었다.

"이게 사실이냐?" 숙부는 대답을 재촉했으나 아까의 그 흥분은 어디론가 사라져 버렸는지 다시 그 편지를 읽고 있었다.

"네, 숙부님, 그건 사실입니다."

"뭐? 사실이라고?" 숙부는 큰 소리로 말했다. "너 그게 정말이냐? 설마 형사 사건은 아니겠지?"

"아닙니다. 형사 사건입니다."

"부끄럼없이 그런 말을 잘도 지껄이는구나."

"침착할수록 좋은 것입니다." K는 침울한 표정으로 대답했다. "걱정하시지 않아도 됩니다."

"넌, 너 혼자 침착하면 되는 줄 아니?" 하고 숙부는 고함을 지르기 시작했다. "너는 자신에 대해서는 물론이고 친척에 대해서, 그리고 가문에 대해서도 생각을 해 봐야 된단 말이다. 집안의 자랑거리였던 네가 집안의 수치거리로 될 수는 없잖아! 봐, 도대체 그 태도부터가 틀려먹었단 말이다. 무고한 죄에 대해서는 당당하게 이의를 내걸고 과감하게 싸워야 할 텐데도 그런 기색조차 보이지 않으니 어떻게 된 거냐 말이다. 자, 우물거리지 말고 어서 그 소송 내용을 얘기해 봐, 아마도 은행에 관계된 일이겠지."

"은행에 관계된 일은 아닙니다." 하고 K는 자리에서 일어나 다시 말을 계속했다. "숙부님 말소리가 너무 크군요. 사환이라도 듣게 되면 곤란하니 밖으로 나가십시다. 다른 곳에 가서 무엇이든 다 대답하겠습니다. 저 역시 집안 사람들에 대해서는 책임을 느끼고 있으니 말입니다.”

“그래, 그러는 것이 좋겠다.”하고 숙부는 소리쳤다. “자, 요제프, 어서 나가자. 어서, 어서.”

“지시할 내용이 좀 있으니 조금 기다리십시오.” K는 전화로 비서를 불러들였다. K는 일어선 채 이 젊은이에게 오늘중으로 완수해야 할 일에 대해서 여러 가지 서류를 펼쳐 가면서 설명해 주었다. 숙부는 눈을 둥그렇게 뜨고 입술을 신경질적으로 달싹거리면서 두 사람의 옆에 버티고 서 있었다. 물론 얘기의 내용은 모른다. 그러나 그런 태도는 두 사람에게는 못마땅할 것임에 틀림없다. 그런데 숙부는 이번에는 방 안을 걷기 시작했다. 창문께로 다가서서는 잠시 걸음을 멈추고 ‘도대체 알 수 없는 일이야!’하고 중얼거리기도 했다. 그는 걸어 다니다가 때때로 발걸음을 멈추고는 혼자말을 지껄이는 것이었다. 젊은 비서는 그런 것에는 조금도 개의치 않고 조용히 명령을 듣고 요점을 메모한 다음 두 사람에게 고개를 간단히 숙이고는 나갔다. 그 때 숙부는 젊은 비서에게 등을 돌리고 창밖으로 몸을 내밀고는 두 손으로 커튼을 만지고 있었다. 출입문이 닫히자마자 숙부는 말했다.

“젊은이도 나갔으니 이번에는 내 차례다. 자, 나가자.”

홀에는 사환이나 행원들의 얼굴도 보이고 또 대리가 지나가고 있었으므로 소송 얘기는 못 하게 하고 싶었으나 적당한 구실이 생각나지 않았다.

“자, 요제프.”하고 인사를 하는 주위 사람들에게 답례를 보내면서 숙부는 말을 시작했다.

“어떤 소송이냐, 자세히 말해 봐라.”

K는 입술을 몇 번 달싹거리고 미소를 띠었는데, 계단을 내려오기 시작한 다음에야 비로소 입을 떼어 “여러 사람들 앞에서는 그런 얘기를 하고 싶지가 않았습니다.”하고 말했다.

“그거야 물론 그렇겠지!”하고 숙부는 말하고 나서 “자, 이제는 괜찮겠지!”하고 다시 재촉을 했다.

숙부는 고개를 뒤로 젖히고 담배를 부지런히 뻐끔거리며 듣고 있었다.

"미리 말씀드립니다만, 이것은 보통 재판소의 소송이 아닙니다."

"그게 또 무슨 말이냐?"

"네?"

"무슨 말이냐고 했다."

두 사람은 거리로 통하는 바깥 계단 위에 있었다. 수위가 이쪽을 살피고 있는 것처럼 보였으므로 K는 숙부를 재촉하여 계단을 내려서자 곧장 거리의 인파 속으로 파묻혀 버렸다. 숙부는 한 팔을 K에게 내맡기고 걸었다. 이제는 꼬치꼬치 따져 묻지도 않았고 한동안 말이 없었다. 그러나 얼마 후에 숙부가 다시 입을 열었다.

"어떤 사건이었나?" 그렇게 말한 숙부가 갑자기 서 버렸으므로 뒤에서 오던 통행인은 당황하여 숙부를 비켜서 지나갔다. "이런 사건은 아무 까닭 없이 일어나는 것이 아닌데, 편지로라도 나에게 알려야 할 것이 아니냐. 나도 너 때문에 무척 고생도 해 온 사람이고 지금도 너의 후견인 구실을 하고 있을 뿐더러 그것이 내 자랑거리이기도 했다. 이번에도 너를 도울 결심으로 왔는데, 소송이 이미 진행되었다면 어려울 것이다. 글쎄 내 생각 같아서는 2, 3일 휴가를 얻어 시골에라도 다녀오는 것이 좋을 것 같구나. 확실히 좀 수척해졌어. 시골에 있으면 틀림없이 기운을 되찾을 수 있을 거야. 너는 앞으로 많은 일을 해야 할 몸이야. 그러니 무엇보다도 건강해야 하거든. 그리고 시골로 가면 재판소로부터도 거리가 멀리 떨어져 있어 어느 정도 도피할 수도 있다. 여긴 그들에게 온갖 권력 수단이 갖추어져 있으니 당연히 너에게도 그것을 적용하겠지만, 시골에서는 적당한 기관원을 보내거나 아니면 우편, 전신, 전화만으로도 교섭을 할 수 있을 정도란 말이야. 이런 정도라면 너도 좀 마음이 가벼워질 수도 있을 것 아니냐."

"하지만, 이 곳을 떠나게 내버려 두지 않을 거예요." 숙부의 말에 다소 흥미를 느끼기 시작한 K는 그렇게 말했다.

"그럴 리도 없겠지." 하고 신중한 태도로 숙부는 말했다. "네가 여행을 한다고 해서 무슨 손해 되는 일은 없잖냐."

"숙부님은 나만큼 이 사건을 깊이 생각하지는 않을 줄로 알았는데 뜻밖으로 어렵게 생각하고 계시는군요."

"요제프." 숙부는 걸음을 멈출 듯하면서 K의 손을 뿌리치려다가 거친 소리로 이렇게 불렀다. "너도 많이 변했구나. 굉장히 영리했었는데 이젠 그렇지도 않은 것 같구나. 소송에 져도 괜찮단 말이냐? 만약 패소하면 어떻게 된다는 걸 알고나 있느냔 말이야. 소송에 지면 그 땐 마지막이야. 넌 다시는 일어설 수가 없단 말이다. 게다가 친척들도 함께 말려들기 십상이고, 운이 좋아 봤자 세상에 얼굴도 못 들고 다니게 될 뿐이다. 요제프, 정신 차려야 돼. 될 대로 되라는 너의 태연한 태도를 보니 내가 미칠 것만 같다. '이런 소송은 이미 진 거나 다름없다.' 하는 말은 더러 듣지만, 바로 네 얼굴에도 그 말이 씌어 있구나."

"숙부님." 하고 K가 말했다. "흥분은 서로 삼가는 것이 좋을 것 같군요. 공연히 흥분해서 좋을 게 없으니까요. 숙부님의 의견은 좀 엉뚱한 데가 있어도 전 경청하고 있으니 말입니다. 이번에는 직접 내가 경험한 얘기도 좀 들어 주시면 좋겠습니다. 소송 때문에 가족들까지 화를 당하게 된다는 말씀은 얼른 이해가 가지 않습니다만, 숙부님 말씀이니까 모든 것을 시키는 대로 따르기는 하겠습니다. 그러나 시골로 가는 일만큼은 합당하지 않다고 생각되는군요. 그렇게 하면, 자신의 죄를 스스로 인정하고 도망친 꼴이 되지 않겠습니까? 아무튼 여기 있으면 귀찮게 굴기는 하지만 그 대신 자유스럽게 공작할 수도 있으니까요."

"하긴 그래." 숙부는 이제 의견 교환의 계기가 마련되어 기쁘다는 표정을 지었다.

"내가 그렇게 하자고 말한 것은, 네가 여기 있으면 너의 그 될 대로 되라는 식의 태도 때문에 일을 망쳐 버릴 것 같아서야. 내가 대신 머무르면서 공작을 하는 것이 좋겠다고 판단했기 때문이다. 자신이 잘 처리한다면 그야 말할 것도 없는 일이지만."

"그렇다면 숙부님께서는 이 문제를 어떻게 했으면 좋겠다고 생각하십니까?"

"그건 사건 내용을 좀더 분명히 알고 난 다음의 얘기야." 하고 숙부는 대답했다. "난 벌써 20년이나 시골 구석에 처박혀 살았고, 여기 올 기회도 거의 없었으므로 이런 문제에는 적잖이 둔감해졌어. 친지 가운데는 이 곳 사정을 잘 아는 사람들도 더러 있었지만 오랜 세월이 흐르는 동안에 자연 멀어져 버렸어. 시골에 살다 보니 그럴 수밖에 없지. 이런 사건을 당하면 더욱 그런 것을 절실히 느끼게 되거든. 물론 에르나의 편지를 읽었을 때부터 대강 짐작은 했고, 또 오늘 너의 얼굴을 보고도 사건의 내용이 어느 정도라는 것을 알 수 있었다. 하지만 나로서는 예상 밖이었다. 그런데 우리가 이런 얘기만 하고 있어서는 안 돼. 빨리 서둘러야지. 이런 일은 때를 놓치면 큰일이란 말이야."

숙부는 벌써 길가로 나가 지나가던 자동차를 불러 운전사에게 갈 곳을 말하면서 K를 끌다시피 차 안으로 밀어 넣었다.

"홀드 변호사에게로 가자." 하고 숙부는 말했다. "내 동창생인데, 너도 들은 일이 있겠지. 뭐? 뭐라고? 들은 일이 없단 말이지? 이상하군. 가난한 사람들의 변호사로서 유명한 사람인데, 인품도 참으로 훌륭한 분이지."

"숙부님께서 하시는 일이니까 틀림이야 없겠지요." 하고 대답은 했으나 너무나도 독단적인 숙부의 태도에는 좀 불만스러운 점이 있었다. 피고의 입장인데다가 더구나 가난뱅이 전문의 변호사에게 도움을 청한다는 것이 그다지 유익한 일은 아니었던 것이다.

"이런 경우에도 변호사가 필요한 건가요?"

"물론이지." 하고 숙부는 말했다. "뻔한 일이 아니냐. 무슨 그런 말을 하는 거냐. 자, 지금까지의 경위를 남김없이 말해 봐. 어서!"

K는 기다리고나 있었다는 듯이 사건의 전말을 얘기하기 시작했다. 낱낱이 털어놓는 일, 소송을 하나의 큰 수치로 알고 있는 숙부에게 항의하는 방법으로는 그것이 가장 좋았다. 뷔르스토나라는 이름은 한 번, 무의식중에 입밖으로 새어나왔을 뿐이었는데, 뷔르스토나는 이 소송과는 별다른 관계도 없는 터이므로 이것을 가지고 K의 설명이 철저하지 못했다고는 할 수 없을 것이었다. 얘기를 계속하는 사이, 창 밖을 바라보다가 문제의 그 재판소 사무실이 있는 교외에 들어서게 된 것을 알고, K는 숙부에게 그것을 설명했다. 그러나 이 우연에 숙부는 별로 놀라는 기색을 보이지 않았다. 자동차는 어떤 어둠침침한 건물 앞에 멈추

었다. 숙부는 들어서기가 바쁘게 입구에 달려 있는 초인종을 눌렀다. 씽긋씽긋 웃으며 숙부는 나지막한 소리로 말했다.

"벌써 8시냐. 변호를 의뢰하러 가는 시간치고는 좀 뭣하지만, 홀드니까 괜찮 겠지."

출입문 옆에 뚫려 있는 둥그렇고 자그마한 창문에 검고 커다란 눈이 두 개 나 타나서 잠시 두 사람을 훑어보더니 사라졌다. 출입문은 여전히 닫힌 채였다. 그 러나 두 개의 눈동자가 나타났다가 사라졌다는 사실은 숙부나 K가 모두 인정했 다.

"새로 들어온 하녀라서, 처음 보는 손님이라 두려워서 그러는 모양이야." 숙 부는 그렇게 말하고 다시 노크를 했다. 눈동자가 또다시 나타났다. 그것은 무척 슬퍼 보이는 눈매였는데 두 사람의 머리 위에서 흘러내리는 그다지 밝지도 않은 가스등 불빛이 만들어 준 착각 때문인지 모르겠다.

"어서 열어라!" 하고 숙부는 소리치면서 주먹으로 문짝을 탕탕 두드리며 말 했다. "친구가 왔다고 말해!"

"변호사님은 병석에 누워 계십니다." 으슥한 복도 안쪽에서 나직이 말하는 사람이 있었다. 그다지 길지도 않은 이 복도의 제일 안쪽 방 앞에 잠옷을 입은 사내가 한 사람 서 있다가 아주 작은 소리로 그렇게 알려 주었다. 오랫동안 기 다리게 하는 바람에 화가 난 숙부는 홱 몸을 돌리면서 커다란 목소리로 외쳤다.

"뭐? 병이라고? 정말이오?" 하고 말한 다음 그 사내 쪽으로 시비라도 걸려 는 듯이 다가갔다.

"이제 문이 열렸군요." 하고 사내는 변호사의 방을 가리키고 나서 잠옷 자락 을 두 손으로 끌어당기면서 자취를 감추어 버렸다. 그의 말대로 길고 하얀 앞치 마를 두른 젊은 여인이——조금 불거져 나온 침울하게 보였던 아까의 그 눈동 자라는 것을 깨달았다——현관에 촛대를 들고 서 있었다.

"이 다음부터 더 빨리 문을 열어요!" 숙부는 이런 핀잔으로 인사를 대신했 다. 하녀로 보이는 여자는 말없이 고개만 숙여 인사를 했다. 숙부는 그녀 옆에 서 있는 K를 향하여 "자, 들어가자." 하고 재촉하면서 마구 들어가려 했다.

K는 아직 멍청하게 그녀만 바라보고 있었는데 그녀는 열었던 현관문을 닫으러 갔다. 인형처럼 둥그렇게 생긴 얼굴이었다. 약간 창백한 볼, 이마, 관자놀이, 턱, 모두가 둥글둥글하게 생긴 여인이었다.

숙부는 다시 한 번 그녀를 보고 "주인이 심장이라도 나쁜 거냐?" 하고 물었다.

"잘 모르겠습니다만, 아마 그런가 봅니다." 이렇게 대답한 하녀는 촛대를 들고 앞장 서서 걷더니 안쪽에 있는 방문을 열었다. 불빛이 비쳐지지 않는 으슥한 방구석 쪽에 있는 침대 위에서 기다란 수염을 한 얼굴이 일어났다.

"레니, 누구시냐?" 변호사는 촛불에 눈이 부셔 손바닥으로 눈을 가리고 있었다.

"알버트, 자네 옛 친구야." 숙부가 그렇게 말했다.

"아, 알버트로군." 변호사는 손님이 허물없는 옛 친구라는 것을 알자 마음이 놓였는지 침대 이불 위에 쓰러지다시피 다시 누워 버렸다.

"몹시 편찮은 모양인데?" 숙부는 침대에 걸터앉으면서 물었다.

"전부터 앓던 심장병이 또 재발한 모양인데 뭐, 곧 낫겠지."

"그래야 될 텐데."

"한데 이번에는 여느 때와는 달리 증세가 좀 수상쩍단 말이야. 숨이 차고, 밤에는 잠도 잘 수 없고, 나날이 쇠약해지는 것 같아."

"그래? 그건 좋지 않지. 몸조리를 잘 해야겠네. 그런데 이 방이 틀렸어. 너무 음침하잖아. 지난번에 왔을 때에는 이렇지 않았는데. 오래 된 일이기는 하지만 그 땐 포근한 느낌이 드는 밝은 방이었단 말이야. 그리고 저 여자 말이야, 인상이 좋지 않아. 어딘지 모르게 마음을 놓을 수 없는 꺼림칙한 데가 있단 말이야."

하녀는 촛대를 들고 여전히 문 곁에 서 있었다. 무엇을 보고 있는지 모를 시선인데, 자기가 지금 화제에 올라 있으므로 숙부 쪽을 바라볼 만도 하건만, 그녀는 엉뚱하게도 K만 바라보고 있는 것이었다. K는 의자를 옆으로 끌어다 놓고 기대고 있었다.

"이런 병은 안정이 제일이거든. 마음은 괜찮아. 저 레니는 뒷바라지도 잘 해 주는 좋은 아가씨야."

변호사는 이렇게 말했으나 숙부는 그 말을 그대로 받아들이지 않을 뿐만 아니라 그 간호사에 대해서 한층 더한 적개심 같은 것을 느끼는 것 같았다. 환자에게는 자기의 심정을 말하지 않았지만 간호사가 침대 옆으로 와서 작은 탁자 위에 촛대를 내려놓고 병자에게게로 상체를 굽혀 이불을 바로잡아 주며 나직한 목소리로 얘기하고 있는 모양을 날카로운 눈초리로 노려보고 있었다. 상대편이 환자라는 생각은 거의 염두에도 없는 성싶었다. 의자에서 일어나 간호사의 뒤를 따라다니고 만약 그 형세가 계속되면 왈칵 달려들어 그녀의 목덜미라도 움켜쥐고 침대로부터 떼어 내는 그런 난폭한 행동까지도 하지 않을까, 하고 걱정이 될 정도였다.

K는 냉정했다. 그리고 변호사가 병석에 있다는 것이 한편으로 반갑게 생각되었다. 자신의 사건 때문에 기를 쓰고 동분서주하시는 숙부의 열성에 이끌려 갈 수밖에 없었지만 숙부의 기세를 꺾게 된 이 뜻밖의 사태에 충분히 감사할 만했다. 이 때 숙부가 말했다.

"간호사 아가씨, 주인 어른과 개인적인 얘기가 있으니 미안하지만 잠시 자리를 비켜 주시겠소?" 숙부의 말투에는 그녀의 기분을 거스르게 하고도 남을 만한 거부감이 노골적으로 드러나 있었다. 간호사는 다시 침대 위에 엎드려 벽 쪽의 이불을 정돈하고 있었는데, 그대로의 자세로 돌아보며 몹시 침착한 어조로 말했다.

"보시다시피 병환중이시니까, 개인적인 얘기를 하셔서는 안 됩니다." 하고 대답했다.

울화가 치밀어 오르면 그만 흥분하여 혓바닥이 말라 버리도록 떠들어대는 숙부의 성격과는 대조적이었다. 간호사가 숙부의 말을 거절한 것은 별다른 악의가 있어서 그런 것은 아니었겠지만, 제삼자의 입장에서 보더라도 그녀의 대꾸는 확실히 사람을 무시하는 태도로 보였다. 물론 숙부는 머리끝까지 화가 치밀어 가쁜 숨을 내쉬며 고함을 꽥 질렀다.

"이년!" 하고 외쳐 댔다. 예상 못 한 일은 아니었지만 K는 당황하여 재빨리 뛰어가서 숙부의 입을 두 손으로 막으려고 했다. 그러나 그녀의 뒤에서 환자가 몸을 일으켰다. 숙부는 찌푸린 얼굴로 서 있었으나 곧 냉정을 되찾고는 말을 이었다. "서로 얘기하면 알게 될 테지만 강제로 나가라는 것은 아니야. 그러나 부탁이야, 자리 좀 피해 줘."

간호사는 휙 몸을 돌리더니 숙부 쪽으로 등을 돌린 채 침대에 붙어서 K가 보기에는 한 손으로 변호사의 손을 어루만지고 있는 것 같았다.

"레니는 절대로 염려할 필요가 없는 사람이야." 환자의 이 말에는 간절한 애원이 깃들여 있었다.

"나 자신의 얘기가 아니야. 내 비밀 얘기가 아니란 말이야."

숙부는 이렇게 말하고 환자에게 등을 돌려 버리고는 더 이상 말하지 않겠다는 태도를 보였다.

"그렇다면 누구의 얘기란 말이야?" 변호사의 목소리는 더욱 작게 들리며 다시 이불 속으로 몸을 뉘었다.

"내 조카의 문제야." 하고 숙부는 말하고 나서 "같이 왔어." 그리고는 "은행의 업무 부장으로 있는 요제프 K."라고 소개했다.

"그래?" 환자는 곧 기운이 되찾은 듯이 K에게 악수를 청하면서 "함께 온 줄은 미처 몰랐습니다. 실례가 많았군요." 그러고는 간호사를 향해 "레니, 잠시 나가 있어요." 하고 말했다.

그는 아무 말도 하지 않고 얌전히 밖으로 나가려고 하는 그녀에게 손을 내밀고 마치 오랜 작별이라도 하는 듯 아쉬워하는 표정을 지었다.

"그렇다면 자네는……." 하고 마침내 변호사가 입을 떼었고 숙부는 약간 마음이 누그러져서 침대가로 다가앉았다. "문병 온 것이 아니고 일거리를 가지고 왔단 말이지."

이젠 문병에도 질려 버렸다는 듯이 기쁜 표정으로 바뀌었는데, 그는 새삼 기운이라도 치솟는지 팔꿈치로 상체를 괴고 다른 손으로는 수염을 만지기 시작했다.

"그 귀찮은 것이 없어지니 당장 자네가 기운을 되찾게 되잖아!"숙부는 이 말을 하고 나서 잠시 긴장한 얼굴로 입을 다물고 있더니 갑자기 작은 소리로 "엿듣고 있구나!" 하면서 문간으로 뛰어갔다.

숙부가 활짝 문을 열었으나 거기에는 아무도 없었다. 그러나 숙부는 엿듣지 않는 것은 더 한층 고약한 음모가 있기 때문이라고 생각하고는 실망한 표정이 아니라 몹시 석연치 않은 얼굴로 자리에 돌아왔다.

"자넨 그 아가씨를 오해하고 있어." 변호사는 그렇게 말하고는 더 이상 말을 하지 않았다. 그러나 이 한 마디로 이상하게 빗나가기만 하는 방 안의 분위기를 바로잡게 된 것으로 생각하는 것 같았다. 변호사는 진지한 태도로 얘기를 시작했다.

"자네의 조카 사건이라니 어떻게 해서라도 도움이 되고 싶네. 다만 그 일을 해낼 만한 기력이 있을지 없을지, 그것이 좀 불안하지만 말이야. 그렇다고 처음부터 꽁무니 빼기는 싫고, 내가 감당할 수 없을 때는 도움을 받을 수 있으니까. 솔직히 말해서 나는 이 사건에는 굉장한 흥미를 느끼고 있으니, 모처럼의 좋은 기회를 놓치기도 싫어. 만약 심장병으로 절대로 그 일을 해낼 수 없게 되면 그건 또 그런 대로 나에게는 좋은 계기를 마련해 주는 결과가 되는 것이야. 변호사 노릇을 그만두는 거지."

K는 변호사의 얘기를 전혀 알아들을 수가 없어서 숙부의 얼굴을 바라보며 눈짓으로 설명을 청했다. 그러나 숙부는 변호사의 말에 일일이 고개를 끄덕여 보이면서 아낌 없이 동의의 표시를 나타내고 가끔 K의 얼굴을 곁눈질로 바라볼 뿐이었다.

숙부는 소송 내용을 미리 변호사에게 얘기해 두었던 것일까? 아니, 그럴 리는 없다. 그것은 여기 왔을 때의 상황으로 봐서도 알 수 있었다. 그래서 그는 이렇게 말했다.

"저로서는 잘 이해가 되지 않습니다만."

변호사도 K처럼 놀람과 당혹함을 얼굴에 드러내면서 "그렇다면, 내가 엉뚱한 얘기를 했다는 것인가요?" 하고 물었다.

"좀 지나치게 앞질러서 그런지는 모르겠습니다만, 당신의 용건이라는 게 그 소송 사건이 아니었습니까?"

"그럼!" 하고 숙부가 말했다. 그러고는 K를 바라보며 "다른 얘기는 없잖아!" 하고 동의를 구했다.

"물론이지요. 하지만 내 소송 사건을 어떻게 알고 계시는지요?"

"아, 그것 말입니까." 하고 변호사는 미소를 지었다. "직업이 직업이니만큼 재판소 사람들과 교제를 하고 있고, 여러 가지 소송에 관한 얘기라든지, 특이한 사건 얘기 같은 것은 자주 화제에 오르기 때문에 자연 온갖 소식에 정통하게 되지요. 화제의 대상이 친구의 조카에 관련된 사건이라면 머리에 남아 있게 마련이 아니겠습니까. 별로 이상하게 생각할 것은 없습니다."

"어떻게 되었다는 거냐?" 숙부는 다시 K에게 물었다. "넌 좀 침착해야 돼!"

"재판소 사람들과 교제하고 계신다고요?" 하고 K는 변호사에게 물었다.

"그렇습니다." 하고 변호사는 대답했다. 숙부는 이 때 또 참견을 했다.

"당연한 일이 아니냐!"

"내가 같은 전문 분야의 친구들과 사귀는 것을 당연한 일이겠지요." 하고 변호사가 덧붙였다. 그의 말에는 거역하기 어려운 위엄이 느껴져서 K는 그만 입을 다물어 버렸다.

"그러나 선생님의 활동 무대는 대법원의 법정이지 다락방에 차려 놓은 재판소는 아니지 않습니까?" 하고 말하고 싶었지만 용기가 나지 않았다.

"이것은 당신도 잘 생각해야 할 일인데……." 하고 변호사는 말을 계속했는데 너무나도 당연하고 뻔한 얘기를 하게 된 것이 귀찮다는 말투였다. "이런 교제가 있으므로 변호를 부탁하는 사람들에게 여러 가지로 편의를 봐 줄 수 있는 것입니다. 물론 이건 우리끼리의 얘기지만 말입니다. 지금은 병석에 있기 때문에 예전 같지는 않지만 그래도 재판소에 있는 좋은 친구들이 놀러오기도 하니 사정은 조금 알고 있습니다. 아니, 재판소에서 건강한 몸으로 하루 종일 기웃거리고 있는 동업 친구들에 비하면 오히려 내가 더 나을 것입니다. 예를 들면 지금도 저런 좋은 친구가 와 있으니 말입니다." 이렇게 말한 변호사는 어두운 방 구석 쪽을 손짓했다.

"어디에?" 놀란 K는 엉겁결에 거친 질문을 던지고 주위를 휘둘러보았다. 촛불이 너무나 작아 그 불빛이 방구석까지는 미치지 못하고 있는데, 그러나 그 쪽 구석에 무엇인가가 꿈틀거리고 있는 것이 보였다. 숙부가 촛대를 높이 쳐드니, 자그마한 탁자에 기대고 앉아 있는 노인이 보였다. 지금까지 깨닫지 못한 것으로 보아 그 노인은 숨도 쉬지 않고 있었는지도 모른다. 그 노인은 들킨 것이 몹시 불쾌한 듯 떨떠름한 표정으로 자리에서 일어났다. 두 손을 날개처럼 움직여서 소개나 인사 같은 것은 받지 않겠다는 시늉을 해 보였다. 그리고 자기는 남의 얘기에 참견하기도 싫으니 다시 그 어두운 구석으로 보내 달라는 듯한 지극히 냉담한 표정을 짓고 있었다. 그러나 그렇게 되지는 않았다.

"당신 때문에 모두 놀란 것 같습니다. 사양 마시고 이 쪽으로 오십시오." 하고 권하는 변호사의 말에 따르지 않을 수 없었다. 불빛 옆으로 가까이 나온 그 노인에게서도 일종의 범할 수 없는 기품이 엿보였다.

"서기장(書記長), 아니, 아직 소개하지 않았지. 이 쪽은 내 친구 알버트 K, 그리고 알버트의 조카이고 현재 은행의 업무 부장으로 있는 요제프 K, 이 쪽은 서기장――어려운 걸음을 하셨어. 몹시 바쁜 몸이신데, 참 영광으로 생각하고 있지. 국외자(局外者)는 이 심정을 잘 이해하지 못할 거야. 난 이렇게 병석에 있지만, 그 대신 조용히 말씀드릴 수가 있어서 좋단 말이야. 손님이 오더라도 돌려보내지 말라고 레니에게 일러 놓았는데, 그것은 처음부터 손님이 찾아올 예정이 없었기 때문이고, 물론 두 사람끼리만 얘기하는 것이 좋겠다고 생각하고 있었어. 그런데 난데없이 문을 쾅쾅 두드린단 말이야. 알고 보니 너 알버트가 아닌가. 난 반가웠어. 그러자 서기장께서는 의자와 탁자를 가지고 저 구석으로 피해 가셨어. 그러나 일이 이렇게 된 이상, 서로 공통된 문제는 상의하지 않으면 안 될 거고, 또한 좋은 벗도 생길 수 있는 일이고 해서 이렇게 소개하는 거야." 변호사는 숙부에게 이렇게 말하고 나서 서기장을 쳐다보고 "자, 여기 앉으십시오." 하고 앞에 있는 의자를 가리키면서 권했다.

"유감스럽습니다만, 이제 시간이 없어서 더 폐를 끼칠 수가 없겠군요." 서기장은 스스럼없는 말투로 이렇게 말하더니 의자에 앉아 시계를 꺼내어 힐끗 들여다보고 나서 "워낙 일에 쫓기는 몸이라서. 그러나 내 친구하고 절친한 분이시라니 꼭 사귀고 싶군요." 하고 덧붙였다.

그는 숙부를 향하여 가볍게 고개를 숙이며 인사를 했다. 숙부는 이 새로운 지인(知人)에 대하여 내심 만족을 느끼고 있는 모양이었는데, 평소의 버릇 때문에 경의를 얼굴에 나타내지 못하고, 그저 껄껄거리는 요란한 웃음소리로 말대꾸를 대신했다. 그것은 그야말로 부자연스런 광경이었다. K에게는 아무도 말을 거는 사람이 없었으므로, 여유 있게 이러한 광경을 관찰할 수 있었다. 서기장은 자신이 참석한 이상, 좌석의 대화를 주도하지 않으면 만족하지 못하는 성격인 것 같았다. 변호사는 병환중이라고 말했던 것은 처음으로 찾아오는 방문객을 사절하는 구실에 불과했던 모양인지 귀에다가 손을 대고 열심히 듣고 있었다. 숙부는 촛대를 쥐고 있는 역할을 맡았는데——촛대를 무릎 위에 놓고 교묘하게 균형을 취하고 있었고 변호사는 그것이 걱정이 되어 가끔 촛대를 바라보고 있었다——이젠 딱딱한 기분은 말끔히 가셔 버리고 서기장의 교묘한 얘기 솜씨에 이끌려 탄성을 지르다가 맞장구도 치다가 하면서 완전히 그 환담 속에 빠져 버렸다. 침대 옆에 서 있는 K를 서기장은 완전히 묵살해 버렸다고 말해도 과언이 아닐 정도였다.

이미 K는 이 노신사의 청중에 지나지 않았다. 물론 K로서는 얘기의 내용도 거의 알 수 없었고, 따라서 그 새 간호사에 대한 일이며, 또 그 아가씨에 대한 숙부의 부당한 처사 같은 걸 생각해 보기도 했다. 그리고 저 서기장은 어디선가 본 기억이 있다, 지난번 처음으로 있었던 심리 때에 보았던 것이 아닐까, 하는 생각을 하기도 했다. 아마도 이것은 잘못 본 것이겠지만, 이 노인이 심리가 있던 그 날, 제일 앞줄에 앉아 있던 노인들 가운데 한 사람임에 틀림없을 성싶었다.

이 때 옆방에서 사기그릇 깨어지는 소리가 요란스럽게 들렸다. 모두 동시에 귀를 기울였다.

"제가 가 보겠습니다." 하고 K는 천천히 방을 나왔다. 옆방으로 들어가서 어둠 속을 살펴보려는 순간 자그마한 손이 아직 손잡이를 쥐고 있는 K의 손 위에 포개어지고, 그대로 조용히 문이 닫혀 버렸다. 거기에 있던 것은 아까의 그 간호사였다.

"아무것도 아녜요." 하고 나직이 말했다. "선생님을 이리 오시게 하려고 접시를 벽에다 던졌지요."

간호사의 이 말에 약간 당황한 K는 이렇게 말했다.

"나도 당신인 줄 알았소."

"역시 멋진 분이야!" 하고 탄성을 지른 간호사가 "이 쪽으로 따라오세요." 서너 발짝 앞으로 나아가니 유리문이 있었다. 그녀는 그 문을 열고는 "들어오세요." 하고 말했다.

거기는 변호사의 사무실인 모양인데, 달빛이 두 개의 커다란 창문으로부터 흘러들어 바닥 위에 두 개의 자그마한 네모꼴이 또렷이 만들어져 있고, 달빛을 통해서 고풍을 지닌 묵직한 가구들이 놓여 있는 방이라는 것을 알 수 있었다.

"이 쪽으로 오세요." 그녀는 그렇게 말하더니 나무로 만든 등 기대는 것이 달린 궤짝을 가리켰다. 거기에 걸터앉으면서 K는 먼저 방 안을 휘둘러보았는데, 천장이 유난히 높은 방이었다. 변호사를 찾아오는 의뢰인들은 한 번쯤은 놀랄 것 같았다. 커다란 책상 앞으로 주춤주춤 걸어나오는 손님의 발소리가 들리는 것 같았다. 하지만 이런 상상은 어느 새 사라지고 간호사 쪽으로 눈길이 쏠렸는데, 그녀는 K에게 몸을 대고 옆에 있는 팔걸이에 밀어붙이듯 하면서 말했다.

"이 쪽에서 부르지 않더라도 나오실 줄 알았어요. 그러나 좀 이상했어요. 방에 들어오시자마자 제 얼굴만 뚫어지게 바라보시니 말예요." 그러고 나서 느닷없이 빠른 말씨로 "저를 레니라고 불러 주세요." 하고 말했다.

"그래, 좋아요." 하고 K는 말했다. "하지만 이상하다고 하니 난 뜻밖이야. 우선, 노인들의 얘기를 듣고 있었는데 아무런 핑계없이 빠져 나올 수도 없는 일이고, 나라는 인간은 대체로 뻔뻔스러운 성격이 아니란 말이야. 그리고 레니 당신도 나에게 호감을 가지고 있는지 없는지 알 수 없으니 말이야."

"궁색한 변명이군요." 레니는 K를 바라보면서 "저 같은 여자는 선생님과 같은 분으로서는 취미에 맞지 않을 것이고, 또 지금도 그렇다고 얼굴에 씌어 있군요." 하고 말했다.

"취미 운운하지만 그런 건 문제가 안 돼."

"어머!" 하고 레니는 기뻐했다. K의 말과 자신의 외침에 레니는 지지자(支持者)를 얻은 것 같은 기분을 느끼고 일종의 우월감으로 몸을 굽혀 버렸다. 그래서 K는 잠시 입을 다물지 않을 수 없었다. 어둠에 어느 정도 익숙해 가구도 이것저것 구별할 수 있게 되었는데, 그 가운데서도 입구의 오른쪽 벽에 걸려 있는 커다란 그림에 어쩐지 마음이 끌리어 다가가서 자세히 살펴보았다. 그것은 재판관의 법복을 입은 인물의 초상화였다. 높직한 의자에 버티고 앉아 있고, 찬연하게 빛나는 의자의 금빛 장식으로 한층 더 의젓하게 보였다. 그러나 이상하게도 이 재판관은 위엄을 가지고 태연하게 앉아 있는 것이 아니라 왼팔은 등과 팔꿈치의 받침에 대고 있으나 오른팔은 완전히 자유로운 상태인데 약간 팔걸이를 짚고 있을 뿐이었다. 그리고 금방이라도 격렬한 분노에 몸을 떨고 일어나서 뭔가 결정적인 일이나 판결을 선고하려는 듯이 보였다. 피고는 아마도 계단 옆에 있으리라. 그림은 황색 융단을 깐 계단의 맨 위까지 그려져 있었다.

"이건 내 재판관 아니야?" 그림을 손가락질하면서 K가 말했다.

"이 남자는 제가 알고 있어요." 레니는 그림을 쳐다보면서 말했다. "여기 더러 왔어요. 이 그림은 그 남자의 젊은 때를 그린 것이라고 했어요. 하지만 실물과는 별로 닮지 않았어요. 보잘것 없는 체구를 하고 있고, 또 허영심이 강하기 때문에 이렇게 크게 확대해서 그리게 한 것이겠지요. 이 곳 사람들은 모두가 허영심이 강해요. 저 역시도 그렇고요. 그러니 취미에 맞지 않으시나 보다, 하고 기분이 상했지요."

그녀의 말에 K는 대답 대신 말없이 그녀를 끌어안았고, 그녀는 K의 어깨에 머리를 기대고 있었다. K는 불현듯 생각난 듯이 이렇게 물었다.

"이건 어떤 계급의 사람이야?"

"예심 판사예요." 레니는 자기를 안고 있는 K의 손을 쥐고 그 손가락을 매만지고 있었다.

"기껏 예심 판사야?" K는 실망한 듯 말했다. "지위가 높은 관리는 자취를 감추고 있어. 하지만 이 사내는 이렇게 당당하게 버티고 앉아 있잖아."

"모두가 엉터리예요." 그녀는 K의 손 위에 자기 얼굴을 갖다 대면서 그렇게 말했다.

"사실은 부엌에서 쓰는 의자 위에 말안장을 얹어 놓고 그 위에 앉아 있는 거예요." 그리고 한 마디 한 마디 또렷한 목소리로 말했다. "선생님은 자신의 소송 관계 일로 머릿속이 복잡한가 봐요."

"아니야, 별로 신경 쓰고 있지 않아."

"선생님을 책망하는 건 아녜요. 다른 사람으로부터 들은 얘기지만, 선생님은 굉장히 고집이 세다면서요?"

"누구한테 들었어?" K는 이렇게 물으며 그녀의 몸이 가슴에 닿아 있음을 느끼고 더부룩한 머리카락을 내려다보고 있었다.

"그것까지 얘기해 드릴 수는 없어요. 이름은 어떤 일이 있어도 가르쳐 드릴 수가 없어요. 그것보다도 잘못된 생각을 버리고 고집을 부리지 않는 것이 중요해요. 그러니 선생님도 이 다음에는 틀림없이 순순히 모든 것을 말하겠다고 저에게 약속해 주세요. 이 재판소는 어떤 사람도 당하지 못합니다. 결국에는 모두 자백하고 말아요. 어떻게 잘 모면할 수 있느냐 없느냐 하는 것은 자백하고 난 뒤의 일이에요. 그것도 선생님 혼자의 힘으로는 불가능해요. 저도 여러 가지로 손을 써 보기는 하겠지만 말예요. 아무튼 나쁘게 생각하지는 말아 주세요."

"재판소의 거짓말도 당신에게는 못 당하겠군." 이렇게 말하면서 맹렬히 파고드는 그녀를 무릎 위로 안아 올렸다.

"이러시니까 정말 좋아요." 그녀는 무릎 위에서 옷매무새를 고치면서 두 손으로 K의 목에 매달려 몸을 뒤로 활처럼 젖히고 얼굴을 쳐다보았다.

"내가 자백하지 않더라도 도와 줄 거요?" K는 상대편의 심정을 살피면서 물어 보았다. 나에게는 어쩐지 여자 원군(援軍)이 많이 생기는군, 하고 생각하고는 스스로 놀랐다. 첫째로는 뷔르스토나, 그리고 재판소의 정리 마누라, 또 이 몸집이 자그마한 간호사. 그런데 이 간호사 아가씨는 나에 대하여 이상야릇한 욕망을 품고 있는 것 같았다. 어떻게 된 셈이냐? 이 꼬락서니는 마치 내 무릎에 앉으려고 태어난 것 같은 여인이었다.

"안 돼요!" 하고 레니는 조용히 고개를 저어 보이면서 "하지만 저의 도움이야 어떻든간에 상관없잖아요. 믿고 계시지도 않을 터이고, 또 선생님은 선생님 멋대로 해치우는 고집쟁이니까요." 하고 나서 또 "좋아하는 사람이 계시는가 보지요?" 하고 물었다.

"무슨 소리야. 농담 말아요."

"숨기실 것 없잖아요."

"엉뚱한 소리만 하시는군. 설사 있다고 해도 모두 옛날 얘기이고 지금은 아무런 관계가 없어. 기껏 사진 속의 추억이라고나 할까."

그녀가 몹시 졸라대므로 K는 엘자의 사진을 내보였고 그녀는 그의 무릎에 올라앉은 채 들여다보았다. 그 사진은 스냅 사진이었는데, 술집에서 여느 때와 마찬가지로 원무(圓舞)를 한바탕 추고 난 다음에 찍은 것이었다. 주름이 많이 잡힌 스커트가 둥그렇게 퍼져 있고 두 손은 허리를 짚고 있으며, 가슴은 펴고 생긋 웃으며 옆을 보고 있는 자세였다. 누구에게 보내는 웃음인지 그 사진으로는 알 수가 없었다.

"코르셋을 너무 지나치게 죈 것 같아요." 하고 레니는 말하면서 그 근처인 듯한 위치를 가리켰다. "인상이 좋지 않군요. 틀림없이 성질은 괴팍할 것 같아요. 그러나 선생님에게만은 다정스럽고 친절하게 굴는지 모르겠군요. 사진을 보니 그런 느낌이 들어요. 몸집이 크고 육체가 풍만한 사람은 다정스럽고 친절할는지는 몰라도 달리 내세울 게 없거든요. 선생님을 위해서 목숨이라도 바칠 수 있는 그런 여자일까요?"

"그렇지는 않을 거야." 하고 K가 말했다. "다정스럽지도 않고 친절하지도 않아. 물론 목숨을 물론 바칠 그런 여자는 더더욱 아니야. 우선 이쪽에서 그런 요구를 해 본 적이 없으니 말이야. 당신의 세밀한 관찰에는 놀랐는걸."

"그렇담 그다지 중히 여기지는 않겠네요. 애인이 아닌가 보지요?"

"그러나 앞의 말을 취소하지는 않겠어."

"애인이라 하셔도 상관없어요. 그런데 이 사람을 잃거나, 아니면 다른 사람, 이를테면 저 같은 사람하고 바꿔치기를 하더라도 별로 지장이 없는 애인 같군요."

"응, 확실히 그렇다고도 할 수 있어. 하지만, 이 사람에게는 커다란 장점이 있어. 무엇이냐 하면, 내 소송 사건에 대해서는 전연 모르고 있다는 점이야. 물론 당신처럼 나에게 항복을 권하는 일도 없고 말이야."

"그게 무슨 장점이에요?" 하고 레니는 입을 삐죽 내밀며 말했다. "그따위 특징이라면 조금도 두렵지 않아요. 이 사람 몸 어딘가 병신인 데가 있나요?"

"병신? 불구 말인가?" 하고 K가 반문했다.

"네, 그래요. 저의 이것 좀 보세요." 이렇게 말한 레니는 오른손 가운뎃손가락과 무명지 사이를 펴 보였다. 들여다보니 짧은 쪽 손가락의 거의 마지막 관절까지 물갈퀴처럼 엷은 막이 붙어 있었다. 어두워서 K에게는 잘 보이지 않는 듯하니까 그녀는 K의 손을 끌고 가서 만져 보게 했다.

"이야말로 굉장한 자연의 조화로군!" 하고 K는 말하면서 손을 뚫어지게 보고 있다가 "얼마나 귀여운 손가락인가!" 하고 덧붙였다.

레니의 얼굴에는 우월감 같은 것이 넘쳐 흘렀다. K는 두 개의 손가락을 폈다 오므렸다 하는 것을 보고 있다가 마침내 K가 그 손가락에 키스를 하자 "아아." 하고 소리를 지르면서 "저에게 키스해 주시는군요!" 하고 황홀한 듯이 지껄였다. 그녀는 입을 크게 벌린 채 몸을 비틀면서 K의 무릎 위로 궁둥이를 밀어 올렸다. K는 멍하니 그녀를 바라보았다. 상체가 딱 달라붙게 되자, 일종의 격한 냄새가 그녀에게서 풍기기 시작했다. K의 머리를 껴안고 머리 너머로 몸을 구부리고 목덜미를 물어뜯으며 키스를 했다. 머리카락 속으로 얼굴을 파묻고 머리 밑을 깨무는 것이었다.

"선생님은 바꿔치기를 한 셈이군요." 몇 번이나 이렇게 외쳤다. "아이 좋아, 결국 바꾸었군요." 그녀의 무릎이 미끄러져 내렸다. K는 그 몸을 안으려 하다가 그만 여자 쪽으로 끌려 바닥으로 굴러떨어지고 말았다.

"이제 선생님은 제 것이에요." 그녀의 말소리가 들린 것 같았다.

"이것이 이 집 열쇠예요. 언제든지 와 주세요, 네?" 마지막으로 그녀는 말했다. 돌아가려는 K의 등에 뒤쫓아오던 그녀는 다시 한 번 키스를 했다. 바깥으로 나오니 가랑비가 내렸다. 창가에 서 있는 레니의 모습이 아직 보일지도 모르겠다고 생각하며 길거리로 나오려고 했다. 순간 집 앞에 서 있던 자동차 안에서 숙부가 뛰어나오더니 대뜸 팔을 움켜쥐고 현관 문에 그를 밀어붙이며 마치 못질이라도 해 버릴 기세였다. 멍해 있던 K는 미처 자동차가 있는 것을 보지 못했던 것이다.

"아, 너!" 숙부는 꽥 소리를 지르며 노기를 띠었다. "무슨 그 따위 짓을 한단 말이냐! 모처럼 잘 돼 가려는 판에 그게 무슨 짓이냔 말이다! 전부 망쳐 버렸다. 변호사의 정부라는 것을 알면서 그 따위 계집하고 놀아났으니 사람 환장을 시켜도 유만부동이지. 더군다나 한 시간 동안이나 말이야. 변명할 여지도 없지. 그런데 너 때문에 이렇게 속을 썩이고 있는 이 숙부, 너를 위해서는 꼭 손을 잡아야 할 변호사, 그리고 지금이라면 너의 사건을 좌우할 수 있는 힘을 가지고 있다고 해도 과언이 아닌 서기장, 이 세 사람이 모여서 대책을 협의할 작정이었다. 난 변호사를 신중히 조종하지 않으면 안 되고 변호사는 변호사로서 서기장의 비위를 맞추지 않으면 안 된다. 이런 형편이니 네가 옆에 앉아서 나를 응원해 줄 필요가 절대적으로 있는 것인데, 가장 필요한 본인이 어디론가 사라져 버리고 없잖아! 어떻게 숨길 도리도 없이 되어 버렸는데 다행히도 산전수전 다 겪은 인물들이라 내 심중을 헤아려서 노골적인 비난을 않더라. 그러나 그들의 언짢아하는 심정도 나는 알고 있으므로 끝내 사건 얘기를 끄집어 내지도 못했고 그들 역시 한 마디도 사건에 대한 얘기를 해 주지 않더란 말이야. 난 그저 귀를 기울이고 이제나저제나하고 너의 발소리를 기다렸지. 그래도 너는 돌아오지 않았어! 마침내 예정 시간을 적지않이 연장해 주셨던 서기장도 기다리다가 지쳐 도와 드리지 못하여 참으로 유감스럽습니다, 하고 말씀하시곤 자리를 일어나 버렸어. 작별 인사를 하고는 서둘러 돌아가신다 해도 이 쪽에서는 입이 천 개 있

더라도 할 말이 없는 처지인데도, 서기장님은 문간에서 잠시 동안 또 기다려 주
셨단 말이다. 난 이래저래 숨이 막힐 것만 같았어. 그런데 민망한 것은 변호사
야. 내가 물러나올 때는 말 한 마디 제대로 못 할 만큼 지쳐 있었어. 그것도 너
때문이라 해도 과언이 아니지. 네가 신뢰할 수 있는 사람을 지치게 하고 죽음을
재촉한 결과가 되었어. 게다가 이 숙부를 빗속에 한 시간이나 세워 두다니——
한번 만져 봐! 흠뻑 젖었어.”

제 7 장   변호사, 사장, 화가

겨울의 어느 날 오전——어슴푸레한 빛 속에서 눈이 내리는——시간이 얼마 지나지도 않았는데, 벌써 지칠 대로 지쳐 버린 K는 사무실에 앉아 있었다. 사람 만나는 일도 지겨워 부하들만이라도 물리치려고, 중요한 일을 하고 있으니 아무도 들여보내지 말라고 일러 놓았다. 하지만 일할 것은 없었다. 의자에 앉은 채 몸을 돌려서 책상 위에 있는 물건을 하나씩 옆으로 밀어 젖혀 놓고, 그 자리에 두 손을 뻗어 책상 위에 얹고는 고개를 수그리고 가만히 앉아 있었다.

소송 문제가 그의 생각에서 떠나지 않았다. 변호 문서를 재판소에 제출해 볼까 하는 생각을 가진 적도 한두 번이 아니었다. 그는 그 문서에다 자기의 경력을 간단히 쓰고, 관련된 사건의 주요 사항에 대하여 어떤 동기로 그런 행동을 했는지, 지금 생각할 때 그 태도는 올바른 것이었는지 아니었는지, 그리고 그것을 어떻게 설명할 수 있는지 등등의 문제점에 대한 변명을 시도해 볼 작정이었다. 침울한 그 변호사에게 부탁하여 작성한 변호 문서보다는 훨씬 설득력 있을 것임에 틀림없으리라.

K는 변호사가 어떤 생각을 하고 있는지 전혀 알 수 없으나, 무슨 뾰족한 대책을 가지고 있는 것 같지도 않아 보였다. 벌써 한 달 이상이나 출두하라는 통

지를 받지 않았고 그전에 두세 번 서로 얘기한 바는 있으나, 별로 믿을 만한 인물은 못 된다는 생각이 들었다. 첫째, 질문 사항이 많이 있을 터인데도 질문이라고는 전혀 하지 않았다. 이렇게 되면 가장 긴요한 것을 빠뜨린 셈이 된다고 K는 생각하고 필요한 질문 같은 것은 반대로 이 쪽에서 먼저 해 보자 하는 심정이었다. 그런데 변호사는 질문 대신에 엉뚱한 말만 늘어놓기가 일쑤고, 때로는 한 마디 말도 없이 마주 앉아 눈이 나쁜 때문인지는 모르나 책상 앞에 구부리고 앉아, 수염을 매만지면서 바닥에 깔려 있는 융단을 내려다보기만 했다. 그것이 꼭 K와 레니가 함께 있었던 것에 대한 보복 같은 생각이 들었다. 얼른 생각이라도 난 듯이 변호사는 아이들에게나 할 시시하고 유치한 훈계를 늘어놓을 때도 있었다. 길고 구질구질하고 무의미한 설교를 하는 것인데, 이런 것은 한푼의 사례도 지불할 가치가 없다고 K는 생각했다. 그러다가 K가 기진맥진하게 되면 이번에는 아주 조금 격려하는 말을 몇 마디 지껄였다. 이런 종류의 소송은, 하고 변호사는 얘기를 시작했다.

지금까지 철저하게, 혹은 어느 정도 승소한 경험이 있고 실제로는 이렇게 어려운 사건이 아니더라도 보다 더 절망적인 결과를 나타낼 때도 있었다. 이와 비슷한 사건의 소송 기록은 이 서랍 속에──서랍을 하나하나 톡톡 두드려 보이면서──보존하고 있는데, 직무상의 비밀이므로 보여 줄 수는 없다고 했다.

그러나 이러한 소송을 취급함으로써 얻게 된 나의 풍부한 경험은, 이번 일에는 커다란 힘이 되는 것으로, 자기는 얘기를 듣자마자 곧 일을 시작했으며, 최초의 변호 문서 작성은 거의 완성 단계에 있다고 했다. 이것이 미치게 되는 첫인상이야말로 대개의 경우 앞으로의 방향을 결정해 버리는 것이고 따라서 결코 소홀히 다룰 수 없었던 것이다. 그러나 때로는 최초의 문서 같은 것은 전혀 법관에게 읽혀지지 않는 경우도 있으니, 이 점 미리 알아 두시기 바란다. 즉, 변호 문서는 서류의 하나에 속할 뿐이고 재판소는 씌어 있는 것보다는 먼저 피고에 대한 신문과 관찰을 요구할 때가 있다. 부탁을 하면, 재판에 앞서서 온갖 자료, 이 최초의 변호 문서까지 포함하여 모든 서류를 한데 챙겨서 자세히 검토하겠다고 답변하리라.

그러나 이 또한, 유감스러운 일이지만 진상을 나타내는 것이 못 된다. 최초의 변호 문서는 보통의 경우, 어디다 두고 잊거나 아니면 분실되거나, 최후까지 보존되더라도 끝내 읽혀지지 않거나 한다. 참으로 슬픈 현상이긴 하지만 여기에는 전혀 근거가 없는 것도 아니어서, 법적 절차는 반드시 공개되어야 하는 성질의 것이 아니고 재판소가 필요하다고 인정한 경우에 한하여 공개되는 경우도 있는데, 그것도 성문(成文)으로 규정되어 있는 것이 아니라는 것을 염두에 두기 바란다. 따라서, 재판소의 서류, 특히 기소장의 내용은 피고 및 그 변호인에게는 비밀로 되어 있고, 그런 이유로 해서 최초의 변호 문서를 쓴다는 것은 마치 구류을 잡으려는 것과 다름없는 일로써, 코끼리가 뒷걸음질 하다가 쥐 잡는 격이지만, 그저 우연과 행운을 노릴 도리밖에는 없다. 그야말로 유효적절한 변호 문서는 피고에 대한 신문에 수반하여 개개의 공소 사실 및 그 이유가 점차 명료하게 되거나 아니면 추측할 수 있게 된 단계에 이르러서야 겨우 작성을 시작할 수 있게 된다. 이와 같은 사정이므로, 변호라는 것은 대단히 불리하고 또한 곤란한 입장에 놓이게 되는데, 이것이 어제 오늘의 일은 아니다.

변호라는 것은 본디 법률로 인정된 것이 아니고, 묵인되고 있음에 불과하다. 아니야, 이 문제에 관계 있는 법률의 주문으로부터 묵인이라는 의미를 끌어 낼 수 있느냐 없느냐 하는 것조차 간혹 논란의 대상이 되기도 하는 실정이다. 그러므로 엄밀히 말한다면, 재판소가 인정한 변호사는 있을 수 없고, 변호사라고 자칭하고 법정에 나타나는 인물은 예의없이 삼류 변호사라고 할 수 있다.

이와 같은 사실은 곧 우리들 변호사가 지극히 비참한 상황 속에 놓여 있다는 것을 의미하게 되는 것이다. 한번 재판소에 가서 변호사 대기실이라는 곳을 들여다보면 쉽게 확인할 수 있을 것이다. 변호사들이 방 안에 우글거리고 있는 광경을 보면 깜짝 놀랄 것이다. 변호사들에게 주어진, 좁고 천장이 낮은 방이야말로 재판소가 변호사에게 나타내는 경멸의 상징이라고도 할 수 있다. 콧구멍만한 채광창이 벽 위쪽 높은 곳에 꼭 하나 있을 뿐이므로 밖을 바라보려면 사람 어깨라도 빌리지 않으면 안 될 지경이고, 창가에 얼굴이라도 갖다 대는 날에는 그 순간 바로 눈앞에 있는 굴뚝으로부터 연기를 덮어써 금세 새까만 얼굴이 되어 버린다.

　이와 같은 경멸의 실례를 또 하나 들겠다. 이 방의 마룻바닥에는 1년 전부터 구멍이 하나 뚫려 있어서 몸뚱이가 빠질 정도는 아니라도 발목쯤은 쉽게 들락거릴 수 있는 크기이다. 그런데 이 변호사 대기실은 2층 다락방에 설치되어 있으므로 그 구멍에 발을 밀어넣으면 곧장 아래로 빠져 소송 당사자가 대기하고 있는 그 복도에 축 늘어지는 꼴이 된다. 변호사들이 이와 같은 상황은 사람을 모욕하는 일이라고 투정을 해도 소용이 없다. 불평을 해 보았자 귀를 기울여 주는 기색이라곤 없고 게다가 대기실을 변호사들 돈으로 수리하는 것도 엄하게 금지되어 있다.

　그런데 이와 같은 대우에는 분명히 속셈이 따로 있는 것이니, 즉 변호하는 것을 될 수 있는 한 배제하려 하는 것이다. 모든 절차를 피고 자신의 손으로 해야 한다는 것으로, 취지 자체는 나쁜 것이 아니지만 이것을 근거로 하여 변호사 무용론을 주장한다는 것은, 인식 부족도 이만저만한 것이 아니다. 뿐만 아니라, 재판에 있어서의 변호사의 역할이라는 것은 말할 필요도 없이 중대하다. 즉, 법적 절차는 일반뿐만 아니라 피고에 대해서까지 공개를 금하고 있고, 물론 전연 금지할 수는 없는 것이라 하더라도 사실상 비공개에 가까운 것이 현실이다. 따라서 피고는 재판소의 사건 기록에는 통달할 수가 없고, 또한 신문의 근거가 되고 있는 서류를 신문의 경과에서 추측한다는 것은 온갖 정신적 고통으로 사고력을 잃은 피고에게는 결코 바랄 수 없는 재주이다.

　그러므로 이 점이야말로 변호사의 개입을 필요로 하는 분야이며 동시에 이유이기도 한 것이다. 신문이 있을 때 변호사의 참석은 허락되지 않는 것이 관례이므로, 신문이 끝나는 대로, 경우에 따라서는 예심실의 출입구에서 피고를 기다렸다가 신문의 내용을 물어 보게 되고 대개의 경우 극히 막연한 이런 종류의 정보로부터 변호에 필요한 재료를 추출한다. 하지만 이와 같은 방법은 질문자의 수완 여하에 따라서는 유효한 정보를 입수할 수 있는 것이기는 하나, 그다지 기대할 만한 방도는 아니다. 가장 중요한 것은 변호사가 가지고 있는 여러 가지 개인적 연고이고, 변호의 가치는 대부분 이 점에 있는 것이다.

그런데 당신도 이제 지금까지의 경험에서 알게 되었을 것으로 알지만, 재판소의 최하부 조직은 결코 완벽하다고는 할 수 없다. 책임 관념이 결핍되어 있고, 유혹에 넘어갈 우려가 있는 사람들이 적지 않으므로 재판소의 엄중한 함구령도 그 때문에 허사로 돌아가는 일이 많다. 그런데 대개의 변호사들은 이 점을 노린다. 돈을 쥐여 주고 캐내거나 탐문 수색도 한다. 심한 경우에는 필요한 서류를 훔쳐 오게 하는 사례도 있을 정도이다. 이런 방법에 의해서 놀랄 만한, 멋진 성과를 올린 실례도 종종 있다. 그러므로 군소(群小) 변호사들은 이것을 선전하고 그 능력을 과장해서 고객을 유치하고자 발버둥치는 것이나, 요컨대 이것은 일종의 고육지계(苦肉之計)에 불과하고, 긴 안목으로 보았을 때 아무런 도움이 되지 않는다. 진실로 가치가 있다고 할 수 있는 것은, 권력이 개재되지 않는 연고, 즉 고급이라고는 해도 턱없이 높은 지위에 있지 아니 하는 고급 관리와의 연고로 이 방면에서부터 손을 씀으로써만이 차차 그리고 확실하게 소송의 진행에 대하여 이 쪽의 의사를 반영시킬 수 있는 것이다.

이와 같은 연고를 가진 변호사의 수효는 극히 적은데 이런 점으로 본다면 당신은 대단히 유리한 선택을 했다고 할 수 있다. 나 자신, 즉 홀드 박사만큼 안면이 넓은 변호사는 아마 극소수에 불과할 것이다. 그들은 변호사 대기실의 유형 무형의 현상은 전연 상관하지 않는다. 절대적으로 무시해 버린다고 말해도 좋을 것이다. 그만큼 그들은 재판소의 관계자들과 깊은 관련을 가지고 있고 연고로 묶여 있다. 이를테면 나 홀드 박사 같은 경우인데, 재판소에 가서 예심 판사의 대기실에서, 언제 나올지도 모르는 예심 판사를 학수고대하고 있다가 겨우 만나 가지고 비위를 맞추고 그다지 소용도 되지 않는 얘기를 조금 듣거나 그것조차도 실패하는 그런 치사스러운 행동은 조금도 할 필요가 없다. 이것은 당신도 직접 눈으로 본 일이지만, 나에게는 높은 지위에 있는 지극히 훌륭한 재판소 직원들이 일부러 찾아와서 여러 가지 정세에 대하여 지극히 호의적으로 또는 적어도 금방 풀 수 있는 수수께끼의 형태로 얘기해 준다. 때때로 소송의 진행 상황이나 그 전망도 화제에 오른다. 때로는 이 쪽 의견을 쾌히 받아들이는 경우도 있다.

하지만 이런 것은 그다지 신뢰할 만한 것이 못 된다. 자못 진지한 태도로, 이

쪽 변호를 위한 큰 도움이 될 만한 견해를 표명하더라도 그 길로 재판소로 돌아
간 관리들은 다음 날 발표한 결정은 전날 표명했던 견해와는 엉뚱하게 다른 일
이 있고, 최초의 견해 쪽이 피고에게는 훨씬 유리한 경우도 있다. 그러나 이것
은 부득이한 일로써 개인적인 의견은 어디까지나 개인적인 의견에 불과한 것이
며, 공적인 결론을 좌우할 수도 없는 것이다. 그런데 높은 사람들은 동정이라든
지 우정이라든지 하는 그런 심정으로 변호사와——이것은 물론 노련하고 관록
있는 변호사에 한한 것이지만——교제하는 것이 아니라고 보는 견해도 확실히
일리 있는 얘기다. 어떤 면으로 보아서는 오히려 변호사를 의지하는 경향이 있
는데, 이것이야말로 비밀 재판소를 제정하고 있는 오늘날의 재판 조직상의 근본
적인 결함을 드러내는 증거가 아닐 수 없다. 관리들도 충분한 준비가 되어 있어
서, 소송도 거의 자동적으로 일정한 궤도를 달리게 되고 때때로 충격만 주면 그
것으로 끝난다. 그러나 극히 단순한 사건에 대해서는 굉장히 복잡하고 어려운
사건과 마찬가지로 그들은 그것을 다룰 방법을 전혀 모른다. 밤과 낮을 가리지
않고 쉴새없이 법률 속에 처박혀 있는 그들은 살아 있는 인간이 지녀야 할 올바
른 감각을 상실하여 이런 경우 대단한 곤경에 빠지고 마는 것이다. 그래서 그들
은 변호사를 찾고 조언을 구한다. 그들의 뒤에는 굉장한 비밀로 취급되어야 할
서류를 공손한 태도로 받쳐 들고 사환이 한 사람 따라오는 것이다. 그리하여 이
방 창가에는, 저런 사람이, 하고 놀랄 만한 사람들이 나타나게 되는 것이고, 변
호사는 책상에 앉아 그들에게 조언을 주기 위해서 가져온 서류를 펴고 연구를
시작하는 것이다.

관리들이 직무에 얼마만큼 성실한가, 또한 본질적으로 극복하기 힘든 장애에
부딪혀 얼마나 고뇌하고 신음하느냐 하는 것이 이 때만큼 분명히 나타나는 경우
도 없다. 역시 관리라는 직업도 쉬운 것은 아니다. 우리들은 이러한 애로나 곤
경에 대한 통찰을 게을리하여 그것이 쉽고 수지 맞는 직업이라고 생각해서는 안
되겠다. 재판소의 단계는 그야말로 무한이라고 해도 좋을 만큼 종류가 다양하고
그렇기 때문에 그 사정에 통달한 자도 이따금 전망을 세울 수 없는 경우도 허다
하다. 그리고 재판소의 법정에 있어서의 절차는 말단 관리에게는 비밀로 되어

있으므로 자기가 담당하는 사건에 전망이나 경과에 대하여 그 전모를 예측한다는 것은 거의 불가능에 가깝다고 할 수 있다. 그런 관계로 사건은 그들의 시야로 홀연히 나타났다가 다시 홀연히 사라져 버리는 것이다. 따라서 개개의 소송 진행 계획, 최종적인 재판, 재판의 이유를 연구하여 얻어지는 정보 같은 것은 전혀 가지지 못하고 있는 것이다.

그들은 법률에 의하여 규정된 소송 사건 중에서 제한된 일부에만 관여할 수 있을 뿐이고 그 이상의 것, 즉 자기 직무의 결말에 대해서는 거의 최후까지 피고와의 접촉을 유지하고 있는 변호사에 비하여 훨씬 무지할 때가 적지않다. 이런 점만 보더라도, 그들의 변호사로부터 얻는 이익은 참으로 크다고 할 수 있다. 이상과 같은 사정을 염두에 두고 소송 당사자에 대한 모욕적인 태도——꼭 당사자에게만 있는 것이 아니다. 누구라도 생각나는 바 있을 것이다——그런 태도를 가지게 되는 관리들의 신경질적인 소행을 보게 되면, 당신은 더 한층 의아스러운 느낌을 가지지 않을 수 없으리라. 그들은 평온하게 보이고 있을 때라도 그 가슴 속은 끓어 오르고 있는 것이다. 몇몇 변호사들이 이 신경질에 많은 괴로움을 당하고 있는 것은 부인할 수 없는 사실이다.

여기에 이런 얘기도 있다. 확실히 있음직한 얘기이다. 어떤 선량하고 차분한 성격의 늙은 관리가, 변호사가 제출한 변호 문서 때문에 무척 혼란되어 버린 어떤 어려운 재판 사건을 밤새도록 쉬지 않고 연구했는데——이런 관리들은 다른 곳에서는 흔히 볼 수 없지만——24시간이라고는 하지만 별다른 수확도 없이 끝난 정신 노동을 마친 다음, 아침이 되자 변호사 대기실 입구에 버티고 서서, 방으로 들어가려는 변호사들을 계단 아래로 닥치는 대로 밀어 떨어뜨린 적이 있다. 변호사들은 계단 아래에 모여, 여러 가지 의견을 놓고 상의를 했다. 들여보내라고 요구할 권리는 없으므로 합법적인 항의는 불가능하고, 아까도 말했지만 관리의 횡포는 수동적인 입장에서 방어할 도리밖에는 없다. 이렇게 되면, 아무런 소득도 없이 시간만 낭비하게 될 것이므로 어떻게 하든 일단 방 안으로 밀고 들어갈 필요가 있다.

결국 이 노인을 피로하게 만들어서 그 짓을 하지 못하게 하자고 결정을 봐 한 사람씩 차례로 나아가 계단을 올라가서는 적당히 저항하는 체하다가 아래로 밀려서 떨어진다. 그러면 밑에서 기다리고 있던 동료들이 땅에 떨어지기 전에 안전하게 받아 낸다.

 이런 일이 한 시간쯤 계속되고 보니, 전날 밤에 철야로 일했던 노인은 그만 피곤하여 더 이상 버틸 힘이 없어져서 마침내 사무실로 돌아가고 말았다. 층계참에 있는 무리들은 그 노인이 그렇게 쉽게 물러가지는 않았으리라고 생각하고 우선 한 사람을 보내어 정말로 퇴각했는지의 여부를 살펴본 다음에야 그 방으로 들어가는데 아마도 변호사들 가운데 불평을 할 만큼 용기 있는 사람은 없었을 것이다. 왜냐하면 변호사는——가장 용렬한 인간일지라도 재판소의 모순을 어느 정도 깨닫고 있을 터이지만——재판소에 대하여 뭔가 개혁을 시도하고 실행해 보겠다는 의사가 전혀 없기 때문이다. 그리고 이와 반대로——참으로 흥미 있는 현상인데——피고의 위치에 서게 되면 제아무리 단순하고 저열한 인간이라 하더라도 소송의 시발점에서부터 개혁에 대한 열망을 가지게 되고, 그 때문에 시간과 노력을 허비하게 된다. 그러니 현실에 만족하고 받아들이는 것이 가장 현명하다는 결론이 나오게 된다. 사소한 점은 개혁이 가능할는지 모른다.

 어떻든간에 개혁이라는 것은 어리석은 망상에 불과하다. 그것이 어느 정도 이루어져서 장래에 얼마간의 이익을 가져왔다 하더라도 끊임없이 복수의 분노에 불타고 있는 관리들의 눈에 나게 되어서 돌이킬 수 없는 손해를 입게 되는 것이 보통이다. 눈에 나지 않도록 할 것, 비위에 거스르거나 부당한 일이라 생각되더라도 얌전히 모른 체할 것, 그리고 이 방대한 재판 조직은 말하자면 영구히 공중에 떠 있는 상태이므로, 그 위에 적수공권으로 싸워 보았자 도리어 자기의 발판을 빼앗기고 땅으로 굴러떨어지게 마련이라는 사실을 알아야 한다. 그리고 이 커다란 유기체는——각 부분이 밀접하게 결합되어 있으므로, 소규모의 방해인 경우에는 다른 장소에서 쉽게 그 보상(補償)을 찾아 내고, 끄떡도 하지 않는다. 뿐만 아니라 방해를 받음으로써 보다 더 밀접하게 결합하고 보다 더 주의 깊게, 더욱 엄격하게, 더욱 악의에 불타게 된다. 이와 같은 일도 비일비재다. 이러한 실정도 염두에 똑똑히 담아 둘 것. 한 마디로 말해서, 소송은 무조건 변호사에게 맡기는 게 현명하다. 지금 내가 새삼스럽게 말해 보았자, 상대편이 이 심정을 몰라 주면 소용이 없는 일이지만, 당신은 서기장한테 이상한 행동을 보였기 때문에 적지않은 손해를 보고 있다. 이것만은 주의해 두지 않을 수 없다. 이런 유력한 인물도 이제는 생판 모르는 사이처럼 소송 얘기에는 귀도 기울여 주지 않을 것이다. 손톱 끝만한 동정이나 원조도 받을 수 없게 되었다.

사실상 관리들 가운데는 어린애와 같은 인간이 적지않다. 별난 일도 아닌 것 ——당신의 태도는 유감스럽지마는 별난 것이었다——때문에 큰 상처를 받게 되고, 친구하고도 절교하게 되며, 서로 만나더라도 얼굴을 돌려 버리는, 그런 불행한 사태에 이르는 경우도 있다. 그리고 어쩌다가 한 마디 내던진 농담이 계기가 되어 웃음을 터뜨리고 화해를 하게 되는 것이다. 관리들과의 교제는 어렵다고도 할 수 있고 쉽다고도 할 수 있다. 어느 쪽이건, 일정한 근본 방침을 가지고 대한다는 것은 거의 불가능한 일이다.

이와 같은 세계에서 약간이라도 성공을 거두려면, 각별한 준비가 필요 없다. 평범하기 짝이 없는 생활 그 자체가 충분한 재료이다. 이런 사실에 부딪혀 놀라게 될 때도 있다. 물론 우리도 인간이므로 비참한 심정에 빠질 때도 있다. 우리들은 모든 것이 실패로 돌아간 것으로 느끼게 되고, 혹은 처음부터 잘 되게 되어 있던 것이 생각으로만 잘 된 것에 불과하다고 생각하게 되며, 게다가 다른 소송 일로 사방팔방으로 뛰어다니고, 온갖 방책을 강구하며, 성공했다고 기뻐하는 것도 순간의 일에 지나지 않으며, 결과적으로는 철저한 패배를 맛보고 만다. 이렇게 되면 모든 것이 흔들린다. 상관하지 않으면 성공을 거둘 소송이, 쓸데없는 참견으로 말미암아, 즉 무능한 변호로 말미암아 실패하고 마는 경우가 있다고 해도 부정하지는 못하리라. 이것도 소신 있는 태도임에는 틀림없으나 참으로 한심한 자기 변호에 불과하다.

이러한 발작(發作) ——확실히 이것은 단순한 발작에 지나지 않지만——이 변호사를 덮치는 것은, 만족하게 진행되고 있는 소송이 갑자기 자기의 수중으로부터 제삼자에게 빼앗기고 마는 경우가 있다. 변호사로서는 가장 불쾌한 일 가운데 하나이리라. 말할 것도 없이 피고가 빼앗는 경우는 있을 수 없고 한번 변호사를 정한 이상 어떤 사정이 있더라도 이것을 취소할 수는 없다. 그리고 단한 번이라도 도움을 받아 피고가 그 맛을 알고 나면 다음엔 좀처럼 단독으로는 행동할 수 없게 된다. 그러므로 빼앗기는 일이 간혹 생기는데, 이것은 변호사가 더 이상 따라갈 수 없는 방향으로 소송이 진행되는 경우를 말한다. 소송, 피고, 그밖의 모든 것이 송두리째 변호사의 손으로부터 벗어나게 된다. 관계 관리들과 긴밀한 접촉을 한다고는 하지만 대체적으로 그 관리들은 아무것도 모르고 있으니 이럴 때에는 아무런 힘도 되지 않는다. 소송은 이리하여, 이미 변호하는 것이 개입할 수 없는 단계, 변호사의 참여를 허락하지 않은 채 법정에서 심리가 진행되는 단계, 피고에게조차 변호사의 손이 미치지 못하는 단계로 도달하게 된다. 변호사는 집으로 돌아온다. 책상 위에는 온갖 노력과 희망을 기울인 변호 문서가 산더미처럼 쌓여 있다. 소송의 다음 단계에 제공되는 것이 불허(不許)되어 반려된 것이다. 그것은 이제 아무 의미 없는 휴지 뭉치에 지나지 않는다.

그러나 그것으로 포기해 버릴 수는 없다. 적어도 그 단계에서는 소송에 졌다는 결정적인 이유가 없다. 이제 상황이 불투명해졌다. 전망이 밝지 않다는 그런 정도이다. 다행히 이것은 드물게 나타나는 예이기는 하나 이를테면 당신의 소송이 여기에 해당된다고 하더라도 지금 상황으로는 아직 안심해도 좋을 것으로 생각한다. 변호사로서 수완을 발휘할 수 있는 기회는 아직 많이 있고 그 기회를 유효하게 살려 보려고 생각하고 있다. 이미 얘기한 바와 같이 변호 문서는 아직 제출하지 않았으나, 서둘렀다가 오히려 일을 망치는 경우가 있으므로 당국의 유력한 인사와 먼저 회담부터 할 작정으로 있다. 그런데 이 일은 이미 끝냈다. 솔직히 말해서 한 마디로는 설명할 수 없고, 자세한 내용에 대해서는 당분간 얘기하지 않는 것이 좋을 것으로 생각한다. 왜냐하면 그런 얘기를 해서 사건에 좋은 영향을 미친 일이 없기 때문이다. 대개의 경우는 피고를 지나치게 낙관케 하고 때로는 심한 불안 속에 몰아넣기 일쑤이다. 다만 몹시 낙관적으로 말해 주는 사람도 있고, 그다지 낙관적인 것은 아니라고 충고해 주는 인사도 있다. 나의 보고는 이 정도로 그치겠다. 그러므로 결과는 현재로서는 좋은 편이고 예비 회담은 모두가 이런 식으로 이루어지고, 시일이 경과됨에 따라 차차 그 효험이 나타나게 되는 것이니 처음부터 경솔하게 단정 지어서는 안 된다. 아무튼 형세는 결코 절망적이 아니다. 여기다가 그 서기장만 어떻게 해서든지 포섭해서 우리 편을 만들 수 있으면──그건 이미 여러 가지로 공작을 시도하고 있지만──충분히 장래를 기대해도 좋을 것 같다.

변호사가 이런 얘기를 시작하면 끝이 없다. 그를 방문하기만 하면, 싫증도 나지 않는지 꼭 이런 말을 되풀이했다. 만날 때마다 사건은 잘 진행되고 있다고 말하긴 하나 그것이 어떻게 어느 정도 진행되고 있는지에 대해서는 한 번도 언급한 적이 없었다. 그리고 만날 때마다 최초의 변호 문서를 작성하고 있다고 했는데, 지금까지 그것이 완성되었다는 얘기를 들려 준 일이 없다. 이 다음까지도 이것이 어느 정도 효과를 발휘하고 있을 것이다. 지금까지 제출할 수 있는 기회를 노렸으나 실패했다. 이럴 줄은 몰랐다라고 입에 침이 마르도록 변명만 늘어놓았다.

이와 같은 변호사의 말에 그만 지쳐 버린 K는 여러 가지 어려운 사정도 있겠지만, 그렇다 하더라도 진행 상황이 지나치게 느린 게 아니냐, 하고 반문도 해 보았다. 그러나 번번이 결코 느리지 않았다, 좀더 적절한 시기에 변호사에게 의뢰했더라면 진행이 빨랐을 것이다, 그런데 당신의 소홀한 조치로 말미암아 때를 놓쳐 버렸음은 참으로 유감스럽다, 이러한 태만 때문에 앞으로도 불리한 일이 적지않을 것이라고 주장했다.

이 회담을 중단하게 해 준 구세주는 레니였다. 눈치가 빠른 그녀는 언제나 한참 얘기할 때를 노려 홍차를 가지고 들어오곤 했다. 그러고는 K의 등뒤에 서서, 변호사가 고개를 숙이고 홀짝홀짝 차를 마시고 있는 모습을 바라보는 체하면서 K에게 손을 살짝 쥐게 했다. 변호사는 마시고, K는 레니의 손을 꼭 쥐며, 레니는 틈을 노려 K의 머리카락을 손으로 어루만지는 것이었다. 변호사는 차를 다 마시고 고개를 쳐들며 말했다.

"아직 거기 있었나?"

"찻잔을 치워야지요." 하고 레니가 대답했다. 그녀는 방을 나가기 직전 다시 한 번 K의 손을 잡았다.

변호사는 입가를 손수건으로 닦으면서 다시 힘을 돋우어 설교를 시작했다. 변호사가 위로하려고 하는 것인지, 아니면 절망을 안겨 주려고 하는 것인지, K로서는 그것을 알 수가 없었다. 그다지 고맙지 않은 사내의 손에 걸려든 것이 확실하다고 생각했다. 온갖 기회를 이용하여 자기 선전에 열중하는 이 사내의 의도는 분명했다. 또한 K의 사건을 대단히 큰 사건이라고 말하고 있으면서 지금까지 그만한 사건도 취급하여 본 경험이 없음은 능히 짐작할 수 있었지만 그의 얘기에 지나친 허위도 없으리라.

그러나 관리와 밀접한 연고가 있다고 자랑하는 그 심정이 아무래도 마땅치 않을 뿐더러 믿을 수가 없었다. 그런 관리들이 K를 위하여 몸바쳐 협조해 줄 것인지? 물론 변호사는 실수 없이, 상대편의 지위가 높지도 낮지도 않은 관리들만 포섭하고 있으나, 그들이라 하더라도 상사의 눈치를 보아야 하고, 또한 소송의 경과 여하가 그들 자신의 영달에 중대한 관계를 가지고 있다고 해명하는 것이었다. 그러나 이 경과라는 것이 피고에게는 불리한 것임에 틀림없고, 결과적으로 변호사는 관리들의 영달을 위한 도구에 지나지 않는 것이 아닐까? 물론 그렇게 쉽게 이용만 되지는 않을 것이고 그들로서도 변호사가 명예를 유지하는 것도 필요한 것으로 알고 있으므로, 소송의 경과에 따라서는 그들 쪽이 먼저 양보하고 변호사의 이익을 도모해 줄 때도 있을 것이었다. 이런 사정이긴 하지마는 변호사도 말한 바 있듯이, 이와 같이 곤란하고 복잡하며 중대한 소송, 처음부터 비상한 주목거리가 된 이 소송에 대하여 그 관리들이 어떻게 나올 것인가?

소송이 시작되고 나서 이미 수개월이나 지났는데도, 최초의 변호 문서조차 접수되어 있지 않은 일이며, 변호사의 말대로 모든 것이 이제 겨우 시작되었다는 것을 볼 때, 그들의 태도나 수법은 능히 짐작할 수 있었다. 이것은 피고를 잠자게 하고, 원조가 완전히 두절된 상태에 빠지게 함으로써 갑자기 재판정으로 끌어 내게 하거나, 재판까지는 가지 않더라도 예심은 피고에게 불리하게 결말 나고, 따라서 상급의 재판소로 송치된다는 통지서를 받게 될 그런 위험성을 적지 않이 품고 있는 상태였다.

K는 스스로 나설 필요가 절대적으로 있다고 생각했다. 지칠 대로 지쳐 버린

겨울 어느 날의 오후이고, 온갖 망상이 머릿속에서 떠나지 않고 있는 K이기는
하지만 이 결심은 뚜렷이 서 있었다. 지금까지 소송에 대하여 품고 있던 경멸심
같은 것이 지금으로선 전연 통하지 않았다. 지구상에 자기 혼자 살고, 소송 같
은 것은 코웃음을 쳐 버릴 수 있다면 좋겠다고 생각해 보지만, 그런 세계에는
처음부터 소송이라는 것이 존재하지도 않을 것이다.

숙부는 K를 변호사와 인사를 시키고 사건을 의뢰했다. 그런데 가족에 대한
생각도 해야 했다. 소송의 진행을 전연 모르는 체할 수 없게 되었다. 그 자신은
설명할 수 없는 만족감에 취하여 친지들 앞에서 소송 사건에 대한 얘기를 지껄
이는 실수를 범하고, 어떻게 된 셈인지 아무런 관계도 없는 사람들이 다 알고
있는데다 뷔르스토나와의 관계도 소송과 마찬가지로 불안한 상태에 있었다
──말하자면 절대적인 궁지에 몰려 있다. 소송 사건을 감수하느냐 거부하느냐
하는 선택은 허용되지 않고, 그 한복판에 서서 저항하지 않으면 안 되었다. 적
어도 이 상태에서 피로를 느낀다면 치명적이었다. 물론 지금, 함부로 신경을 쓸
필요는 없었다. 은행에서 짧은 기간에 지금 차지하고 있는 지위에 오르게 되고,
그 수완을 인정받게 되었던 것이므로, 이런 재능을 소송 사건에 조금만 이용하
면 성공은 틀림없다. 성공하기 위해서는 먼저 어쩌면 죄가 있을는지 모르겠다는
생각부터 철저하게 버려야 되겠다고 생각했다. 무슨 죄책이 있을 리 없지 않은
가. 소송은 하나의 커다란 사업이었다. 은행을 위하여 그가 간혹 대단한 성적을
올려 왔던 사업, 거기에는 말할 것도 없이 온갖 위험이 숨어 있어서 이것을 먼
저 정복할 필요가 있었다. 그러기 위해서는 죄책의 그늘에 두려움을 느낀다는
것은 있을 수 없는 일이고, 자기의 당연한 권리를 강조하지 않으면 안 되었다.
이 견해에 따른다면, 필연적으로 변호사를 즉각, 가능하면 오늘 밤에라도 해약
해 버리는 것이 최선의 방법이라는 결론이 나왔다. 변호사의 의견에 다르면 이
와 같은 행동은 상식을 벗어난 행동이고 변호사를 모욕하는 행동이겠지만, 자기
의 노력에 방해를 하는 것이 다른 사람 아닌 변호사 같다는 사실이 K로서는 도
저히 참을 수 없었다. 그래서 변호사를 물리치고 나서, 곧장 변호 문서를 제출
하고 그 심사를 날마다 재촉을 해야 되겠다. 그리고 다른 피고들처럼 복도에서

의자 밑에 모자를 집어넣고 멍청히 의자에 앉아 있어서도 안 된다.

K 자신을 위시하여 여자들, 그리고 다른 심부름꾼으로 하여금 매일 관리들의 꽁무니를 따라다니면서 때로는 책상 앞에 버티고 서서 변호 문서의 심사를 해 달라고 억지로 권하는 방법을 택하지 않으면 안 되겠다. 이렇게 모든 일을 조직적으로 밀고 나가면서 끊임없이 감시의 눈길을 보내고 있으면, 재판소도 이와 같이 자신의 권리를 지킬 줄 아는 피고에게 덤벼들 것은 뻔한 노릇이었다.

K는 이러한 노력을 결코 게을리하는 것은 아니었지만, 변호 문서를 작성하는 일은 어려운 일이 아닐 수 없었다. 1주일 전까지는, 변호 문서를 자기가 써야 하겠다고 마음먹은 것이 수치스럽다는 생각만 들었는데 그것이 이렇게 쓰기 어렵다는 것은 미처 예상하지 못했었다. K는 상기했다. 어느 날 오후, 몹시 바빴을 때 갑자기 하던 일을 제쳐놓고 용지를 펴놓고 변호 문서 비슷한 것을 써서 동작이 느린 변호사에게 보여 주려고 했으나 마침 그 때 지점장실의 문이 열리고 지점장 대리가 껄껄 웃으면서 나왔다. 변호 문서에 대한 것은 전혀 알지 못하므로 그는 그래서 웃는 것이 아니고, 방금 들은 농담이 너무나 우스워 웃음을 터뜨린 것인데, K는 공연히 기분이 상했다. 이 농담은 그림으로 그려서 설명하지 않으면 잘 모르는 것이었으므로 지점장 대리는 K의 책상에 엎드려 K의 손으로부터 연필을 빼앗아서 변호 문서를 쓰려고 생각했던 그 용지에 그 그림을 그렸던 것이다.

K는 오늘은 그 수치의 감정을 잊고 어떻게 해서든지 그 변호 문서를 작성해야 되겠다고 생각했다. 사무실에서 그것을 쓸 시간적 여유가 없다면, 집으로 돌아가 밤시간을 이용해야 한다. 밤만으로도 시간이 부족하다면, 휴가를 얻어야 하는데, 다만 어중간한 일은 삼가야 된다. 사업뿐만이 아니라 언제 어떤 경우에도 이처럼 우매한 태도는 없었다. 그러나 변호 문서를 쓴다고 한다면 한이 없고, 그다지 야무진 사람이 아니더라도 변호 문서의 완성이라는 것은 꿈에도 생각할 수 없는 것이었다. 단, 이것은 게으름을 피우고 있는 것인지, 아니면 무슨 책략을 강구하고 있는 것인지, 그 어느 쪽이든 변호사와는 달리 기소의 내용도 모르고 또한 그 장래의 전망도 없이, 몹시 사소한 행동, 사소한 사건에 이르기

까지 하나하나 기억을 더듬어 기술하고, 모든 방면에서 검토를 하지 않으면 안되기 때문이었다. 참으로 비참하고 지겨운 일이다. 정년 퇴직을 하고 연금으로 생활하고 있는 노망 든 인간의 따분한 나날의 소일감으로 맡긴다면 몰라도 온갖 사고를 자기 업무에 집중하고 있는 K, 뛰어난 성적을 올림으로써 지점장 대리에게는 하나의 커다란 위협적인 존재가 되어 있으며 시간은 화살처럼 지나가고 동시에 젊은이로서 밤의 한때를 즐겨 보려 하는 K, 그러한 나 K가 변호 문서를 써야만 된다고 생각하니 다시금 침울한 심정이 되고 말았다. 이 어두운 심정에서 벗어나려고, 대기실로 통하는 벨을 더듬었다. 그것을 누르면서 시계를 쳐다보니 열한 시였다. 두 시간이나 귀중한 시간을 보냈는데 예전보다 피곤함이 몇배나 더 몰려왔다.

그러나 대단히 보람 있는 결심을 한 셈이므로 따지고 보면 시간을 낭비한 것은 결코 아니었다. 사환이 들어왔다. 여러 가지 우편물 이외에 명함을 두 장 가지고 와서 이분들이 벌써 오래 전부터 기다리고 있었다고 알려 주었다. 이 손님들은 은행의 소중한 고객들이라 기다리게 한다는 것은 그야말로 큰 실례가 아닐 수 없었다. 왜, 하필이면 이런 때에 찾아온 것일까? 그리고 왜——닫혀진 문 뒤에서 두 사람의 손님이 무엇을 묻고 있는 소리가 들리는 것 같았다——성실하고 근면한 K가 가장 능률을 올려야 할 시각에 개인적인 일로 시간을 허비하고 있을까? 이런 생각에 지치고 피곤한 상태에서 앞으로 다가오는 것을 기대하면서 우선 손님을 맞이하려고 K는 의자에게 일어섰다.

손님은 몸집이 작고 팔팔한 인상을 주는 신사였는데 K와 친밀한 어느 공장의 사장이었다. 그가 집무를 방해하여 미안하다고 인사를 하므로, K는 오래 기다리게 해서 죄송하다고 말했다. 그러나 그 말투나 태도는 어딘지 어색한 데가 있고 너무나도 기계적이었다. 신사가 용건에 열중하지 않고 있었더라면 당장 눈치 챘을 것이다. 그러나 신사는 전혀 그런 데는 신경을 쓰지 않고, 호주머니 속에서 계산서며 집계표 같은 것을 여러 장 꺼내어 책상 위에 펴놓고는 각 항목에 대한 설명을 했다. 그 설명은 조잡했으나, 사소한 계산 착오 같은 것이 눈에 띄면 곧 정정을 하고, 약 1년 전에 계약을 체결한 같은 성질의 사업 얘기를 하면서 다른 은행에서 이에 대하여 파격적인 조건을 나에게 제시하고 있기도 합니다만, 하고 말하고는 입을 다문 채 K의 의견을 기다리는 것이었다. 처음엔 K도 진지하게 귀를 기울이고, 중요한 사업이라는 말에 주의를 집중할 수 있었으나, 시간이 지나면서 곧 싫증을 느꼈다.

그러나 잠시 동안은 사장이 크게 이야기하는 소리에 고개만 끄덕이고 있었다. 그러다가 나중엔 끄덕일 힘조차 없어져 서류 위에 고개를 숙이고 있는 대머리를 멍하니 바라보기만 했다. 그리고 아무리 중얼거려도 아무 소용 없다는 것을 이 신사가 안다면 어떤 표정을 짓게 될까, 하는 생각만 하고 있었다. 사장이 얘기를 멈추었다. K는 그것이 이 쪽이 얘기를 들을 기력이 없다는 것을 고백할 기회를 주기 위한 것으로 생각했으나, 어떠한 반박에도 대처할 준비를 갖추고 있는 사장의 긴장된 얼굴을 보고서 상담(相談)을 계속하지 않으면 안 된다는 것을 깨달았을 때는 적이 낙담하고 말았다. 명령을 받는 사람처럼 고개를 숙이고 연필로 서류 위를 느릿느릿 문질러 보기도 하고, 이따금 손을 놓고는 닥치는 대로 숫자를 뚫어지게 바라보았다. 사장은 그것을 반박의 표시로 생각했다. 그는 숫자에 자신이 없어서 그런 것인지 결정적인 것이 아니기 때문인지는 몰라도 손으로 서류를 가리고는 K 옆에 다가서더니 사업의 개요를 처음부터 다시 설명하기 시작했다.

"어렵군요." 하고 K는 입술을 약간 일그러뜨렸으나, 서류를 손이 가리고 있으므로 마음을 의지할 장소를 잃은 셈이 되어 의자 속에 쓰러지듯 푹 파묻혀 버렸다. 그는 갑자기 겁에 질린 것 같은 얼굴이 되어 두려운 듯이 고개를 쳐들었다. 그 때 지점장실의 방문이 열리면서 안개 속처럼 몽롱한 지점장 대리의 모습이 나타났다. K는 출현이라는 사실보다는 그것이 미친 뜻밖의 효과에 기쁨과 흥미를 느꼈다. 대리의 모습을 보자마자 사장은 재빨리 그 쪽으로 뛰어가 버렸기 때문이었다. 그러나 대리가 그대로 밖으로 나가 버릴까 걱정이 되어서, 사장을 지금까지보다도 몇 배나 더 애타게 해 주고 싶었다. 그러나 그것은 K의 헛된 생각으로 끝나고 말았다. 두 사람은 서로 악수를 교환하고 함께 K의 책상 쪽으로 걸어왔다.

　사장은 업무 부장이 업무에 성실하지 못하다고 투덜대면서 지점장 대리의 시선을 받고 다시 서류에 매달리고 있는 K를 손가락으로 가리켰다. 그러고 나서 두 사람은 책상에 기대고 서서 대화를 계속하고 있는데, K로서도 유난히 크다고 생각되는 이 두 사람이 머리 위에서 자기를 비난하는 얘기를 하고 있는 것처럼 느껴졌다. K는 가만히 두 사람을 살피면서 책상 위의 서류 한 장을 무작정 집어 들어서 손바닥에 얹어 두 사람한테 내밀면서 그들 옆으로 다가섰다. 별다른 목적은 없었는데, 그를 완전히 자유로운 몸으로 돌아가게 할 그 변호 문서가 완성되는 날에는 틀림없이 이와 같은 꼴이 되겠지, 하는 생각이 들 뿐이었다. 상담에 열중하고 있던 대리는 힐끗 한번 K를 바라볼 뿐이었다. 대리는 K의 손으로부터 서류를 받아 들자 이렇게 말했다.

　"이건 내가 잘 알고 있는 것이오."

　그러고 나서 그는 조용히 책상 위에 내려놓았다. K는 화난 눈초리로 대리의 옆얼굴을 노려보았으나 대리는 그것을 깨닫지 못하고, 아니 깨닫지 못한 것이 아니라 그것을 알아채고 도리어 신이 나는지 자꾸 신경을 건드리는 것이었다. 그는 교묘하게 상대편의 허를 찔러 사장으로 하여금 당황하게 하기도 하다가, 곧 또 자기 주장을 굽히고 상대편을 안심시키기도 했다. 마지막에는 "내 방으로 가십시다. 거기서 결정 지읍시다. 이건 신중하게 생각해야 할 문제니까." 하고 사장에게 말했다. 그러고는 "이 업무 부장은……."——그렇게 말하면서도 K를 바라보지는 않았다——"좀 조용히 계시게 해야겠습니다. 냉정하게 생각할 필요가 있고, 이 사람은 오늘 몹시 바쁜 모양입니다. 또 밖에 손님도 기다리고 있는 것 같고." 하고 말했다.

　K는 간신히 자세를 바로잡자, 굳어진 얼굴에 미소를 띠고 사장에게 친근미를 드러내 보이면서 대리를 묵살하는 태도로 나왔다. 그러나 더 이상은 어떻게도 할 수가 없어 허리를 조금 앞으로 구부린 채 두 손을 책상 위에 버티면서 카운터에 서 있는 점원처럼 자세를 취하며 두 사람이 서류를 거두어 가지고 지점장실로 사라져 가는 것을 바라보고 있었다. 문간에서 사장이 돌아다보았다. "아직 돌아가는 것이 아닙니다. 회담 결과에 대해서 나중에 말씀드리고, 또 다른 얘기

도 있으니까 다시 이리로 오겠습니다." 하고 그는 말했다.

마침내 K는 혼자 남게 되었다. 손님과 면담을 하다니 어림도 없는 일이었다. 방 바깥에 손님을 기다리게 해 놓고 사장과 상담이라도 계속하고 있는 것처럼 보이게 하는 이 유쾌함, 이렇게 되면 사환도 들어오지 않으리라. 이런 기분이 K의 마음 구석에서 꿈틀거리고 있었다. 창가로 다가가서 한 손으로 창문을 붙잡고 멀리 광장을 바라보았다. 함박눈이 끊임없이 내리고 있었다. 쉽게 멎지 않을 것 같았다.

그 자세로 한참 동안 서 있었다. 이따금 깜짝깜짝 놀라면서 어깨 너머로 대기실 쪽을 바라보았다. 뭔가 부스럭거리는 소리가 난 것 같았는데 아무도 나오지 않았으므로 침착을 되찾기 위해 세면대로 가서 찬물로 얼굴을 씻고 다소 기분이 상쾌해지자 다시 창가로 갔다. 변호는 자신의 손으로 하겠다는 결심은 이제 단단히 굳어졌다. 변호를 변호사에게 맡겨 놓는 한 소송 사건을 자기 자신과는 거리가 먼 엉뚱한 곳으로 흐르게 할 것임에 틀림없었다. K도 생각이 나면 사건의 진행 상태를 살펴보았다. 그러나 싫을 때는 고개를 돌리고 모른 체하고만 있었다. 그것으로 그만이었다. 그런데 변호를 직접 하게 되면, 적어도 당분간은 자기의 전신(全身)을 재판소에 드러내 놓지 않으면 안 되었다. 그 결과가 후에 가장 철저하고 동시에 최후의 해방일 수 있다고 하더라도, 그러기 위해서는 당분간 예전과 비교할 수 없을 정도로 많은 위험이 부딪히게 될 것이었다.

이것을 지금까지 반신반의했던 K도 오늘 지점장 대리나 사장과 합석했던 사실로 인해서 충분히 깨닫게 되었던 것이리라. 그런데 K가 스스로 변호해 보겠다고 분명히 결심했을 텐데 왜 우물거리고 있는가? 앞으로 난 어떻게 될 것인가? 도대체 어떤 미래가 기다리고 있단 말인가? 성공으로 이끄는 길이 확실히 있을까? 신중한 변호로 이끄는 길이 확실히 있는 것인가? 신중한 변호──그것 이외의 행동은 무의미하지만──이런 변호를 시도하기 위해서는 모든 것으로부터 자신을 격려할 필요가 있는 것이 아닐까? 뜻대로 잘 밀고 나갈 수 있을 것인가? 은행에 근무하는 몸으로 그런 짓은 할 수 없을 것이 아닌가? 변호 문서의 집필을 위해서는 휴가를 받으면 된다. 그렇다고는 해도 현재의 그로서는 휴가를 받는다는 것이 쉬운 일은 아니다! 변호 문서뿐이라면 얘기는 간단하지만, 문제는 언제까지 계속될지도 모르는, 전망조차 내릴 수 없는 소송의 진행 상태에 있는 것이다. 별안간 K의 생활 궤도에 던져진 이 장애물!

이렇게까지 해서 은행에 근무하지 않으면 안 되는 것일까?──새삼스레 자기 책상을 바라보면서──손님을 불러들여 상담을 계속하란 말이냐? 소송이 진행되고 지붕 밑 다락방에서 재판소의 관리들이 이 소송 기록을 가운데 놓고 지혜를 짜고 있을 때 난 은행일에만 몰두할 수 있을까? 은행의 직무는 소송과 서로 결탁하여 K를 따라다니는 일종의 고문, 그것도 재판소의 승인을 받은 고문이라고 할 수 있지 않을까? K의 이렇게 특수한 입장을 이해해 줄 만한 사람이 은행 안에 있을까? 소송이 전혀 누설되지 않았다고는 볼 수 없다. 그러나 대리까지 알고 있다고는 생각할 수 없다. 하지만 만약 그런 일이 있게 되면 반드시 동료간의 우정도 인정도 없는 그는 이 소문을 호기로 삼고 갖은 수단으로 K를 괴롭힐 것이다. 지점장은 어떤가? 확실히 그는 K에게 호의를 가지고 소문을 들으면 될 수 있는 대로 K를 위해서 편의를 봐 주려고 애쓸 것이다. 그러나 그 태도를 끝까지 버티고 나갈지 알 수는 없다. 지점장은 K의 지반이 무너지기 시작하면서 대리한테 밀리는 꼴이 될 것이고, 지점장의 패색(敗色)을 노려 대리는 자신의 세력 확장에 혈안이 될 것이다. 그렇다면, K는 무엇을 기대해야 좋을까? 이렇게 여러 가지로 생각해 보는 것은 도리어 반발력과 공격력을 약화시키는 결과를 가져오겠지만, 자기 기만에 빠지지 않고 모든 것을 가능한 한 충실하게 관찰하는 것도 결코 소홀히 해서는 안 된다.

K는 당장 자리에 돌아가 앉아야 아무 일도 없으므로 무심코 창문을 열어 보았다. 그러나 녹이 슬어 쉽게 열리지 않았다. 두 손으로 안간힘을 써서 홱 열어뜨리니 그만 그을음이 섞인 짙은 안개가 얼굴을 강하게 때리며, 창문 넓이 가득히 흘러들어 방 안에 어렴풋이 탄 냄새를 풍겼다. 눈송이도 함께 날아들었다.

"가을은 이래서 싫지요." 언제 들어왔는지 K의 뒤에서 사장의 목소리가 들렸다. K는 고개를 끄덕이며 사장이 손에 들고 있는 서류 가방을 바라보았다. 그 속에서 서류를 끄집어 내어 금세라도 대리와의 회담 결과를 보고하려는 기색을 보였다. 그러나 사장은 K의 시선을 알아차리고 서류 가방을 툭툭 두드리기만 하면서 말했다.

"결과를 말씀드릴까요? 계약은 이미 다 된 거나 마찬가집니다. 지점장 대리는 퍽 재미있는 분이군요. 어느 정도는 경계도 해야 될 사람 같긴 하지만 말입니다."

그는 웃으며, K의 손을 잡고 흔들며 함께 웃으려 했다. 그러나 들고 있는 서류를 보이려 않는 것이 수상하여 K는 사장의 농담에 웃을 수가 없었다.

"날씨가 좋지 않아서 그런지 오늘은 퍽 우울해 보이는군요."

"네." K는 관자놀이에 손가락을 대고 말했다. "두통과 생활난이 겹친 것 같습니다."

"하긴 그렇겠군요." 하고 성급한 사장은 남의 얘기를 대뜸 가로막았다. "사람은 누구나 십자가를 짊어지고 있으니까요."

K가 배웅하려는 듯이 무의식적으로 문 쪽으로 한발을 내디뎠을 때 사장은 아랑곳도 하지 않고 이렇게 말했다.

"잠시 말씀드릴 것이 있습니다. 이럴 때, 이런 말씀을 드려서 귀찮게 생각하실는지도 모르겠습니다만, 지난번에 두 번이나 찾아왔지만 계시지 않았으므로 더 이상 늦추면 도움을 드릴 수 없을 것 같아서 말입니다. 무시할 만한 얘기가 아니니 하지 않을 수도 없고."

그는 K의 대답도 기다리지 않고 가까이 다가오더니 손끝으로 K의 가슴을 가볍게 치며 소리를 낮추어 말했다.

"당신은 소송에 걸려 있다면서요?"

K는 주춤하여 큰 소리로 외쳤다.

"지점장 대리가 얘기하던가요?"

"천만의 말씀이십니다. 지점장 대리가 알고 있을 리 없지 않습니까!"

"하지만 당신이?" K도 곧 침착을 되찾았다.

"재판소 얘기라면 누구나 이야깃거리가 되니까.." 하고 사장은 말했다. "말씀드리려는 것도 바로 그 점입니다."

"재판소 일이라면 별 사람들이 다 알고 있군요." 머리를 숙이고 있던 K가 그렇게 말하고 사장을 책상 옆으로 데리고 가서 함께 먼저대로의 자세로 앉자 사장이 말을 꺼냈다.

"자세한 보고가 되지 못해서 유감스럽습니다만, 이런 일은 아무리 사소한 일이라 하더라도 소홀히 해서는 안 됩니다. 전 별로 힘은 없습니다만, 어떻게든 도와 드리고 싶습니다. 사업에 도움을 주시는 좋은 친구를 잃기가 싫으니 말입니다."

K는 오늘 상의할 때, 자기의 태도가 나빴다는 것을 사과하려고 마음먹었으나, 사장은 그런 틈을 주지 않고 서둘러 얘기를 계속했다.

"당신의 소송 얘기는 티토렐리라는 사람으로부터 들었습니다. 그는 화가이며 티토렐리라는 것은 가명이고 본명은 모릅니다. 수년 전부터 가끔 내 사무실에 나타나는데 자그마한 그림을 가지고 오지요――꼭 거지처럼 말입니다――그럴 때면 으레 그 그림을 사지요. 황야를 그린 것이 많은데 볼만한 그림들입니다. 이러한 매매 형식이 계속되어 지금은 버릇 되어 버렸을 정도입니다. 어느 날 너무 귀찮게 자주 찾아왔으므로 듣기 싫은 소리를 한 것이 계기가 되어 여러 가지 얘기를 하게 되었는데, 그 때 어떻게 그림값만 가지고도 생활이 되느냐고 물었더니 놀랍게도 그는 초상화를 그려서 짭짤한 재미를 보고 있다는 것이었습니다. 또 재판소에 근무하고 있다기에 어떤 재판소냐고 물었습니다. 그래서 재판소 얘기가 나왔는데 전 얼마나 놀랐는지 모르겠습니다. 상세한 것은 부장님의 추측에 맡기겠습니다. 그 뒤로 찾아올 때마다 재판소의 최근 소식을 듣게 되므로 그 방면에도 조금씩 관심을 가지게 되었고 제법 통하게 되었지요. 원래 티토렐리는 말이 많은 사람이라 뻔한 거짓말이라도 할 때엔 화가 나서 쫓아 버릴 적도 있습니다만 대체로 나 같은 장사꾼은 자기 사업만 해도 정신을 차릴 수 없을 정도로 바쁜 몸이므로 자신과 직접 관계가 없는 일에는 관심을 가질 여유가 없습니다. 그러나, 내 생각에는 부장님에게는 다소간 도움이 될 만한 인물이라고 생각됩니다. 재판관 가운데도 친한 사람이 많고, 자기 스스로 도울 수는 없다 하더라도 유력한 관계자에게 길을 터 줄 수 있는 정도는 된다고 믿습니다. 그는 그런 일에 필요한 지혜도 가지고 있습니다. 부장님이 그의 지혜를 빌리면 굉장한 위력을 발휘하시게 될 것으로 생각합니다. 아무튼 부장님은 변호사 이상으로 두뇌가 치밀하고 조직적이니까요. 전 평소에도 K씨는 바로 변호사나 다름없다고 말했으니까요. 그렇기 때문에 부장님의 소송에 관해서 저는 걱정하고 있지는 않아요. 티토렐리를 어떻게 하시렵니까? 한번 찾아가 보지 않으시렵니까? 제가 소개하면 그 사내는 어떤 일이고 마다 않고 해 줄 것입니다. 꼭 오늘이 아니더라도 시간 있으실 때 찾아보십시오. 말할 것도 없습니다만, 다른 사람도 아닌 그 사람이 권하는 것이니 가 보지 않을 수도 없다면서 억지로 가 보실 필요는 없습니다. 티토렐리의 손을 빌리지 않더라도 자신만 있으시다면 저의 얘기를 무시해도 좋습니다. 아마도 벌써 치밀한 계획이나 대책을 세우고 계실 터이니 사실이 그렇다면 티토렐리 같은 사람은 도리어 방해만 될는지도 모르겠습니다만——결코 이 쪽에 신경 쓰실 것은 없습니다. 그리고 그런 사람을 움직이려면 다소간 불쾌한 일도 각오해야 할 겁니다. 하여간 부장님의 재량에 맡기고 여기에 소개장과 주소 적은 것을 두고 가겠습니다."

K는 언짢은 표정을 하며 그 봉투를 호주머니에 집어넣었다. 사장이 K의 소송 사건을 알고 있고 화가는 자꾸 소문이나 퍼뜨린다? 이 때문에 입게 될는지도 모르는 피해에 비교하면 소개장으로 얻게 되는 특전쯤은 조금도 반갑지가 않았다. K는 방을 나가려고 돌아서는 사장에게 간단한 인사 한 마디도 하고 싶지 않았다.

"한번 가 보겠습니다." 하고 문간에 선 사장에게 말한 뒤 이어서 "지금은 몹시 바쁘니 이리로 와 달라고 부탁을 해야 되겠습니다." 하고 덧붙였다.

사장은 문간을 나서다가 다시 걸음을 멈추고 이렇게 말했다.

"부장님이 어련히 알아서 하시겠습니까만 소송 사건에 대한 상의를 하기 위해서 티토렐리와 같은 사람을 은행으로 불러들이는 것은 삼가는 게 좋을 것으로 생각됩니다. 그리고 그에게 편지라도 쓰게 되면 그것이 하나의 증거로 남게 될 것이고, 그러면 후일 어떤 일이 생길지도 모릅니다. 이건 저의 노파심으로 드리는 말씀이니까 잘 알아서 행동하시기 바랍니다."

K는 이 말이 맞는 것으로 판단되어 고개를 끄덕이면서 문 밖으로 걸음을 옮기는 사장 뒤를 따라 방 밖으로 나갔다. 태연한 체하긴 했으나 내심 자신이 지껄인 말에 적이 놀랐다. 티토렐리에게 편지를 써서 은행으로 부르겠다고 말한 것은 소개해 준 데 대하여 감사하고 있고 그 뜻을 받들어 될 수 있으면 빨리 티토렐리를 만나도록 하겠다는 심정을 나타낸 말에 불과한 것이었다. 그러나 이 티토렐리라는 사람이 진실로 유력한 지원자가 될 수 있다는 것이 확인되면 정말로 편지를 쓰게 될 것이다. 그런데 그런 것을 썼다가 잘못되면 문제가 될 수도 있다는 것을 사장의 얘기를 듣고서야 비로소 깨달았다.

자신의 판단력은 이처럼 신뢰할 수 없을 정도로 우둔해졌다는 말인가? 정체도 모르는 수상쩍기 짝이 없는 인간을 흔적이 남는 편지를 써서 은행으로 불러들여 벽 하나를 사이에 두고 대리가 있는데도 불구하고 자기 방에서 소송 사건에 대한 조언을 듣는다는 것은 더없이 어리석은 짓이 아닌가. 이런 우매한 짓을 할 정도라면 다른 위기를 만나더라도 깨닫지 못하고 더 나아가서는 스스로 위험 속으로 뛰어들어가는 경우도 있을 것이 아닌가! 아니, 그런 위험성이 많다고 하지 않을 수 없었다. 충고하고 변호해 줄 사람이 언제나 몸 가까이에 있는 것이 아니다. 더군다나 전력을 쏟아 싸움에 임해야 할 현재 자신의 이성(理性)에 대해 지금까지는 겪어 보지 못했던 불신이라는 것을 느끼다니 또 어떻게 된 일이란 말인가? 직무를 수행할 적에 나타났던 장애와도 같은 것이 지금도 나타났다는 말일까? 티토렐리에게 편지를 써서 그를 은행으로 불러들이려는 한심한 생각은 왜 하게 되었더란 말인가? 그야말로 알 수 없는 일이었다.

K가 이런 생각에 잠겨 있을 때 사환이 다가왔다. 그는 대기실에서 손님이 세 분 기다리고 있다고 알려 주었다. 오래 전부터 기다리고 있던 손님들은 사환이 K에게 얘기하는 것을 보고는 서로 먼저 들어오려고 다투기 시작했다. 대기실에서 귀중한 시간을 허비하게 하는 불친절한 은행이므로 세 사람이 예의에 벗어난 소동을 피우는 것도 당연한 일인지 모른다.

"좀 봅시다." 하고 소리치는 손님도 있었다. 그러나 K는 사환을 시켜 외투를 가져오게 한 다음 그의 도움으로 재빨리 입으면서 손님들을 향해서 이렇게 말했다.

"죄송합니다만 얘기할 시간이 없습니다. 몹시 급한 일이 있어서 지금 곧 외출하지 않으면 안 됩니다. 이해해 주십시오. 그 동안 여러분을 방 안으로 모실 틈이 없었다는 것은 여러분께서 직접 보셨으니까 변명은 않겠습니다만, 내일이라도 다시 한 번 와 주시면 고맙겠습니다."

이러한 K의 말에 기다렸던 손님들은 일이 완전히 허사가 되었으므로 어쩔 줄을 몰라 서로 얼굴만 바라볼 뿐이었다.

"그럼, 양해해 주신 것으로 알고 가 봐야겠습니다." K는 이렇게 말하고 나서 사환이 가지고 온 모자를 받아 들었다. K의 방에 있는 창문이 열려 있었으므로 점점 심하게 내리는 눈발을 볼 수 있었다. K는 외투의 깃을 세우고, 턱 바로 밑의 단추를 잠그고 몸을 잔뜩 움츠렸다.

그 때, 지점장 대리가 옆방에서 나왔다. 외투를 입은 K가 손님과 상담을 하지 않는 것을 보고 씽긋 웃으며 말했다.

"벌써 퇴근입니까?"

"네." K는 정색을 했다. "외출할 일이 있어서……."

그러나 지점장 대리는 손님들을 향하여 "그런데 이분들은?" 하고 묻고는 "많이 기다리게 한 모양인데." 하고 중얼거리듯 말했다.

"그건 이미 양해를 얻었습니다."

그러나 손님들은 더 참을 수가 없어서, K를 둘러싸고는 중요한 용건이 아니었다면 이렇게 몇 시간이고 기다릴 리가 있겠느냐, 지금 곧 개인적으로 면담을 해서 자세하게 얘기를 들어 달라고 입을 모아 투덜거렸다. 지점장 대리는 잠시 그들의 말에 귀를 기울이고 있더니 모자의 먼지를 툭툭 털고 있는 K에게로 시선을 옮겼다. 그러고는 얼마 후 이렇게 말했다.

"여러분, 좋은 방법이 있습니다. 즉 저를 믿어 주신다면 제가 부장을 대신해서 말씀을 듣겠습니다. 여러분께서 말씀하신 바와 같이 다만 일 초라도 빨리 상담을 하지 않으면 안 되겠지요. 여러분이 사업가라면 저 역시도 마찬가집니다. 시간의 귀중함은 누구보다도 잘 알고 있습니다. 이 쪽으로 와 주십시오."

지점장 대리는 손님들을 안내하여 자기 방의 대기실로 들어가 버렸다.

K가 방금 부득이한 사정으로 포기한 일을 지점장 대리가 가로채 버렸다! 그런데 K는 필요 이상으로 포기한 일은 없었던가? 믿을 수 없는, 더구나 가냘프기 짝이 없는 희망을 품고 생전 처음 보는 화가를 찾아가는 사이 신용과 신임을 한꺼번에 잃어버렸다. 다시 외투를 벗고 아직 이 방에 남아서 차례를 기다리고 있는 두 사람의 손님을 되찾는 것이 현명한 일이 아닐까? K의 방에 들어와서 서류 상자를 함부로 뒤적이고 있는 지점장 대리의 모습을 보지 않았더라면 K는 그렇게 했을는지도 모른다. 굳은 표정으로 바뀐 K가 문간에 다가가자 지점장 대리는 커다란 목소리로 말했다.

"아, 아직 나가지 않으셨군요."

그 순간 K를 똑바로 바라보고 있는 지점장 대리의 얼굴에는 여러 가닥의 깊은 주름살이 보였으나 그것은 나이 탓이 아니고 도리어 지나칠 정도로 넘쳐 흐르는 정력 때문인 것같이 보였다. 대리는 다시 서류 상자를 뒤적이면서 말했다.

"계약서가 당신한테 있다고 해서 찾고 있는데 함께 찾아 주지 않겠소?" K가 한 걸음 다가서자 "아, 여기 있군!" 하며 계약서말고도 여러 가지 서류를 잔뜩 안고 자기 방으로 돌아갔다.

'지금은 져 주지만……' 하고 K는 속으로 중얼거렸다. '내 개인적인 문제만 해결되면 한번 혼을 내주어야지, 아주 통렬한 복수를!' 이렇게 생각하니 K의 마음은 조금 진정되었다. 벌써부터 복도로 나가는 문을 열어 놓고 기다리고 있던 사환에게 은행일로 외출했다고 지점장에게 전해 달라고 말한 다음, 자신의 문제에 몰두하게 된 것을 기뻐하면서 은행을 나왔다.

그는 곧바로 화가를 찾아갔다. 교외이기는 하나, 재판소가 있는 곳과는 방향이 전혀 다른 반대쪽이었다. 이 근처는 훨씬 초라했으며 건물들도 모두 허술한 것뿐이었다. 길바닥은 눈이 녹아 질퍽질퍽한데다 온통 쓰레기로 지저분했다. 화가가 살고 있는 집은 입구에 있는 커다란 문이 한쪽만 열려 있고 다른 한쪽은 그 밑창이 벌어져 있었다. K가 다가갔을 때 그 벌어진 틈으로 김이 무럭무럭 나는 싯누런 액체가 더러운 냄새를 확 풍기면서 쏟아져 나오자 쥐 한 마리가 깜짝 놀라서 근처의 하수구 속으로 달아났다. 계단 아래서는 어린애가 아무렇게나 땅바닥에 엎어져서 울고 있는데, 이 입구 건너편에 있는 강철 공장에서 울려 퍼지는 굉음 때문에 그 울음소리는 거의 들리지 않았다. 공장의 문은 열려 있고, 공원 세 사람이 빙 둘러서서 뭔가를 때리고 있었다. 아마도 망치로 불에 단 쇠붙이를 내리치고 있는 모양이었다. 벽에 매달려 있는 동판(銅版)이 둔중하게 빛나고 있었는데 그 빛은 두 사내의 사이를 통해 그들의 얼굴과 작업복을 비추고 있었다.

K는 이 광경을 힐끗 한번 바라보았을 뿐이었다. 될 수 있는 대로 빨리 용무를 마치고 돌아가고 싶었다. 다른 사람은 상대도 하지 말고 화가만 만나고 곧 돌아가려고 생각했다. 웬만큼 일이 되면 은행의 오늘 일에도 효과가 있을 것으로 생각되었다. 그는 4층까지 올라오자 숨이 차서 걸음을 늦추지 않으면 안 되었다. 각 층의 천장이나 계단이 굉장히 높은데 화가는 제일 꼭대기의 지붕 밑 다락방에 살고 있다는 것이었다. 공기도 탁하고 층계참도 없었을 뿐더러 좁은 계단은 양쪽 벽 사이에 끼여 있고 벽 위쪽에 드문드문 채광창이 뚫려 있었다. 문득 걸음을 멈추었더니 어느 방에선가 계집애 셋이서 뛰어나와 깔깔거리면서 계단을 뛰어올라갔다. 천천히 그 뒤를 따라가다가 넘어져서 뒤에 처진 계집애를 붙들고 함께 계단을 오르면서 물어 보았다.

"여기에 티토렐리 씨라고 하는 화가가 계시냐?"

계집애는 열세 살쯤 되어 보였는데 약간 등이 굽은 곱사등이였다. 질문을 받자 팔꿈치로 K를 툭 치면서 얼굴을 쳐다보았다. 어리고 불구인데도 불구하고 몹시 타락한 아이였다. 그 계집애는 굳은 표정으로 의아스러운 듯 K를 똑바로 노려보았다. 그 태도가 퍽 못마땅했으나 K는 아무렇지도 않다는 태도로 다시 물었다.

"계시냐?"

그 계집애는 고개를 갸웃거리더니 대뜸 반문했다.

"화가한테 무슨 볼일이 있어요?"

K는 미리 티토렐리에 대해서 알아 두는 게 좋을 듯싶어 말해 주었다.

"내 초상화를 그려 달라고 부탁하려는 거야."

"초상화를 부탁한다고요?" 그 계집애는 이렇게 되묻더니 K를 탁 치면서 무슨 그런 엉뚱한 소리를 하느냐는 듯이 멀거니 K를 바라보고 섰다가는 스커트 자락을 치켜올리더니 몸을 재빨리 날려, 계단 위쪽에서 와글와글 아이들 떠드는 소리가 어렴풋이 들려 오는 곳으로 가 버렸다. 그러나 계단이 구부러지는 곳에서는 그 곳에 모여 있는 한 떼의 계집애들과 부딪혔다. 곱사등이 계집애로부터 K의 목적을 전해 듣고 모두 기다리고 있었던 것 같았다.

계단 양쪽으로 늘어서 몸을 벽에 바싹 붙이고 두 손으로 앞치마의 주름을 펴고 있었다. K를 지나가게 하려고 그러는 모양이었다. 이 줄 지어 서 있는 어느 얼굴을 보아도 어린이다운 순진함이란 조금도 없어 보이는 타락한 모습들이었다. 아이들이 마구 떠들면서 K의 뒤를 따라왔는데 앞장을 선 것은 그 곱사등이 계집아이였다. K가 방을 무사히 찾게 된 것도 그 아이 때문인데, 곧장 올라가려는 K를 향하여 티토렐리에게로 가려면 그 옆에 있는 계단으로 가야 한다고 가르쳐 주었다. 그 계단은 더 좁고 길었으며 일직선으로 쭉 뻗어 있었다. 티토렐리의 방은 그 계단이 끝나는 막다른 곳에 있었다. 입구를 조금 비켜서 비스듬히 나 있는 계단에는 채광창이 만들어져 있어서 그 근처만은 유난히 밝았고 칠도 하지 않은 문짝 위쪽에 티토렐리라는 이름이 붉은색으로 크게 씌어 붙여져 있었다. 아이들을 이끌고 있는 K가 계단 가운데쯤 왔을 때, 그 떠들썩한 소음과 발소리로 알아차린 모양이리라. 문이 빠끔히 열리고 잠옷 바람으로 한 사내가 문틈으로 내다보았다.

"오오." 일동을 보더니 그렇게 말하고는 자취를 감추었다. 곱사등이 계집애는 신이 나서 손뼉을 치고 다른 계집애들도 뒤에서 K를 밀며 어서 올라가라고 성화를 부렸다.

미처 다 올가지도 않았는데 문이 활짝 열리면서 화가가 다시 나타나 K를 바라보고 공손히 고개를 끄덕여 보이며 "자, 들어오십시오."라고 말했다. 아이들은 사정없이 내쫓아 버렸는데 가지 않겠다고 고집 부리는 아이들도 있었으나 화가가 허락하지 않았다. 곱사등이 계집애만은 화가의 뻗친 팔 밑을 용케 통과

해 방 안으로 들어왔으나 화가는 이 아이의 뒤를 쫓아가 스커트 자락을 움켜쥐고 한 바퀴 빙 돌리더니 입구에 몰려 있는 계집애들 쪽으로 밀어 냈다. 잠시 동안은 문지기가 없는 셈이었는데도 아이들은 문턱을 넘어오지 못했다. 그럴 용기까지는 없는 모양이었다. 그런데 이 광경은 어떻게 생각하면 모두 사이좋게 장난치고 있는 것처럼 보여 K는 어리둥절할 수밖에 없었다. 입구의 아이들은 한결같이 목을 빼고 K에게는 잘 들리지 않으나 화가에게 농담을 걸고 있는 모양이었고 화가도 웃고 있었다. 그러는 사이 곱사등이 계집애만은 어디론가 달아나 버리고 눈에 띄지 않았다. 화가는 문을 닫고 다시금 K에게 가볍게 고개를 끄덕여 인사를 건네고는 손을 내밀면서 말했다.

"티토렐리입니다."

K는 자기 소개를 했다. 문 뒤에서 소곤거리는 소리가 들리므로 K는 그 문을 가리키면서 말했다.

"대단히 인기가 좋으시네요."

"짓궂은 아이들이지요."

화가는 이렇게 말하면서 잠옷의 웃옷 단추를 잠그려 했는데 쉽게 잠가지지가 않았다. 화가는 맨발이었다. 폭이 넓은 노란 잠옷 바지를 입고 있었는데, 허리끈으로 되어 있는 줄이 너무 길어 그 끝이 남아서 흔들거리고 있었다.

"정말 귀찮은 개구쟁이들입니다."

화가는 말을 계속하면서 제일 위쪽의 단추가 끝내 잠가지지 않자 잠옷 만지던 것을 포기하고 그 손으로 의자를 끌어와 앉으라고 권했다.

"전에 한번, 그 애들 가운데 한 놈을——오늘은 보이지 않았습니다만——그려 준 일이 있었습니다. 그 때부터 모두 내 꽁무니만 따라다니는 거예요. 내가 방 안에 있을 때는 허락없이 들어오지는 않습니다만, 만약 외출이라도 해서 방이 비면 언제나 한두 녀석이 이 방에 숨어 들어옵니다. 열쇠를 만들어 가지고 서로 돌아가면서 사용하는 것입니다. 정말 귀찮고 지겹습니다. 상상도 하지 못할 정도지요. 이를테면 초상화를 그리기 위해서 한 여자를 데리고 돌아왔다고 합시다. 내가 가지고 있던 열쇠로 문을 열고 방 안으로 들어오면 하필 이 입술을 빨갛게 칠을 한 꼽추 계집애가 작은 저 탁자 옆에 서 있고 이 꼽추를 따라온 아이들은 온 방 안을 뛰어다니면서 방을 난장판으로 만들어 놓고 말아요. 그야 말로 엉망진창이지요. 또, 이것은 간밤에 생긴 일인데, 밤이 좀 깊어서 귀가했습니다——방 안이 이렇게 지저분한 것도 모두 그 때문이니 용서하시기 바랍니다——집으로 돌아와서 잠자리에 들었더니 누군가 내 발을 꼬집는 것이었어요. 그래서 침대 밑을 들여다보았더니 애들이 숨어 있지 않겠습니까? 왜 이렇게 귀찮게 구는지 도대체 알 수가 없군요. 이 쪽에서 유인한 것도 아니고, 당신도 지금 보셨지만 이만저만한 말썽꾼이 아닙니다. 도무지 일을 할 수가 없어요. 이 화실이 무료가 아니었더라면 벌써 이사를 갔을 텐데 말입니다."

그 때 마침 밖에서 귀엽고도 머뭇거리는 듯한 목소리가 들려 왔다.

"티토렐리 아저씨, 이제 들어가도 되지요?"

"안 돼!"

"한 사람만 들어가는 건 되지요?"

"안 돼!"

화가는 문께로 가서 자물쇠를 채워 버렸다.

그 사이 방 안을 둘러보았으나 이 좁고 초라한 방이 화실이라고는 도저히 믿어지지 않을 정도였다. 가로나 세로나 어느 쪽도 두 발짝도 되지 않을 것 같았다. 마루, 벽, 천장 등 모두가 널빤지로 되어 있는데, 널빤지 사이에는 모두 틈이 벌어져 있었다. K가 앉아 있는 반대쪽 벽 가에는 구질구질한 갖가지 색의 침구가 쌓인 침대가 놓여 있고 방 한가운데의 화가(畫架)에는 그림이 한 장 놓여 있으며 그 그림을 덮어 놓은 셔츠의 소매가 땅바닥에까지 축 늘어져 있었다. K가 앉아 있는 바로 뒤에는 창문이 있었는데 그것을 통해서 안개가 짙고 눈으로 덮인 이웃집 지붕이 보일 뿐이었다.

열쇠가 회전하는 소리를 듣고 이 곳에 온 목적을 생각해 내곤 사장의 소개장을 호주머니에서 꺼내 화가에게 건네 주었다.

"친지 되는 이분으로부터 당신 얘기를 듣고 상의하러 왔습니다."

화가는 편지를 쭉 훑어보더니 침대 위에 내던졌다. 티토렐리라는 사람은 사장의 친지이고, 동정을 받고 있는 사람이라고 들었는데 아무리 봐도 그런 기색이 없었다. 적어도 생각해 내기는 힘들 정도로 희미한 관계라고밖에는 생각하지 않을 수 없는 그런 행동이었다. 더구나 화가는 이렇게 묻는 것이었다.

"그림을 주문하실 겁니까? 아니면 초상화를 만드시려고?"

K는 기가 차서 그 얼굴을 바라보았다. 도대체 편지에 뭐라고 씌어 있었단 말인가? K의 용건은 다름이 아니라 소송 사건에 관한 의논이라고 씌어 있는 줄로만 알았는데, 아무래도 이건 나의 속단이고 나의 경솔함을 드러내는 일이구나, 하고 생각했다. 그러나 상대편의 질문에는 아무튼 대답하지 않을 수 없는 일이므로, 화가를 힐끗 바라보면서 말했다.

"작업중이신 모양이죠?"

"네." 하고 화가는 덮어 놓았던 셔츠를 벗겨 침대 위에 있는 편지 위에 던졌다. "초상화입니다. 보람 있는 일입니다만, 아직 완성되지는 않았습니다."

우연이라고는 해도 기묘하기 짝이 없는 일이었는데 그 그림은 재판관의 초상화임을 한눈에 알 수 있었다. 따라서 자연스럽게 재판소 얘기를 끄집어 낼 수 있는 계기가 마련된 것이었다. 그것은 또, 변호사의 사무실에 있는 초상화와 무척 닮았는데, 그려져 있는 인물만은 딴 사람같이 생각되었다. 텁수룩한 검은 머리, 콧수염이 귀밑까지 뻗어 있는 뚱뚱한 남자였는데, 변호사 사무실에 있던 것은 유화였고 이것은 파스텔로 가볍게 그린 것이었다. 그러나 당당히 의자의 팔걸이를 손으로 쥐고 위협적인 태도로 일어서려는 포즈는 두 그림이 거의 비슷했다.

"재판관이군요."라는 말이 목구멍까지 나왔으나, 그 말은 우선 참기로 하고 좀더 자세히 보려고 그림 옆으로 다가갔다. 그림의 중앙, 의자의 등받이 위쪽에 있는 커다란 것이 무엇인지 짐작할 수가 없어서 물어 보았다. 그는 이것은 좀더 손보지 않으면 안 되는 것인데, 하고 대답하고는 작은 탁자로부터 파스텔을 하나 집더니 그 커다란 것의 윤곽을 가필(加筆)했는데 그래도 K는 알 수가 없었다.

"이것은 정의의 여신상입니다." 얼마 후 화가는 이렇게 대답했다.

"그래요?"

"붕대로 눈을 가리고 있고, 여기에 저울이 있군요. 그러나 발꿈치에 날개가 돋아나서 마치 날고 있는 것 같군요?"

"네, 부탁을 받아 이렇게 그린 것인데 정의의 여신과 승리의 여신을 함께 그린 셈입니다."

"이상한 결합이군요." 하고 K는 미소 지었다. "정의가 조용히 하지 않으면 저울이 움직이고, 이러면 올바른 판결은 바랄 수가 없겠는데요."

"그 점은 이 쪽이 양보한 것입니다."

"그렇겠지요." K는 상대편에게 상처를 줄 의사는 없었으므로 "사람을 정말로 이런 의자에 앉혀 놓고 그린 것입니까?" 하고 물었다.

"아니오. 인물도 의자도 전부 상상해서 그린 것입니다. 그러나 무엇을 그려야 한다는 명령은 받고 있습니다."

"뭐라고요?" K는 짐짓 잘 이해되지 않는다는 표정을 지어 보였다. "이것은 물론 자기 의자에 앉아 있는 재판관임에 틀림없겠지요?"

"그건 그렇습니다만, 이렇게 훌륭한 의자에 앉을 만한 인물은 아닙니다."

"그런 사람이 이렇게 뻔뻔스런 모습으로 초상화를 그리게 한단 말입니까? 마치 재판관이나 되는 것처럼 도사리고 있다니……."

"허영심이 많은 인간들이지요." 하고 화가는 말했다.

"물론 이런 모양으로 초상화를 그리게 해도 좋다는 상사의 허락을 받았기 때문에 괜찮습니다. 다만 신분에 따라 엄중한 규정이 있고 차이가 있을 뿐입니다. 그러나 이 그림은 유감스럽게도 의상이나 의자의 자세한 부분까지 분간할 수 없습니다. 파스텔은 이런 표현에는 적당하지 않으니까요."

"그럼 왜 파스텔로 그렸습니까?"

"본인의 주문대로 그린 것입니다." 하고 화가는 말했다. "어떤 부인에게 증정할 초상화입니다."

그는 그림을 보고 있는 동안에 창작 의욕이 솟아난 모양인지 소매를 걷어붙이고, 화필을 두세 개 집었다. 바르르 떨리는 붓끝으로 재판관의 머리 주위에 붉은빛이 감도는 음영을 바깥으로 향해서 방사선형으로 흐려져 가도록 그렸다. K는 그 모양을 가만히 바라보고 있었다. 음영이 차차 머리 부분을 둘러싸게 되니까 마치 무슨 장식같이 보이고 영예의 상징처럼 보이게 되었다. 그러나 정의의 여신 주위에서는 음영에 약간의 밝은 빛을 띠게 하고, 그 때문에 윤곽이 한결 뚜렷하게 보이는 까닭으로 정의의 여신도 아니고, 그렇다고 승리의 여신도 아닌, 완전한 수렵의 여신으로 되어 버렸다. 이 작업 태도가 뜻밖에 K의 마음을 끌었으나 막상 이 곳을 찾아온 용무는 입도 열지 못하고 있는 꼴이었다. 그는 문득 이것을 깨닫고 별안간 이렇게 물었다.

"이 재판관의 이름이 뭡니까?"

"그것은 말씀드릴 수 없습니다." 화가는 이렇게 대답하고 곧바로 그림 앞에 몸을 구부렸다. 처음에는 몹시도 공손히 맞이했던 손님에게 이젠 말대꾸조차 무뚝뚝하게 했다. 변덕이 심한 사내로구나, 하고 생각하며 이 따위 사내와 시간을 허비한 것이 한심하게 생각되었다.

"당신은 재판소의 고문쯤 됩니까?" K가 그렇게 물어 보았다.

화가는 급히 붓을 놓더니 정색을 하며 K를 쳐다보았다.

"정말 성급한 분이시군요." 하고 말하더니 이어서 "가지고 오신 소개장에도 적혀 있습니다만 당신은 재판소에 관해서 알고 싶은데도 먼저 그림 얘기를 꺼내어 나의 환심을 사려고 한 것 같군요. 그것도 나쁘지는 않겠지요. 다만 한 말씀 드리고 싶은 것은 나는 그런 수단에 호락호락 넘어가는 사람이 아니라는 것입니다." 하고는, 항변하려고 자리를 벌떡 일어서는 K를 날카로운 손짓으로 제지하면서 다음과 같이 계속 말했다. "그러나 말씀하신 바와 같이 난 재판소의 고문임에는 틀림없습니다."

잠시 틈을 두었는데 이것은 K에게 이 사실을 확인할 여유를 주려고 그러는 것같이 보였다. 아이들이 다시 웅성거리기 시작했다. 열쇠 구멍을 중심으로 밀고 당기고 하는 모양인데, 문짝의 아래쪽 벌어진 틈으로도 방 안은 보일 것이다. K는 구차하게 변명 같은 것은 하고 싶지 않았다. 화가를 전적으로 멀리할 생각도 없었고 그렇다고 상대편이 너무나 거만하게 나오면 그것도 별로 도움이 되지 않을 것같이 생각되었다. 그래서 "고문이라는 것은 정식 직책입니까?" 하고 물었다.

"정식은 아닙니다." 하고 무뚝뚝하게 대답하고 나서는 입이라도 틀어막혔는지 말이 중단되었는데 입을 닫게 할 필요는 없다 싶어 K는 말했다.

"정식 직책이 아닌 것이 더 자유스럽게 활동할 수 있어서 좋겠는데요."

"나의 경우가 바로 그렇습니다." 화가는 이마에 주름을 지으며 수긍했다. "어제 사장과 당신의 사건 얘기를 했는데 그 때 사장이 좀 도울 수 있겠느냐고 묻기에 일단 보내 달라고 대답을 했던 것인데 곧장 이렇게 와 주시니 반갑습니다. 몹시 언짢으실 테지만 그건 그렇고, 우선 그 외투라도 벗으시면 어떻겠습니까?"

잠시만 이 곳에 머무를 생각이었는데, 이렇게 권유를 받고 보니 숨을 쉴 수 있을 것 같았다. 방 안의 공기가 무겁고 답답해졌다. 방구석에 자그마한 난로가 하나 있었는데 의심할 나위도 없이 불을 피우지 않은 난로였다. 방 안의 무더운 분위기가 어디서 나오는지 도무지 알 수가 없었다. 외투를 벗고 상의의 단추를 빼고 있으려니까 화가는 변명이라도 하듯 말했다.

"나는 따뜻한 것을 좋아해요. 그런 점으로 봐서는 이 방이 나에게는 안성맞춤인 셈이지요."

K는 그 말에 대해 아무런 대꾸도 않았으나 불쾌함을 느낀 것은 그 무더운 온도 때문이 아니라 후텁지근한 공기 때문인 같았다. 문은 꽉 닫혀 있었다. 화가가 하나밖에 없는 의자에 앉아서 K에게는 침대에 앉으라고 권한 것도 K의 기분을 몹시 언짢게 했던 것이다. 더군다나 침댓가에 살짝 궁둥이를 대고 있는 K의 심정을 모르고 부디 편히 앉으시오, 하고 말하고는 가까이 다가와서 머뭇거리고 있는 K를 침대 안쪽에 놓여 있는 이불 속으로 밀어 넣은 것이다. 그는 다시 자리로 돌아갔는데, K를 한번 놀려 보려고 처음으로 구체적인 질문을 던졌다.

"당신은 결백합니까?" 이것이 그의 질문이었다.

"결백합니다." 이렇게 대답하며 K는 은근히 기쁨이 치밀었다. 관리가 아닌 인물을 향하여 전혀 구속이나 책임을 느끼지 않고 자유로운 심정으로 대답할 수 있었기 때문이었다. 그것은 일찍이 겪어 보지 못한 노골적인 질문이었다. 그는 그 기쁨을 다시 맛보려는 듯이 말을 덧붙였다.

"나는 아무 죄도 없습니다."

"그렇습니까." 화가는 고개를 수그리고 무슨 생각에 잠긴 듯했는데 갑자기 고개를 쳐들고 말했다.

"결백하다면 문제는 간단합니다."

K의 눈동자에는 어두운 그늘이 스쳤다. 재판소의 고문을 자칭하는 사람이 어린애와도 같은 유치한 얘기를 하고 있는 것이었다.

"결백하니까 문제는 간단하다고는 말할 수 없겠지요." 하고 K는 말했다.

"재판소가 몰두하고 있는 자질구레한 일들, 이것이 문제란 말입니다. 이럭저럭하는 사이에 난데없이 갑자기 죄가 튀어나오는 것이니까요."

"네." 하고 화가는 무슨 그런 억측을 하느냐는 듯이 "어쨌든 당신은 결백하지 않소?" 하고 말했다.

"그건 그렇습니다."

"그 말씀만 들으면 충분합니다." 하고 반박 같은 것은 절대로 허용치 않겠다는 듯이 화가는 단호한 태도를 보였다. 그러나 이것은 확신이 있어서 그런 것인지, 아니면 냉담해서 그런 것인지 도무지 알 수가 없었다. K는 우선 그 점부터 확인하고 싶었다.

"재판소 사정은 당신 쪽이 훨씬 잘 아시고, 나는 여기저기서 주워 들은 것에 지나지 않습니다만 기소는 무척 신중한 것으로서, 한번 기소한 이상 피고의 죄책에 관해서는 재판소에서도 절대적인 확신을 가지고 있으므로 이것을 번복한다는 것은 쉬운 일이 아니라고 모두들 얘기하고 있습니다만."

"쉽지 않다고?" 하고 화가는 앵무새처럼 말하더니 한 손을 높이 쳐들었다.

"절대로 번복할 수 없습니다. 이 캔버스에다 재판관을 전부 줄지어 그려 놓고 당신은 그 앞에 서서 변호를 시도해 보는 것이 실제의 재판을 받는 것보다 나을 것입니다."

"그렇겠군!" K는 이렇게 중얼거리고 한 마디 더 하고 싶은 것을 참았다.

방 밖에서 또 계집아이들의 목소리가 들렸다.

"티토렐리 아저씨, 그 손님은 아직 돌아가시지 않았어요?"

"시끄러워!" 하고 화가는 고함을 쳤다. "손님과 얘기하고 있는 게 안 보이니?"

그러나 계집아이는 그 말에는 아랑곳하지 않고 되물었다.

"그려 주는 거예요?" 화가가 대답을 하지 않으니까, 다시 한 번 "네? 아저씨, 그런 이상한 사람은 그려 주지 말아요." 하고 말했다.

이 말에 찬성하는 소리까지 섞여 와자지껄하게 떠드는 소리가 들렸다. 화가는 뛰어가서 문을 빠끔히 열고는 말했다.

"조용히 하지 않으면 모두 계단 아래로 떨어뜨리고 말겠다. 거기 앉아서 얌전히 기다리고 있어!" 그래도 아이들은 떠들고 서 있었다. 화가는 마침내 벼락 같은 소리를 질렀다. "앉으라면 앉는 거야!" 이래서 겨우 조용해졌다.

"실례했습니다." 제자리로 돌아온 화가는 이렇게 말했다.

K는 문 쪽은 거의 돌아보지도 않고 모든 것을 화가에게 맡기는 심정으로 있었고 그 말을 들었을 때도 꼼짝하지 않았다. 그러나 화가는 K 옆에 다가와서 밖으로 새어 나가면 곤란하다는 듯이 귀에 입을 갖다 대고 말했다.

"이 아이들도 재판소의 끄나풀입니다." 하고 속삭였다.

"뭐라고요? 아이들이?" K는 놀라 화가를 바라보았다.

그는 다시 의자에 앉아 진담인지 농담인지 알 수 없는 말투로 말했다. "모든 것이 재판소에 속해 있으니 말입니다."

"그건 미처 몰랐군요." K는 간단히 대답을 했다. 화가의 표현이 밑도 끝도 없는 것이었으므로 계집아이와 재판소 운운하는 말을 들었지만 불안감이 느껴지지 않았다. 그러나 잠시 동안 K는 문에 시선을 보냈다. 아무 소리도 내지 않고 계단 꼭대기에서 기다리는 아이들이 그 뒤에 있었다. 어느 놈인지 문짝의 벌어진 틈으로 보릿대를 하나 쑥 내밀어 천천히 위아래로 움직이고 있었다.

"재판소가 어떤 것인지 전연 모르시는 모양이군요." 화가는 두 다리를 넓게 벌리고 발끝으로 마룻바닥을 탁 쳤다. "그러나 당신은 무죄이므로 문제가 없을 것입니다. 나 혼자서도 충분합니다."

"그런 일을 할 수 있단 말입니까?" 하고 K가 물었다. "당신은 방금 어떤 항변도 절대로 통하지 않는다고 말하지 않았습니까!"

"재판소에 제출할 항변 같으면 안 됩니다마는." 화가는 집게손가락을 세우고는 "당신은 이 미묘한 차이를 모르고 있습니다. 책동이 공개적인 재판소의 배후, 즉 평의실에서라든지, 혹은 이런 아틀리에 같은 데서 이루어지면 사정이 전혀 달라지는 것입니다." 하고 말했다.

화가가 지금껏 한 말은 그다지 황당무계한 것 같지도 않았고 사람들한테서 들은 얘기하고도 부합되는 점이 많았다. 커다란 희망을 안겨 주는 말이기도 했다. 변호사의 말에 따르면 재판관이라는 것은 개인적인 연고만 있으면 어렵잖게 삶아 버릴 수 있다고 했는데, 화가가 허영심이 강한 재판관과 교섭이 있다는 것도 극히 중요한 것으로서 결코 무시할 수 없을 것 같았다. 그리고 K의 주변에 조금씩 모이기 시작한 조언자 가운데서도 이 화가는 제법 그럴 듯한 조언자 노릇을 할 것 같았다. K는 은행에서 조직의 재능이 있다고 칭찬을 들은 일이 있는데 전적으로 자기 혼자 힘으로 밀고 가야만 할 이 판국에 그 재능을 종횡으로 발휘해 볼 수 있는 절호의 기회를 얻은 셈이 되었다. 자기의 설명이 K에게 미친 효과를 관찰하고 있던 화가는 다소 화난 듯한 말투로 이렇게 말했다.

"내 말투가 법률가의 그것과 닮은 것이 언짢게 느껴지지는 않습니까? 재판소 사람들과 평소 자주 접촉을 하다가 보니까, 자신도 모르는 사이에 이렇게 되었습니다. 얻는 것도 물론 있습니다만 그 대신 그림 그리는 일에는 많은 제약을 주지요."

"어떤 인연으로 재판소와 관계를 맺게 되었습니까?" 하고 K가 물었다. 성급하게 공(功)을 노리는 것보다도 먼저 신임을 얻어 두는 것이 중요하다고 생각한 것이었다.

"인연이라고 할 정도는 못 됩니다." 하고 화가는 말했다. "이 일은 세습(世襲)입니다. 아버지 때부터 재판소 지정 화가인데, 이 직업은 대대로 물려받게 되어 있지요. 그러니 새로운 사람은 채용하지 않습니다. 즉, 여러 계급의 관리들의 초상화를 그리는 일은 다양하기 짝이 없는데 그에 따라 자연히 비밀을 엄수해야 된다는 규칙도 생겼지요. 이 규칙은 특정한 사람 즉 화가의 가문 이외에는 아무도 모릅니다. 이를테면 저 서랍 속에는 아버지가 규칙에 대해 적어 놓은 노트가 아무도 모르게 들어 있습니다만, 그것에 통달한 후가 아니면 어느 누구라 할지라도 재판관의 초상화를 그릴 자격이 생기지 않습니다. 또 가령 내가 이 노트를 분실했다 하더라도 거기에 적힌 규칙 외에 다른 규칙이 많이 있고 또 그것이 이미 내 머릿속에 고스란히 담겨져 있으므로 결코 내 지위가 흔들릴 염려는 없습니다. 재판관은 예외 없이 옛날의 위대한 법관처럼 그려 주지 않으면 만족하지 않습니다. 나 이외에는 그런 재주를 가진 사람이 없습니다."

"좋은 신분이군요." 하고 말하면서 K는 은행에서의 자기 지위를 생각하고 "그렇다면 절대로 안전하겠지요?" 하고 물었다.

"물론이지요. 절대 안전한 지위입니다." 하고 화가는 자랑스럽게 어깨까지 한번 으쓱해 보이면서 말했다. "그래서 소송에 걸린 불쌍한 사람을 돕자는 생각을 가지게 되는 것입니다."

"어떤 방법으로 도와 줍니까?" 불쌍한 사람이라는 말귀에는 미처 생각이 미치지 않는 것처럼 물었으나 화가는 상대편의 심정에는 아랑곳하지도 않았다. "예를 들면, 당신의 경우라면 전연 결백하므로 이런 방법을 한번 시도해 보고 싶습니다."

K는 결백하다는 말을 수없이 되풀이하는 화가의 말에 그만 지겨움을 느끼지 않을 수 없었다. 화가의 말을 들으니 자기가 나서기만 하면 소송을 잘 해결할 수 있다고 자신만만한 모양인데 그것은 도리어 실패할 위험성이 있다는 이야기이지 않은가? 이따금 그런 의혹도 드는 것이었으나, K는 아무런 말도 하지 않고 지껄이는 대로 내버려 두었다. 화가의 도움을 거절할 생각은 없었고 변호사의 도움에 비하여 훨씬 믿음직스러웠다. 사람이 허식이 없고 솔직한 성품을 가진 듯이 보였으므로 호감을 느낄 수 있었다.

화가는 의자를 침대에 가까이 끌어다 놓고 나직한 목소리로 계속했다.

"어떤 종류의 무죄를 희망하시는지 미처 물어 보지 못했군요. 무죄에는 실질적 무죄, 형식적 무죄, 그리고 소송의 진행 방해, 이 세 종류가 있습니다. 처음 것이 제일 좋은 것임은 말할 것도 없습니다만 이것은 나의 힘으로 불가능합니다. 아마도 실질적 무죄를 목표로 변호하려 나서는 사람은 한 사람도 없을 것입니다. 이 경우, 피고의 무죄 여부란 유일한 결정적인 조건이 되겠지요. 그런데 당신은 결백하므로 자기 자신이 나서서 무죄를 주장하고 밀고 나갈 수도 있을 것입니다. 그러나, 그렇게 되면 나는 물론이고 다른 일체의 도움이 필요 없게 됩니다."

이론이 정연한 이 말에 K는 놀라움을 느꼈으나 곧 화가와 마찬가지로 소리를 낮추어 말했다.

"당신은 자가당착에 빠져 있습니다."

"어째서 그렇습니까?" 화가는 이렇게 말하고는 별로 화난 기색도 없이 의자에 기대어 빙긋이 웃고 있었다. 이 빙긋이 웃는 웃음에서 K는 모순이 화가 자신에게 있는 것이 아니라 재판소의 절차 그 자체에 숨어 있는 것이라고 말하고 있는 것처럼 느꼈으나, 물러서지 않고 말을 계속했다.

"재판소는 항변 같은 것은 받아 주지 않는 곳이라고 말씀하신 후에, 다만 공개적인 재판소 이외의 장소에서는 꼭 그런 것은 아니라고 앞서의 말을 번복하시고, 뿐만 아니라 무죄라면 조력이 전혀 필요 없다고까지 말씀하셨습니다. 이것이 모순입니다. 그리고 재판관은 개인적으로 포섭할 수 있다고 말씀하신 다음에 당신이 말씀하신 실질적 무죄는 개인적인 교섭으로는 도저히 가망이 없다고 의견을 바꾸고 있습니다. 이것이 둘째 모순입니다."

"그것은 이렇게 생각해야 하는 것입니다. 나는 법률에 정해져 있는 일, 내가 개인적으로 경험한 일, 이 전혀 성질이 다른 두 가지 사실에 대해서 얘기하고 있는 것입니다. 그것을 혼동하시면 곤란합니다. 즉, 법률에 죄가 없는 자는 무죄 판결을 받는다고 씌어 있는 것은 당연한 일인데 재판관을 매수할 수 있다고는 씌어 있지 않습니다. 법률책을 읽어 보지 않은 나도 이것은 짐작할 수 있습니다. 더구나 내가 경험한 것은 그와 전혀 반대였습니다. 실질적 무죄가 된 것은 없었습니다만 재판관을 매수하는 일에 대한 실례(實例)는 얼마든지 찾아볼 수 있습니다. 물론 내가 겪은 사건에는 무죄인 사람이 없었기 때문이라고도 할 수 있겠습니다만 그 많은 사건을 경험하면서 무죄인 사람이 하나도 없었다는 것은 납득하기 어렵습니다. 나는 어릴 적부터 여러 가지 소송 얘기를 아버지로부터 들어왔고, 아버지의 아틀리에를 찾아오는 재판관들도 입만 벌렸다 하면 재판소 얘기뿐이고, 다른 화제는 적어도 그 그룹에서만은 처음부터 문제가 되지 않았던 것입니다. 나 자신이 재판소에 출입할 수 있게 되자 될 수 있는 대로 그 기회를 포착하여 무죄 소송을 중요한 각 과제에 걸쳐서 방청을 하고 눈으로 볼 수 있는 것은 모조리 다 보다시피 했습니다만 실질적 무죄 같은 것은 단 한 번도 구경하지 못했습니다."

"단 한 번도 말이오?" K는 이렇게 말하고 나서 자기 자신에게라도 들려 주는 듯이 차분한 목소리로 덧붙였다. "그 말씀을 들으니 내가 재판소에 대하여 품고 있던 생각이 옳았다는 것을 확인할 수가 있습니다. 뚜렷한 방침이 없는 재판소라면 사형 집행인 한 사람만 있으면 그것으로 충분하다는 말이군요."

"그렇게 비약해서 생각하시면 곤란합니다. 나는 나 자신의 경험을 이야기했을 뿐이니까요."

"그것이 전부가 아닙니까? 아니면 옛날에는 실질적 무죄라는 것이 있었을까요?"

"있었다는 얘깁니다만." 화가는 계속 말했다. "분명한 것은 아닙니다. 재판소의 최종 재판은 공개되지 않으며, 재판관 자신도 모르고 있는데다 옛날 재판에 관해서는 전설 같은 것이 조금 전해지고 있을 뿐입니다. 많은 실질적 무죄의 실례를 이 전설이 전해 주고 있습니다만 그것을 믿고 믿지 않고는 각자의 생각에 따라 다르겠지요. 다만 그것은 어디까지나 전설에 불과하므로 학문적인 증명을 못 하는 것입니다. 그럼에도 불구하고, 그것은 일면의 진리를 가지고 있고 또한 아름답기 짝이 없는 것이므로 무조건 부정하는 것은 옳지 않다고 생각합니다. 나도 이와 같은 전설에서 재료를 얻어 그림을 조금 그려 본 적도 있습니다."

"전설이라면 내 주장에 대한 반박은 되지 않습니다." 하고 K는 말했다. "또 재판소에도 아무런 도움이 안 될 것이고."

"말씀대로는 안 될 겁니다." 하고 화가는 웃었다.

"그렇다면, 그런 소리를 지껄여 보았자 아무 소용도 없겠군요." 화가의 얘기가 엉터리고 모순투성이라 하더라도 일단은 들어 두어야 되겠다고 K는 생각했다. 일일이 그 진위(眞僞)를 밝혀 반박을 가할 여유도 없었고, 조금 한심한 얘기지만 어떻든 그가 도와 주기로 했으니까 이것으로 훌륭한 결말이라고 해야 할 것이다. 그래서 K는 다음과 같이 말했다.

"실질적 무죄에 대한 얘기는 이 정도로 그칩시다. 그런데 아직 두 가지 경우가 남아 있지요?"

"형식적 무죄와 진행 방해 이 두 가지가 남아 있습니다." 하고 화가는 말했다. "그 상의도 좀 벗지 않겠어요. 몹시 더운 것처럼 보이는데 말입니다."

"그렇군요." K는 지금까지 화가의 설명에만 주의를 기울였는데 이번엔 더위에 대해서 이야기가 나오자 이마에 땀방울이 맺히는 것을 느꼈다.

"정말 참을 수 없는 더위군요."

화가는 자못 동감이라는 듯이 고개를 끄덕이면서 말하였으므로 K가 물었다.

"창문을 열면 안 됩니까?"

"안 됩니다." 하고 화가는 말했다. "꽉 닫혀 있어서 열리지 않습니다." 이때 비로소 화가가 자리를 일어나 창문께로 가서 창문을 활짝 열어제치는 광경을 은근히 기대하고 있었던 자신을 깨달았다. 안개라도 상관없다. 가슴 가득히 호흡하려고 기다리고 있었던 것이다. 그런데 바깥 공기와 완전히 격리되어 있다는 것을 알자 그만 현기증이 일어나고 견딜 수가 없었다. K는 옆에 있는 깃털 이불을 툭툭 치면서 숨이 넘어가는 목소리로 말했다.

"기분도 나쁘고 건강에도 좋지 않겠는데요."

"그렇지 않습니다." 하고 화가는 창문을 변호하려는 듯이 말했다. "그게 열리지 않기 때문에 이중창 역할을 하고 있어서 이 방이 따뜻합니다. 환기는, 판자 틈으로부터 얼마든지 공기가 들어오니까, 특히 필요할 때만 문을 하나 아니면 둘 열도록 하고 있습니다."

K는 설명을 듣고 조금은 안심이 되어 다른 하나의 문을 찾아 방 안을 두리번 거렸는데 이 모양으로 본 화가는 이렇게 말했다.

"당신 뒤, 침대에 가려 있습니다."

K는 겨우 그것을 발견했다. 아주 작은 문이었다.

"이 방은 모두가 너무 작아서 아틀리에로는 적합하지 않지요."

K의 비난을 예측한 것처럼, 화가는 선수를 쳐서 이렇게 말했다.

"이 방을 사용하는 데는 여러 가지로 신경 쓸 일이 많아요. 문 앞에 침대가 있는 것도 좀 이상하게 보이겠지요. 그런데 내가 지금 초상화를 그리고 있는 재판관도 언제나 이 문으로 출입을 합니다. 물론 그에게 열쇠를 하나 줬습니다. 내가 집을 비웠을 때도 방에 들어와서 기다릴 수 있도록 말입니다. 그런데 이 양반이 언제나 꼭 이른 아침 내가 일어나기도 전에 찾아오거든요. 아무리 깊은 잠에 빠져 있어도, 침대 옆에서 문이 열리면 곧 잠이 깨 버리지요. 아침 일찍이 침대를 밟고 넘어오는 재판관에게 내가 퍼붓는 욕지거리를 당신이 듣는다면 당신은 재판관에 대한 경애의 마음 같은 것은 산산이 부서져 버릴 겁니다. 열쇠를 도로 찾아 버려도 되겠습니다만 그렇게 하면 더 골치아픈 일이 생길 것이 분명한 일이고, 아무튼 이 집의 문이란 문의 경첩은 아이들도 빼 버릴 수 있을 정도로 형편없으니 말입니다."

K는 얘기를 들으면서 상의를 벗을까 말까 하고 생각에 잠겼다. 그러나 그대로는 더 견딜 수가 없어 마침내 상의를 벗어 무릎 위에 얹었다. 용무가 끝나면 한시라도 빨리 방 밖으로 나가기 위해서였다. 상의를 벗었을 때, 문 밖에서 계집아이의 목소리가 들려 왔다.

"저고리를 벗었다." 계속해서 그 광경을 보려고 아이들은 서로 밀고 당기고 하는 모양이었다.

"아이들은……" 하고 화가는 말했다. "당신이 모델이 되기 위해서 상의를 벗은 줄로 아는 모양입니다."

"과연!" K는 반소매 셔츠 하나만 입은 셈이 되었으나 그다지 기분이 나아지지 않아 시무룩한 얼굴로 그렇게 대꾸하고는 중얼거리듯이 "나머지 두 가지 경우라는 것은 무엇이었지요?" 하고 물었다. K는 벌써 그 술어를 잊어버렸던 것이다.

"형식적 무죄와 진행 방해입니다." 하고 화가는 말했다.

"어느 쪽을 택하느냐는 것은 당신이 알아서 할 일이고, 그 어느 쪽이든 내가 협조하면 다소 힘은 들겠지만 희망적입니다. 다만 형식적 무죄를 위해서는 일시에 힘을 쏟아야 할 필요가 있는 데 반하여 진행 방해는 힘은 덜 듭니다만 계속적으로 끈덕지게 노력을 하지 않으면 안 됩니다. 그럼 먼저 형식적인 무죄에 대해서입니다만 이것을 바라신다면 당신이 무죄라는 실증(實證)을 내가 한 장의 용지에 기술(記述)합니다. 이런 증명 방법은 아버지로부터 물려받은 것인데 절대로 다른 사람이 관여할 수 없는 것입니다. 그런데 이 증명을 가지고 내가 잘 아는 재판관을 방문합니다. 예를 들면 먼저 첫 단계로 지금 내가 초상화를 그리고 있는 재판관이 오늘 밤 여기 왔을 때 증명을 보입니다. 그리고 당신이 결백하고 동시에 내가 그것을 보증한다는 것을 알려 줍니다. 그런데 이것은 형식적인 보증이 아니고 구속력이 있는 실질적인 보증인 것입니다."

귀찮은 일을 맡았다는 심정이 화가의 눈빛에 드러나 있는 것을 K는 발견했다.

"여러 가지로 죄송합니다." 하고 말하고 "재판관이 당신의 말은 믿는다 하더라도 무죄로 해 주지 않는, 그런 경우는 없겠습니까?" 하고 물었다.

"재삼 말씀드렸습니다만." 하고 화가는 대답했다.

"재판관이 한 사람 예외없이 나를 믿어 주느냐 하는 것은 적이 의심스럽고 본인의 동행을 요구하는 재판관도 없지 않으리라고 생각됩니다만 그럴 때는 함께 걸음을 해 주시지 않으면 안 될 것입니다. 물론 얘기가 그쯤만 되면 일은 잘 되게 마련인데, 면접 때에 필요한 주의 사항 같은 건 미리 내가 자세히 일러 드리기는 하겠습니다. 그리고 덮어놓고 이 쪽 청을 듣지 않겠다고 버티는 재판관도 있는데 그런 때는 꽤나 속을 썩이게 됩니다. 그러나 온갖 말로 설득을 하되, 그래도 되지 않을 때에는 깨끗이 단념하는 것이 상책입니다. 왜냐하면 재판관 한 사람 한 사람이 결정권을 가지고 있는 것이 아니기 때문입니다. 이렇게 하여 증명서에 필요한 만큼의 서명을 얻어 가지고 당신의 소송을 담당한 재판관을 방문하는 것입니다. 그 사람의 서명도 십중팔구 받아 낼 수 있을 것이고, 그렇게 되면 사정은 순풍에 돛을 단 격이 되는 것이지요. 사실 어렵거나 귀찮은 일은 아무것도 생기지 않을 것이고, 따라서 피고로서는 가장 안심할 수 있는 시기가 되는 것입니다. 이상한 얘깁니다만 무죄 선고를 받은 뒤보다는 이 시기에 맛보는 안도의 느낌이 더 큽니다. 이리하여 모든 것이 끝나고, 증명서에 많은 동료의 보증을 얻은 담당 재판관은 안심하고 무죄 선고를 내리고 정해진 각종 절차를 끝내면 나를 비롯하여 모든 친지들은 만족한 결과에 얼굴 가득히 웃음을 담게 되고 당신은 당신대로 무죄 방면이 되는 것입니다."

"그래서 무죄 방면이 되는 것이군요." 하고 K는 다소 의아스럽다는 듯이 물었다.

"그렇습니다." 하고 화가는 말했다. "그러나 이것은 형식적인, 아니 이렇게 말하는 것이 옳겠군요. 일시적인 무죄지요. 즉 내가 알고 있는 재판관이라는 것은 모두가 말단에 있는 지위가 낮은 사람들뿐이므로 최종적으로 무죄 선고를 내릴 수 있는 권한이 없고, 이 권한은 당신이나 나나 결코 넘볼 수 없는 최고의 재판소, 즉 대법원만이 가지고 있는 것입니다. 이 재판소는 베일에 가려져 있습니다. 또 알고 싶지도 않고요. 아무튼 이런 까닭으로 우리들의 재판관은 기소된 사람에게 완전한 자유를 줄 수는 없으나, 일시적인 자유를 줄 수 있는 권한을 가지고 있는 것입니다. 즉 이와 같은 선고에 의하여 당신이 일시적으로 기소는 면할 수 있어도, 그것은 사라지지 않고 당신 주위에서 맴돌고 있다가 상급 재판소로부터 명령이 내리는 즉시 기소는 다시 효력을 발생하는 것입니다. 또한 나는 재판소와 밀접한 연락이 있으므로 자신을 가지고 말씀드릴 수 있는데, 재판소 사무실의 규정으로는, 실질적 무죄와 형식적 무죄의 구별 같은 것은 그야말로 피상적인 것에 지나지 않습니다. 실질적 무죄라면 그 서류는 모두 폐기토록 명령합니다. 서류는 소송 절차에서 완전히 자취를 감추고 마는 것이지요. 기소뿐만 아니라 소송 그 자체가 무죄 선고에 의하여 완전히 취소되는 것이지요. 그런데 형식적 무죄는 사정이 좀 다릅니다. 즉, 서류에 대해서 말씀드리자면, 그 내용에는 변함이 없고 단지 무죄의 증명, 무죄 선고와 그 이유 등 몇 가지 사항이 추가될 뿐입니다. 더군다나 서류는 아직 소송 절차에 걸려 있으므로 재판소 사무실측의 끊임없는 요구에 의하여 서류는 상급 재판소에 송부되고 또 하급 재판소로 환송되기도 해서 시간적인 간격을 두고 진행됩니다. 그 진로는 예측하기 어려운 것이 있고, 표면적으로 보면 모든 것이 망각되고, 서류는 분실, 무죄는 실현될 것같이 보입니다만 이것은 문외한의 사고방식에 지나지 않습니다. 서류는 단 한 장도 분실되는 것이 없고 재판소에 망각이라는 것은 절대로 없습니다. 이리하여 어느 날——뜻밖에도——한 사람의 재판관이 주의 깊게 서류를 집어 듭니다. 재판관은 그 공소가 아직 효력을 가지고 있는 것을 알게 됩니다. 그러면 즉각 체포의 절차를 취하게 되는 것입니다. 이것은 형식적 무죄 선고에 있어서의 두 번째 체포까지의 상당한 기간의 경과를 가정(假定)한 경우의 얘기이고 사실 그런 경우도 종종 있습니다만, 한편 자유로운 몸이 되어 집으로 돌아오면 명령을 받은 자가 그 귀가를 기다렸다가 다시 체포해 버리는 경우가 결코 드물지 않습니다. 이렇게 되면 자유로운 생활은 끝장이 나는 것이지요."

"그럼 다시 기소가 된단 말입니까?" 하고 K는 아연실색했다.

"물론이지요." 하고 화가는 대답하고 "처음부터 다시 되풀이하는 것입니다. 물론 지난번과 마찬가지로 형식적 무죄가 될 가능성은 있으므로 다시 한 번 손을 써야지요. 이 때 용기를 잃는다는 것이 가장 좋지 않습니다." 마지막 말은 완전히 기가 죽은 K를 보고 덧붙인 것임에 틀림없었다.

"그러나……." 하고 K는 뭔가 또 가슴이 덜컹하는 두려운 말을 듣게 되어서는 안 되겠다는 생각으로 미리 앞질러 "두 번째의 무죄는 첫 번째의 무죄만큼 잘 안 될 염려는 없을까요?" 하고 물었다.

"글쎄요." 하고 화가는 대답했다. "분명히 말씀드릴 수는 없습니다만, 그러나 두 번째 체포를 해서, 재판관이 피고에게 불리한 판결을 내리지 않겠느냐는 걱정이라면, 그것은 당신의 지나친 염려라 할 것입니다. 재판관은 무죄 선고를 할 때, 두 번째의 체포를 충분히 예지(豫知)하고 있으니 말입니다. 하지만, 그밖의 여러 가지 이유로 재판관의 기분이나 법률적 판단이 처음과는 다를 수 있는 것이고, 따라서 두 번째의 무죄는 이렇게 변동된 사정에 들어맞는 방법으로 운동을 하지 않으면 안 되고, 그런 관계로 처음 때에 못지않게 노력을 해야 되는 것입니다."

"그러나 이 두 번째의 무죄로 모든 것이 끝나는 것은 아니겠지요?"

"물론이지요." 하고 화가는 말했다. "두 번째의 무죄에 계속하여 세 번째의 체포, 세 번째의 무죄, 네 번째의 체포, 네 번째의 무죄, 이렇게 끝이 없습니다. 그 형식적 무죄 선고라는 말이 이미 그것을 뜻하고 있는 것입니다."

K는 아무 말도 하지 않고 있었다.

"형식적 무죄는 그다지 도움이 안 될 것 같군요." 하고 화가는 말했다. "진행 방해 쪽이 당신에게는 더 적당한 방법이라고 생각됩니다만 한번 설명해 드릴까요?"

K는 고개를 끄덕여 보였다. 화가는 의자에 앉은 채 손을 옷 속으로 집어넣어 가슴이며 옆구리를 만졌다.

"소송의 진행 방해라는 것은……." 하고 말을 시작했다가 가장 적절한 표현이라도 찾는 듯한 얼굴로 잠시 허공을 바라보고 있더니 말을 계속했다. "진행 방해란, 소송을 계속 그 하급 재판소에 머무르게 하는 것을 말합니다. 그러기 위해서는 피고와 그 조력자, 특히 이 조력자가 재판소와 개인적인 접촉을 단절하지 않도록 하는 것이 가장 중요합니다. 다시 말씀드립니다만, 노력(努力)은 형식적 무죄의 경우에 비해서 아주 적어도 되는 것입니다만 대신 세심한 주의가 필요합니다. 끊임없이 소송의 진행 상황을 살펴야 합니다. 담당 재판관을 일정한 기간뿐만 아니라 자주 방문하여 호의를 가지게끔 만들어야 합니다. 만일 개인적인 교분이 없는 경우는 친한 재판관을 통하여 접촉하는 것은 물론이고, 직접 면담하는 것을 피하거나 단념해서는 안 됩니다. 이러한 몇 가지 문제점에 주의를 게을리하지 않고 알맞은 조치만 하면 소송은 결코 더 이상의 단계로 진행되지 않습니다. 물론 이것이 소송의 종료가 아닙니다. 그러나 무죄 방면에 못지않게 유죄 판결을 받을 염려라고는 없는 상태로 되는 것입니다. 형식적 무죄만큼 피고의 장래에 불안이 없는 것이 특징입니다. 갑자기 체포되는, 그런 불쾌한 놀라움도 겪지 않게 됩니다. 형세가 극히 불리할 경우에도 형식적 무죄에 따르게 마련인 불안감을 맛보지 않아도 됩니다. 그러나 한편, 이 진행 방해는 피고에게 있어서 소홀히 여길 수 없는 단점을 가지고 있습니다. 더불어 피고는 아무리 세월이 흘러도 무죄 방면은 되지 않는다는 문제가 남기는 하지만 별로 신경쓸 것이 못됩니다. 이것은 형식적 무죄라 하더라도 본질적으로 봐서는 같은 것이기 때문입니다. 단점이라고 말한 것은 그 점이 아닙니다. 소송을 지체(遲滯)시키려면 어떤 구실이건간에 구실이 필요합니다. 즉 무언가 표면에 나타나는 일이 생기지 않으면 안 됩니다. 그래서 시기를 노려, 여러 가지로 지령을 내리거나 피고를 신문하거나, 심리를 행하는 연구가 필요하게 됩니다. 이리하여, 소송은 무리하게 가두어 놓은 좁은 울타리 안에서 다람쥐 쳇바퀴 돌듯 돌기만 하는 것입니다. 이런 일이 피고에게 어느 정도 불쾌한 심정을 안겨 주는 것은 불가피한 일인데 어떻든 그런 것에는 신경을 쓰지 않는 것이 현명합니다. 모든 것이 형식에 지나지 않으니까요. 예를 들면 신문도 매우 간단합니다. 그리고 그 신문에 응하고 싶지 않을 때는 거절해도 무방하고 출두하지 않으면 재판관에 따라서는 다시 날짜를 지정해 주기도 합니다. 이것은 다만, 피고로 있는 이상 간혹 담당 판사 앞에 모습을 보여야 한다는 것에 지나지 않습니다."

말이 채 끝나기도 전에 K는 상의를 집어 팔에 걸고 자리에서 일어났다.

그 순간 방 밖에서 "야아, 일어섰다." 하고 소리치는 아이들의 목소리가 들렸다.

"돌아가시렵니까?" 하고 화가도 의자에서 일어서면서 말했다. "방 안 공기가 나빠서 대단히 죄송합니다. 아직 얘기할 것이 많이 남아 있고 이것으로 끝낸다는 것은 섭섭합니다만 내 성의만은 알아 주실 줄 믿습니다."

"잘 알겠습니다." K는 화가의 말을 억지로 듣고 있었으므로 머리가 한층 더 아파 왔다. 화가는 더 이상 얘기하지 않겠다고 해 놓고는 다시 한 번 의견을 종합하여 돌아가는 길에 잘 생각해 보라는 듯이 이렇게 말했다.

"이 두 방법은 피고의 유죄 판결을 저지하는 점으로 보아서 공통점을 가지고 있습니다."

"그러나 진짜 무죄도 저지해 버리는군요." K는 자기가 그것을 깨달은 것을 부끄러워하는 듯 나직한 목소리로 중얼거렸다.

"정말 옳은 말씀입니다." 하고 화가는 대꾸했다.

K는 외투를 집었으나 어떻게 해야 할지 몰라 잠시 망설였다. 모두 끌어안고 밖으로 뛰어나가 버리면 기분이 풀릴 것만 같았다. 아이들도 저 아저씨 옷을 입으려 한다고 벌써 저희들끼리 떠들고 있는데, K는 아직 입지는 않고 있었다. 화가는 K의 마음에 결말을 지어 주어야 할 필요를 느꼈으므로 이렇게 말했다.

"내 의견에 대해서 태도를 결정하지 못하고 계시는 것 같은데, 그건 충분히 이해가 됩니다. 성급한 결정은 도리어 해가 됩니다. 아무튼 이런 사건의 경우 잘 되고 못 되고는 종이 한 장 차이니까요. 충분히 생각하시고 신중하게 대처해 주십시오. 물론 너무 어물거려도 곤란합니다."

"다시 또 뵙겠습니다." 하고 K는 대답한 다음 물러갈 결심이 굳어져서 상의와 외투를 모두 걸치고 문간으로 걸어나왔다. 그 순간 아이들이 와글와글 떠들기 시작했는데 그들이 날뛰고 있는 모습이 눈에 보이는 것만 같았다.

"약속을 잊지 마십시오." 하고 화가는 말한 다음 "그렇잖으면 제가 은행으로 가겠습니다." 하고 덧붙였다.

"자, 문을 열어요." 하면서 K는 손잡이를 붙잡고 바깥쪽으로 문을 밀었으나, 문이 열리지 않았다. 밖에서 아이들이 힘을 합하여 문을 밀고 있는 것이었다.

"그렇게 귀찮은 수속을 밟을 것 없이 이 쪽으로 나가는 것이 어떻겠습니까?" 화가는 침대에 가려 있는 문을 가리켰다.

K는 그 말을 알아듣고 당장 침대 옆으로 뛰어왔으나, 화가는 문을 열어 주지 않고 침대 밑으로 기어 들어가면서 물었다.

"어떻습니까, 그림을 구경하시지 않겠습니까? 웬만하면 그냥 드리겠습니다."

K는 상대편의 기분을 상하게 해서는 안 되겠다고 생각했다. 화가는 이 쪽 하

소연도 들어 주었고, 앞으로 원조를 아끼지 않겠다고 약속까지 해 주었다. 게다
가 평소의 습성으로 말미암아 깜빡 잊고 그에 대한 보수 얘기는 한 마디도 하지
않았던 것이었다. 이런 사정이라 아틀리에를 나가고 싶은 생각은 간절했지만,
그림을 구경할 도리밖에 없었다. 화가는 침대 아래에서 액자에 넣지 않은 여러
장을 포개어 놓은 그림 다발을 꺼냈다. 먼지가 수북이 쌓여 있어서 맨 위의 그
림을 화가가 후 하고 입으로 부니까, 잠시 동안 치솟는 먼지로 눈앞의 사람이
보이지 않을 정도였다. 숨도 쉴 수 없었다.

"황야의 풍경입니다." 하면서 화가는 K의 손에 그림을 내주었다. 가냘픈 나
무가 두 그루 먼 거리를 두고 우거진 초원 한복판에 우뚝 서 있었다. 배경은 다
채로운 저녁놀이었다.

"이건 참 좋은데요. 제가 사기로 하겠습니다." K는 깊이 생각하지도 않고
아주 짧게 말했는데 무슨 의미를 가지고 말한 것은 아니었다. 화가는 기분 나쁜
기색도 없이 마룻바닥에서 두 번째의 그림을 집어 들었으므로 K는 안심을 했
다.

"이것은 그 그림과는 반대되는 경향의 그림입니다." 하고 화가는 말했으나
처음의 그림과 비교해서 어디가 어떻게 다른 것인지, 나무가 있고, 초원이 있
고, 저녁놀이 있었다. 그러나 그런 것은 아무래도 상관없었다.

"아름다운 풍경이군요. 두 개 모두 사다가 사무실에 걸어 놓도록 해야겠습니
다."

"주제(主題)가 마음에 드시는 모양이지요." 하고 화가는 세 번째 그림을 들
어 올렸다. "이것도 같은 계통의 그림입니다."

그런데 이게 모두 같은 계통의 그림이라구! 조금도 비슷하지 않은 구작(舊
作)의 황야 풍경이었다. 화가는 구작을 팔아먹을 수 있는 절호의 기회를 포착한
것이었다.

"이것도 제가 구입하지요. 전부 얼마를 드리면 될까요?" 하고 K가 말했다.

"그 얘기는 다음에라도." 하고 화가는 말했다.

"당신은 지금 바쁜 몸이고 만날 기회도 많습니다. 아무튼 그림이 마음에 드셨

다니 무엇보다 반갑습니다. 다른 그림도 모두 드리고 싶습니다. 전부 황야의 풍경입니다만, 전 이 풍경을 좋아하기 때문에 많이 그렸습니다. 조금 어두워서 싫다는 분도 간혹 있습니다만 당신처럼 음산한 것을 좋아하시는 분도 계시니 다행이라고나 할까요."

그러나 K는 거지 화가의 체험 같은 것에는 흥미조차 없었다.

"이제 치워 주십시오." 하고 큰 소리로 말하고 나서 "내일 사환을 이리로 보내겠습니다." 하고 말했다.

"아니, 그럴 필요는 없습니다." 하고 화가는 말했다.

"지금 당신과 함께 갈 짐꾼을 구해 드릴 테니까요."

그는 비로소 팔을 뻗쳐 침대 너머로 문을 열었다.

"염려 마시고 침대를 밟고 넘어가십시오. 누구든지 나갈 때는 다 그렇게 하니까요."

이렇게 권유를 받지 않았더라도 사양할 마음은 없었고 한쪽 발을 이미 깃털이불 한복판에 들여놓고 있었던 것인데, 열려진 문을 통하여 밖을 내다본 K는 황급히 발을 뒤로 뺐다.

"저건 무엇입니까?" 하고 화가에게 물었다.

"뭐 말입니까?" 하고 K의 당황하는 모습을 보고 화가도 따라 놀라면서 반문했다. "그건 재판소 사무실입니다. 모르셨던 모양이군요. 이런 지붕 밑 다락방에는 거의 설치되어 있는 것이므로 이 곳 다락방에도 있다고 해서 이상할 건 조금도 없지 않겠습니까! 이 아틀리에도 사실은 재판소 구내에 속하는 사무실입니다. 그림을 그리기 위해서 내가 빌렸지요." 하고 말했다.

여기에도 재판소 사무실이 있었다. 이 사실이 K를 놀라게도 했지만 자신의 재판소에 대한 무지에 더 한층 타격을 느꼈다. 피고의 태도는 근본 원칙에 끊임없이 주의를 해서 기습을 받지 않도록 하고 재판관이 자기 왼편에 서면 멍청하게 오른쪽을 바라보기만 하는 그런 우둔한 짓은 하지 않는 것이라고 알고 있었는데 이 원칙에 반하는 행위를 한 번도 아니고 몇 번이나 되풀이하고 있었다. 눈앞에는 기다란 복도가 뻗어 있었다. 거기서 흘러오는 공기와 비교하면 아틀리

에의 공기는 맑은 샘물과 같다고 해도 과언은 아니었다. 복도의 양쪽에는 의자
가 놓여 있는데 이것은 K가 보았던 사무실의 대기실과 조금도 다르지 않았다.
이 시설에 관하여는 면밀한 규정이 있는지도 모른다. 자세히 보니, 소송 당사자
는 별로 와 있지 않은 모양이었는데 어떤 남자 한 사람이 벤치에서 졸고 있고,
또 한 사람은 복도 저쪽 끝 어둠침침한 곳에 서 있었다. K는 침대를 밟고 넘어
가고 화가는 그림을 손에 들고 뒤를 따랐다. 그들은 얼마 안 가서 정리(廷吏)
를 만나자──정리는 보통의 사복 단추 가운데에 반드시 금단추가 섞여 있었으
므로 K에게도 분별이 가능했다──화가는 정리에게 그림을 가지고 K를 따라
가라고 명령했다. 걸어가는 도중 K는 머리가 어지러워서 손수건을 입에 갖다
대었다. 그들이 출구에 가까워졌을 때, 아이들이 발견하고 그들에게 몰려왔다.
K도 끝내 붙잡히고 만 것이었다. 아이들은 딴 문이 열려진 것을 눈치채고 앞질
러 달려와서 여기서 기다리고 있었던 것이었다.

  "더 이상 못 가겠습니다." 하고 아이들에게 밀려서 화가는 소리치더니 말을
이었다. "그럼 이만 실례하겠습니다. 그리고 답변은 너무 늦추지 않도록 부탁
합니다."

  K는 되돌아볼 기력도 없었다. 건물 밖으로 나가자마자 마차를 불러 세웠다.
어떻게 해서라도 정리를 쫓아 버려야 되겠다고 생각했다. 상대편은 별다른 사내
는 아닌 것 같은데, 그 금단추가 자꾸만 눈에 거슬렸다. 정리가 일행이나 되는
듯이 마부 옆으로 기어오르자 K는 와락 밀어서 마차 아래로 떨어뜨려 버렸다.
은행에 도착한 것은 벌써 저녁 무렵이었다. 그림은 마차 안에 그냥 내버려 두고
내리려 했으나 넌 이 그림을 가지고 빨리 꺼져 버려, 하고 얘기를 해야 할 때도
있을 것 같아서 사무실로 가져가 책상 맨 아래 서랍 속에 넣었다. 이렇게 해 놓
으면 당분간은 지점장 대리에게 들킬 염려는 없을 것이다.

제8장 상인 블로크, 변호사를 해약하다

K는 마침내 변호사의 대리권을 취소해 버리기로 결심했다. 이것이 합당한 행위인지 아닌지, 얼마간 의심되는 바도 없지 않았으나, 옳고 그르고간에 이와 같은 행동을 취하지 않으면 안 되겠다는 생각이 앞섰다. 변호사를 방문하려고 작정한 날에는 일의 능률도 떨어지고, 따라서 늦게까지 사무실에 남아 있지 않으면 안 되게 되었다. 이런 관계로 K가 변호사 사무실에 도착하는 것은 언제나 밤 10시가 넘은 늦은 시간이었다. 초인종을 누르기 전에 전화나 편지로 하는 것이 온당하지 않을까, 면담은 틀림없이 면구스러운 것이 되겠지, 하고 생각했다.

그러나 결국 결심을 번복하지는 않았다. 면담 이외의 방법으로 해약을 청하고 승낙을 얻었다 하더라도, 뒤가 꺼림칙하고 레니의 협조라도 얻어 탐색해 보지 않고는 변호사가 어떤 태도로 해약을 승낙할 것인지 알 수 없었다. 또 전혀 무시해 버릴 수만도 없는 이 변호사의 의견에 비추어 보더라도 해약이라는 것이 앞으로 K에게 어떤 영향을 미칠 것인지 그런 방면에 대한 정보를 전혀 얻지 못할 것이었다. 이에 반하여 해약에 경악하는 변호사를 눈앞에서 보게 되면 직접 본인의 입으로는 듣지 못하더라도 그 표정 그 태도에서 어렵잖게 본심을 짐작할 수 있을 것이었다. 뿐만 아니라, 경우에 따라서는 변호는 역시 전문가가 아니고는 안 되겠다고 납득하고 해약 청구를 이 쪽에서 철회해 버리는 경우도 발생할 수 있을 것이다.

초인종을 눌렀으나, 처음엔 지난번과 마찬가지로 응답이 없었다.

'레니는 무엇을 하고 있는 것일까?' 하고 잠옷을 걸친 사내의 모습이 지난번처럼 나타나서 지나친 간섭을 하지 않는 것만 해도 다행으로 생각되었다. 다시 초인종을 누르면서 고개를 돌려 또다른 출입문을 바라보았으나 오늘은 그 문마저 꼭 닫혀 있었다. 얼마 후, 옆 창문에 눈동자가 두 개 나타났으나, 그것은 레니의 눈이 아니었다. 문이 빠끔히 열렸다. 그러나 뒤에서 누군가가 문을 잡고 있는 사람이 있는 것 같고, 으슥한 거실 쪽을 향하여 이렇게 외쳤다.

"당신이 말하던 사람이 왔어요."

그 다음에 문이 활짝 열렸다. K는 다른 방에서 자물쇠에 열쇠를 꽂고 짤가닥거리는 소리가 들리자 마음이 조급하여 문을 밀었다. 마침내 문이 열렸고 현관으로 뛰어들었더니 속옷만 입은 레니가 복도로 달아나고 있는 것이 보였다. K는 잠시 멀거니 그녀의 뒷모습을 바라보고 있다가 문을 열어 준 사람 쪽으로 돌아섰다. 몸집이 작고 빼빼마른 털보였는데 손에 촛불을 들고 있었다.

"이 집에서 일하고 있나요?" 하고 K가 물었다.

"아닙니다." 하고 그는 대답했다. "내 대리인으로 부탁하고 있지요. 어떤 법률 문제가 있어서 상의하려고 온 것뿐입니다."

"웃옷을 벗고 계시는군요." K가 손짓으로 그 사나운 꼬락서니를 나무랐다.

"실례했습니다." 하고 그는 금세 깨달은 듯이 촛불로 자신의 상체를 비춰 보곤 했다.

"레니는 당신의 애인인가요?" 하고 K는 단도직입적으로 질문을 던지며, 다리를 약간 벌리고 모자를 쥔 손을 뒤로 돌려 버렸다. 고급 외투를 입고 있다는 사실 하나로 K는 이 사내에 대하여 우월감을 느꼈다.

"천만에요." 놀란 사내는 공격에 대항이라도 하려는 듯 한쪽 손을 얼굴에 대고 "당치도 않은 말씀은 하지도 마십시오." 하고 말했다.

"글쎄요. 하여튼 좋습니다. 자, 들어갑시다." K는 빙그레 웃으면서 모자를 든 손으로 어서 안내하라는 듯이 신호를 하고는 앞장서서 걸어가는 사내에게 물었다.

"성함은?"

"블로크, 장사꾼입니다." 사내는 이렇게 자기 소개를 하면서 뒤를 돌아보았으나, K는 그가 발을 멈출 틈도 주지 않고 다시 물었다.

"그건 본명(本名)입니까?"

"그럼은요. 본명이고말고요. 왜 남의 이름을 의심하시는 겁니까?"

"본명을 숨길 만한 사연이 있을 것같이 보이기 때문입니다."

K는 참으로 자유스러운 기분이었다. 관계도 없는 무리들에 섞여, 자기 일은 시치미를 떼고, 그들을 내려다보면서 극히 무책임한 기분으로 남의 얘기에 쉽게 말려드는 상대편을 추켜올려, 언제 어느 때라도 짓밟아 버릴 수 있는 여유를 남겨 두고 있을 때에 느끼는 그런 자유였다. K는 변호사의 방 문 앞에서 걸음을 멈추었다. 문을 열고 공손한 태도로 안내를 하던 상인을 향하여 이렇게 외쳤다.

"그렇게 빨리 걷지만 말고 어서 불이나 켜 보시오."

레니가 이 방 안에 숨어 있겠지, 하고 상인과 함께 구석구석까지 찾아보았으나 방 안은 비어 있었다. 재판관의 초상 앞에까지 오자, K는 상인의 뒤쪽에서 그의 허리끈을 잡고 뒤로 끌어당겼다.

"저분을 아십니까?" K는 손가락으로 초상화를 가리키면서 물었다. 상인은 촛대를 쳐들고 잠시 바라보다가 대답했다.

"재판관이군요."

"지위가 높은 재판관일까요?" K는 이렇게 물으면서 상인의 옆쪽으로 돌아가서 함께 그림을 관찰했다. 상인은 감탄한 듯한 눈빛으로 대답했다.

"네, 지위가 높은 재판관입니다."

"당신의 안목은 별로 뛰어나지 않군요. 저건 지위가 낮아도 아주 낮은 재판관입니다."

"맞아요. 이제 생각나는군요. 나도 그런 설명을 들은 일이 기억납니다."

"물론 당신도 당연히 들은 일이 있었겠지요."

"왜 당연하다고 말하는 겁니까? 왜 그렇게 말씀하시는 거죠?" 이렇게 반문하던 상인은 K가 내젓는 두 손에 쫓겨 문 있는 데까지 밀려가게 되었다. 복도로 나와서 K는 말했다.

"레니가 숨어 있는 장소를 알고 계시지요?"

"숨어 있는 장소라고요? 그런 건 모릅니다. 수프를 만들려고 부엌으로 갔는지도 모르지요."

"그걸 왜 진작 말해 주지 않았습니까?"

"안내하려고 했었는데, 당신이 나를 부르는 바람에 안내를 못 했지요."

앞뒤가 모순되는 이 명령에 어떻게 할지를 몰라서 상인은 몹시 당혹해하는 표정이었다.

"당신은 그래, 그것으로 잘 했다고 생각하십니까? 어떻든 빨리 안내하십시오."

K는 부엌에는 처음으로 들어갔으나 널찍하고 시설도 좋았다. 오븐만 하더라도 보통 것의 세 배는 되어 보였다. 그러나 입구에 매달린 자그마한 등불이 단지 하나밖에 없었으므로 실내는 자세히 보이지 않았다. 오븐 옆에, 레니는 흰 앞치마를 두르고 서서 냄비 속에 달걀을 깨어 넣고 있었다. 그녀는 K를 보자 인사를 했다.

"안녕하세요, 요제프."

"안녕하시오, 레니." K는 상인에게 의자를 가리키면서 앉으라고 권했다. 상인은 시키는 대로 앉았으나, K는 그대로 레니의 뒤로 다가가 허리를 구부리면서 물었다.

"저 사람은 누구야?"

레니는 한 손을 K의 몸뚱이 쪽으로 돌리고 다른 한 손으로는 수프를 저으면서 K를 자기 쪽으로 끌어당기더니 이렇게 말했다.

"블로크라는 아주 보잘것 없는 상인에요. 불쌍한 사람이죠. 봐요, 저 꼴을 보세요."

　두 사람이 고개를 돌려 바라보니, 상인은 시키는 대로 의자에 앉아 필요 없게 된 촛불을 꺼 버리고 연기가 나는 등심을 손가락으로 누르고 있었다.

　"당신은 아까 속옷만 입고 있었지." K는 그녀의 얼굴을 오른 쪽으로 돌려 버리고는 다시 "당신의 애인이지?" 하고 물었다. 그래도 그녀는 입을 열지 않자, K는 수프 냄비를 들려고 하는 그녀의 손을 붙잡고 "자, 대답해 봐!" 하고 재촉했다.

　"사무실로 가요. 다 털어놓고 얘기할 테니 말예요."

　"안 돼!" K는 냉정한 말투로 소리치듯 말하고 나서 다시 나직한 소리로 "여기서는 얘기할 수 없나?" 하고 덧붙였다. 매달리면서 키스를 하겠다고 덤비는 그녀를 밀치면서 또 싸늘히 말했다. "키스로 속이려 해도 안 될걸."

　"요제프 씨." 그녀는 애원하는 듯한 목소리로 K를 바라보면서 말했다. "블로크 씨 때문에 오해하시는 것 같군요. 봐요, 루디." 하고 상인 쪽을 돌아보며 말했다.

　"뭐라고 설명 좀 해 주세요. 지금 나를 의심하고 있어요. 당신 그 촛대만 만지고 있을 거예요?"

　블로크로서는 변명하기가 곤란한 일이었지만 뜻밖으로 사리에는 밝았다.

　"왜 오해를 하는지 나도 모르겠습니다." 그는 담담한 말투였다.

　K는 경멸스러운 웃음을 웃고 상대편의 얼굴을 바라보았다. 레니는 큰 소리로 웃고 K가 방심한 틈을 타서 그의 품안으로 뛰어들어가 안기면서 소곤거렸다.

　"저런 남자를 상대하면 내가 손해지요. 이 집의 중요한 고객이기에 적당히 다루고 있지만 말예요. 그 이상도 그 이하도 아녜요. 그런데 당신 지금부터 주인하고 얘기하실 작정이세요? 오늘은 용태가 퍽 좋지 않으신데, 그래도 당신이 원하신다면 그 방으로 모시겠어요. 그리고 당신, 오늘 밤은 여기서 저하고 같이 지내요. 왜 그렇게 오랫동안 오시지 않았어요? 주인도 궁금하게 생각하고 있었어요. 재판 일을 소홀히 생각해서는 안 돼요. 저도 드리고 싶은 얘기가 많고 ……하여튼 그 외투는 벗으세요."

　그녀는 K의 외투를 벗기고 모자를 받아 들어 응접실로 가서 걸어 놓고 돌아왔다. 그녀는 수프의 맛을 보면서 말했다.

"우선 당신이 오셨다고 말씀드릴까요, 그렇지 않으면 수프를 갖다 드릴까요, 어느 쪽을 먼저 할까요?" K는 머리 끝까지 화가 나 있었다. 이 사건에 있어서, 그 중에서도 고려의 여지가 많은 해약 문제에 대해서 레니와 상세히 의논해 볼 작정이었는데 상인이 있는 바람에 기분이 상해 버린 것이었다. 그러나 문제는 이런 시시한 상인 때문에 더 이상 시간을 지체해서는 안 될 것으로 생각되어 벌써 복도로 나가 버린 레니를 불러들였다.

"수프를 먼저 가지고 가요. 수프라도 먹고 기운을 내야 나와 얘기가 잘 될 테니까 말이야." 하고 K가 말했다.

"당신도 이 댁 변호사한테 변호를 의뢰하고 계시는군요." 구석 쪽에 앉아 있던 상인이 사실 여부를 확인이라도 하려는 듯이 떠듬떠듬 말했다.

"그것이 당신하고 무슨 상관이 있나요." 하고 퉁명스럽게 내뱉는 K의 말에 이어 레니도 덩달아 덧붙여 말했다.

"조용히 기다리세요." 그러고 나서 "그렇다면, 수프를 먼저 가지고 가겠어요……. 그런데 주인은 식사가 끝나면 곧 잠이 들어 버려요. 그래서 좀 걱정이 되네요." 하고 K에게 말했다.

"내 얘기를 들으면 그는 잠이 사라질걸." 중대한 용건으로 변호사와 면담하는 양 꾸미고 레니가 그 설명을 청하는 것을 기다렸다가 상의를 시작할 작정이었는데, 그녀는 K가 명령한 대로 행동을 했다. 접시를 가지고 나직한 소리로 말했다.

"식사가 끝나면 곧 알려 드리겠어요. 그리고 1초라도 빨리 이리로 돌아와 주세요."

"응, 알았소. 어서 갔다 오시오."

"인정 없는 말투군요." 그녀는 접시를 든 채 문에서 다시 한 번 K를 돌아보았다.

K는 그녀의 뒷모습을 바라보았다. 변호사를 해약하는 것, 이 결심이 더욱 굳어졌다. 미리 레니에게 얘기하는 것은 이미 불가능하지만 오히려 그렇게 된 것

이 잘 된 것 같기도 했다. 레니는 사정을 잘 모르니까 말릴 게 틀림없고, 지금 같으면 그녀의 말에 수긍할 염려도 있었다. 그러나 그렇게 되면 다시 의혹과 불안에 빠져 결국 고통을 당하게 되리라. 하지만 해약해야겠다는 의사를 공고함으로써 언젠가는 이 결심을 실행하게 될 것이었다. 그런데 이왕 실행하지 않으면 안 될 일이라면 하루라도 빠를수록 좋았다. 이 점에 대하여 저 상인이 무슨 좋은 의견을 가지고 있을는지도 모르겠다.

K가 돌아보았을 때, 상인은 의자에서 일어서려고 했다.

"아니, 앉아 계십시오." 하고 K는 의자를 사내 옆으로 끌어당기면서 물었다.

"언제부터 변호를 의뢰하고 있습니까?"

"퍽 오래 되었습니다."

"몇 년쯤 되셨는지요?"

"질문하시는 뜻을 잘 모르겠습니다만." 하고 상인은 K를 똑바로 바라보면서 말을 계속했다. "난 곡물상(穀物商)인데, 사업상의 법률 사건은 이 장사를 시작했을 때부터 대리인으로 부탁하고 있습니다. 이럭저럭 20년쯤 된 것 같습니다. 지금 걸려 있는 소송을 묻고 싶으신 모양인데 이미 6년 이상, 그렇지요. 5년이 넘었으니까요." 그는 잠시 말을 끊고 호주머니에서 낡은 수첩을 하나 끄집어 냈다. "여기 무엇이든지 다 기록되어 있으니까, 원하신다면 그 날짜까지라도 말씀드릴 수 있습니다. 겪은 일들을 모조리 욀 수는 없으니 말입니다. 내 소송은 마누라가 죽고 나서 곧 시작했으니까, 분명히 5년이 넘었습니다."

K는 상인 쪽으로 가까이 다가가서 물었다.

"그렇다면, 보통의 법률 문제도 취급해 줍니까?" 이와 같이 직업과 법률과의 밀접한 결합 관계가 뭔가 모르게 K를 안심시켰다.

"물론입니다." 그리고 사내는 소리를 몹시 낮추더니 "이런 사건을 더 잘 다룬다는 소문도 있습니다." 하고 말하고 나서 무슨 해서는 안 될 말이라도 한 것처럼 당황하는 기색조차 보였다. 그는 손을 K의 어깨 위에 얹으면서 "이건 비밀을 지켜 주십시오." 하고 말했다.

K는 상대편을 안심시키려는 듯이 그의 무릎을 탁 치면서 말했다.

"염려 마십시오. 비밀은 꼭 지키지요."

"집념이 무척 강한 사람입니다."

"그렇지만, 당신처럼 성실한 의뢰인은 그런 걱정은 없겠지요."

"그게 아닙니다. 흥분하면 앞뒤도 모르는 분이고, 첫째 나도 그분에 대해서 그다지 성실하지는 않습니다."

"그게 무슨 말씀인지요?"

"그 까닭을 알고 싶습니까?"

"네, 얘기해 주시면 좋겠습니다."

"그렇다면 조금만 말씀드리지요. 그 대신 당신도 뭔가 한 가지 비밀을 나에게 얘기해 주셔야 합니다. 그래야 안심하고 변호사에 대한 공동 전선을 펼 수 있지 않겠습니까!"

"굉장히 꼼꼼하신 분이군요. 좋습니다. 저도 당신이 안심할 수 있도록 비밀을 하나 털어놓도록 하지요. 그런데 변호사에 대한 당신의 불성실이란 어떤 것입니까?"

"사실은……." 하고 상인은 머뭇머뭇하면서 자기 체면 문제라도 되는 것처럼 심각한 표정으로 "다른 변호사에게도 사건을 의뢰하고 있습니다." 하고 말했다.

"그런 일쯤 별것도 아니잖습니까." K는 약간 기대에 어긋난, 실망한 듯한 표정이었다. 처음부터 괴로운 표정을 짓고 있던 상인은 K의 이 말에 마침내 마음이 누그러지면서 다시 입을 열었다.

"여기서는 그게 안 통합니다. 특히, 소위 정식 변호사 이외에 면허조차 없는 엉터리 변호사한테 의뢰하는 것은 엄금되어 있습니다만, 나는 이것을 범하고 있는 셈이지요. 그 사람말고도 다섯 사람이나 엉터리 변호사가 있습니다."

"네? 다섯 사람이나요?" K는 깜짝 놀라 "아니, 이 댁 변호사말고 다섯 사람이란 말입니까?" 하고 반문했다.

"지금 일곱 번째 변호사하고 교섭중입니다."

"아니 그렇게 많은 변호사가 필요합니까?"

"네, 전부 필요합니다."

"그 이유를 말씀해 주실 수는 없습니까?"

"말씀해 드리죠." 하고 상인은 힘없이 말했다.

"첫째, 소송에 지기 싫어서지요. 이건 말할 필요도 없는 일입니다만, 그래서 유능하다는 사람은 하나도 남김없이 끌어모으려는 것입니다. 소송에서 이길 가능성이 없다고 해서 덮어놓고 포기해 버릴 수는 없으니까요. 이런 관계로 나는 이 소송에 재산을 거의 다 날려 버렸습니다. 좀더 자세히 말씀드린다면, 사업 자금을 완전히 써 버리고, 예전에는 한 층을 거의 차지하고 있던 점포도 지금은 뒷구석 조그마한 방으로 줄어들었고, 점원도 한 사람뿐입니다. 이 몰락은 자금의 탕진에 말미암은 것입니다마는 그것보다도 정력의 탕진이 더 큰 이유가 될 것 같습니다. 소송에 몰두하게 되면 사업은 외면하지 않을 수 없게 되거든요."

"지금은 소송 때문에 재판소에 출입을 하고 있습니까?"

"말씀드릴 정도는 못 됩니다. 처음엔 부지런히 출입을 하면서 노력을 해 보았습니다마는 곧 그만두어 버렸습니다. 노력에 비해서 성과가 시원찮았기 때문입니다. 거기다 이 사람 저 사람 뛰어다니면서 교섭을 되풀이한다는 것은 내 성미에는 맞지를 않아, 그저 멍청하게 앉아서 기다릴 뿐인데 그것도 역시 고된 일이더군요. 당신도 그 곳의 침울한 분위기는 겪어 보셨겠지만……."

"어찌 그런 것을 다 아십니까?"

"당신이 지나가실 때, 난 복도에 있었지요."

"당신이 나를 보았다고요? 맞습니다. 난 분명히 그 복도를 한 번 지나간 일이 있습니다. 이건 정말 우연이로군요."

"그다지 우연 운운할 것은 못 됩니다. 나는 매일처럼 그 곳에 가서 있었으니까요."

"앞으로 나도 자주 호출을 받겠지만 그 때처럼 공손한 환영을 받는 일은 다시 없을 것으로 생각됩니다. 아무튼 거기 있던 사람들이 모두 의자에서 일어나 절을 하고 인사를 했으니까요. 아마도 나를 재판관으로 오해했던 모양이지요."

"그렇잖습니다. 우리들이 인사를 한 상대는 정리였습니다. 당신이 피고라는 것은 모두가 알고 있었습니다. 그런 얘기는 순식간에 퍼지는 법이니까요."

"아시고 계셨다니까 드리는 말씀인데 그 때 저의 태도가 몹시 거만했었지요? 모두들 무어라고 말하던가요?"

"무어라고 말하는 사람도 있기는 했습니다만 별로 신경 쓸 것은 아니었습니다."

"별것이 아니라도 좋습니다. 들으신 대로 얘기해 주실 수는 없습니까?"

"왜 그런 것을 묻습니까?" 상인은 짜증나는 말투로 이렇게 반문하고는 얘기를 계속했다. "당신은 아직 그 곳 무리들에 대해서 잘 모르시는 것 같군요. 어쩌면 오해하고 계시는지도 모르고 있는 것 같아 말씀드려 놓겠습니다만, 거기에서는 상식으로는 이해가 되지 않는 온갖 일들이 화제가 됩니다. 모두 지쳐서 머리가 멍하게 되어 있으므로, 자연히 미신을 들먹거리게 됩니다. 물론 나 역시도 남들에 대해서 왈가왈부할 자격은 없습니다만, 예를 들면 피고의 용모 특히 입술 모양을 보고서 소송의 결과를 점치는 것이 있는데 말할 것도 없이 미신의 하나겠지요. 그들은 당신의 그 입술 모양으로 판단하면 틀림없이 유죄 판결을 내릴 거라고 말하고 있었습니다. 다시 말씀드립니다만 이것은 근거 없는 미신이고 얼토당토않은 경우가 대부분입니다. 하지만 그와 같은 사람 속에 함께 있게 되면 그런 종류의 미신에 사로잡히지 않을 수 없게 됩니다. 더구나 그것은 의외로 강한 힘을 가지고 있습니다. 당신은 그 때 누구에겐가 말을 걸었습니다. 그러나 상대편은 제대로 대답도 하지 않았습니다. 물론 그 사내가 정신을 잃을 만한 이유는 여러 가지 있습니다만 당신의 입술을 보게 된 것도 그 이유의 하나입니다. 나중에 그가 설명하는 바에 의하면, 당신의 입술을 보고 자기 자신의 유죄 판결도 알게 되었다고 합니다."

"내 입술?" K는 주머니 속에서 거울을 꺼내어 자신의 얼굴을 들여다보았다.

"별로 이상하게 보이지 않는데요."

"저 역시 그렇습니다."

"미신을 무척 좋아하는 친구들이로군요."

"그것은 방금 내가 말씀드리지 않았습니까! 자연히 그렇게 되지요."

"그렇다면 그들은 서로 친밀히 지냅니까? 의사 소통도 있고요? 난 전연 관심이 없었습니다만."

"그다지 친밀하지는 않습니다." 하고 상인은 말했다.

"인원수도 적지 않고 그렇게는 안 되지요. 피고들 사이에는 공통의 이해 관계라는 것이 거의 없고, 간혹 어떤 그룹에서 공통의 이해 관계라는 신념이 단순한 망상에 지나지 않는다는 걸 곧 알게 되어 버립니다. 재판소에 대하여 피고들이 공동 전선을 편다는 것은 전적으로 불가능합니다. 사건은 하나하나 개별적으로 취급되고 그 태도는 신중하기 비할 데 없습니다. 공동 전선을 펴고 공작할 여지라고는 추호도 없습니다. 개인적으로 살짝 손을 써서 얼마간 성공한 예가 없는 것은 아닙니다만 그것이 성공한 뒤가 아니면 주위 사람들은 알 길이 없으므로 어떤 방법을 썼는지는 아무도 모릅니다. 그런 관계로 일치단결이라는 것은 있을 수 없습니다. 대기실에서 여기저기 몰려 있는 무리들은 결국 무슨 뾰족한 얘기를 하고 있는 것이 아닙니다. 미신에 이끌리는 경향은 예나 지금이나 마찬가지지요."

"대기실에서 기다리고 있는 사람들을 보니까 퍽 미련하게 보였고, 헛된 시간만 보내고 있는 것처럼 생각되었습니다."

"그런데 그것은 헛된 일이 아닙니다. 오히려 자기 혼자 공작하는 것이 헛일에 속할 것입니다. 아까도 말씀드렸습니다만 나는 이 곳말고도 다섯 사람이나 변호사를 부탁해 놓았습니다. 이것으로 이제 충분히 신뢰하고 일에 임할 수 있을 것이라고 나 자신은 물론 남들까지 그렇게 믿게 되겠습니다만, 사실은 그렇지 않습니다. 오히려 변호사는 한 사람인 경우가 보다 안심이 되는 것입니다. 이 까닭은 모르시겠지요?"

"네." K는 상대편 손 위에 자기 손을 가지고 가서 빠른 말씨로 지껄이는 상인을 제지하면서 "좀 천천히 얘기해 주시면 좋겠습니다. 어느 말씀이나 제게는 소중한 얘기뿐이니 말입니다." 하고 말했다.

"나도 모르게 말이 빨라졌습니다. 미안합니다." 하고 상인은 말했다. "당신은 진짜 초보자이며 신입생입니다. 소송도 시작한 지 아직 반 년밖에 안 되었다고 알고 있습니다만, 그러니까 아직 새로운 소송이라고 할 수 있겠지요. 저 같은 경우 지금까지 몇 번이나 소송 때문에 고생을 해 왔고 그 이면(裏面)의 이면까지도 속 들여다보듯 뻔하게 알고 있습니다."

"그렇다면 당신의 소송 사건도 꽤 진행되었겠군요. 좋으시겠습니다."

현재의 상황이 어떤 상태인지 노골적으로 물을 수가 없어 K는 그렇게 말했던 것이다.

"네, 한 5년 정도 시달렸지요." 그는 애매한 대답을 하고 나서 고개를 숙이고 "쉬운 일이 아닙니다." 하고 중얼거리듯 말하고는 입을 다물어 버렸다.

K는 레니가 돌아올 때가 다 되었다고 생각하고는 귀를 기울였다. 상인에게는 아직 묻고 싶은 일이 많이 있고, 이렇게 부드러운 분위기 속에서 서로 정보를 교환하는 일이 레니로 말미암아 깨어지면 안 되겠다는 생각이 들었다. 지금 레니가 와서는 재미없겠다고 생각했으나, 한편 이렇게 내가 와 있는데도 불구하고 왜 여태 오지 않느냐? 아마도 변호사한테 수프를 가져다 주는 일뿐이라면 이렇게 시간이 걸릴 리는 없을 텐데, 하고 은근히 화가 치밀었다.

"내 소송 사건이 지금 당신의 소송 사건 정도로 새것이었을 때는……." 하고 상인이 다시 얘기를 시작하자 K는 주의를 집중시켰다.

"마치 어제 일처럼 느껴지는군요. 그 당시 내가 의뢰했던 변호사는 이 집 선생님 한 분뿐이었습니다만 아무래도 일에 임하고 있는 것 같지 않았습니다."

'그렇지, 그렇게 바른 말을 해야지.' K는 이렇게 생각하면서 무슨 소리든 전부 들어야 되겠다고 상대편을 자꾸 선동했다. 상인은 말을 계속했다.

"내 소송 사건은 좀처럼 진행되지 않았습니다. 물론 심리는 행하여지고, 그에 따라 빠짐없이 나도 출두하고, 재료를 수집하고, 장부 같은 것은 전부 재판소에 제출했습니다. 그러나 이것은 나중에 알게 된 일입니다만 이러한 모든 것이 아무 데도 쓸모없는 짓이었습니다. 나는 몇 번이나 변호사에게 달려가고, 변호사는 여러 가지 변호 문서를 제출해 주었습니다."

"여러 가지 변호 문서라고요?" 하고 K가 반문했다.

"그렇습니다."

"그 말씀은 그냥 들어넘길 수 없는 얘긴데요." 하고 K는 말하고 "내 사건에서는 아무리 시간이 흘러도 최초의 변호 문서조차 완성하지 않고 있습니다. 변호사는 처음부터 성의를 가지지 않고 있었음이 분명해. 정말 파렴치한 인간이야." 하고 소리쳤다.

"변호 문서가 아직 완성되지 않았다면 그 원인을 여러 가지로 생각해 볼 수 있습니다." 상인은 말했다. "그러나 내 변호 문서는 나중에 알게 되긴 했습니다만 단돈 1원의 가치도 없었습니다. 나는 어떤 관리의 호의로 변호 문서를 읽어 본 일이 있습니다. 보기엔 그럴 듯한 모양을 갖추고는 있습니다만 그 내용은 그야말로 아무것도 없었습니다. 껍데기나 다름없었습니다. 우선 읽을 수 없는 라틴어가 수두룩하고, 다음 페이지부터는 재판소에 대한 일반적인 간원, 그리고 재판관 한 사람 한 사람을 향한 아부와 아첨으로 가득 차 있었습니다. 일일이 상대방의 이름은 들먹거리지 않겠습니다만 사정을 아시는 분이라면 당장 짐작하실 겁니다. 다음엔 변호사의 자화자찬, 그러나 재판소에 대해서는 마치 개와도 같은 비굴함을 보입니다. 마지막에는 내 사건에 비슷하다는 이유로 채택한 판례의 검토. 이 검토는 유치한 생각일는지는 모르겠습니다만, 내가 보기엔 몹시 신중하고 면밀했습니다. 나는 지금 변호사의 일을 비판하고 싶지는 않습니다만, 변호 문서를 읽은 것도 단 한 번뿐이고, 따라서 큰소리 칠 자격도 없습니다. 그러나 그 당시 내 소송이 진행되지 않았다는 것은 사실입니다."

"어떤 방향으로 진행되기를 기대했던가요?" K가 물었다.

"적절한 질문입니다." 하고 상인은 미소를 지었다.

"이런 종류의 수속이 진행될 가망은 거의 없습니다만 당시의 나는 이 사정을 몰랐고 또 현재 이상으로 장사꾼 기질이 강했으므로 전체가 결말에 가까워지자 적어도 규칙적으로 진행한다든지 아니면 뭔가 형태가 보이는 발전이 아니면 나는 만족하지 않았던 것입니다. 그러나 실제는 이에 반대되는 현상이 일어나서 천편일률적인 취조만 되풀이되고, 이 쪽의 답변도 역시 기도문처럼 암송할 수 있게 되었습니다. 1주일에 몇 번 재판소의 사환이 사무소며 자택이며 그밖에 내가 있는 곳이면 어디나 찾아옵니다. 말할 것도 없이 참으로 귀찮은 일입니다 (지금은 전화로 호출하기 때문에 좀더 번잡한 편이지요. 많이 개선되었습니다). 그리고 소송에 대한 소문이 동료들의 입에 오르내리게 됩니다. 친척 사이에는 더 귀찮은 경우가 있습니다. 여러 방면에서 있는 일, 없는 일을 쑥덕거립니다. 더군다나 제1회의 변론이 가까운 시일 안에 열릴 기색이라고는 없는 경우, 나는 변호사를 찾아갔습니다. 그리고 고충을 호소했습니다. 변호사는 구질구질한 설명을 시도하고 나의 청은 전적으로 거절했습니다. 그리고 변론 기일의 확정에 대해서는 다른 방도로 독촉을 해 봤자 소용없다, 당신은 변호 문서로 그것을 독촉하라고 말하지만, 그건 말도 되지 않는 무모한 짓이고, 당신은 물론 나까지 입장이 곤란해진다는 것입니다. 나는 내심 은밀히 성의가 없는지 능력이 없는지, 하여튼 이 변호사가 해 주지 않는 일을 다른 변호사라면 성의도 있고 능력도 있겠지 싶어서 후보자를 물색했던 것입니다. 변론 기일의 확정을 요구하는 자도 없었거니와 결정해 주는 자도 없었으므로 나는 즉각 기일을 당기려고 생각했던 것입니다. 물론 지금부터 얘기할 작정입니다만 어떤 조건이 붙지 않으면 그와 같은 조치는 사실상 불가능한 것이라 이 점 변호사가 말한 것이 거짓이 아니었습니다. 그리고 일찌감치 후보자를 물색한 것을 나는 결코 후회하지 않습니다. 당신은 삼류 변호사에 관해서 훌드 박사로부터 여러 가지로 들었을 줄 압니다. 틀림없이 그들은 고약하기 짝이 없는 녀석들이야,라고 말씀하셨겠지요. 이것은 비교적 정확한 평가임에는 틀림없을 것입니다. 그러나 박사가 자기 일당을 그들과 비교할 때, 사소한 일입니다만 어떤 종류의 오류에 빠져 있으므로 조금 충고를 드리도록 하겠습니다. 즉, 박사님은 자기 동료들은 언제나 '위대하다'라고 말하는 것은 자유이겠으나, 말을 바르게 써야 한다는 관점에서 본다면 아무래도 재판소의 관습에 따르지 않으면 안 됩니다. 이에 따르면 삼류 변호사 이외에도 위대한 혹은 보잘것 없는 변호사들이 있는데, 훌드 박사와 그 일당은 보잘것 없는 변호사에 불과합니다. 위대한 변호사라는 것은 나도 소문만 들었을 뿐 실제로 만난 일은 없습니다. 그러나 그 지위로 말할 것 같으면 보잘것 없는 변호사가 멸시를 받는 삼류 변호사보다 높은 데 있는 것과는 비교가 안 될 정도로 보잘 것 없는 변호사는 훨씬 상위에 있는 것입니다."

"위대한 변호사라니? 그건 어떤 사람들입니까? 어떻게 하면 만나 볼 수 있 을까요?"

"당신은 아직 그것을 모르시군요." 하고 그는 말했다. "피고라는 피고는 한 사람도 예외없이 한동안은 꿈 같은 희망을 이 위대한 변호사에게 걸게 됩니다. 그러나 당신은 결코 이런 그릇된 길을 택해서는 안 됩니다. 위대한 변호사가 어 떤 사람인지 나도 알지 못하는 바이고, 또한 우리들로서는 도저히 가까이할 수 없는 인간이기도 한 것입니다. 이런 사람들이 관계한 사건이라고 확인된 것은 지금까지 하나도 없습니다. 변호를 하는 경우도 있기는 합니다만 이 쪽 뜻대로 변호를 부탁할 수 있는 것도 아니고 다만 자기들 마음에 내키는 사람에 한해서 변호를 해 줄 뿐입니다. 그리고 이 사람들이 맡는 것은 하급 재판소에서는 취급 되지 않는 사건임에 틀림없습니다. 하여간 위대한 변호사 같은 것은 없는 걸로 생각해 버리는 것이 현명합니다. 좀 알았다는 것으로 해서 다른 변호사와의 면 담, 그 충고, 그리고 조력 같은 것이 굉장히 불쾌하고, 무의미하게 보이게 되는 것입니다. 나도 경험한 일입니다만 모든 것을 다 때려치우고 귀가하여 침대에 드러누워 있는 것이 제일 영리한 방책이 아닐까 하는 생각이 들 때도 있습니다. 이것도 물론 미련한 얘기인데, 말처럼 그렇게 언제까지나 침대에서 뒹굴고 있는 것은 아닙니다."

"그 당시의 당신은 어떠했습니까? 위대한 변호사를 찾아볼 생각은 하지 않았 습니까?"

"별로 생각하지는 않았습니다만." 하고 그는 얼굴에 미소를 띠면서 "전혀 생 각하지 않을 수는 없지요. 특히 밤에는 말입니다. 그러나 나는 빠른 해결을 원 하고 있었으므로 삼류 변호사한테 의뢰하고 말았지요."

"어머, 어떻게 된 일이에요. 두 사람이 함께 붙어 앉아서!" 접시를 들고 돌 아온 레니는 입구에 선 채 그렇게 소리치는 것이었다. 과연 두 사람은 지나치리 만큼 붙어 앉아 있었고, 조금만 움직여도 서로의 얼굴이 부딪칠 정도로 가까이 붙어 있었다. 상인은 몸집이 작은데다가 얘기를 하느라 허리를 구부리고 있었으므로 퍽 작은 사람으로 보였고, 같이 얘기하던 K도 자연히 그와 호흡을 맞추느라고 그렇게 허리를 구부리고 있지 않으면 안 되었다.

"조금 더 기다려 주지 않겠소!" 하고 K는 레니를 바라보았다. 상인의 손 위에 올려놓은 K의 손은 초조한 감정으로 말미암아 바르르 떨고 있었다. 상인은 레니에게 말했다.

"내 소송 사건에 관해서 얘기를 듣고 싶다는 거야."

"네, 알았어요. 염려 마시고 계속 이야기하세요."

상인과 교환하는 말투에 애정이 없는 건 아니었으나, 좀 멸시하는 듯한 기색이 보였으므로 K는 약간 못마땅했다. 이 사내는 그렇게 멸시받을 사람이 아니라는 것을 K는 깨닫게 되었다. 적어도 자신의 체험을 요령 있게 설명할 수 있는 재능은 가지고 있는 것이었다. 레니의 그에 대한 판단은 정확하지 못하다고 해도 이론(異論)은 없으리라. 그런데 레니는 상인이 지금까지 쳐들고 있던 촛대를 받아 쥐자, 앞치마로 손을 닦아 주고 옆에 꿇어앉아서 바지에 흘러내린 촛농을 비벼 떨어 내고 있었다. 이 광경을 K는 못마땅한 얼굴로 바라보고 있었다.

"삼류 변호사의 얘기를 했었지요?" 하고 K는 말하면서 별안간 손을 뻗쳐 레니의 손을 밀어 냈다.

"무슨 짓을 하세요." 그녀는 이렇게 말함과 동시에 K를 한번 툭 치고는 다시 바지로 손을 옮겼다.

"그렇습니다." 하고 상인은 뭔가 생각하는 듯이 이마에 손을 대고 있었다. K는 얘기의 실마리를 찾으려고 이렇게 말했다.

"사건을 빨리 해결하시려고 삼류 변호사에게 부탁을 하셨다고요?"

"그랬습니다." 하고 대답할 뿐 다음 얘기를 계속할 기미를 보이지 않았다.

'레니가 있으니 마음대로 얘기를 하지 못하는 것이로구나.' 하고 K는 마음속으로 생각하고, 더 듣고 싶은 충동을 누르고 재촉은 하지 않기로 마음먹었다.

"내가 왔다는 것을 말씀드리고 왔겠지?" 하고 레니를 향하여 물었다.

186

"네, 말씀드려 놓았어요." 하고 그녀는 말했다. "지금 기다리고 계세요. 블로크 씨는 여기서 주무실 테니까, 얘기는 나중에 해도 되잖아요."

K는 아직 결심을 하지 못하고 "여기서 기다려 주시겠습니까?" 하고 물었다. 상인 입으로부터 직접 그 대답을 듣고 싶었고, 상인을 무턱대고 무시하는 레니의 태도가 얄밉게 생각되었다. 오늘은 어쩐지 레니의 태도에 불쾌함을 느꼈다. 이번에도 입을 벌린 것은 레니였다.

"저분은 자주 여기서 주무세요."

"뭐? 여기서 잔다고?" 하고 K는 소리쳤다. 변호사와 잠시 얘기하는 동안 여기 기다리게 했다가 함께 나가서 마음놓고 기탄없는 의견 교환을 할 작정이었던 것이었다.

"물론이지요. 사전 예약없이 나타나서 금세 면회를 할 수 있는 것은 아니니 말예요. 병석에 누워 계시는 선생님이 밤 열한 시가 넘은 시간에 편찮은 몸을 일으키고 당신을 만나 주시겠다는 것은 여간 고마운 일이 아닌데 당신은 아무렇지도 않게 생각하고 계시는군요. 여러 사람들의 후의도 당신에게는 통하지 않는가 보지요. 그렇지만 무엇이든 시켜 주세요. 사양하실 것 없습니다. 전 오직 당신이 사랑해 주시기만 하면 만족해요. 달리 고맙다는 인사를 안 하셔도 말예요."

'사랑한다고?' K는 이 말을 입 속에서 되뇌어 보았으나 곧 머릿속에 스쳐 가는 것이 있어서 '그렇다. 사실 나는 그녀를 사랑하고 있다.' 하고 생각했다. 그러나 입 밖으로는 "내가 의뢰인이기 때문에 만나 주려고 하시는 거야." 하고만 말했을 뿐이었다.

"저 사람 오늘은 좀 이상하군요. 말끝마다 트집만 잡으려고 하니." 레니는 상인을 향하여 그렇게 말했다.

이 말을 듣고 있던 K는 '아, 이번에는 내가 무시될 차례로구나.' 하고 생각하고는 레니의 난폭한 말을 가로막아 상인이 얘기를 시작했을 때 그녀의 뺨이라도 한번 때려 주고 싶은 충동을 느꼈다.

"선생님이 저분을 만나려 하시는 것은, 내 사건보다 재미가 있기 때문이야.

더구나 저분 재판은 이제 막 시작된 새로운 사건이고, 심리도 그다지 진행되어 있지 않으니 선생님도 몹시 신경을 쓰고 있지만 언제까지나 그렇게 계속되는 것은 아니지."

"그럼은요. 그렇고말고요." 레니는 큰 소리로 웃으며 상인을 바라보고 "꽤 말이 많군요, 이분은!" 하고 말하더니 이번에는 K를 돌아보았다. "신용하지 마세요. 악의는 없는 사람이지만 말이 많은 사람이에요. 선생님도 그것이 못마땅하신가 봐요. 좌우간 기분이 좋지 않으시면 숫제 만나 주지도 않으세요. 저도 무척 애썼지만 소용이 없었어요. 블로크 씨가 오셨다고 몇 번이나 말씀드렸는데도 사흘이 지나서야 비로소 만나 주셨단 말예요. 그나마 선생님께서 부르셨을 때, 집 안에 없으면 모두가 그대로 수포로 돌아가고 말아요. 처음부터 다시 시작하는 것이지요. 그래서 전 저분을 여기 주무시도록 편리를 봐 드리고 있지요. 선생님은 밤중에도 부르시는 일이 있어요. 이젠 블로크 씨도 언제 불러도 안심할 수 있게 됐지요. 다만 이분이 막상 집 안에 있는 것을 아시면 짐짓 부르지 않는 경우가 있어서, 그게 탈이기는 하지만 말이에요."

K가 상인에게 눈짓으로 묻자 그는 수긍을 하는 것이었다. 그것도 K가 얘기할 때와 다름없는 솔직한 시인이었다.

"얼마 후에는 당신도 자기 변호사에게 하느님에게 의존하듯이 매달리게 될 것입니다." 하고 상인은 말했다.

"마음에도 없는 소릴 다 하는군요." 하고 레니가 말했다. "여기서 자는 것이 그렇게 좋다고 침이 마르도록 말한 주제에……." 그녀는 이렇게 말함과 동시에 자그마한 문 옆으로 걸어가더니 문짝을 한 손으로 밀면서 말했다.

"저분의 침실을 구경하시겠어요?"

K는 다가가 문지방에서 천장이 낮고 창문도 없는 방을 들여다보았다. 거기엔 폭이 좁은 침대 하나가 방 안을 꽉 차지하고 가로놓여 있었다. 침대 위에 올라가려면 침대의 기둥을 돌아가지 않으면 안 되었다. 침대의 머리맡에는 벽이 움푹 들어간 데가 있고 거기에 촛대가 하나, 잉크병, 스탠드, 펜대 그리고 소송 관계 서류 같은 것이 한 묶음 아주 깨끗하게 정돈되어 있었다.

"하녀 방에서 주무시는군요?" K는 상인에게 고개를 돌리면서 물었다.

"레니가 비워 주었지요. 무척 편리해요." 이렇게 말하는 상인의 얼굴을 K는 뚫어지게 노려보았다. 자기의 첫인상이 아마도 들어맞는 것 같았다. 이 사내는 오랜 세월을 두고 계속된 재판으로 말미암아 확실히 많은 경험이 있었겠지만 그만큼 비싼 대가를 지불한 것도 사실이었다. 갑자기 상인의 모습이 측은하게 보였다.

"저 사내를 침대로 안내하면 어때?" 하고 레니에게 외쳤으나, 잘 전해지지가 않았다. K는 이런 곳에 볼일이 있는 것이 아니었다. 변호사 방으로 가 보자, 그리하여 해약을 통고하고 변호사뿐만 아니라 레니와 상인과의 관계를 끊어 버리자, 하고 생각했다. 그러나 입구까지 가기도 전에 상인이 낮은 목소리로 불렀다.

"여보세요." 하면서 "약속을 벌써 잊으셨군요." 하고 상인은 의자에서 일어나 애원이라도 하는 것 같은 얼굴로 K에게 다가왔다. "당신의 비밀도 털어놓기로 하셨지 않습니까!"

"물론이지요." 하고 K는 말하더니 뚫어지게 K를 바라보는 레니를 힐끗 한 번 보았다. "말씀드려야지요. 이 마당에 와서 비밀이라고까지 할 것은 못 됩니다만 지금부터 변호사에게 가서 계약을 파기할 작정입니다."

"계약을 파기하신다고?" 상인은 놀란 듯이 소리 지르고 의자에서 벌떡 일어서더니 온 부엌 안을, 두 팔을 쳐들고 뛰어다녔다. "계약 파기!" 이 말을 몇 번이고 큰 소리로 되풀이하는 것이었다.

그 순간 레니는 K에게 달려들었다. 상인이 두 사람 사이를 가로막고 나섰으나, 레니가 휘두른 주먹으로 한 대 얻어맞고 말았다. 그 틈에 K는 달아났는데 그녀는 주먹을 휘두르면서 K를 붙잡으려고 뛰어갔다. K는 재빨리 변호사 방 안으로 뛰어들었으나 거기서 레니에게 붙들리고 말았다.

K가 문을 닫으려고 할 때 그녀는 발로 문을 막아 버리고 K의 팔을 움켜잡고 방 밖으로 끌어 내려고 했다. K는 있는 힘을 다하여 그녀의 손목을 꽉 쥐었다. 여인은 가냘픈 비명을 지르면서 마침내 손을 놓고 말았다. 그녀는 방 안에까지

들어올 용기는 없었다. K는 재빨리 빗장을 걸어 버렸다.

"퍽 기다리게 하시는군요." 변호사는 침대 속에서 말하면서 촛불 아래서 읽고 있던 책자를 작은 탁자 위에 놓고는 안경을 집어 쓰고 K를 한 번 훑어보았다. K는 짤막하게 말했다.

"곧 돌아가겠습니다."

변호사는 K의 이 말이 인사치레인 줄 알고 다음과 같이 말했다.

"다음부터는 이렇게 늦게 오시면 만나지 않을 겁니다."

"그렇게 되면 오히려 좋겠습니다."

이 말을 들은 변호사는 말뜻을 미처 깨닫지 못하여 의아스러운 표정을 지었다. 그러나 곧 의자를 손가락으로 가리키며 말했다.

"자, 좀 앉으시오."

"그럼, 잠시 실례하겠습니다." K는 탁자 옆에 있는 의자를 끌어당겨 앉았다.

"빗장을 건 모양인데……."

"네, 레니가 들어오기에……." K는 누구일지라도 용서하지 않겠다는 말투였다.

"그 여자가 귀찮게 굴던가요?"

"귀찮게 굴다니요?"

"네." 변호사는 큰 소리로 껄걸 웃더니 그만 기침을 터뜨리고 말았다. 기침이 멈추고 나서 또 웃기 시작했다. "이미 눈치챘을 줄로 압니다만." 그렇게 말하면서 탁자 위에 받치고 있는 K의 손을 가볍게 툭 쳤다. 깜짝 놀란 K는 손을 뒤로 끌어 잡아당겼다.

"당신은 별로 문제삼고 있지 않는 모양입니다만." 하고 말없이 앉아 있는 K를 향하여 말을 시작했다. "그러는 것이 나로서는 좋습니다. 문제로 생각하신다면 레니를 위해서 한 마디 변명을 하지 않을 수가 없으니 말입니다. 그 여자는 일종의 기묘한 성질을 가졌습니다. 나는 이미 익숙해 있기 때문에 당신이 문에 빗장을 거는 그런 일이 없었더라면 새삼 이야기를 하지 않았을 것입니다.

뭐, 꼭 알아 두셔야 될 그런 얘기는 아니지만 몹시 놀란 표정을 짓고 계시니 간단하게 설명해 드리지요. 레니의 기묘한 성질이라는 것은, 피고는 누구를 막론하고, 한 사람도 예외없이 모두 미남으로 생각해 버리는 점입니다. 그러고는 누구나 가리는 법 없이 달라붙어서 떨어지지 않는 것입니다. 무조건 반해 버리지요. 그러나 피고들도 그녀를 좋아하기도 하는 모양입니다. 내가 얘기해도 좋다고 허락만 하면 온갖 재미있는 체험담을 들려 줍니다. 당신은 몹시 놀라고 있는 것 같습니다만, 그다지 놀랄 만한 일은 못 됩니다. 올바른 안목을 가진 사람이라면 피고라는 존재가 아름답게 보이는 수도 더러 있는 것입니다. 물론 이것은 기이한 현상, 말하자면 자연 과학적인 현상이지요. 말할 것도 없는 일입니다만 기소되었다고 해서 일일이 지적할 수 있을 정도로 용모에 심한 변화가 생기는 것은 아닙니다. 왜냐하면, 다른 재판 사건과는 달라서 피고들은 대개 종전대로의 생활을 계속할 수가 있고, 만약 좋은 변호사라도 만나게 되면 소송 사건 때문에 심한 고통 같은 것은 받지 않고 넘어갈 수가 있으니 말입니다. 더구나 소송에 경험이라도 있는 사람이면 수많은 군중 속에서도 피고를 한 사람 한 사람 틀림없이 지적해 낼 수도 있는 것입니다. 그렇다면, 도대체 어떤 특징이 있느냐? 하고 물으시겠지요. 대단히 불충분한 답변이 되겠습니다만, 한 마디로 말해서 피고라는 존재는 가장 아름답다, 하고 대답할 도리밖에는 없겠습니다. 그러나 그들의 아름다움을 그 죄과에서 찾을 수는 없습니다. 왜냐하면——변호사의 책임상 이 점만은 말씀드려 두겠습니다만——모든 피고가 유죄라고는 볼 수 없기 때문입니다. 또한 올바른 처형에서 찾을 수 있는 것도 아닙니다. 왜냐하면 모든 피고가 꼭 처형된다고는 볼 수 없기 때문입니다. 그런 관계로 그들의 몸에 배어 있다시피 한 절차 그 자체 속에서 아름다움의 근거를 찾지 않으면 안 됩니다. 아름답다고 해도 거기엔 정도가 있고, 때로는 아름다운 피고도 있습니다. 하지만 한 마디로 말해서 정도의 문제에 지나지 않는 것이고, 저 벌레 같은 블로크조차도 아름답게 보이는 것입니다."

　　K는 변호사가 얘기를 끝냈을 때 완전히 침착한 상태로 되돌아가 있었고, 변호사의 마지막 한 마디에는 눈에 띌 정도로 크게 고개를 끄덕였다. 변호사는 초

점을 벗어난 애매한 보고로 의뢰인을 속여 놓고 자기가 그 동안 얼마나 일을 추진했느냐는 문제에 대해서는 될 수 있는 대로 언급을 피하려는 여느 때의 수법을 이번에도 그대로 쓰고 있었다. 역시 내 생각이 옳았다고 K는 자신을 굳혔다. 변호사는 입을 다물고 K가 얘기하기만을 기다리는 것이었으나 상대편이 쉽게 입을 떼지 않았으므로 지금까지와는 좀 다른 반항적인 기세가 깃들여 있음을 느꼈기 때문에 먼저 입을 열었다.

"오늘은 무슨 특별한 얘기라도 있는 모양인데요?"

K는 한쪽 손을 내밀어 촛불의 빛을 막으며 변호사의 안색을 살피면서 말했다.

"네, 있습니다. 다름이 아니고 오늘로 선생님께서는 제 사건에서 손을 떼 주십시오."

"네?" 변호사는 화들짝 놀라며 상반신을 일으켜 손으로 이불을 짚고는 K를 빤히 바라보았다.

"허락하실 줄 믿습니다." 하고 K는 다시 상대편의 대답에 대비하여 전신을 긴장시켰다.

"그 계획을 우리는 두 사람이 함께 추진해도 되겠습니다그려." 하고 잠시 후 변호사는 말했다.

"계획이라니, 퍽 태평스런 말씀을 하시는군요."

"그래요? 그러나 우리들은 그렇게 서두르지 않아도 될 것 같습니다만."

변호사는 '우리들'이란 말을 쓰는데, K를 해방시킬 의사는 전혀 엿보이지 않고 경우에 따라서는 K의 대리인은 안 되더라도 적어도 충고자가 되어야 한다는 표정이었다.

"결코 필요 이상으로 서두르고 있는 것은 아닙니다." K는 침착한 동작으로 자리에서 일어나 자기가 앉았던 의자의 등뒤로 돌아갔다.

"깊이 생각한 결과입니다. 좀 지나치다 싶을 만큼 생각했었지요. 저의 결심은 확고합니다."

"꼭 그렇다면 좋습니다. 한 마디만 하겠습니다."

　변호사는 이불을 뒤로 밀어붙이고 침댓가에 걸터앉았다. 그는 잿빛 털이 보송 보송한 다리를 드러내고 있었는데, 추위 때문에 벌벌 떨고 있었다. 소파에서 모 포를 가져다 달라고 부탁하기에 K는 그것을 집어다가 그에게 건네 주었다.

　"일부러 침대 밖으로 나와서 이렇게 떨 필요는 없지 않습니까?"

　"그게 문제가 아니오. 사태가 아주 중대한 국면에 접어들었습니다." 하고 말 하면서 변호사는 이불로 상반신을 두르고 다리를 모포 속에 집어넣었다. "당신 의 숙부는 내 친구였습니다. 그 때문인지 요즈음엔 당신에 대해서도 애착을 느 끼게 되었지요. 이건 나의 진정입니다."

　노인의 눈물 어린 얘기는 으레 군소리가 되게 마련이고 고맙지도 않은 일이라 될 수 있는 대로 멀리하고 싶었다. 게다가 K의 결심을 번복시키지는 못했지만 마음에 동요를 일으키기에는 충분한 것이었다. 그래서 K는 여유를 두지 않고 변호사를 향해 다시 입을 열었다.

　"저를 아껴 주시는 그 후의는 고맙습니다. 그리고 사건의 유리한 해결을 위하 여 여러 가지로 수고해 주신 데 대하여는 진심으로 감사하고 있습니다. 별로 할 말도 없는 처지입니다만, 지금 이대로는 아무래도 불충분하다는 느낌이 날이 갈 수록 더 강해집니다. 물론, 나보다는 비할 수 없을 만큼 풍부한 경험을 가지신 선생님 앞에서 내 생각이 옳다고 우기고 싶지는 않습니다. 여태까지 나도 모르 게 그런 심정이 내 태도에 나타났으리라고 생각됩니다만, 아무쪼록 너그러이 봐 주시면 고맙겠습니다. 아무튼 사태는 선생님 말씀과 같이 참으로 중대합니다. 소송에 대해서 보다 적극적인 대책을 마련하지 않으면 안 되겠습니다."

　"잘 알겠습니다. 그러나 당신은 좀 참을성이 모자랍니다." 하고 변호사는 말 했다.

　"참을성이 없다니 무슨 뜻입니까?" K는 다소 흥분하여 솔직하게 말해 버리 자는 생각이 들어 "숙부님을 따라 처음 뵈올 때, 소송에 대해서 별로 어렵게 생 각하지는 않았습니다. 그것은 선생님께서 짐작하고 계신 대로입니다. 말하자면 억지로 생각나게 해 주는 사람이 없었더라면 재판에 대한 일은 잊어버리고 있을 정도였습니다. 그런데 숙부는 선생님께 사건을 일임하라고 강력하게 주장하셨고 저 역시 숙부님의 비위를 거스를 수가 없어서 시키는 대로 했습니다. 사건을 변호사에게 맡기는 것은 소송이라는 무거운 짐을 조금이라도 덜기 위한 것이므로 이것으로 얼마간 부담이 가벼워지리라고 은근히 기대했습니다. 이것은 당연한 일이라고 생각합니다. 그런데 일은 완전히 저의 기대를 벗어나고 말았습니다. 선생님께 사건을 의뢰하고 난 뒤 이 소송 사건 때문에 얼마나 많은 속을 썩였는지 모릅니다. 나 혼자일 때는 모든 걸 되어 가는 대로 내버려 두었는데 그것은 참을 만한 일이었습니다. 지금은 변호사도 있고 만반의 준비도 갖추어져 있습니다. 그리고 적극적인 선생님의 선처를 학수고대하고 있었습니다. 그런데 그것이 완전히 허사였다는 것을 알았습니다. 재판소에 대해 아마도 다른 사람으로부터는 결코 입수할 수 없는 좋은 정보를 얻었습니다만, 소송이 저도 모르게 시시각각으로 닥쳐온 지금, 그런 정보만 가지고는 만족할 수 없게 되었습니다."

K는 의자를 발로 밀어 내 버리고 윗도리 호주머니에 두 손을 집어넣고 변호사 앞에 버티고 서 있었다.

"소송 사건을 추진하다가 어느 시기에 이르면……." 하고 변호사는 나직한 목소리로 조용히 말을 꺼냈다. "소송은 본질적으로 새로운 상황은 벌어지지 않게 됩니다. 당신과 비슷한 소송 사건 단계에 도달한 많은 의뢰인들이 조금 전까지만 해도 내 앞에서 당신이 한 것과 똑같은 이야기를 했습니다."

"그렇다면 그 의뢰인들은……." 하고 K는 말했다. "나와 똑같은 합당한 이유가 있었던 겁니다. 당신의 설(說)은 전혀 반박이 될 수는 없습니다."

"난 당신의 의견에 반박할 의사는 없소." 하고 변호사는 말을 이었다. "하지만 당신한테는 재판 제도와 내 작업의 범위에 관해 여느 의뢰인들과는 달리 소상하게 설명을 드렸기 때문에 좀더 사정을 알아 주셨으면 좋으련만, 믿지 않는 것 같아 유감입니다. 나는 그렇게 호락호락 넘어갈 사람은 절대 아닙니다."

변호사는 K에 대해서 그 얼마나 비굴한 태도를 취했던가! 자기의 직분에 대한 자부심을 그 어느 때보다도 떳떳이 내세워야 할 상황임에도 불구하고 스스로 짓밟으며 왜 이런 태도를 취하는 것일까? 무척 일거리도 많고 돈도 있는 모양인데, 의뢰인 하나 잃는다고 해서 그렇게 당혹할 것은 없지 않은가! 게다가 환자

이기도 하니, 될 수 있는 대로 격무에 시달리지 않는 것이 좋을 텐데 꽉 잡고서
봐 주지를 않는다! 어쩐 일인가? 그것이 숙부에 대한 개인적인 친분의 소치일
까, 아니면 K의 사건이 유달리 이상한 걸 알고 교묘하게 이것을 다루어 보이겠
다는 것일까? 그것도 누구에게 보이겠다는 것일까? K에 대해서? 그것도 아니
라면──이런 경우가 있을 수 없다고 누가 단언할 수 있을 것인가──재판소
의 친구들에 대해서일까? 서슴지 않고 K는 살피는 눈길로 그를 쳐다보았으나
상대방은 조금도 변한 점이 눈에 띄지 않았다. 아무래도 이 사내는 일부러 침묵
을 지키고 자기의 말이 상대편에게 주게 된 효과를 은근히 살피고 있음에 틀림
없었다. 그러나 변호사는 K의 말을 지극히 호의적인 것으로 해석하고 있었음이
다음 말에 의하여 드러났다.

　"언젠가는 알게 되시겠지만, 나의 큰 사무실에는 조수 한 사람 없습니다. 예
전에는 젊은 법률가가 몇 명 조수 노릇을 했지만 지금은 나 혼자입니다. 이것은
내가 전문을 바꾸어 당신이 의뢰하신 것과 같은 그런 종류의 사건만 취급하기로
작정한 때문이기도 합니다만, 이런 종류의 법률 사건에 의해서 내가 차차 인식
을 깊게 한 때문이기도 한 것입니다. 즉 나의 의뢰자 그리고 나의 직분에 상처
를 주지 않기 위해서는 절대로 일을 남에게 맡겨서는 안 되겠다는 생각이 들었
던 것입니다. 일을 전부 혼자서 해치우겠다고 결심한 데 대해서는 당연한 결과
로서 나는 대부분의 의뢰를 거절하지 않을 수 없었고, 각별히 친분이 두터운 분
에 한하여 의뢰를 받아들이는 정도에 그치고 있었습니다. 그러나 세상은 좁고도
넓은 것이라 내가 포기한 찌꺼기를 탐내서 덤벼드는 무리가 내 주위에는 상당히
많습니다. 이런 일로 과로가 겹쳐 마침내 몸까지 버리고 말았습니다. 그러나 이
결심을 나는 결코 후회하지는 않습니다. 물론 사건을 좀 적게 취급하면 되지 않
겠느냐고 생각하실는지 모르겠습니다만, 어떻든간에 내가 좋아서 맡은 사건인만
큼 열성을 다하지 않을 수 없었고 따라서 좋은 성과를 올리기도 했습니다. 어느
책에서 일반적인 법률 문제의 변호와 내가 취급하는 이런 사건의 변호를 비교해
서 대단히 훌륭하게 써 놓은 것을 읽은 일이 있습니다. 즉 전자는 가느다란 실
을 가지고 피변호자를 판결로 이끄는 것이지만, 후자는 피변호자를 다짜고짜로

어깨에 둘러메고 판결뿐만 아니라 그 이상까지 단숨에 이끌고 간다고 했었는데 나는 그것이 적절한 표현이라고 생각합니다. 그러나 나도 이와 같은 중대한 일을 맡은 후 종종 후퇴할 때가 있었는데, 가령 지금의 당신처럼 심한 오해를 하는 사람이 있게 되면, 정말 이런 직업에 환멸을 느낍니다."

K는 이야기를 듣고서 납득이 되기는커녕 도리어 마음이 초조하기만 했다. 변호사의 말투에서 K는 자기를 기다리고 있는 것이 무엇인지 어렴풋이 알게 될 것 같았다. 만일 그가 지금 굴복하면 또 애매하고 답답한 나날이 계속되고 초조한 심정에서 헤어나지 못하게 될 것이다. 언제나 작성중이라는 진정서, 더구나 그 앞에 가로놓여 있는 험난한 문제 등등――즉, 지겨우리만큼 다시 한 번 그것이 되풀이될 것이고, 또한 막연한 장래에 허황된 희망을 걸고 막연한 두려움에 시달리게 되는 것이었다. 이러한 것을 이 단계에서 철저하게, 그리고 결정적으로 저지해 둘 필요가 있었다. 그래서 K는 이렇게 말했다.

"저의 변호를 이대로 계속하시는 경우, 어떤 좋은 계획이라도 있습니까?"

변호사는 이 모욕적인 질문조차도 개의치 않고 대답했다.

"내가 당신을 위해서 계획한 일을 종전대로 계속해 나갈 작정입니다."

"그렇다면 더 이상 이야기를 들을 필요가 없군요. 충분히 짐작할 수 있습니다."

"아니, 한 마디 더 해야겠습니다." 하고 변호사는 K를 흥분시키고 있는 일에 도리어 자기가 흥분해야 마땅하지 않겠느냐는 표정으로 말을 계속했다. "당신은 나의 변호를 올바르게 평가해 주시지도 않을 뿐만 아니라 여러 가지로 인식이 부족한 태도를 보이고 계시는데, 이것은 당신이 피고의 몸임에도 불구하고 재판소의 조치가 지나치게 미온적인 탓으로 생겨난 현상이라고 생각됩니다. 바꾸어 말하면, 아니 좀더 정확히 말한다면 당신에 대한 재판소의 대우가 부당하리만큼 관대하다는 것입니다. 그러나 지나치게 관대한 데는 모두 그 이유가 있는 것이어서, 이를테면 감옥 속에 있는 것보다 자유로운 처지에 있는 것이 훨씬 고통스러운 경우도 있습니다. 그건 그렇다 치고 한 가지 당신에게 참고될 만한 것을 보여 드리고 싶습니다. 즉 당신 이외의 모든 피고들이 어떤 대우를 받고

있는가 하는 겁니다. 직접 눈으로 한번 보십시오. 이제부터 블로크를 불러들일
터이니 문을 열고 이 작은 탁자 옆에 앉아 계십시오."

"알았습니다." 하고 K는 변호사의 요청대로 움직였다. 끊임없이 무엇이건
배워야 되겠다는 마음의 자세만은 여전히 남아 있었다. 다만 예방선만은 단단히
쳐 놓아야 하지 않겠나 싶어 "해약은 선생님께서 응낙하신 걸로 알고 있겠습니
다." 하고 말했다.

"잘 알고 있습니다. 그러나 오늘 밤 그 말씀을 당신 스스로 취소하게 될지도
모릅니다."

변호사는 다시 침대에 몸을 누이고 이불을 턱 아래까지 끌어올렸다. 그러고는
벽 쪽을 향하여 돌아눕고 나서 곧 손을 뻗어 머리맡의 초인종을 눌렀다. 벨소리
가 채 끝나기도 전에 레니가 나타났다. 그녀는 재빨리 방 안의 분위기부터 살펴
보는 것 같았다. 별다른 변화가 눈에 띄지 않자 그녀는 안도의 한숨을 쉬고 그
대로 조용히 침대 옆으로 다가갔다. 그녀는 K 옆을 스칠 때 K에게 살짝 미소
를 보냈으나 K는 못 본 체했다.

"블로크를 데려다 줘!" 변호사는 그녀에게 일렀다. 그런데 그녀는 가지 않고
그냥 방문 앞에 서서 이렇게 큰 소리로 외쳤다.

"블로크 씨, 선생님이 부르세요!"

그러나 그녀는 변호사가 벽 쪽으로 돌아누워 있는 것이 생각났던 모양인지 살
그머니 K의 등뒤로 돌아왔다. 그리고 위에서 덮치듯이 두 손으로 K의 얼굴을
만지기 시작했다. 볼을 만져 보기도 하고 머리카락에 입술을 대어 보기도 하면
서 쉴새없이 K에게 치근댔다. 얼마 후 K가 그녀의 한 손을 붙잡고 놓아 주지
않자 그녀는 한참 버둥거리다가 결국 체념해 버렸는지 조용해졌다.

잠시 후 블로크가 왔는데 안으로 들어오지 않고 입구에서 우뚝 서 있었다. 들
어가도 좋은지 어떤지 망설이는 모양이었다. 눈썹을 위로 치켜올리고 고개를 갸
우뚱거리면서 이리 오라고 변호사가 다시 명령할 때까지 기다리고 있는 모습 같
았다. K는 어서 들어오시오, 하고 말해 주고 싶었으나 변호사뿐만 아니라 이
집 안에 있는 모든 것과 인연을 깨끗이 끊어 버리려고 결심하고 있었으므로 못

본 체해 버렸다. 레니도 한 마디 말이 없었다. 그는 쫓겨나지는 않겠지, 하고 판단했던 것인지 발끝을 세우고 살금살금 방 안으로 걸어 들어왔다. 얼굴은 딱딱하게 굳어 있었고, 등뒤로 돌리고 있는 손이 부들부들 떨리고 있었다. 출입문은 만일의 경우 퇴각로로 삼을 생각으로 열어 둔 채 닫지를 않았다. K는 전혀 거들떠보지도 않고 침댓가로 다가가서 불룩하게 솟아 있는 이불을 뚫어지게 바라보기만 했다. 변호사는 벽 쪽에 몸을 붙이고 있었으므로 완전히 이불 속에 파묻혀 있는 모양이었다. 이 때 변호사의 말소리가 들렸다.

"블로크는 왔나?" 하고 물었는데 침대 가까이에 와 있던 블로크의 가슴에 이 한 마디는 충격을 준 모양이었다. 그는 변호사의 말이 떨어지기가 무섭게 비틀거리더니 새우처럼 몸을 구부리고 꼼짝도 하지 않았다.

"네, 여기 있습니다."

"뭐야, 넌?" 하고 변호사는 소리치더니 "형편이 좋지 않을 때만 찾아오는군!" 하고 몹시 언짢은 말투로 외쳤다.

"부르시지 않았습니까?" 자기 자신에게라도 확인하는 듯한 어조로 블로크는 이렇게 반문함과 동시에 무슨 공격이라도 막을 듯이 두 손을 내밀고 금방이라도 달아날 수 있는 태세를 취했다.

"부르기는 했다만, 자넨 꼭 재미없는 시각에만 찾아온단 말이야." 하고 잠시 틈을 두었다가 "자네가 상황이 좋지 않을 시간에 찾아오는 것은 이번뿐만 아니지."

변호사의 말을 듣고 나서부터 블로크는 침대 쪽은 바라보지 않고 어딘가 방 안 한쪽 구석만을 응시하고 있으면서 오로지 변호사에게 정신을 집중하고 귀를 기울이기만 했다. 물론 변호사가 벽을 향하고 있고, 말소리도 낮았으므로 알아듣기 힘든 것은 분명한 사실이었다.

"그럼, 물러가도 되겠습니까?"

"이왕 찾아온 걸 돌아가라고야 할 수 있겠나. 그대로 있어!"

그런데 블로크는 몸을 떨고 있었으므로 소원을 들어 준 것이 아니라, 반대로 무서운 회초리 앞에 볼기짝을 드러내 놓고 기다리고 있는 꼴이 되었다.

"어제는……." 하고 변호사는 말했다. "친절한 재판관을 한 사람 방문하여 화제가 자네에게로 돌아갔었는데 그 내용을 얘기해 줄까?"

"꼭 부탁합니다." 변호사가 빨리 대답을 하지 않으므로 블로크는 다시 한 번 "부디 말씀해 주십시오." 하고 되풀이하면서 몸을 굽히더니 마룻바닥에 꿇어앉으려 했다.

"무슨 그 따위 짓을 하는 거야!" 하고 K가 격한 기세로 고함쳤다.

레니가 뛰어와서 한 손으로 K의 입을 틀어막으려 했다. K는 재빨리 레니의 손목을 붙잡았다. 사랑의 힘이 아닌 증오에 가까운 성질을 가진 강한 힘으로 그 손목을 꼭 쥐자 그녀는 아픔에 못 이겨 신음 소리를 내며 안간힘을 다해 뿌리치려 발버둥치기 시작했다. 그러자 이번에는 변호사가 다음과 같이 물어 보았다.

"너의 변호사는 누구냐?"

"선생님이십니다."

"다른 사람은 없나?"

"선생님 이외에는 없습니다."

"그렇다면 딴 사람들의 말은 듣지 말도록 해!"

블로크는 변호사가 못박듯 말하는 의미를 재빨리 터득하고는 증오 어린 눈초리로 K를 바라보며 거칠게 고개를 흔들어 보였다. 만약 이 동작을 말로 바꾸어 보면 틀림없이 입에 담지도 못할 욕이었을 것이고, 이 따위 사내에게 일신상의 문제를 털어놓은 것이 후회가 된다는 표정이었다.

"더 이상 방해는 하지 않을 테니 꿇어앉든지 네 발로 기든지 마음대로 하시오." 그러나 블로크는 곧 죽어도 K에 대하여 자존심은 잃지 않겠다고 주먹을 휘두르며, K에게로 다가서서 변호사에게만은 조심하는 태도로 지껄이기 시작했다.

"당신은 그런 말을 지껄일 자격이 없습니다. 무슨 유감이 있어서 나를 모욕하는 것입니까? 하필이면 선생님 앞에서 말입니다. 변호사 선생님의 넓으신 아량과 자비심 덕분으로 우리는 이렇게 여기 있을 수 있지 않습니까! 당신도 나와 마찬가지로 기소되어 법정에 서야 할 신세, 나하고 다른 점이 무엇이 있단 말입니까? 당신이 신사라면 미안하지만 나 역시 당신 못지않은 신사라는 걸 알아 두십시오. 당신이 내게 신사 대우를 아니할 이유가 없습니다. 그러나 거기 도사리고 앉아서 태평스럽게 남의 얘기를 듣고 있는 당신과 당신의 말과 같이 발로 기어다니는 나, 이 대조에 의해서 자기의 우월을 주장하신다면 나는 옛날의 어떤 판례를 끄집어 내어 예로 들고 싶습니다. 그것은 용의자는 가만히 있는 것보다도 뛰어다니는 것이 유리하다, 가만히 있으면 자기도 모르게 묘지 속으로 끌려가는 경우가 많다는 것입니다."

K는 아무 말도 하지 않고 이 사람을 노려보았다. 불과 몇 분 사이에 이렇게 달라질 수 있을까! 소송이 이 사람을 지치게 하고, 자기 편과 적(敵)을 구별할 능력마저 잃게 한 것일까? 변호사는 의식적으로 모욕을 주려고 시도하고, 그것은 곧 자기 힘을 K에게 보여 줌으로써 K를 굴복시키려는 속셈이라는 것을 이 사람은 모르고 있는 것일까? 블로크에게는 그런 통찰력이 없고, 혹은 있다 하더라도 변호사에 대한 두려움에 모든 힘을 빼앗겨 버렸는지도 모른다. 그렇다면 왜 변호사를 속이고 아무도 모르게 다른 변호사에게 의뢰할 정도로 교활 혹은 대담한 짓을 감행하는 것일까? 더구나 이 비밀을 즉석에서 폭로할 수도 있는 K에게 달려들다니!

그뿐만이 아니다. 사내는 지금 침대 옆으로 가서 다시금 K에 대한 불평을 늘어놓기 시작했다. "선생님." 하고 사내는 부르더니 "저 사람의 얘기를 들었습니까? 아직 몇 시간의 소송 경험도 없는 주제에 5년이나 경험이 있는 나에게 건방진 소릴 하고, 조롱까지 하려 듭니다. 예절, 의무, 재판소의 관습 등에 대하여 적지않은 연구를 해 온 나를 저 풋내기가 조롱을 합니다."

"남이야 어떻든 상관할 것 없잖아. 네가 옳다고 생각하는 대로 밀고 나가면 될 게 아니냐!"

"옳은 말씀입니다." 하고 블로크는 자기 자신까지 격려하면서 변호사를 힐끗 곁눈질로 훔쳐 보고는 침대 바로 옆에 꿇어앉았다.

"선생님, 전 이렇게 꿇어앉았습니다."

변호사는 입도 떼지 않고, 블로크는 이불을 떨리는 한 손으로 만지작거렸다.

방 안이 조용해졌는데 이 때 갑자기 레니는 K의 손을 뿌리치며 말했다.

"아프잖아요! 놓아 주어요. 전 블로크 씨에게 가야 해요!"

그녀는 K가 손을 놓아 버리자 곧장 블로크한테로 달려가서 그의 옆에 앉았다. 블로크는 그녀가 자기에게 온 것을 대단히 기뻐하면서 변호사에게 자기 편이 되어 달라고 말하지는 않았으나, 몸짓으로 열심히 애원했다. 변호사의 보고를 듣겠다고 가슴을 태우고 있는 모양인데 빨리 그 보고를 들어서 다른 변호사로 하여금 이용케 하려는 것이 그의 속셈이리라. 레니는 변호사의 비위를 맞추는 요령을 잘 터득하고 있는 모양이었다. 그녀는 변호사의 손가락을 가리키면서 블로크 쪽으로 고개를 한 번 돌리더니 키스할 때처럼 입술을 쫑긋해 보였다. 그것은 그에게 변호사의 손에 키스를 하라고 암시하는 동작이었다. 블로크도 그것을 알아차리고 변호사한테로 다가서 그의 손에 키스를 했는데 그것도 레니의 권유에 따라 세 번이나 되풀이했다. 그러나 변호사가 전혀 반응을 보이지 않았으므로 레니는 변호사 위에 엎드리더니 백발이 성성한 변호사의 머리를 쓰다듬었다. 침댓가에서 몸을 쭉 뻗고 엎드려 있는 레니의 풍만한 육체가 탐스럽게 보였다. 레니의 노력으로 겨우 한 마디의 대답은 얻게 되었다.

"도무지 그것을 이 사람에게 얘기하기 싫다." 하고 변호사는 고개를 옆으로 약간 흔들어 보였는데 아마도 그것은 레니의 손을 더 느껴 보자는 생각임에 틀림없었다. 블로크는 고개를 숙이고 귀를 기울였다. 마치 이렇게 하는 것은 명령을 거역하는 것처럼 몹시 조심스런 모습으로 꿇어앉아 있었다. 이 때 레니는 여전히 변호사의 머리를 탐스러운 손으로 만지면서 물었다.

"왜 망설이는 거예요?"

이것은 벌써 수십 번 지껄인 말일 것이다. 그리고 앞으로 더욱더 세련된 화법으로 이 말을 두 사람 사이에 주고받게 되리라. K는 저 블로크말고도 숱한 사람들이 지겨운 그 소리를 들었을 것으로 생각하니 소름이 끼쳤다.

"그 사람은 오늘 무엇을 하고 있었지?" 하고 말했다.

변호사는 레니의 질문에는 대답도 하지 않고 이렇게 물었다. 의견을 말하기 전에 그녀가 먼저 블로크를 한번 내려다보니, 사내는 두 손을 비비면서 머리를 연방 조아렸다. 그녀는 그 꼴을 잠시 바라보고 있다가 곧 찌푸린 얼굴로 고개를 끄덕이고는 변호사에게로 눈길을 돌려 이렇게 말했다.

"침착하게 열심히 일하고 있었어요."

수염이 더부룩한 늙은 상인이 젊은 여인에게 선처를 애원하는 이 광경, 설령 그것이 상인으로선 어떤 숨기는 것이 있다 하더라도, 눈앞에서 그것을 바라보는 사람으로서는 이 사내의 행동은 역겹게 느껴졌다. 전적으로 모욕당하고 있는 것이었다. 즉 변호사의 수법에 다행스럽게도 K는 그다지 큰 피해를 입지 않고 지낼 수 있었지만, 다른 의뢰인들에게는 모든 다른 일을 잊게 하고 소송이 끝날 때까지 오직 미로를 끌려다니는 것이 만족스럽게 느껴지도록 만들어 버리는 모양이었다. 지금 이 침대를 개집으로 간주하고 그 밑에 기어들어가서 개처럼 짖어 보라고 명령한다면 그는 기꺼이 그렇게 하리라. 여기서 얘기되는 모든 것을 하나도 남김 없이 가슴 속에 담아 두었다가 정당한 장소에 가서 그 내용을 보고해야 할 임무라도 가지고 있는 사람처럼 K는 비판적인 눈초리를 빛내면서 조용히 앉아만 있었다.

"오늘 저 사람이 무엇을 했나 얘기해 봐." 하고 변호사가 물었다.

"일에 방해가 되어서는 안 되겠다 싶어 여느 때와 마찬가지로 하녀 방에 가둬 놓았어요. 저는 문틈으로 자주 들여다보았는데 그 때마다 침대 위에 무릎을 꿇고 앉아 선생님이 빌려 주신 책을 읽고 있었어요. 그 방에는 환기통은 있어도 햇빛이 들어오는 창문이 없었는데 그런 어둠침침한 방에서 책을 읽는 걸 보면 무척 얌전하고 온순한 사람으로 생각되어요. 제 생각으로는 만점이에요."

"글쎄, 칭찬할 만한 일이기는 하다만 정말 뜻이나 알고 읽던가?"

두 사람의 대화를 듣고 있으면서 블로크가 쉴새없이 입술을 달싹거리고 있는 것은 자기가 하고 싶은 얘기를 레니가 대신 잘 얘기해 주시오, 하고 소리 없는 말로 부탁하는 듯했다.

"정말로 알고 읽는지 어쩐지 저로선 알 수 없었지만 아무튼 대단한 열성을 가지고 읽고 있었어요. 하루 종일 한 페이지씩 손가락으로 한 줄 한 줄 짚으면서 읽고 있었는데 힘이 드는지 간혹 한숨을 내쉬었습니다. 무척 어려운 책인 모양이지요. 틀림없이 그렇지요."

"물론이지, 어려운 책이야. 그런 녀석이 그걸 어떻게 알아. 난 다만 그 사내를 변호하기 위해서 내가 얼마나 고된 일을 하고 있는지를 백만분의 일이라도 알게 하려고 그 책을 읽게 한 것이야. 더구나 이 괴로운 투쟁이 대체 누구를 위한 것이냐——새삼 다시 말한다는 것은 쓸데없는 일이 아닐 수 없지만——블로크 때문이 아니겠느냐. 난 이것도 그에게 똑똑히 알려 주고 싶단 말이야. 그래, 분명히 부지런히 읽고 있었지?"

"네, 물을 마시고 싶다고 잠시 쉰 것뿐이에요. 문틈으로 물을 한 컵 넣어 주었지요. 그리고 여덟 시쯤 되자 밖으로 불러 내어 식사를 하게 했어요."

블로크는 K를 곁눈질로 바라보았다. 그것은 마치 자기가 지금 칭찬을 듣고 있으니 당신도 똑똑히 봐 두라고 하는 거동 같기만 했다. 이젠 일이 잘 풀려 나가는구나, 하고 안심이라도 되는 것인지 그의 태도에는 긴장한 흔적이 사라지고 꿇어앉은 자세로 몸을 앞뒤로 흔들기조차 했다. 따라서 변호사가 내뱉은 다음 말은 그야말로 그에게는 청천벽력이 아닐 수 없었다.

"네가 그렇게 저 사내를 칭찬하면……." 변호사는 레니를 향하여 말하는 것이었다. "더욱더 얘기하기가 어려워지는구나. 재판관은 블로크라는 사내에게도, 그 소송에 대해서도 그다지 호감을 가지고 있지 않아."

"호감을 가지지 않았다니 그럴 리 없어요."

블로크는 긴장하여 눈동자를 번득이면서 그녀를 응시했다. 이제는 어쩔 수도 없는 재판관의 말인데도 그는 저 여자라면 지금이라도 어떻게 해서든지 자기에게 유리한 말로 바꿀 수 있겠지, 하고 굳게 믿고 있는 눈치였다.

"그런데 그게 아니야." 하고 변호사는 말했다. "블로크의 얘기를 끄집어 내자마자 재판관은 불쾌한 표정을 짓고 '블로크 얘기는 제발 그만하시오.' 하고 말했단 말이야. '그 사내가 나에게 변호를 맡겼소.'라고 말했더니, '그건 당신이 이용당하고 있는 것이오.' 하지 않겠나. 그래서 '그 사건은 아직 가망이 있다고 봅니다.'라고 말했지. 그랬더니 역시 '당신은 분명히 이용당하고 있소.' 하고 되풀이했어. '그럴 리가 없습니다. 그 사내는 소송에 성실하고 사건의 진행 상황에 항상 주목하고 있으며, 새로운 내용을 알기 위해서 우리 집에서 숙식까지 하고 있습니다. 보기 드물 정도로 열심입니다. 물론 얼른 봐서 호감은 가지 않는 사내지요. 예의범절이 시원찮고, 옷차림도 천박합니다. 그러나 소송에 관한 한, 조금도 나무랄 데 없는 사람이라고 생각합니다.'라고 나는 그럴 듯하게 과장해서 얘기했더니 재판관은 이렇게 대답하더란 말이야. '블로크는 교활한 놈이오. 몹쓸 인간이지요. 온갖 지식을 주워 모아서 소송을 연기하는 데 이용하고 있으며, 이 사내의 무식함은 그 교활함과 함께 어디에 내놓아도 일등은 할 것이오. 만약 소송이 조금도 진행되고 있지 않다는 걸 알게 되면, 그리고 소송의 개시를 알리는 종소리조차 아직 울리지 않고 있다는 것을 알게 된다면 그놈은 어떤 표정을 할까?' 이렇게 말한단 말이야. 그런데, 블로크, 좀 얌전히 못 하겠소!" 블로크는 비틀거리면서 일어서서는 설명을 부탁하려는 기색을 보였던 것이다.

　변호사가 블로크에게 말을 건 것은 이것이 처음이었다. 지쳐 있는 눈초리로 멀거니 블로크를 내려다보고, 이 시선을 받은 사내는 다시금 꿇어 엎드리고 말았다.

　"재판관이 무슨 말을 한들 당신에게는 전연 관계 없는 것이니……." 하고 변호사는 말했다. "그렇게 깜짝깜짝 놀랄 건 없어. 그러면 내가 얘기를 할 수 없잖아. 흡사 최종 판결이라도 받는 것 같은 그런 표정으로 사람을 노려보니 내가 견딜 수가 없어. 이분도 자리를 같이하고 있고 하니 좀 삼가는 것이 어때! 당신의 그런 태도는 결국 나의 신용에도 영향이 미치는 거야. 당신은 도대체 어떻게 하라는 거요? 나에게서 버림을 받은 것도 아닌데, 그렇게 지나친 걱정은 할 필요가 없단 말이오. 당신은 최종 판결이 간혹, 갑자기 때를 가리지 않고 임의(任意)의 선고자로부터 내려진다는 얘기를 주워들은 모양이지만, 상당한 단서를 붙인다면 이 견해도 인정할 수 있어. 그리고 당신의 걱정이 나로서는 몹시 불쾌한데, 이것은 나에 대한 신뢰가 당신에게는 없기 때문이라는 사실도 인정하지 않으면 안 되겠어. 내가 뭐라고 했나? 어느 판사의 말을 그대로 전한 것뿐이 아닌가! 절차에 대해서는 여러 가지 해석이 있다, 그것이 절차를 더욱 혼란하게 만들고 있다, 사실 그대로의 모습 같은 것은 이미 오래 전부터 볼 수 없게 되어 있소. 이건 당신도 알고 있을 것이오. 이를테면 이 재판관은 절차가 시작되는 시기에 대하여 나하고는 다른 생각을 가지고 있으나 그다지 문제삼을 만한 부분이라고는 할 수 없어. 즉, 소송이 어느 정도 진행되면 옛날부터의 습관에 따라 종소리로 신호를 울리는데 이 재판관은 그것을 소송의 개시로 간주하는 것이었어. 이에 대한 반박을 지금 이 자리에서 일일이 당신에게 설명해 줄 수도 없고 또 설명해 주더라도 쉽게 이해하지 못하겠지만, 반박의 여지는 얼마든지 있다는 것만 알고 있으면 돼."

블로크는 당황해서 침대 앞에 깔아 놓은 융단을 만지고 있었다. 재판관의 말이 걱정이 되어, 지금까지 변호사에게 고개조차 쳐들지 못한 것을 말끔히 잊어버린 듯한 태도로 자기 일만 생각하고 재판관의 말을 머릿속에서 여러 가지로 따져 보고 있었다.

"블로크!" 하고 레니는 앙칼진 소리로 부르더니 사내의 목덜미를 붙잡고 약간 끌어올리면서 소리쳤다.

"그런 건 만지지 말고, 선생님 말씀이나 들어요!"*

*이 제8장은 미완성임.

제 9 장   대사원(大寺院)

K는 은행 관계의 중요한 고객으로서, 처음으로 이 거리에 머무르게 될 어떤 이탈리아 인을 위하여 관광을 안내하라는 명령을 받았다. 예전 같으면 큰 영광으로 여길 만한 명령이었으나 은행에서 종전의 근무 평가를 유지하는 일만으로도 몹시 힘겨운 요즈음으로서는 그다지 반갑지도 않았고 그렇다고 해서 거절할 처지도 못 되었다. 무엇보다도 우선 사무실을 비우는 것이 언짢았다. 물론 사무실에 있는 시간을 예전처럼 성실하게 임하고 있는 것도 아니고 그저 일하는 흉내나 내면서 겉치레만 하는 경우가 많았는데 그렇기 때문에 더욱 사무실을 비우게 되는 것이 불안한 것이었다. 끊임없이 이 쪽의 약점만 노리고 있는 지점장 대리는 K가 방을 비우면, 가끔 K의 사무실에 들어왔다. K의 책상 앞에 앉기도 하고 서류를 뒤적거려 보기도 하며 K가 긴 세월을 두고 친구처럼 사귀어 온 고객을 가로맡아 면담을 한다든가, 이간책을 꾸미려는 태도가 눈앞에 보이는 것만 같았다.

그뿐만이 아니다. K의 직무상의 실수를 폭로할는지도 모른다. 실수에 대해서는 요즈음 온갖 방법으로 기회를 노리고 있다는 것은 이미 알고 있는 일이지만, K로서는 그것을 물리치거나 벗어날 기력이 없었다. 그런 관계로, 직무상의 외출 혹은 잠시 다녀오는 출장 같은 것을 명령받았을 때, 특별히 선정되었다는 것은 겉보기뿐이고——최근에 어떻게 된 셈인지 이와 같은 명령이 잦다——사무실로부터 떠나게 해서 업무 처리 상황을 검사할 작정이겠지, 적어도 나 같은 사람은 있으나마나 한 존재에 불과했다. K는 늘 이런 망상에 젖어 있었다. 이와 같은 명령을 거절하는 것이 그다지 어려운 일은 아니었으나 과감히 거절할 용기가 없었다. 불안은 전혀 근거 없는 것일는지는 모르나 명령의 거절은 자신의 공포를 고백하는 것이나 다름이 없었다. 그래서 이런 종류의 명령은 아무렇지도 않은 양 받아들이고 있었고, 또 이틀 동안의 무척 괴로운 출장을 명령받았을 적에도 격심한 오한을 느끼면서도 말없이 받아들인 까닭은 이것을 알리면 요즈음은 가을에 접어드는 환절기이므로 그런 몸으로는 큰일나겠다, 출장이 취소될 위험성이 많았기 때문이다.

이 출장에서 심한 두통을 참고 돌아왔을 때 바로 그 다음 날로부터 이탈리아 고객을 여러 곳에 안내하도록 되어 있다는 사실을 알았다. 이번만은 거절하고 싶은 생각이 간절했고, 이것은 직접 직무하고는 관계없는 명령이긴 하지만 고객을 대접하는 이러한 의무는 그 자체로선 상당히 중요한 일이다. 그러나 K는 업무 처리의 성적이 올라가지 않는 한 이 이탈리아 고객을 아무리 매혹하는 일이 있다 하더라도 지금의 지위를 유지할 수는 없다고 믿고 있다. 따라서 단 하루라도 직장을 떠나는 것은 반갑잖은 일이었다. 이것은 단 한 번 그 지위에서 떠나기만 하면, 다시는 제자리로 돌아오지 못하지 않나 하는 염려, 이 염려가 도를 지나쳐 공포가 되었기 때문이고, 자신도 그것이 지나친 억측이요 과대망상이라는 것을 잘 알고 있었으나 아무리 해도 물리칠 수 없는 공포였다. 더구나 이 경우에 적당한 구실을 붙인다는 것은 거의 불가능한 상태였다.

K의 이탈리아 어(語) 실력도 대단치 않았으나 요긴하게 소용되었고, 게다가 옛날부터 K에게는 얼마간 미술에 대한 지식이 있으며, 한동안 시내의 고(古) 미술보존회 회원으로 있었으므로 이 미술의 지식이 지나치게 과장되어 은행 안에 소문나 있었다. 또 마침 이탈리아 사람이 미술 애호가인 관계로 K가 그 안내자로 선발되었던 것인데 이것은 부득이한 일이라고 하지 않을 수 없었

다.

어느 날 아침 비가 억수같이 쏟아지는 궂은 날씨였는데 K는 불쾌한 하루를 예상하면서 출근 시간으로는 이른 7시에 은행에 도착했다. 이탈리아 사람 때문에 일손을 빼앗기게 되었으므로 조금이라도 자기 일을 해치워야 되겠다고 생각했던 것이다. K는 간밤에 복잡한 이탈리아 어 문법책을 읽느라고 밤늦게까지 잠을 자지 못했기 때문에 몹시 지쳐 있었다. 근래에는 멍하니 창가에 앉아 있는 경우가 많았는데, 그 창문이 오늘도 책상에서 K를 끌어 내리려고 했으나 K는 그 유혹을 물리치고 집무를 시작했다. 그런데 일을 시작하자마자 사환이 들어왔다. 업무 부장이 출근했는지 보고 오라는 명령을 받았다고 말하며, 만약 나오셨거든 이탈리아 손님이 기다리고 있으니 응접실로 오라는 말을 전했다.

"알았어, 곧 가마." 하고 K는 작은 사전을 호주머니에 집어넣고 외국인 접대용으로 만들어진 시내의 명소(名所) 사진 앨범을 옆구리에 끼고 지점장 대리의 방을 지나 응접실로 향했다. 이렇게 일찍 출근해서 명령과 동시에 모습을 드러내리라고는 아무도 예상하지 못했으리라고 K는 만족스러운 미소를 지었다. 지점장 대리의 방은 깊은 밤인 양 깊은 정적에 빠져 있고 사환은 이 방에도 심부름을 왔겠지만 허사로 돌아갔음이 분명했다. 응접실에 들어가니 푹신푹신한 팔걸이 의자에 앉아 있던 두 사람의 신사가 일어섰다. 지점장은 온화한 미소를 얼굴에 담고 K가 나타난 것에 적이 만족하는 기색이고, 곧 이탈리아 인과 수인사를 시켰다. 이탈리아 인은 K의 손을 굳게 잡고 웃으며 퍽 일찍 일어나시군요, 하고 말하는 것 같았는데 누구를 두고 하는 말인지 얼른 알 수가 없었다. 그리고 잘 쓰지 않는 말이라 한참 생각해서야 비로소 아 그랬었군, 하고 깨달았다.

K는 형식적인 말을 두세 마디 지껄였으며, 이탈리아 인은 다시 웃으면서 고개를 끄덕이고 잿빛 수염을 두세 번 신경질적으로 쓰다듬었다. 수염에 향수를 뿌린 것같이 느껴졌고, 순간 괜히 다가가서 냄새를 맡아 보고 싶었다. 세 사람의 말은 겨우 알아들을 수 있었으므로 K는 내심 안타까웠으며, 적지않이 자신을 잃었다. 천천히 얘기해 준다면 거의 해득할 수 있었는데, 이번에는 이 쪽 사정은 조금도 봐 주지 않고 그저 청산유수처럼 유창하게 지껄여 대면서 몹시 유

쾌하게 고개까지 흔들면서 얘기를 했다. 때때로 어딘가의 사투리가 섞여 나오는
데 아무리 생각해도 이탈리아 어라고는 생각되지 않는 것이나 지점장은 그 말을
잘 알아듣고 대꾸를 했다. 이것은 이 이탈리아 인의 고향인 남부 이탈리아에 지
점장도 2, 3년 근무한 적이 있었기 때문에 그다지 놀랄 일도 못 되었다.

그런데 이 사람이 사용하는 프랑스 어도 알아듣기가 몹시 힘들고 또 입술이
수염에 가려 있기 때문에 입술의 움직임으로 말을 짐작하는 것도 불가능했다.
이래서 그와의 의사 소통은 거의 절망에 가깝다고 깨달았다. 여러 가지 언짢은
일이 일어날 것만 같았다. 이탈리아 인의 말 같은 것은 몰라도 되겠지, 하고 일
단 체념을 하고——이것은 지점장에게 맡겨 두면 되니까——내키지 않는 기
분으로 사나이를 관찰하라는 일만으로 참기로 했다. 그는 팔걸이 의자에 푹 파
묻혀 있는 모습이 다소 들떠 있는 것처럼 보였다. 몸에 딱 붙는 짧은 상의를 몇
번이고 이쪽저쪽으로 끌어당겨 보기도 하고 팔과 손을 흔들면서 뭔가를 표현하
려고 기를 쓰고 있었다. K는 앞으로 몸을 기울이고 그 손을 들여다보듯 했으나
도무지 그 뜻을 알 수가 없었다.

마침내 기계적으로 상대편의 몸짓을 눈으로 좇고 있는 K에게, 쌓였던 피로가
덮쳐 갑자기 머릿속이 몽롱해지고 자신도 모르게 일어나서 홱 방향을 바꾸어 떠
나려 하다가 문득 제정신이 들었다. 그러나 다행히 그 순간 이탈리아 인도 시계
를 들여다보고는 급히 일어섰다.

지점장은 인사를 마치자 K에게로 바싹 다가왔다. K는 그 때문에 자기 앞에
있는 의자를 치우지 않으면 꼼짝도 할 수 없게 되었다. K가 어쩔 줄 몰라 난처
해하는 것을 눈치챈 지점장은 두 사람의 사이에 끼여들었다. 그는 참으로 교묘
하고 세련된 거동으로 가볍게 귓엣말이라도 하는 체하면서 청산유수처럼 지껄여
대는 이탈리아 인의 말 내용을 최대한 간단하게 일러 주는 것이었다. 이 통역에
의하면 이탈리아 인은 아직 마치지 못한 용무가 남아 있고, 또 유감스럽게도 별
로 여유가 없으니 볼만한 구경거리라 할지라 다 돌아볼 수는 없는데, 대사원만
은 샅샅이 구경하고 싶다, 이것도 K가 정해 주는 계획에 따라서 구경하겠다,
이렇게 학식도 있고 얌전한 분에게——이것은 K를 가리키는 말인데, K는 상

대편의 이 말을 미처 듣지 못하고 지점장의 통역을 듣는 데 열중하고 있는 것이었다──안내를 받게 되는 것은 더없는 영광이고 실례가 되지 않으면 두 시간 뒤인 10시경에 사원에서 만났으면 좋겠다, 그 시간에는 틀림없이 뵙도록 하겠다,라고 말한다는 것이었다.

K는 입에서 나오는 대로 몇 마디 지껄여서 그 자리를 우선 마무리했다. 이탈리아 인은 먼저 지점장과 악수를 하고 다음에는 K와, 마지막에는 다시 한 번 지점장과 악수를 교환하고 두 사람의 배웅을 받으면서 여전히 두 사람에게 지껄여 대며 사라져 갔다.

K는 잠시 지점장과 단둘이 있게 되었다. 지점장은 어쩐 일인지 오늘따라 몹시 침울한 표정을 짓고 있었다. 지점장은 K의 양해를 얻어 두어야 되겠다고 생각했는지──두 사람은 다정스럽게 붙어 서서──처음엔 자기가 안내할 계획이었는데 나중에 마음이 바뀌어──더 상세하게는 설명하지 않고 K를 보내는 것이 좋겠다고 생각했다고 말했다. 그 사람의 말씨는 알아듣기가 힘들겠지만 당신이라면 곧 익숙해질 테니까 너무 낙심하지 마라, 설령 못 알아듣는다고 해도 별로 사업에 영향이 미칠 것도 아니니 걱정할 것 없다, 그리고 그 사람은 상대편이 이해하고 안 하고를 조금도 개의치 않는다, 그건 그렇고 당신의 정확한 이탈리아 어 실력에는 놀랐다, 당장 숙달하게 되겠지, 하고 덧붙이는 것이다.

그는 말을 마치자마자 방을 나갔고, K는 자기 방으로 돌아왔다. 일상생활에서는 잘 쓰지 않지만 대사원의 설명에 필요한 말을 사전에서 뽑아 열심히 익혔다. 그것은 퍽 귀찮은 일이었다. 사환이 우편물을 가지고 들어왔다. 부하 직원들은 직무상의 여러 가지 일을 조회(照會)하러 왔다. 집무중인 K를 보고 문 앞에서 응답을 기다리고 있곤 했다. 지점장 대리가 과연 방해를 시도하기 위해서 나타났다. 방 안으로 쑥 들어오더니 K의 손으로부터 사전을 빼앗아 들고 뜻도 모르는 주제에 페이지를 뒤적뒤적거리며 들여다보았다. 그리고 문이 열릴 때마다 대기실의 어둠침침한 곳에서 숱한 내방객의 모습이 떠오르는 것이었다. 서로 머뭇거리더니 상체를 앞으로 굽혔다. 이것은 자기에게 K의 주의를 끌려고 하는 것인 듯했는데 그 효과는 기대하기 어렵겠다는 표정을 짓고 있었다──이러한 온갖 것이 K를 중심으로 빙글빙글 돌고 있었고 그와 같은 소용돌이 속에서도 K는 필요한 어휘를 정리했고 사전을 뒤적이며 메모를 만들고 발음을 연습하며 뜻을 외우려고 했다.

그런데 그 뛰어난 기억력은 예전 같지가 않았다. 어쩌다가 이런 귀찮은 일을 맡게 되었을까, 하고 이탈리아 인에 대하여 울화가 치밀어 사전을 서류 속으로 밀어 넣어 버리고 준비고 뭐고 다시는 하지 않겠다고 생각해 보기도 했다. 그러나 이탈리아 인과 함께 벙어리처럼 멍청하게 사원(寺院)의 미술품을 보고 돌아다닐 수도 없는 일이었다. 마음을 달리 먹고는 사전을 도로 끄집어 냈다. 그러다 보니 심정은 더욱 어지럽고 부아가 났다.

아홉 시 반에 그가 나가려고 할 때 전화가 걸려 왔다. 레니였다. "안녕하세요." 하고 인사를 하고 나서 그 동안의 안부를 물었다. 서둘러 K는 인사를 했고 사원에 가지 않으면 안 되니 이렇게 한가하게 얘기할 시간이 없다고 말했다.

"사원이라고요?"

"그래!"

"무슨 일로 그런 곳에 가는 거예요?"

K가 간단히 대답하려고 했으나, 레니는 갑자기 말을 가로막았다.

"당신, 사주(使嗾)받고 있는 거예요." 뜻밖의 말이고 더 이상 귀찮은 대화를 계속할 필요도 없고 시간도 없다 싶어 그만 간단하게 인사를 하고 수화기를 내려놓았다. K는 돌아서면서 멀리 떨어져 있는 여인을 향하여 중얼거렸다.

"그렇다. 난 사주받고 있어!"

레니와의 전화 때문에 적잖은 시간을 써 버렸기 때문에 약속 시간에 늦지 않을까 싶어 택시를 타고 가려 했으나 막 출발할 순간에 앨범을 안 가지고 온 것이 생각나 다시 그것을 가지고 와서 차에 올랐다. 무릎 위에 놓고 초조한 표정으로 그것을 쉴새없이 손가락으로 퉁기고 있었다. 비는 좀 그쳤으나 축축하고 싸늘하며 어둠침침했기 때문에 대사원 안은 아무것도 보이지 않았으며 차가운 포석(舖石) 위에 장시간 서 있어야 했으므로 감기에 걸릴지도 몰랐다.

대사원 앞 광장에는 사람 그림자도 없었다. 이 좁다란 광장을 둘러싼 건물은 언제 보아도 거의 대부분 커튼을 드리운 채로 있는데, 어릴 적부터 이것을 이상하게 생각해 왔고, 오늘과 같은 궂은 날씨가 되면 한결 눈에 거슬리는 것이었다.

사원의 내부에도 인기척이라곤 없어 보였는데 이런 날씨에 이런 곳까지 찾아오는 미친 녀석이 없는 것이 당연하다고 생각되었다. 건물의 양쪽 날개 부분까지 걸어서 돌아보았으나 노파가 한 사람 눈에 띌 뿐이었다.

노파는 널찍한 천으로 몸을 감싸고 마리아상(像) 앞에 꿇어앉아 쳐다보고 있었다. 또 한 사람, 절름발이 사내였는데 아마도 사원에서 일을 보는 종지기인 것 같았다. 그는 멀리에서 슬쩍 나타났다가 그 왼쪽 벽에 붙어 있는 커다란 문 안으로 자취를 감추어 버렸다.

K는 약속 시간에 정확히 도착하여 건물 안으로 들어갈 때 10시를 알리는 종 소리가 들렸는데, 이탈리아 인은 아직 오지 않았다. 바깥 입구로 되돌아와서 어떻게 할까 망설이다가 곧 비를 맞으며 사원 건물의 바깥쪽을 한 바퀴 돌면서 어딘가 옆문에서라도 기다리고 있지 않나 싶어서 살펴보았다. 그러나 눈에 띄지 않았다. 지점장이 시간을 잘못 들은 것일까? 지점장만이 아니라 누구라도 그 따위 이탈리아 어는 알아들을 수 없는 것이 당연한데 어떻든간에 반 시간 정도는 더 기다려 볼 의무가 있다고 생각했다.

무척 피곤했으므로 앉으려고 건물 안으로 들어갔다. 계단 위에서 융단 조각 같은 것을 발견하고 그것을 발끝으로 예배석 앞까지 끌고 와서 외투로 몸을 단단히 감싸고 깃을 세운 다음 의자 위에 앉았다. 시간을 보내기 위하여 앨범을 펴고 잠시 들여다보았으나, 내부가 너무 어두워 그만둬 버렸다. 얼굴을 들어 바라보니 바로 가까이의 측당(側堂) 내부에 있는 물건들은 하나도 알아볼 수 없을 정도로 어두웠다.

멀리 떨어진 주제단(主祭壇)의 세 가닥으로 뻗은 커다란 촛대에 촛불이 켜져 그 불빛이 사방으로 흩어지고 있었다. 처음 들어왔을 때부터 켜져 있었는지 K는 미처 기억하지 못했는데 아무래도 조금 전에 켜진 것 같았다. 그렇다고 한다면 이 곳 종지기가 발소리를 죽이고 돌아다니면서 불을 켰다고 볼 수 있는데 그

추측이 맞는다고 한다면 여간 익숙한 것이 아니었다. 전연 느끼지 못한 사이에 이루어진 일이었다.

무심코 뒤를 돌아보니 그다지 멀지 않은 곳에 있는 기둥에 장치해 놓은 크고 기다란 촛대 위에서도 촛불이 같은 불빛을 밝히고 있었다. 이것은 아름다운 불빛임엔 틀림없으나 암흑 속에 조용히 가로놓여 있는 부제단(副祭壇)의 화상(畫像)을 제대로 비추기에는 그 불빛이 지나치게 빈약하고 도리어 그 곳을 어둡게 만들고 있는 것만 같았다.

이탈리아 인이 오지 않은 것은 분명히 예의에 벗어난 일이긴 하지만 오히려 현명한 행동이라고 생각했다. 왔다 하더라도 아무것도 보지 못했을 것이고 K의 회중전등으로 기껏 한 치의 넓이씩 화면을 더듬어 보는 것이 고작이었을 것이었다. 그런 방법으로 얼마만큼 볼 수 있을까 시험해 보려고, 가까이 있던 예배당에 다가가서 계단을 두세 개 뛰어올라 대리석으로 된 나지막한 흉장(胸墻)에 몸을 걸치듯 앞으로 내밀고 회중전등으로 제단의 그림을 비추어 보았다. 영원의 빛이라는 것이 눈앞에 어른거려 방해가 되었다.

먼저 눈에 띈 것은 갑옷을 입은 거구의 기사였는데, 그림의 맨 가장자리에 그려져 있었다. 칼을 풀이 드문드문 나 있는 메마른 땅에 쿡 찌르고 기대어 서서 눈앞에 전개되고 있는 어떤 광경을 응시하고 있는 모습이었다. 그가 이런 자세로 꼼짝도 않고 가까이 가지 않는 것이 참으로 이상했으나 그는 단지 감시의 임무만 맡고 있는 것인지도 모른다. 오랫동안 그림을 보지 못했던 K는, 회중전등의 푸른 불빛으로 눈을 깜박이면서 꽤 오랫동안 바라보고 있었다. 얼마 후 나머지 부분에 전등불을 비추어 보니 흔해빠진 그리스도의 매장(埋葬) 장면으로 비교적 새로운 그림이었다. K는 회중전등을 다시 호주머니 속에 집어넣고 원위치로 돌아왔다.

더 이상 이탈리아 인을 기다린다는 것은 무의미할 것 같았으나 바깥은 억수 같은 비가 쏟아지고 있고 다행히 이 곳은 그다지 춥지 않으므로 좀더 기다려 보기로 했다. 옆에는 커다란 설교단이 있었다. 작고 둥근 천장에는 황금의 십자가가 두 개 반쯤 가로누워 있는 모양으로 못질되어 끝이 서로 엇갈려 있었다.

난간의 바깥쪽과 그것이 지주에 계속되는 부분은 녹색의 이파리 장식으로 되어 있어서 작은 천사들이 뛰어다니기도 하고 드러누워 있기도 하며 나뭇잎을 잡고 놀기도 했다.

설교단 앞으로 나아가 자세히 살펴보았다. 나뭇잎 장식의 조각은 정교했으며 짙은 암혹이 조각의 사이와 그 뒤는 짙은 어둠의 장막이, 마치 고정해 놓은 것 같은 느낌을 주었다. K는 이러한 틈새에 손을 집어넣어 주의 깊게 돌을 만져 보았다. 설교단이 있다는 것은 오늘 처음으로 알게 된 것이었다.

문득 인기척이 나 주위를 살펴보니 바로 옆에 종지기가 눈에 띄었다. 주름이 많이 잡힌 까만 옷을 입고 왼손에는 코담배를 쥐고는 이 쪽을 살피고 있었다. 왜 그럴까? 하고 K는 생각했다. 수상쩍게 보이는 것일까? 술 생각이 나기 때문일까? K에게 들켰다고 생각하자 그 사내는 담배를 한 줌 쥔 채 오른손으로 어떤 방향을 손가락질하고 있을 뿐, 자꾸만 고개를 끄덕여 보였다.

"어떻게 하라는 거야?" 작은 소리로 K는 물었을 뿐 큰 소리를 낼 용기는 없었다. 이번에는 지갑을 끄집어 내어 예배석을 빠져 나와 사내한테로 다가가자 그는 손을 내저으며 오지 말라는 듯한 몸짓을 하고 어깨를 움츠리고 절름거리면서 달아났다. 황망히 달리는 이 절름발이와 꼭같은 걸음걸이를 어릴 적에 흉내 내 본 기억이 되살아났다.

'미련한 놈이로구나.'라고 K는 생각했다. '그래 가지고 어떻게 종지기 노릇을 하는지 모르겠다. 이 쪽이 멈추면 자기도 멈추고, 이 쪽을 엿보려고만 하는 바보스러운 얼굴.'

미소 지으며 K는 노인의 뒤를 쫓았다. 측당을 지나 제단 위까지 올라갔으나 노인은 여전히 뭔가를 손가락질 하고, K는 그것이 행방을 감추려는 수작이라고 생각하여 일부러 못 본 체하기로 했다. 끝내 추격하는 것도 포기하고 말았다. 공연히 상대편을 위협할 필요도 없고, 만일 이탈리아 인이 나타나더라도 이 노인이 필요할는지도 모른다는 생각이 들었기 때문이다.

중앙의 통로를 걸어 앨범을 잊고 온 자기 자리로 들어갔더니 성가대의 좌석에 이어진 자그마한 부설교단(副設敎壇)이 기둥에 붙어 있었다. 몹시 창백하고 윤기라고는 없는 돌을 다듬어 단조롭게 만든 것이었다. 너무 작아서 멀리에서는 성인상을 넣어 두는 감실이 비어 있는 것이나 아닐까, 하고 K가 생각할 정도였다. 설교자는 난간에서 충분한 거리를 둘 여유가 전혀 없었다. 게다가 설교단의 돌로 만든 궁륭(穹窿)은 부자연스러울 정도로 낮고 경사도 심하며, 장식은 전혀 없으나 몹시 굽어 있기 때문에 보통 키의 사람도 꼿꼿이 설 수가 없어 난간 너머로 몸을 구부리고 있을 수밖에 없었다. 마치 설교자들을 괴롭히기 위해서 만들어진 것 같았다. 바로 옆에 훌륭한 장식을 한 커다란 것이 있는데도 불구하고 왜 이런 설교단을 필요로 하는지 도무지 이해가 되지 않았다.

그러나 설교 직전에 준비하기로 되어 있는 등불이 단상에 켜져 있지 않았다면 이런 조그만 설교단 같은 것은 눈에 띄지도 않았을 것이었다. 그러면 지금부터 설교가 시작되는 것일까? 아무도 없는 교회에서? 기둥에서 시작하여 설교단까지 계속되는 계단을 따라 시선을 아래쪽으로 옮기니 계단이 좁아져 인간은 도저히 지나다닐 수 없을 정도인데, 마치 기둥의 장식같이 보였다. 그러나 설교단 아래까지 바라보니 뜻밖에도 거기엔 성직자가 서 있었다. K는 놀라 그를 바라보았다.

성직자는 난간에 손을 짚고 단상으로 오르려는 자세로 얼른 K의 얼굴을 바라보았다. 그리고 나서 가볍게 절을 하고 성호를 긋고 허리를 굽혔으나 다소 느린 동작이었다. 성직자는 힘없이 계단을 올라갔다. 정말로 시작할 참인가, 그런데 종지기는 이 쪽에서 생각한 만큼 바보는 아니었던 모양이었다. K를 성직자에게 내맡기려 했던 것 같다. 확실히 텅텅 비어 있는 교회에 체면을 갖추게 하려면 이것은 절대로 필요한 수작이었다. 그렇다면 또 한 사람, 마리아상 앞에 꿇어엎드리고 있을 노파도 어딘가에 있을 터이니 데리고 와야 하는 것이었다. 또 설교가 시작된다면 오르간의 연주도 있어야 하는 게 아닐까? 그러나 오르간은 뚜껑이 닫힌 채 묵묵히 거대한 암흑 속에서 가냘픈 빛을 발산하고 있을 뿐이었다.

K는 일찌감치 나가 버리는 것이 좋지 않을까 하고 생각했다. 그렇잖으면 설교 도중에 자리를 떠난다는 것은 어려울 것 같았다. 끝날 때까지 앉아 있어야 했다. 사무실에서 꽤 많은 시간을 허비했고 이렇게까지 해서 이탈리아 인을 기

다려 줄 필요는 없을 것이다.

시계를 보니 벌써 11시가 넘었다. 그런데 정말로 설교를 할 것인가? K 혼자 교인들을 대표하게 되는 것인가? 만약 K가 교회를 구경할 뿐인 외국 사람이었다고 한다면 어떻게 할까? 솔직하게 말해서 현재의 K는 그러한 외국인과 다를 바가 없는 것이다. 오전 11시, 그것이 주일이고 몹시 음산한 날씨에 설교가 있을 것이라고 생각한다면 그 생각부터가 어리석지 않을까? 성직자는——이 둥글납작하고 침울한 얼굴의 젊은이는 신부임에 틀림없을 것이다——잘못되어 켜져 있는 촛불을 끄기 위해서 계단을 올라간 데 불과했다.

그러나 이 상상은 완전히 빗나가고 말았다. 신부는 촛불을 자세히 살피고 나서 심지를 조금 끌어올려 놓고는 천천히 난간을 향하여 자리를 차지하고 톱니처럼 되어 있는 그 가장자리를 두 손으로 꼭 쥐었다. 잠시 그대로의 자세로 우두커니 서 있었는데 얼마 후 머리는 조금도 움직이지 않고 눈동자만 굴려 예배석을 이리저리 둘러보았다.

K는 얼른 뒤로 한 걸음 물러서면서 틈을 두지 않고 팔꿈치로 맨 앞줄의 예배석에 몸을 지탱했다. 어딘지 장소는 잘 모르겠지만 종지기가 등을 굽히고 일이 끝난 뒤, 평화스러운 느낌을 주면서 쭈그리고 앉아 있는 것을 몽롱한 가운데 발견했다. 무어라고 말할 수도 없는 평온한 고요함! 그러나 K는 여기에서 계속 있을 의사는 없었으므로 본의는 아니지만 이 고요를 깨뜨리지 않으면 안 되었다. 정해진 시간에 와서 여건 여하에 불구하고 설교를 하는 것이 신부의 의무라면 기어이 K의 협조가 없어도 상관없을 것이고, K가 있다고 해서 보다 훌륭한 설교를 할 수 있는 것은 아니었다.

K는 조용히 걷기 시작했다. 발끝을 들어 조심스럽게 걸음을 옮기면서 좌석을 따라 중앙의 넓은 통로로 나왔다. 이것은 무사히 통과할 수 있을 것 같은데 발소리를 죽이려 하지만 돌로 된 바닥은 구두 소리를 냈다. 규칙적인 이 소리는 천장의 궁륭에 가냘프게 메아리쳤다. 이것이 좀 마음에 걸렸다. 신부의 시선을 등에 느끼면서 사람이라고는 없는 예배석의 의자 사이를 빠져 나가는 자신에 대하여 처량함 같은 것을 느꼈다.

이 대사원은 인간이 감당할 수 있는 최대의 규모라고 생각했다. 맨 처음 앉았던 자리에 돌아오자 얼른 앨범을 집어 들고는 곧장 다시 걸었다. 예배석 구역을 거의 벗어나서 예배석과 출입구 사이의 비어 있는 장소까지 왔을 때 갑자기 신부의 목소리가 들려 왔다. 그것은 힘차고 위엄 있는 목소리였다. 그 목소리를 울리게 하기 위해서 세워 놓은 사원의 구석구석까지 그것은 충만하고, 더군다나 그 목소리가 부르는 대상은 일반 예배자가 아니었다. 의심할 여지 없는 오직 한 사람의 상대였으며 이미 K의 퇴로(退路)는 완전히 차단되었다.

"요제프 K!"

K는 갑자기 걸음을 멈추고 바닥을 내려다보았다. 그는 아직 자유의 몸이고 따라서 몇 걸음 걸어가 눈앞에 보이는 자그마하고 거무스름한 나무문 가운데 어느 것 하나를 열기만 하면 바깥으로 나갈 수도 있었다. 그러나 말이 들리지 않았다. 혹은 들리긴 했으나 상대하고 싶지 않다는 의사 표시가 되었다. 만약 고개를 뒤로 돌린다면 말을 알아들었고 부름을 받은 자는 자기이며, 또한 명령에 복종하겠다고 고백하는 것이 되고, 영락없이 끌려가는 결과가 될 것이다. 다시 한 번 불리었다면 K는 서슴없이 나가 버렸을는지도 모르나 그럴 생각으로 기다리고 있어도 조용하기만 하므로 대체 무엇 하고 있는가 싶어서 조금 고개를 돌려 보았다. 신부는 여전히 설교단 위에 태연히 버티고 있었다.

그러나 K의 이 동작을 상대편은 분명히 보았을 것이고, 여기서 깨끗이 그리고 완전히 돌아보지 않는다면 마치 숨바꼭질이라도 하는 꼴이 될 것이고 도리어 본의 아닌 추태를 보이게 되리라. 그래서 고개를 홱 돌려 뒤를 돌아보니 신부는 손가락으로 옆으로 오라고 신호를 보내 왔다. 이제는 어쩔 수 없게 되고 말았다. K는 호기심도 있고 이왕이면 빨리 끝내 버려야 되겠다는 생각도 들어서 커다란 걸음으로 빠르게 설교단으로 뛰어갔다. 예배석의 맨 앞줄에서 걸음을 멈추었다. 그러나 아직 거리가 먼 모양인지, 신부는 손을 내밀고 집게손가락을 직각으로 구부려 설교단 바로 아래쪽을 가리켰다. K는 그대로 지시에 따랐는데 머리를 뒤로 젖히지 않으면 상대편의 얼굴이 보이지 않을 그런 위치였다.

"자네는 요제프 K지?"

신부는 그렇게 말하더니 한쪽 손을 이상한 모양으로 움직이면서 난간 뒤로 쳐들었다.

"그렇습니다." 하고 K는 대답했다. 예전에는 아무런 거리낌도 없는, 자연스러운 심정으로 자신의 이름을 말할 수 있었으나 요즈음에 와서는 자신의 이름이 하나의 무거운 짐이 되어 버린 것만 같았다. 그뿐만 아니었다. 초면인 상대가 자신의 이름을 알고 있다니 이건 또 어떻게 된 일인가? 먼저 자기 소개를 하고 나서 상대편의 이름을 묻는 것이 이치에 맞지 않을까?

"자네는 기소되어 있어." 소름끼치리만큼 낮은 목소리로 신부는 말했다.

"그건 알고 있습니다."

"바로 자네를 나는 찾고 있었어. 나는 교회사(敎誨師)야."

"그렇군요."

"자네와 이야기하기 위해서 여기로 부른 거야."

"미처 그것은 몰랐습니다. 제가 여기 온 것은 어떤 이탈리아 인에게 이 사원을 안내하기 위해서였습니다."

"쓸데없는 소린 하지 않는 것이 좋아." 하고 신부는 말했다.

"가지고 있는 것은 뭐냐? 기도서냐?"

"아닙니다. 이 거리의 명소 안내 앨범입니다."

"당장 버려!"

K가 거친 동작으로 앨범을 던져 버리자 책자는 활짝 펼쳐지면서 꾸깃꾸깃 뒤죽박죽이 되어 마루 위에 떨어졌다.

"자네의 소송 사건은 불리하게 진행되고 있다는 사실을 알고 있나?"

"아마 그런 모양입니다. 최선을 다했지만 잘 안 됩니다. 하기야 변호 문서조차도 완성되지 않고 있는 처지이니 말입니다."

"앞으로 전망은 어떻게 보나?"

"꼭 잘 될 것으로 생각하고 있었습니다만 요즈음에 와서는 그런 자신도 없어져 버렸습니다. 전혀 예상할 수 없습니다. 대체 어떻게 될까요?"

"모르겠어." 하고 신부는 말했다. "그러나 아무래도 잘 될 것 같지는 않아.

자네의 유죄는 만인(萬人)이 인정하는 바이고, 자네의 소송 사건은 절대로 하급 재판소의 범위에서 벗어날 수 없으리라. 적어도 당분간은 자네의 유죄가 확정된 것으로 생각해야 될 거야."

"하지만 저는 죄가 없습니다." 하고 K는 말했다.

"누명도 너무 지나칩니다. 인간이 유죄라는 것은 도대체 어떻게 된 까닭입니까? 저도 신부님도 그리고 누구라도 인간임에는 틀림이 없습니다."

"자네의 말도 맞지만 범죄자들은 모두 자네처럼 그렇게 말한단 말이야."

"저에 대해서, 신부님까지도 선입관에 사로잡힌 말씀을 하십니까?"

"그런 일은 절대로 없어."

"그렇다면 안심입니다." 하고 K는 말했다.

"법 절차에 관계 있는 사람은 모두 한 사람의 예외도 없이 나를 색안경으로 바라봅니다. 그리고 그 선입관념을 다른 사람들에게 퍼뜨리고 다니니 제 입장은 자꾸만 불리해집니다."

"자네는 사실을 오인하고 있어. 판결은 한꺼번에 내려지는 것이 아니야. 절차가 서서히 진행되어 마지막에 가서 판결이 나는 거야."

"그렇겠군요." K는 이렇게 말하면서 고개를 떨어뜨렸다.

"앞으로는 자네 사건에 대해서 어떻게 할 참이야?"

"좀 도와 주시면 좋겠습니다." K는 고개를 쳐들고 이 말을 신부가 어떻게 받아들이는지 한 번 살피고 나서 말을 이었다. "아직 할 일이 많이 남아 있으니까요."

"자네는 남의 도움을 너무 많이 바라는 것 같아." 하고 신부는 불쾌한 안색으로 말했다. "그것도 여자만 찾고 있었어. 여자라는 것은 결코 결정적인 도움이 안 된다는 것을 자네는 모르겠어?"

"어느 정도는, 아니 거의 대부분의 경우는 신부님 말씀대로라고 생각합니다. 그러나 예외도 있습니다. 여자라는 것은 일종의 특수한 힘을 가지고 있습니다. 만약 제가 알고 있는 여자들 서너 사람을 일치 단결하여 활동하게 한다면 목적 관철은 의심할 여지가 없습니다. 왜냐하면 이 곳 재판소에 있는 관리들은 여자라면 사족을 못 쓸 정도니까요. 예를 들어, 어느 예심 판사에게 좀 떨어진 곳에서 여자를 한 사람 보인다고 합시다. 이걸 놓쳐서는 안 된다며 예심 판사는 책상이고 피고고간에 모든 것을 팽개치고 뛰쳐나갑니다."

신부가 고개를 갸우뚱거렸다. 아마 설교단의 천개(天蓋)가 그를 누르는 것을 느낀 모양이었다. 바깥은 여전히 궂은 날씬지 어쩐지 아무튼 이젠 음산한 대낮이 아니라 벌써 저녁으로 이어지고 있었다. 여러 개의 커다란 스테인드글라스의 창문으로부터 어두운 벽면을 비추어 줄 한 가닥 희미한 광선조차 흘러 들지 않았다. 그 때 종지기가 나타나서 주제단 위에 있던 촛불을 하나씩 끄기 시작했다.

"기분이 상하셨습니까?" 하고 K는 신부에게 물었다. "신부님은 이 곳 재판소의 정체를 모르시는 모양이시군요." 그래도 대답이 없으므로 "물론 이것은 제가 경험한 범위 내에서 말씀드리고 있는 것입니다만." 여전히 머리 위는 조용했다. "신부님을 놀리려는 것은 아닙니다."

K가 그렇게 말했을 때, 신부는 아래를 내려다보며 고함쳤다.

"도대체 자네는 두 사람 앞도 안 보인단 말인가?"

이것은 몹시 노한 목소리였다. 그러나 그와 동시에 쓰러지는 사람을 보고 놀란 것 때문에 자신도 모르게 엉겁결에 소리 지르는 것과도 같았다.

한동안 두 사람은 침묵을 지키고 있었다. 아래쪽에 깃들여 있는 어둠 때문에 K의 형태가 뚜렷이 보이지 않았겠지만, 자그마한 불빛에 비춰진 신부는 아래쪽에서는 잘 보였다. 왜 내려오지 않는 것일까? 신부는 설교를 하지 않고 K에 대하여 두세 마디 말을 했을 뿐인데 그것도 도리어 K에게는 도움이 되기는커녕 해로운 내용이었다. 잘 생각해 보면 신부 자신도 알 수 있는 일일 것이다. 그러나 K에 대해서 호의를 가지고 있는 듯하니 내려오면 서로의 의사가 통하는 것도 불가능하지 않을 성싶었다. 예를 들면, 어떤 방법으로 소송을 좌우할 수 있느냐 하는 문제까지는 논할 수 없다 하더라도 소송에서 벗어나고 회피하며 소송의 테두리 밖에서 생활하는 방법에 대하여 명쾌하고 타당한 충고를 받는 것은 불가능하지 않을 것이다. 이런 방법은 반드시 있을 것이었다.

그것은 지금까지도 간혹 머리에 떠올랐던 일이었다. 신부가 그 방법을 알고 있다면 부탁할 경우 거절하지는 않으리라고 생각했다. 물론 그는 재판소에 속해 있는 사람이고 K가 재판소를 공격했을 때 고함치기도 했으나 그 사람 자체로 봐서는 인정 있는 사람임에 틀림없다.

"내려오시지 않겠습니까?" 하고 K는 말했다. "설교하실 필요도 없을 터이니 이리로 내려오시지요."

"이제 돌아가도 좋아." 신부는 고함친 것을 후회하고 있는 모양이었다. 등불을 고리에서 벗겨 들면서 "처음부터 거리를 두고 말하지 않으면, 그만 마음이 약해져서 임무를 등한히 하게 된단 말이야." 하고 말했다.

K는 계단 아래서 기다리고 있었다. 첫 계단을 내려올 무렵부터 신부는 K에게 손을 내밀었다. "저를 위해서 시간을 좀 내주시겠습니까?"

"좋아, 얼마든지!" 신부는 등불을 K에게 건네 주었다. K 옆에 다가선 신부의 태도에는 일종의 위엄이 깃들여 있었다.

"그렇습니까. 너무 죄송합니다." 하고 K는 말했다.

두 사람은 나란히 어두운 측당을 거닐기 시작했다.

"재판소 관계자 가운데 신부님만은 예외입니다. 많은 사람을 다 만나 보았습니다만 신부님만큼 신뢰할 수 있는 사람은 없었습니다. 신부님이라면 모든 것을 숨김없이 털어놓을 수 있겠습니다."

"착각하면 곤란한데."

"착각이라니 무슨 말씀입니까?" 하고 K가 반문했다.

"재판이라는 것에 대해서 자네는 착각하고 있는 거야. 법률 입문서(入門書)에는 착각에 대해서 대략 이렇게 씌어 있어."

계율 앞에는 한 사람의 문지기가 서 있었다. 어느 날 시골에서 올라온 한 사나이가 이 문지기에게 와서 안에 들어가게 해 달라고 부탁했다. 문지기는 지금 당장 들어갈 수 없다고 말했다. 사내는 잠시 생각하고 있다가 그렇다면 나중에 들어가게 해 주겠느냐고 물었다. "나중에라면 몰라도 지금은 안 된다." 하고 문지기가 대답했다.

계율의 문은 언제나 열려 있고 문지기는 문 옆에 비켜서 있으므로 사내는 몸을 굽혀 문 안을 엿보려 했다. 이런 모습을 발견한 문지기는 웃으면서 말했다.

"그렇게 들어가고 싶다면 내 명령을 거역하고 들어가 보시오. 한 마디 일러 두지만, 나에게는 권력이 있소. 그런데도 가장 계급이 낮은 문지기에 불과하오. 건물 안 곳곳마다 문지기가 서 있는데 안으로 들어갈수록 권력은 커지지요. 세 번째 문지기의 얼굴만 봐도 우리 같은 사람은 두려워 기절해 버릴 정도요."

이것은 시골 사내로서는 꿈에도 생각하지 않았던 장애물이었다. 계율은 항상, 또한 모든 사람에게 개방되어 있을 거라고 사내는 생각했다. 그러나 모피 외투로 몸을 감싼 문지기의 크고 우뚝한 코며 길고 가느다란 달단인을 연상케 하는 검은 수염을 뚫어지게 바라보고 있는 사이, 들어가도 된다는 허가가 내릴 때까지 기다려 보기로 결심했다. 문지기는 나지막한 의자를 하나 주고는 입구 옆쪽에서 앉아 기다리게 했다. 그래서 몇 년이나 기다렸다. 들어가는 허가를 얻으려고 백방으로 손을 쓰고, 문지기한테 귀찮게 굴었다. 문지기는 간혹 생각난 것처럼 사내를 상대로 가벼운 신문을 해 보았다. 사내의 고향 사정, 그밖의 자질구레한 것을 물었다. 이것은 높은 분들의 하문(下問)과 다를 바 없는, 입에서 나오는 대로 지껄이는 심심풀이에 불과했다. 그리고 마지막에는 한결같이 아직 들어가서는 안 된다고 말했다. 여행 때문에 여비로 두둑이 준비해 온 사내는, 문지기를 매수하려고 마음먹고 아까운 생각을 하면서도 여비를 남김없이 써 버렸다. 이 쪽은 이것을 말없이 받아 챙기면서 "낭비했다고 생각하게 되면 곤란하니 일단 받아 두기로 하지." 하고 말하기도 했다.

오랜 세월을 두고, 사내는 거의 쉴새없이 문지기를 관찰했다. 다른 곳에도 문지기가 있다는 것을 잊어버리고 이 첫번째 문지기가 계율 안으로 들어가는 것을 방해하는 오직 하나의 장애물같이 생각되었다. 처음에는 자기의 불행한 운명을 저주했으나, 나이가 들자 다만 투덜거릴 뿐이었다. 그는 마침내 두뇌가 아이처럼 돼 버리고 오랫동안 문지기를 관찰한 결과 그 모피 외투의 깃에 벼룩이 한 마리 붙어 있는 것을 보고 문지기의 마음을 돌리도록 힘 좀 써 달라고, 그 벼룩을 향하여 탄원하기에 이르렀다. 그리고 시력까지 둔해지기 시작했다. 주위가 어두워서 그런 것인지, 눈이 흐려져서 그런 것인지, 자기 자신도 분간할 수 없었다. 그러나 지금, 계율의 문을 뚫고 한 가닥 불멸의 빛이 암흑 속에서 빛났다. 그것을 그는 보았다. 이젠 살 희망은 사라졌다. 죽음에 앞서서 생애의 온갖 경험이 하나의 질문이 되어 뇌리에 굳어 버렸다. 이것은 아직 한 번도 문지기에 대하여 던져 본 적이 없는 질문이었다. 굳어진 신체를 들어 올릴 기력도 없어져서 눈으로 신호를 했다. 문지기와 사내의 위치가 다르니 불리한 형세에 놓여 있었고, 문지기는 깊숙이 몸을 구부리지 않으면 안 되었다.

"이제 와서 알고 싶은 게 뭐냐? 꽤 끈질긴 사내로구나."

"온갖 사람들이 계율을 구하고 있습니다." 하고 사내는 말했다. "그런데도 그 오랜 세월을 두고 나말고는 누구 한 사람 들어가려고 애쓰는 사람이 없었던 것은 무슨 까닭입니까?"

문지기는 사내의 임종이 가까워진 것을 알고, 멀어져 가는 사내의 청력(聽力)에도 들릴 수 있는 조소 섞인 울부짖는 소리로 말했다.

"이것은 오로지 자네만을 위한 입구이므로 다른 사람이 들어갈 수 없는 것은 당연한 것이 아니겠어. 자, 이제 나도 문을 닫고 물러가야겠군."

"한 마디로, 그 사내는 문지기에게 속은 셈이군요." 무척 흥미를 느꼈던 K는 얘기가 끝나자마자 이렇게 물었다.

"그렇게 앞질러서 말하면 곤란해!" 하고 신부는 말을 이었다. "남의 의견을 그대로 삼킨다는 것을 금물(禁物)이야. 나는 책에 씌어 있는 대로를 얘기했을 뿐이야. 속이고 속이지 않고는 씌어 있지도 않아."

"하지만 속인 것은 확실합니다. 그것은 신부님이 처음에 해석한 대로입니다. 문지기는 사내가 절망 상태에 빠지는 것을 보고 비로소 해답을 주었습니다."

"그러나, 문지기로서도 그 때서야 비로소 처음 질문을 받았으니 말이야. 그래도 그들은 문지기로서의 의무를 훌륭하게 다했다고 말할 수 있어."

"어째서 의무를 다했다고 말씀하시는 겁니까?" 하고 K는 물었다. "다했다고는 볼 수 없습니다. 일 없이 들어가려는 무리들을 쫓아 버리는 것이 그들의 의무였는지는 모르겠습니다. 하지만 이 입구로부터 들어가게 되어 있다고 이미 정해진 사내라면, 마땅히 들어가게 해야 옳았다고 할 수 있지 않겠습니까?"

"자네는 책을 소중히 여길 줄 모르고 제멋대로 얘기를 바꿔 버리는데." 하고 신부는 말했다. "이 얘기에는 계율 안으로 들어가려는 데 대하여, 처음과 마지막에 한 군데씩 문지기의 중요한 성명(聲明)이 있어. 하나는 지금 당장 들어가게는 할 수 없다고 한 말, 그리고 이것은 오로지 자네만을 위한 입구라고 한 말, 이 두 낱말의 표명(表明)에 모순이 있다면 자네의 견해와 같이 문지기는 사내를 속인 것이 될 것이냐. 그러나 사실은 이와 반대로, 모순이라고는 없을 뿐만 아니라, 처음의 성명이 이미 제2의 성명을 암시하고 있어. 물론 문지기가 사내에게 언젠가는 들여보내 줄 때가 있을 것처럼 보이게 한 것은 분명히 월권 행위라고도 볼 수 있어. 그 당시 그의 의무는 사내를 쫓아 버리는 일에 한정되어 있었던 모양으로, 이 책의 많은 주석자(註釋者)들도 엄격하고 자기 직분에 충실했던 것처럼 보이는 문지기가 그와 같은 말을 사용했다는 사실에 대하여 의아스러운 생각을 가지고 있는 거지. 긴 세월을 두고, 그는 자기의 맡은 바 직분을 지키고 있다가 모든 것이 끝장난 다음에야 비로소 문을 닫았어. 임무의 중대성을 철저하게 인식한 태도가 아니겠나? '나에게는 권력이 있다.' 하고 지껄인 말이 그 증거야. 상관에 대해서는 순종했어. '가장 계급이 낮은 문지기에 불과하다.'라는 말이 그 증거야. 또한 그는 결코 다변가(多辯家)는 아니야. 오랜 세월에 걸쳐 '높은 분들의 학문'을 흉내내고 있었던 것에 불과했어. 뇌물 따위나 챙기는 그런 사내도 아니고 뇌물을 받아도 '낭비했다고 생각하게 되면 곤란하니 일단 받아 두기로 하지.'라고 말하고 있다. 의무의 수행을 게을리하지 않고, 감언이설에 넘어갈 사람이 아니라는 것은 '들어가는 허가를 얻으려고 백방으로 손을 쓰고, 문지기한테 귀찮게 굴었다.'라고 기술한 것을 봐도 분명해. 마지막으로 그 용모도 만사에 뽐내려는 성격을 충분히 암시하고 있어. 커다랗고 굽어진 코, 달단인을 연상케 하는 길고 가느다란 검은 수염, 이보다 더 임무에 충실한 문지기는 상상할 수 없을 것으로 생각해. 그런데 그 반면, 이 문지기는 들어가려고 소망하는 사람들에게는 참으로 편리한 성격의 소유자야. 언젠가는 들어가게 될 것이다, 하고 암시를 주는 월권 행위를 감행한 것도 과연 그렇겠구나, 하고 수긍케 하는 성격을 가지고 있지. 즉, 이 사내는 약간 단순한 두뇌의 소유자이고, 따라서 사고방식이 다소 태평스러운 것 같아. 자신의 권력, 다른 문지기의 권력, 혹은 한눈에 기절해 버리는 광경에 대해서, 이 사내가 내뱉은 말의 내용은 좋으나 방식이 틀렸어. 이 사내가 단순함과 존대(尊大)함 때문에 얼마나 손상되고 있는가를 여실히 나타내고 있지. 주석자에 따르면 어떤 사물의 올바른 파악과 잘못된 인식과는 반드시 대립하는 것은 아니다. 그렇다고는 해도 이 단순함과 존대함은 그다지 차이가 있는 것이 아니라고 할지라도 감시의 능력을 좀먹게 한 것만은 숨길 수 없는 사실이고, 문지기의 성격상의 약점이 아닐 수 없지. 이 사내의 성격에 대하여 또 한 가지 친절이라는 것을 지적할 수 있다고 생각해. 즉, 시종일관 관리로서의 본분을 다했다고만은 말할 수 없는 거야. 처음에 엄중한 입장 금지를 선언해 놓고서 농담처럼 들어가 보시오, 하고 말하기도 했어. 그리고 쫓아 버리지 않고 낮은 의자를 주고 문 옆에 앉아 있게 했다고 책에 씌어 있지. 그밖에 오랜 동안에 걸쳐 사내의 탄원을 들어 준 강한 인내심, 자질구레한 신문, 뇌물의 수납, 여기 문지기가 있다니 이게 무슨 일이냐, 그 얼마나 불행한 일이냐고 커다란 소리로 저주하는 사내를 말 한 마디 없이 묵인한 심정의 아름다움——이런 모든 것은 연민의 정(情)에 말미암은 것으로서 모든 문지기로부터 이와 같은 행위를 기대할 수는 없어. 그리고 마지막에는 사내의 신호에 따라 깊이 몸을 구부리고 최후의 질문을 할 수 있는 기회를 베풀어 주는 거야. 이 때도 문지기는 이것으로 모든 것이 끝난다는 것을 분명히 알고 있으면서도, 자신의 초조한 심정을 너는 끈질긴 사내라는 말로 어렴풋이 드러낼 뿐이야. 물론 이와 같은 해석을 좀더 확대하여 '너는 끈질긴 사내다'라는 말을 친근감에 넘치는 일종의 감동이고, 이 감동은 동시에 문지기가 자기 자신을 과소평가한 데 지나지 않는다고 해석하는 사람도 있으나, 어떻든간에 이 문지기의 성격은 자네가 생각하고 있는 것과는 많은 차이가 있어."

"그것은 신부님이 얘기를 상세히 알고 있을 뿐만 아니라 오랫동안 그 얘기를 생각해 보셨을 테니까." 하고 K는 말했다.

두 사람은 잠시 침묵에 잠겼다. 얼마 후 K는 말했다.

"결론적으로 사내는 속지 않았다는 것인가요?"

"그렇게 속단해서도 안 되지." 하고 신부는 말했다.

"나는 이 얘기의 여러 가지 해석을 소개했을 뿐이고, 그런 것은 그다지 중요하지 않아. 책은 불변이고 해석 같은 것은 절망의 표현에 불과한 경우가 많아. 그러므로 속인 것은 오히려 문지기라는 견해도 나오는 판이지."

"그것은 아주 극단적인 해석 같은데, 어떤 근거가 있는 것일까요?"

"문지기의 단순함이라는 것이 해석의 출발점이 되어 있어. 대략 얘기해 본다면 이래. 문지기는 계율의 내부 사정은 모르지. 계율에 이르는 길은 알고 있으나 그것도 계율의 입구까지에 불과해. 그가 내부의 사정에 대하여 알고 있는 생각은 보잘것 없는 것이고, 상대편으로 하여금 공포심을 가지게 하려고 끄집어낸 얘기에 자기 자신이 먼저 공포를 느낀다는 상태지. 게다가 그의 공포는 사내의 공포보다 더한 거야. 사내는 문 앞에 두려운 것이 있다는 얘기를 문지기로부터 듣고도 계속 들어가기를 바라고 있었는데, 문지기는 이와는 반대로 전혀 그런 의사가 없어. 도리어 자기는 기절하게 된다고까지 사내에게 말했지. 아무튼 우리가 아는 범위에서는 문지기가 더 심한 공포를 느꼈다고 생각해. 이 점에 이의(異議)를 내세우고, 계율에의 봉사를 명령받은 이상, 문지기는 내부에서도 근무한 적이 있음에 틀림없고, 이러한 명령은 반드시 내부에서 행해졌다고 해석하는 사람도 있어. 그러나 내부로부터의 명령에 의하여 문지기가 되었다고 하더라도, 세 번째 문지기의 얼굴만 봐도 기절해 버리고, 사내가 내부에 경험이 있으리라고는 생각되지 않을 뿐만 아니라, 장기간에 걸쳐 그 문지기의 얘기말고는 내부 사정에 대해서는 한 마디도 언급되지 않고 있다는 것은, 함구령이 있었는지는 몰라도, 이 문지기는 내부의 광경이며 의의에 대하여 아무런 소신도 없고 완전히 기만과 착각에 빠져 있었다고 말할 수 있을 거야. 착각은 이것뿐만이 아니야. 시골에서 온 사내에 대해서도 문지기는 착각에 빠져 있어. 왜냐하면, 그는 사내보다 낮은 위치에 있음에도 불구하고 그 사실을 깨닫지 못하고 있기 때문이지. 그가 사내를 자기보다 낮은 인간으로 다루었던 증거가 여러 가지 있다는 것은 나의 얘기에서 잘 알고 있을 거야. 그런데 어떤 사람은 이렇게 말하기도 했어. 사실은 그와는 반대이고, 역시 증명까지도 할 수 있다고. 하지만 우리는 먼저 자유를 가진 자는 속박된 자보다도 상위(上位)에 있다는 것을 알아야해. 그런데 사내는 완전히 자유스런 몸이었어. 마음내키는 대로 어디든지 갈 수있고, 다만 계율 안으로 들어가는 것만은 허락되지 않았으나, 그것은 단지 문지기 개인의 방자스런 마음에 의하여 저질러진 일에 지나지 않았어. 나지막한 의자에 앉아 입구 옆에서 한평생을 기다리고 있는 것도 전적으로 자유 의사에 의한 행위이고 책에 기술된 바에 의하더라도 아무런 속박을 받은 흔적이 없지. 반대로 문지기는 직무상 자기의 근무처를 꼭 지켜야 하고 근무처를 떠나 외출하는 것까지도 허락되지 않았으며, 그렇다고 해서 안으로 들어가는 것도 허용되지 않았거든. 이에 대하여, 계율에 봉사하고 있다고는 하더라도 단지 하나의 입구를 지키는 데 불과한 거야. 바꾸어 말해서 그 곳 아닌 곳으로부터는 안으로 들어갈 어떤 재간도 없는 한 사람의 사내에게 봉사하고 있음에 지나지 않아. 이런 관점에서 볼 때, 문지기는 사내보다 낮은 위치에 있었다고 말할 수 있거든. 또 책에는 어떤 남자, 즉 장년(壯年)의 사내가 왔다고 씌어 있으므로, 문지기는 장년에 이르기까지 숱한 세월을 대상도 없는 봉사를 계속한 것에 불과하지. 따라서 목적을 이룰 때까지 기다릴 도리밖에 없고 그것도 사내가 마음이 돌아서서 제발로 걸어올 때까지 기다리지 않으면 안 되었다고 생각해도 과히 틀리지는 않을 것이야. 뿐만 아니라, 봉사의 종료는 사내의 생명이 끝나는 시간에 좌우되는 것이므로 최후의 시각까지 문지기는 사내보다 낮은 위치에 있었다고 볼 수 있어. 다시 또, 이 문지기는 모든 점에서 인식이 모자라는 것같이 생각된다고 어떤 사람이 강조하고 있지. 그러나 이것은 결코 틀린 말이라고는 할 수 없는 것으로서, 그는 자신의 임무에 대해서까지 심한 착각을 하고 있는 거야. 즉 최후에 그는 '자, 나도 문을 닫고 물러가야겠다.'고 말했지. 그러나 책의 첫머리에는 계율에의 입구는 항상 개방되어 있다고 씌어 있고, 그 항상이라는 것은 이 입구로부터 들어가게 되어 있는 사내의 생명과는 관계가 없다고 해석할 수 있는 것이므로, 문지기라 하더라도 문을 닫아 버려서는 안 되는 거야. 물론 이 대목에 대해서는, 문을 닫는다는 것은 일종의 반사적인 대응에 불과하지만, 혹은 자기의 의무를 강조한 말이야. 또는 최후에 이를 때까지 사내로 하여금 회한과 비탄에 빠뜨리려는 의도에서 나온 말이지. 이와 같이 온갖 견해가 있는데, 그 어느 것이든간에 제멋대로 문을 닫아서는 안 된다는 점에 있어서만은 모두 의견을 같이하고 있어. 그뿐만 아니라, 이 사람들은 사내가 계율의 입구에서 번득이는 빛을 본 데 대하여 문지기는 직무상 입구에 등을 돌리고 있었기 때문이긴 하겠지만 이러한 이상(異狀)을 깨달은 흔적도 없었으니, 적어도 이 최후의 순간에 있어서는 안다는 점으로 봐서도 문지기 사내보다 낮은 위치에 있다고 믿고 있는 거야."

"훌륭한 논리입니다." 하고 K는 신부의 논증(論證)을 몇 군데 입속에서 되풀이했다. "훌륭한 증명입니다. 기만당하고, 착각에 빠졌던 것은 사내가 아니고 문지기였다는 것을 이제 나도 잘 알았습니다. 그러나 내 생각은 어느 정도 신부님 생각과 일치하므로, 내 주장을 전적으로 철회할 생각은 없습니다. 문지기가 올바른 인식을 가졌었는지, 아니면 착각을 하고 있었는지는 간단히 단정할 수 없는 일이라고 생각됩니다. 속임을 당하고 착각에 빠졌던 것은 사내라고 나는 생각했습니다. 즉 문지기가 올바른 인식을 가지고 있는 경우 일단 그것의 바름과 바르지 못함을 의심해 볼 수도 있겠습니다마는 문지기 자신이 착각에 빠져 있다고 한다면, 이 착각은 반드시 사내에게 옮겨간다, 이것은 불가피한 일이다라고 나는 말하고 싶습니다. 이 경우 문지기를 사기꾼이라고는 말할 수 없더라도 단순하기 짝이 없는 두뇌의 소유자로서 즉각 파면해야 마땅할 것입니다. 문지기가 빠지는 착각이 그 자신에게는 아무런 피해를 입히지 않은 데 반하여 사내에게 미친 피해는 몹시 컸다는 것을 고려하실 필요가 있다고 생각합니다."

"그런 견해에 대해서는 이런 반대설(反對說)도 있지."

신부는 말했다.

"즉 이 얘기는 문지기를 비판할 권리를 누구에게도 주고 있지 않다는 설이야. 우리들이 이 사내로부터 받게 되는 인상 여하에 관계없이 그는 계율의 봉사자이고, 계율의 세계에 속하고, 그런 관계로 인간의 비판을 초월하지. 따라서 문지기가 사내보다 낮은 위치에 있다고 생각하는 것은 가당치도 않은 일이다. 설령 계율의 입구에 불과하다고는 하나, 이러한 봉사에 의하여 속박을 받는 쪽이 자유로운 세계에 사는 것보다 비교가 안 될 정도로 훌륭한 것이야. 사내는 계율을 희구하여 찾아오지만 문지기는 처음부터 그 자리를 지키고 있지. 그는 계율에 의하여 봉사를 명령받은 인간이고, 그 권위를 의심한다는 것은 계율을 의심하는 것과 다름이 없어."

"그런 반대설에는 찬성할 수 없습니다." 하고 K는 고개를 가로저었다. "이 견해에 찬성의 뜻을 나타낸 이상, 문지기의 말은 모두가 진실이라고 여기지 않으면 안 될 것입니다. 그러나 당신도 훌륭하게 증명하셨지만, 그야말로 그 논설은 언어도단이라고 할 수밖에 없겠습니다."

"아니야, 그건 틀려! 진실 같은 것을 문제로 삼아서는 안 되는 거야. 오직 필연이 있을 뿐이니까!"

"그건 말도 안 되는 생각이에요." 하고 K는 소리쳤다.

"허위가 지배 원리로서 군림하고 있군요!"

얘기를 끝내게 하려고 K는 이렇게 말했으나, 아직 최종적인 결론을 내린 것은 아니었다. 지칠 대로 지쳐 버려서 결론을 정확하게 내릴 수 있을 것 같지도 않은 힘겨운 사고 과정이었다. 모든 것이 비현실적인 사물, 이것은 도리어 사법관 회의의 의제로 삼는 것이 알맞은 것이었다. 한 마디로 말해서 이상하리만큼 비꼬이고 만 사고(思考), K는 지겨운 생각이 들어 이 사고의 소용돌이에서 깨끗이 벗어나고만 싶었다. 신부는 이상하게도 K를 달래는 듯한 태도를 나타내 보이며, K를 묵인하고, 그리고 자기의 의견과 분명히 일치하지 않는 K의 사고에 이의(異議)를 나타내는 기색도 보이지 않았다.

두 사람은 모두 입을 다문 채 걸어갔다. 어두워서 바로 앞도 잘 보이지 않으므로 K는 신부 뒤에 꼭 붙어서 걸었다. 신부가 손에 들고 있던 등불은 이미 꺼져 있었다. 갑자기 눈앞에 은으로 만든 성자(聖者)의 입상(立像)이 나타났다. 은이 어렴풋이 번득이더니 다음 순간엔 암흑 속으로 사라져 버렸다. 너무 신부에게 폐를 끼치는 것도 좋지 않겠지, 하고 생각한 K는 이렇게 물었다.

"조금만 가면 출입구가 있겠지요?"

"아니야, 한참 더 가야 되네. 돌아가고 싶은가?"

K는 꼭 돌아가고 싶어서 물은 것은 아니었으나, 기다리고나 있었던 것처럼 이렇게 대답했다.

"네, 꼭 돌아가야 합니다. 나는 어느 은행의 업무 부장입니다. 직원들이 기다리고 있습니다. 여기 온 것도 외국인 고객을 안내하기 위해서였지 다른 용건은 없습니다."

"그렇다면……." 신부는 손을 내밀며 말을 이었다. "이만 실례하겠네."

"너무 어두워 아무것도 보이지 않습니다만."

"벽을 따라 왼쪽으로 돌아서 그대로 계속 걸어가면 바깥으로 나가게 되네."

신부가 두세 발짝 걸어가자마자 K는 커다란 목소리로 말했다.

"아, 조금 기다려 주시지 않겠습니까?"

"이렇게 기다리고 있지 않나!"

"이제 저에게 하실 말씀은 없으신가요?"

"이제는 없어."

"대단히 친절하게 온갖 것을 가르쳐 주신 신부님께서 어쩌면 그렇게 순식간에 쌀쌀하게 돌아서 버립니까?"

"자네는 곧 돌아가야 한다고 말하지 않았나."

"그건 그렇습니다만, 방금 말씀드린 것도 한번 생각해 봐 주십시오."

"그러기 전에, 자네는 내가 어떤 사람인가를 생각해 볼 필요가 있어."

"당신은 신부입니다." 하고 K는 신부에게 다가갔다. 별로 바쁜 처지도 아니었다. 시간적 여유는 좀 있었다. 여기에 좀더 머물러도 아무런 지장도 없었다.

"그러니까 나는 재판소에 속해 있다." 하고 신부는 말했다. "자네가 무엇을 요구하겠느냐! 오는 자를 막지 않고 가는 자를 쫓지 않을 뿐이지. 재판소도 자네에게 아무것도 요구하지 않아."

제10장 종 말

K가 서른한 번째 맞는 생일 전날 밤이었다――밤 9시경, 거리가 고요할 때에 두 명의 사내가 K의 거처로 찾아왔다. 프록코트를 입고 있었는데, 얼굴은 창백하고 몸은 뚱뚱하며, 머리가 움직이지 않도록 실크해트를 쓰고 있었다. 처음으로 찾아온 손님이므로, 현관에서 잠시 옷차림을 고치더니 인사 비슷한 말을 했다. 조금 과장해서 말한다면 두 사람이 K의 방에 들어올 때도 같은 동작을 되풀이했다. 뜻밖의 손님이었으나, K는 두 사람과 꼭 같은 새까만 옷을 입고, 입구 옆에 있는 의자에 앉아 손가락에 꼭 맞는 장갑을 천천히 끼고 있었다. K는 서서히 일어나면서 두 사람을 훑어보았다.

"여기 오시겠다던 분이 바로 당신들이었던가요?" 하고 K는 물었다.

두 사람은 동시에 고개를 끄덕이고 나서 한 사람이 손에 들고 있던 실크해트로 다른 한 사람을 가리켰다. 기다리던 손님이 아니라고 K는 생각했다. 창가에서서 어둠이 깔린 거리를 다시 한 번 내다보았다. 건너쪽 건물의 창문은 거의 짙은 어둠 속에 있었고 커튼을 드리운 창문도 많았다. 불이 켜져 있는 격자창에는 아이들이 두서넛 놀고 있었는데, 아직 자유로이 뛰어다닐 수 있는 나이가 안되었는지 자그마한 손으로 서로 어루만지며 장난을 치고 있었다.

"늙어빠진 시골 배우를 보내서 어떻게 하겠다는 거야." 하고 K는 중얼거리고, 이 사실을 다시 한 번 확인이라도 하는 듯이 뒤를 돌아보고는 "사람을 놀리는 것인가!" 하고 내뱉었다.

K는 곧 두 사람 쪽으로 돌아서서 물었다.

"어느 극장에 나가십니까?"

"극장이라니?" 하고 한 사람이 입술을 씰룩거리더니 다른 한 사람을 돌아보고 도움을 청했으나 다른 사내는 말이 통하지 않는 생물을 상대로 싸우고 있는 벙어리와 같은 몸짓만 했다.

"질문에 대답할 준비가 아직 안 된 모양이구나." K는 모자를 가지러 갔다.

두 사람은 계단에서 곧장 K의 팔을 붙잡으려고 했으나 K는 이렇게 말했다.

"바깥으로 나간 다음에 합시다. 환자 취급하는 것은 싫소."

그러나 건물의 출입구까지 오자, 두 사람은 곧바로 K의 팔을 끼었다. 그 붙잡는 방법이 뭔가 이상한데다 이런 꼴로 거리를 걷는 것은 처음이었다. 두 사람은 등뒤에서 K의 양쪽 어깨에 찰싹 달라붙어 팔꿈치를 굽히지 않고, 팔을 쭉 뻗은 채로 K의 팔을 딱 붙이고는 아래쪽에서 K의 손을 거머쥐었다. 훈련을 연상케 하는 무척 익숙한 솜씨로써 조금도 반항할 수가 없었다.

두 사람 사이에 꼭 끼여, 전신이 경직된 상태로 간신히 따라갔다. 세 사람은 완전히 한몸처럼 되어 어느 한 사람이 배가 아파도 모두가 함께 아플 것 같은, 철저한 한몸을 이루었다. 무생물만이 형성할 수 있는 것 같은 한몸이었다.

이처럼 너무 양쪽에서 달라붙어서는 불가능한 일이었지만 K는 방 안의 어슴푸레한 빛 속에서 잘 보이지 않았으므로 가로등 밑에서 몇 번이고 이 동반자의 얼굴을 들여다보려고 시도했다. 뚱뚱한 쪽은 테너 가수인지도 모른다. 말끔히 깎인 그의 턱을 쳐다보면서 K는 그렇게 생각했다. 그들의 깨끗한 용모를 보자 속에서 화가 치밀었다. 또 눈의 언저리를 문지르고, 윗입술을 닦고, 주름살이 있는 이마를 어루만지는 깨끗한 손도 보였다.

그 손을 본 K가 걸음을 멈추자 어쩔 수 없이 두 사람도 걸음을 멈추었다. 인기척이라고는 없는, 공원처럼 넓은 광장에 접어들었을 때였다.

"왜, 하필 당신들 같은 사람을 보냈단 말이오!" 묻는다기보다는 울부짖음에 가까웠다. 두 사람은 어떻게 대답해야 좋을지를 몰라, 비어 있는 쪽의 팔을 힘없이 아래로 늘어뜨리고 산책 중의 환자와 간호사가 쉴 때와도 같은 꼴로 기다리고 있었다.

"이젠 걷는 것은 그만두겠어." K는 이런 말을 지껄여 보았다. 이와 같은 넋두리에 상관할 필요도 없는 것이므로 두 사람은 거머쥔 손을 늦추지 않고 거칠게 K를 끌고 가려 했다. 그러나 K는 저항을 했다.

'이렇게 되면 끝까지 버텨 보아야겠다. 전력을 다하여 싸워야지.' 하고 K는 생각했다. 그는 다리를 끌어당기면서 끈끈이 종이 위에 달라붙어 버린 파리가 꼬무락거리면서 달아나려고 안간힘을 쓰는 광경을 상기해 보았다.

"약간 골탕을 먹여 주어야지."

이 때 가로로 통해 있는 계단을 올라온 뷔르스토나가 약간 지대가 높은 이 광장으로 모습을 드러냈다. 그녀가 바로 뷔르스토나인지 단언할 수는 없으나 아무튼 많이 닮았다. 하지만 뷔르스토나이건 아니건 그것은 중요하지가 않았다. 현재의 반항이 무의미하다는 생각이 갑자기 가슴을 찔렀기 때문이다. 반항하고, 두 사람을 골탕먹이고, 삶의 마지막 빛을 맛보려 하는 것, 이것은 결코 영웅적인 행위가 아니었다. K는 얌전히 다시 걷기 시작했고 순종적인 행동이 두 사람을 기쁘게 했기 때문에 대우가 관대해져서 마음내키는 대로 걸어도 두 사람은 가만히 있었다. 그래서 K는 여자 뒤를 따라 걸어가기로 했다. 언제까지나 그 모습을 보고 싶다는 그런 심정에서가 아니고 뷔르스토나라는 존재가 의미하는 경고를 잊지 않기 위해서이다.

"최후까지 침착하게 협조를 유지할 것." 하고 K는 중얼거려 보고, 자기의 보조와 두 사람의 보조가 딱 들어맞는 것을 보고 자신의 이 생각에 강한 동조자라도 나타난 것처럼 생각했다.

'이것말고, 나로서는 달리 취할 만한 태도는 없다. 스무 개도 넘는 손발로 미친 듯이 날뛰고, 게다가 그다지 정당하지도 않은 목적으로 매진하려고 했던 지금까지의 태도는 분명히 옳지가 않았다. 그런데도 나는, 1년간에 걸친 소송 사건이었음에도 불구하고 조금도 변하지 않고 있는 자기를 보이고 싶은가? 둔감한 사내라는 인상을 주게 되어도 좋다는 말인가? 처음엔 어서 소송이 끝났으면 하고 바랐던 주제에, 그것이 끝날 즈음이 되자, 다시 처음부터 되풀이해 주었으면, 하고 바라고 있는 것 같다는 말을 들어도 좋단 말인가? 그런 이미지는 곤란하다. 벙어리처럼 한 마디 말도 없는 길동무를 보내 주었으므로 자기 멋대로 필요한 일만 생각하면 그만이다. 아무튼 고마운 일이다.'

그녀는 어느 새 골목으로 꺾어들었는데, K는 이제 그녀 생각도 더 이상 못하게 된 셈이었다. 그래서 K는 동행자가 하는 대로 몸을 내맡겼다. 세 사람은 호흡이 잘 맞았다. 잠시 후 달빛이 비추고 있는 어느 다리 위를 지나게 되었다. 두 사람은 K에게 몹시 친절했다. K가 다리 난간에서 흐르는 물을 내려다보려고 했을 때 두 사람도 K와 같은 방향으로 몸을 돌렸다. 달빛에 반짝이면서 흐르고 있는 강물은 조그마한 섬에 가로막혀 둘로 갈라져 흘렀다. 수목이며 관목으로 우거진 숲도 바라보였다. 저 섬 속, 지금은 보이지 않지만, 무성한 숲 속을 뚫고 산책길이 나 있으며, 보기 좋게 만든 벤치가 드문드문 길가에 놓여 있다. K는 여름철이면 그 벤치 위에서 가끔 낮잠도 즐겼었다.

"멈추어 설 생각은 아니었습니다."

K는 동행자가 지나치게 관대한 것에 미안한 생각이 들어 이렇게 말하고는 다시 부지런히 걸음을 옮기기 시작했다.

그들은 작은 비탈길을 여러 번 올라갔다 내려갔다 했다. 도중에 서 있거나 걷고 있는 경찰이 눈에 띄었다. 멀리 떨어져 있는 경우도 있었고 바로 옆을 스쳐 갈 때도 있었다. 텁수룩한 수염을 가진 경찰이 긴 칼자루에 손을 댄 채, 수상쩍게 보이는 일행을 향하여 빠른 걸음으로 다가왔다. 두 사내는 우뚝 섰다. 경찰이 무언가 말을 걸려는 태도가 보였으므로, K는 두 사람을 끌고 가는 것처럼 빨리 걸음을 옮겼다. 그러고 나서 미행당하고 있는 것이나 아닐까, 하고 몇 번이나 주의 깊게 뒤를 돌아보았다. 얼마 후 스무 발짝쯤 간격이 생겼을 때 K는 뛰기 시작했고 두 사람도 숨을 헐떡거리면서 어쩔 수 없이 함께 뛰었다.

이렇게 하여 그들은 급히 시내를 빠져 나왔다. 시가지는 갑자기 아무런 전조

(前兆)도 없이 드넓은 벌판으로 바뀌어 버렸다. 시내 복판에서 그대로 살짝 옮겨다 놓은 것 같은 건물 옆에 자그마한 채석장이 있었다. 황폐한 폐갱(廢坑)이었다. 이 곳이 목적지였는지, 아니면 지쳐서 더 이상 달릴 수가 없어 그러는 것인지는 몰라도 두 사람은 여기서 걸음을 멈추었다. 말없이 그들의 거동만 바라보고 있는 K를 놓아 주고 실크해트를 벗더니 손수건을 꺼내어 이마의 땀을 닦으면서 채석장을 두리번거렸다. 그 부근 일대에는 달빛이 다른 곳에서는 찾아볼 수 없는 차분한 느낌을 주면서 온갖 것에 스며 있었다.

두 사람은 명령만 받고 있을 뿐, 일의 분담은 정하지 않고 있는 것 같았다. 그들은 침착한 태도로 다음에 해야 할 일의 남낭을 상의한 후, 한 사람이 K 옆으로 와서 조끼 저고리를 벗기고, 속옷까지 벗겨 버렸다. K는 순간적으로 놀라고 추워서 몸을 와들와들 떨기 시작했다. 그는 기운 차리라고 격려라도 하는 양 K의 등을 한 번 툭 쳤다. 그러고 나서 그는 K의 옷을 차곡차곡 개켜 놓았다. 나중에 이것은 쓸 데가 있는 것이었다. 그는 K의 팔을 붙잡고 부근을 잠시 걸어 보았다. 가만히 앉아서 차가운 밤바람을 쐬면 감기 들 염려가 있다는 것이었다. 그 사이 다른 사람은 채석장의 적당한 장소를 찾고 있었다.

그것이 발견되자 전자는 눈짓으로 신호를 보냈다. K의 팔을 쥐고 있던 전자는 K를 끌고 그 쪽으로 갔다. 채석장의 절벽 바로 아래였는데 그곳에는 쪼개진 돌이 뒹굴고 있었다. 두 사람은 K를 땅 위에 있는 그 돌에 등을 대게 하고 반듯이 뉘었다. 두 사람은 이리저리 연구를 거듭하고 K도 그들의 행동에 협조를 해 보았으나 참으로 무리한 자세였다. 한 사람이 자기에게 맡기라고 큰소리를 했으나 아무래도 뾰족한 수가 생기지 않았다. 잠시 후에는 바라던 자세로 만들 수 있게 되기는 했으나, 이것은 결코 편한 자세는 아니었다. 이어서 다른 사람이 프록코트 자락을 젖히고 조끼 둘레에 띠었던 혁대에 매달린 칼집에서 정육점에서 쓰는 길고 얄팍한 칼을 꺼내어 이마 앞으로 쳐들고 달빛으로 칼날을 살펴보았다. 다시 또 흉측한 목소리로 저희들끼리 뭐라고 말을 교환하더니 칼을 건너편 사람 쪽으로 건네 주었다. 그러나 곧 그 칼은 K의 알몸뚱이 위를 두 번째로 넘어 처음 사람에게로 돌아왔다. 칼이 머리 위에서 오고갈 때 그것을 빼앗아 스

스로 자기 가슴을 찔러 버리는 것이 오히려 그의 의무가 아닌가 하고 그는 생각
했다. 그러나 그는 차마 그렇게 하지는 않고 아직 자유스러운 목을 좌우로 움직
여 주위를 살펴보았다.

K는 자신의 결백을 인정케 하는 기회를 끝내 얻지 못하고, 따라서 그놈들을
물리칠 수도 없었다. 이 최후의 실수에 대한 책임은, 그것에 필요한 기력을 그
에게서 뽑아 가 버린 인물이 져야 하는 것이었다. 그의 눈길은 채석장과 이어진
위치에 있는 건물의 맨 위쪽에 닿았다. 갑자기 등불이 하나 켜졌다. 그와 동시
에 덧문이 양쪽으로 열리면서 사람 모습이 하나 나타났다. 멀기도 하고 높은 위
치였기 때문에 그 사람은 몹시 야위어 보였다. 다음 순간 그 사람은 앞으로 몸
을 내미는 듯하더니 두 팔을 번쩍 들어 올렸다. 저것은 누구냐? 친구냐? 내 편
이냐? 호의를 가진 인물인가? 구출을 하겠다고 나선 사람인가? 개인의 자격으
로? 대표자로서? 아직도 살아날 여지가 있는가? 할 말이 아직 남아 있었던가?
그렇다, 할 말은 있었다. 논리는 설령 확고부동하다고 하더라도, 살기를 바라는
인간에게 어찌 논리가 대항할 수 있겠는가? 한 번도 모습을 보이지 아니 한 재
판관은 어디 있느냐? 끝내 구경조차 하지 못하고 만 상급 재판소는 어디에 있단
말이냐?

K는 두 팔을 내밀고 두 손의 모든 손가락을 활짝 폈다. 그러나 K의 목에는
한 사람이 두 손을 올려놓고 다른 또 한 사람은 칼로 K의 심장을 찔러 두 번 도
려 냈다. 눈이 가물가물거렸으나, 얼굴을 맞댄 두 사람이 K의 머리 바로 옆에
서 최후를 지켜 보고 있는 모습은 그래도 알 수 있었다.

"개처럼 죽는다!" K가 말했다. 비록 육체는 죽었지만 굴욕만이 살아남는
것 같았다.

미완(未完)의 단장(斷章)

엘자에게로

어느 날의 일이었다. 퇴근 직전에 K에게 전화가 걸려 왔는데 곧 재판소로 오라는 내용이었다. 이 명령을 거역할 수는 없다. 심리 같은 것은 몇 번을 해도 소용없다, 효과도 없다, 앞으로 별로 달라질 것이 없겠지라고 한다든지, 이젠 절대로 출두하지 않겠다든지, 전화건 문서건 소환쯤 문제도 아니다. 심부름꾼이 오면 문 밖으로 끌어 내 버리겠다든지, 그야말로 터무니없는 말만 지껄이고 있는 모양인데———그건 모두 기록에 남아 있어서, 당신에게는 대단히 나쁜 결과를 초래하고 있다, 왜 얌전히 시키는 대로 하지 않느냐? 당신의 복잡한 사건을 처리하려고 돈과 시간을 아끼지 않고 고생하고 있는 것을 모르느냐? 본인 스스로 방해를 하고 여태까지는 우선 보류하고 있던 그 강제 조치를 꼭 맛보아야 하겠다는 거냐? 소환은 오늘이 마지막이다, 어떻게 하든 당신 마음대로라고 하겠지만 상급 재판소까지 우습게 여길 수는 없는 것이니까, 그 점에 대해서는 신중히 생각하라는 내용이었다.

이 날 밤은 엘자를 찾아가려고 미리 연락을 해 두었으므로, 재판소에는 갈 수 없었다. 이것은 출두하지 못하는 변명(辨明)이 되겠다고 K는 기뻐했는데, 물론 그것을 실제로 내세우지 않더라도 십중팔구 재판소에는 가지 않았을 게다. 어떻든간에 자기에게는 충분한 이유가 있다는 생각으로 K는 가지 않으면 어떻게 되는 것입니까, 하고 전화로 물어 보았다.

"당신이 있는 장소는 곧 알 수 있다."는 대답이었다.

"이 쪽의 자유 의사로 가지 않게 되면 처벌받습니까?"

K는 이렇게 묻고 어떤 소리를 듣게 될까, 하고 즐기는 기분으로 기다리고 있었다.

"처벌되지는 않는다."라는 대답이었다.

"도대체 오늘의 그 소환에 응하지 않으면 안 되는 주된 이유는 무엇입니까?"

"재판소의 권력이라는 것은 건드리지 않는 것이 상책입니다."

그 소리는 차차 작아지더니 마침내 완전히 끊어져 버렸다.

'그런 마음의 준비도 없는 인간은 대단히 소홀한 인간이다.' 퇴근하면서 K는 생각했다. '그러나 권력이라는 것이 어떤 것인지 알아 둘 필요는 있다.'

주저하지도 않고 엘자한테로 마차를 달렸다. 마차 안 쿠션에 몸을 파묻고 외투 주머니에 두 손을 집어넣고——벌써 서늘한 날씨였다——변화한 거리를 바라보았다. 재판소가 정말 활동을 개시했다고 한다면 재판소로서는 내가 적지 않이 귀찮은 인물일 것이다. 출두 여부에 대하여는 명확한 대답을 하지 않았다. 그러므로 재판관은 기다리고 있을 것이었다. 뿐만 아니라 집회에 모이는 회원들도 기다리고 있으리라. 회랑의 무리들에게는 더욱 실망을 안겨 주게 되겠지만, 모습을 나타내지 않는 것은 K 혼자뿐이었다. 한창 재판이 진행되고 있을 무렵 K는 마음껏 달렸다.

나도 모르게 마부에게 재판소의 소재지를 댄 것이나 아닐까, K는 문득 자신(自信)이 사라지는 것을 느꼈다. 다시 엘자의 주소를 커다란 목소리로 마부에게 말했다. 마부는 알았다고 고개를 끄덕였다. 역시 재판소의 일은 잊어버리고, 그리고 은행의 일을 예전처럼 머릿속 가득 채우기 시작했다.

어머니를 방문하다

점심 식사 때, 문득 어머니를 만나 보고 싶어졌다. 어느덧 봄은 가고 여름이 다가왔다. 어머니의 모습을 본 지도 벌써 3년이 되었다. 그 때 '네 생일에는 집으로 오라.'고 어머니는 애원하듯 말했다. 여러 가지 곤란한 사정은 있었으나, K는 승낙했을 뿐만 아니라, 생일날에는 언제나 어머니한테서 지내겠다고 약속까지 했으면서도 여태까지 두 번이나 이 약속을 어겼다. 그 대신 이번에는 생일이 되려면 2주일이나 남았지만 그 날까지 기다릴 것 없이 지금 곧 가 보자고 마음먹었다. 지금이 아니면 안 된다는 특별한 사유는 없었다. 뿐만 아니라, 어머니가 살고 있는 자그마한 거리에서 장사를 하며, K가 어머니를 위해서 보내 주는 돈을 관리하고 있는 사촌 동생이 어김없이 두 달에 한 번씩 보내 오는 편지에 의하면 병세는 많이 좋아졌다는 것이었다. 어머니는 벌써 실명 (失明) 직전에 있는데, 그것은 수년 전부터 예기하고 있는 일이었다. 그러나 그밖의 신체 상태는 예전보다 호전되어 있고, 노인에게 따르게 마련인 합병증은 도리어 줄어들고 있었다. 적어도 고통을 호소하는 횟수는 적어졌다. 사촌 동생의 생각으로는 이것은 이 2, 3년 사이에——K도 전날 어머니를 찾아갔을 때 그 징조를 어렴풋이 발견했으나——어머니가 지나치게 종교에 몰입해 버린 일과 아무래도 관계가 있는 것 같다는 것이었다.

사촌 동생은 편지로, 이전에는 다른 사람의 부축을 받아야 교회까지 갈 수 있었는데, 지금은 놀랄 만큼 정확한 걸음으로 혼자서 교회까지 왕복할 수 있다고 전해 왔다. 대단히 신경질적이고 좋은 일보다는 나쁜 일을 강조해서 쓰기를 좋아하는 사촌 동생이므로 이 내용에 대해서 만큼은 K도 신용할 수 있는 것이었다.

어쨌든 K는 떠날 참이었다. 최근의 일이기는 하나 자신의 바람직하지 못한 생활 태도의 하나로서 K는 자기의 헤픈 동정심을 깨닫게 되었다. 그것은 자기가 하고 싶은 것은 무엇이건간에 성취해 보겠다는 쓸데없는 노력이겠지만——
이번의 경우 이러한 악덕이 적잖은 도움이 되었다고 할 수 있었다.

잠시 생각을 가다듬어 보려고 창가로 가 보았다. 그러고 나서 곧 식사를 마치
고 구르바흐 부인한테 급사를 보내 여행 간다는 것을 알리고, 여행용 가방을 가
져오게 했다. 생각나는 물건이 있으면 사서 넣을 작정이었다. 다음에는 큐 씨에
게 부재중의 일에 대해서 두세 가지 부탁을 했다. 상대편은 이미 습관이 되어
버린 일종의 무례한 태도로 고개를 옆으로 돌린 채 미처 말을 끝내기도 전에 잘
알겠습니다, 위임 사항은 예의상 할수없이 맡아 드리겠습니다, 하는 표정으로
승낙했는데, K는 별로 화를 내지는 않았다. 마지막으로 지점장한테 갔다. 부득
이한 일이 있어서 어머니를 만나야 되겠는데, 2, 3일간 휴가를 주시면 고맙겠습
니다, 하고 부탁을 하니 지점장은 어머니가 병석에 계시냐고 물었다.

"아닙니다." 하고 한 마디 대답했을 뿐 K는 더 이상 말하지 않았다. 손을 뒤
로 돌리고 방 한가운데에 우뚝 서 있기만 했다. 이마에 주름살을 모으고 생각에
잠겨 있었다. 출발 준비를 지나치게 서둘렀던 것은 아닐까? 여기 그대로 있는
것이 좋지 않을까? 무엇 때문에 가야 하나? 감상적인 기분에 빠져 있는 것은
아닐까? 감상적인 기분 때문에 휩쓸려 이 곳을 비우게 됨으로써 상대편에게 공
격의 기회를 마련해 주는 꼴이 되지 않을까? 재판은 1주일 동안이나 진척되는
기척이 보이지 않고, 신빙성 있는 정보라고는 하나도 입수되지 않는 형편이므로
그런 기회는 날마다 아니 시간마다 생겨날 우려가 없지 않았다. 또 가는 것은
좋은 일이겠지만, 늙은 어머니를 놀라게 하는 것이나 아닐까? 물론 그런 생각으
로 가는 것은 아니지만, 요즈음은 만사가 본의 아닌 방향으로 흘러가는 일이 많
으니, 어머니를 놀라게 할 가능성이 많았다.

게다가 어머니는 K를 별로 만나고 싶어하지 않았다. 여태까지 사촌 동생으로
부터 편지가 올 때마다, 꼭 와 달라는 어머니의 전달을 되풀이하고 있었지만,
그것도 오래 된 얘기였다. 그러므로 어머니 때문에 가는 것은 아니었다. 그렇다
고 해서, 자기 쪽에서 어떤 소망을 가지고 간다고 한다면, 그것은 얘기도 안 되
는 어리석은 행동이고, 동시에 절망을 안고 돌아오는 것이 고작일 것이다. 이와

같은 여러 가지 의혹이 생겼는데, 그것은 자기 자신이 품고 있는 의혹이 아니고 관계도 없는 사람들이 자기에 대해서 품고 있는 의혹이었다. 그러한 의식을 깨닫고 출발해야겠다는 결심을 더욱 굳히는 것이었다.

지점장은 그러는 사이 그 동안 K에 대해서 각별한 관심을 가졌다는 것이 옳은 얘기겠지만, 신문에 쏟고 있던 눈길을 선뜻 K에게로 옮기더니 자리에서 일어섰다. 그러고는 손을 내밀며 조심해서 다녀오라고 말했다.

K는 자기 사무실 안에서 몹시 초조한 심정으로 사환을 기다리고 있었다. 지점장 대리는 K의 여행 목적을 염탐하려고 몇 번이나 방 안으로 들어왔으나, K가 시무룩한 표정으로 입도 열지 않자 그 때마다 그냥 방을 나가고 말았다.

마침내 여행용 가방이 사환에 의해서 도착되자 이미 마련해 놓은 마차 있는 곳으로 서둘러 내려갔다. 계단의 중간쯤에 왔을 때, 위쪽에 고용원 쿨리히가 모습을 나타냈다. 그는 서류를 손에 들고 K의 지시를 받으려는 것 같았다. K는 손을 내저으며 그를 어서 물러가게 하려고 했으나 다갈색이고 텁수룩한 머리의 이 사나이는 눈치도 없이 K의 손짓을 오해하고 서류를 흔들며 자꾸만 매달렸다. 이에 화가 난 K는 바깥쪽 계단에서 쿨리히에게 붙들리자, 그 서류를 빼앗아 짝짝 찢어 버렸다. 마차에 올라탄 뒤 주위를 돌아보니, 자기의 실수를 아직도 깨닫지 못한 쿨리히가 그 자리에 선 채 멀어져 가는 마차를 바라보고 있었다. 그 옆에서 제모를 벗고 고개를 푹 숙이고 있는 사람은 수위였다. 그렇다면 자기는 은행의 최고 간부 중 한 사람이라는 말인가, 이 쪽에서 그것을 부정하려 해도 수위는 반박하리라. 어머니는 아무리 그렇잖다고 말해도 아들을 지점장이라고 생각하고 있었다. 이것은 수년 전부터의 일이었다. 아들의 위치가 아무리 떨어진다 하더라도 어머니의 평가는 변하지 않을 것이었다. 재판소와 은밀히 내통하고 있는 듯한 기색이 보이는 부하의 손으로부터 서류를 빼앗아 아무런 말도 없이 찢어 버리고 만 것은, 예전과 다름없는 용기를 가지고 있다는 것을 반증하는 것이므로 K는 스스로 만족하게 여길 수 있었다. 그리고 다른 때도 아닌 출발 직전에 있었던 일인만큼, 아마도 이 여행의 앞길에는 좋은 일이 있으리라는 확신조차 생겼다.

[이하는 작가에 의해 말소되어 있다.]

……다만, 쿨리히의 창백하고 둥그런 얼굴에 통쾌한 주먹을 두 대만 먹여 주는 것이 가장 큰 소망이었으나 끝내 이 짓만은 하지 못했다. 그러나 곰곰이 생각해 보니, 그렇게 하지 않은 것이 오히려 좋았다. K는 쿨리히를 미워하고 있었으나 쿨리히뿐만 아니라 라벤쉬타이나도 카미나도 미워하고 있었다. 이 증오는 벌써 오래 전부터 K의 가슴 속에 도사리고 있는 것이었다. 뷔르스토나의 방에 나타 난 일이 있은 뒤로 주의하게 된 것도 사실이지만 K의 증오는 그 역사가 오래 된 것이었다. 더군다나 요즈음은 이 기분을 만족시킬 수 없었으므로 K는 도리 어 이 증오로 말미암아 고통을 받고 있었다. 그들은 참으로 다루기 어려운 인간 들이다. 지금은 계급이 가장 낮고, 세 사람 모두 보잘것 없는 인물인데다가 근 속 연한이라는 압박을 가하지 않는 한 승진의 가망도 없고, 승진한다 하더라도 다른 사람보다 훨씬 더디다. 그러므로 출세를 방해한다고 K를 원망하지는 못할 것이었다. 아무리 방해를 해 봐도 쿨리히의 우둔함, 라벤쉬타이나의 썩어빠진 근성, 카미나의 구역질나는 비굴함, 이런 것 이상 더 출세에 방해되는 것은 없 을 것이었다. 다만 한 가지 될 수 있는 일이라면, 목을 자르는 것이리라. 이것이 라면 손쉬운 일이었다. 지점장에게 두세 마디만 속삭이면 그것으로 충분했다.

그러나 K는 망설였다. K가 증오하는 것을 음으로 양으로 숱하게 거느리고 있는 대리가 만약 이 세 사람을 한패로 만들었다면 K도 두말 없이 그런 방법을 택했을 것이지만 이상하게도 이번 경우만은 예외여서 지점장 대리도 K와 꼭 같 은 심정으로 있는 것이었다.

검 사(檢事)

[이 단편(斷片)은 제7장의 끝머리에 이어져야 할 것 같다. 제7장의 마지막 1 절을 베껴 쓴 종이쪽지에 이 단편의 표제가 적혀 있다.]

은행에 오래 근무하고 있는 동안에 K는 인간을 알게 되었고, 세상의 온갖 경험을 쌓았으나, 그 술집의 단골들만은 다른 어떤 사람들보다 유달리 존경할 만한 사람들이라고 항상 생각해 왔고, 그 그룹에 끼이게 된 K로서는 그것을 더없는 영광으로 알고 있었다. 단골들은 대개 재판관, 검사, 변호사 들이었다. 아주 젊은 관리나 변호사의 조수가 서넛 함께 어울릴 때도 없지 않았으나 그것도 좌석 가장자리에 앉아 있다가 특별히 질문이라도 받게 되는 경우에 한하여 환담에 참여하는 것이 허락되었다. 그러나 이런 경우의 질문은 대개, 술자리의 분위기를 돋우기 위한 것이 목적이었다. 그들 가운데서도 하스테라 검사는 항상 K의 옆자리에 자리잡았는데, 이런 방법으로 젊은 사람들에게 모욕 주는 것을 즐겼다. 검사가 털북숭이의 커다란 손을 탁자 위에 펴고 말석(末席) 쪽으로 고개를 돌리면, 그만 일동은 귀를 기울였다. 곧 말석 쪽의 누군가가 질문을 받게 되는 것인데, 그 대답을 제대로 못 하거나 생각에 잠겨 맥주잔을 바라본다든지 또 ——이것이 가장 보기 민망한 것이지만—— 당치도 않은 의견, 근거도 없는 의견을 늘어놓으려고 하면 동료들은 미소를 띠고 서로를 바라보게 되었으며 만족한 듯한 표정을 짓게 되었다. 전문적인 대화는 동료들 사이에서만 벌어졌다.

K는 은행의 고문 변호사를 따라 이 술집에 출입하다가 이 그룹에 끼이게 되었다. 이 변호사와 은행에서 밤늦게까지 상담을 계속하는 일이 잦았으므로 자연히 그와 함께 이 곳을 찾게 되었던 것이다. 학식도 있고, 사회적 신망도 있으며, 어떤 의미에서는 권력도 있는 사람들뿐이었는데, 일상 생활과는 거의 관계도 없는 심각한 문제를 화제로 삼고 또한 그로 말미암아 지쳐 빠지고 마는 것이 이들의 나날이요, 동시에 즐거움이었다. 물론 K가 참견할 여지는 없었는데, 그래도 함께 어울리고 있는 사이에 은행에서 응용해 봄직한, 유효 적절한 여러 가지 얘기와 일을 직접 해 볼 수 있었고, 게다가 재판소 관리들과 개인적인 유대도 맺을 수 있고 해서 적지않이 득을 볼 수 있었다.

그런데 이 그룹은 K에게 차차 그 문호를 넓혀 주었다. 얼마 후 K는 전문 직업인으로 인정을 받게 되었고, 그 방면의 화제에 대한 K의 의견은 권위 있는 것으로 받아들여지게 되었다. 상법 관계의 어떤 법률 문제에 대하여 의견을 달

리하는 두 사람이 그 문제에 대한 K의 견해를 묻고 그 두 사람이 토론을 계속
하고 있는 사이, 몇 번이나 K의 이름이 입에 오르내렸다. 이리하여 끝내는 K
로서는 도저히 감당하기 어려운, 극히 추상적인 논쟁(論爭)에 휩쓸리고 마는
일도 심심찮게 생겼다. 물론 하스테라 검사라는 훌륭한 입회인이 옆에서 지켜
보고 있었고, K에게는 각별한 호의를 베풀고 있었으므로, 조금씩 여러 가지 요
령을 터득하게 되었다. 밤늦게 집까지 함께 올 때도 종종 있었다. 그러나 K가
상대편의 외투 호주머니에 들어가도 흔적조차 보이지 않을 만큼 굉장히 큰 몸집
을 가진 이 사나이와 함께 거리를 걷는 것은 아무래도 좋은 기분은 아니었다.

그러나 두 사람은 서로 자주 만나게 되면서 교양이나 직업이나 연령의 차이가
전혀 느껴지지 않게 되었다. 옛날부터 친하게 사귀어 온 친구 사이처럼 두 사람
은 교제를 계속했다. 어느 한쪽이 뛰어난 인물처럼 보일 때가 있다고 한다면,
그것은 하스테라가 아니라 K였다. 즉, K의 직접 겪은 경험은 법관의 책상에서
바라보는 것만으로는 그것을 따르지 못하는 것이었다. 대개의 경우 이 경험이
K를 돋보이게 했다.

이 두 사람 사이에 이루어진 우정은 곧 술집 단골들에게 알려지고 말았다. K
를 맨 처음 데리고 갔던 사나이는 약간 당황했으나 K를 두둔해 준 것은 역시
하스테라였다. 이 그룹에 참가할 자격이 다소 부족하더라도 K는 정정당당하게
하스테라를 내세울 수 있는 것이었다. 그런데 그런 일이 있으면, 하스테라는 존
경도 받고 있음과 동시에 모두가 그를 두려워하고 있었으므로, K는 일종의 특
별한 대우를 받는 지위를 차지하게 되었다. 하스테라는 법률가로서 과감하고 임
기 응변적인 사고 방식은 참으로 훌륭한 점이 있었는데, 이 점만 따진다면 그에
못지않은 실력이 있는 사람이 적잖았다. 그러나 자기 주장의 변호를 할 때, 그가
드러내는 격렬한 태도는 누구도 흉내낼 수 없는 것이 있었다. 상대를 설복할 수
없을 경우, 하스테라는 하다못해 공포 속에라도 몰아 넣어 버렸다. 그가 쑥 내
미는 집게손가락만 봐도 사람들은 두려워 슬금슬금 피했다. 그는 이런 경우, 상
대편이 훌륭한 친구가 있는 그룹의 한 사람이라는 것도, 이론적인 문제를 다루
고 있다는 것도, 또한 실제로는 아무 일도 일어나지 않을 것이라는 것도 모두

염두에서 사라져 버린 것처럼 보였다――하지만 상대편은 벙어리처럼 아무 소리도 내지 못하고 겨우 고개만 한두 번 흔들 뿐이었다.

상대편이 훨씬 떨어진 곳에 있으므로 하스테라는 이래 가지고는 의견을 일치하기 어렵겠다고 생각하고는 음식이 담긴 접시를 밀어 붙이고 천천히 일어나서 스스로 상대편을 찾으러 갔다. 이것은 보기에 퍽 거북한 일이었다. 그리고 가까이 앉아 있던 사람들은 고개를 뒤로 젖히고 하스테라의 얼굴을 바라보려고 했다. 물론 이것은 어떤 경우냐 하면 극히 드문 돌발적인 경우이고, 그것도 거의 법률 문제에 한하며, 그 가운데서도 자기가 담당한 일이 있는 심리라든가, 현재 담당하고 있는 심리에 관련된 법률 문제에 한하여 흥분 상태에 빠지는 것이었다.

이런 문제가 아닐 때에는 그는 대단히 상냥하고 침착하며 웃어도 매력이 있고, 먹는 일이나 마시는 일에 집중했다. 그뿐만이 아니었다. 일동의 화제에는 전혀 귀를 기울이지 않고, K쪽만 바라보고, K의 의자에 기대어 나직한 말소리로, 은행에 관계되는 일을 여러 가지 물었다. 그리고는 자기 직무에 관련된 얘기로 옮겨 가기도 하고, 때로는 재판소 얘기와 거의 같은 정도로 흥미를 느끼고 있는 여자 친구 얘기로 화제를 돌리기도 했다. 검사가 이 그룹의 다른 사람들과 이렇게 얘기하는 것은 전혀 볼 수 없었다. 만일 뭔가 하스테라에게 부탁할 것이라도 있으면――그것은 대개 동료 가운데 한 사람과 화해를 주선해 달라는 부탁이었는데――누구라도 먼저 K에게로 가서 중재를 부탁했다. 이런 일은 흔히 있었다. K도 이것을 기꺼이 받아들였고 어렵잖게 문제를 해결했다.

아무튼 K는 하스테라와의 이런 관계를 이용하겠다는 생각은 전혀 없이 누구에게나 친절하고 겸손했다. 또한 친절하고 겸손한 것보다도 훨씬 더 중요한 것, 즉 사람들의 서열(序列)을 올바르게 판별하고 그 서열에 알맞게 대우할 줄을 알고 있었다. 물론 이것은 하스테라가 몇 번이나 강조해서 K에게 가르쳐 준 것이고, 이 규율만은 아무리 격렬한 논쟁이 벌어져도 결코 어기는 일이 없는 하스테라였다. 그러므로 아직 서열이라고 할 만한 것은 전혀 가지지 않은 말석의 젊은이가 상대가 되기라도 할 때면, 한 사람 한 사람의 인격이 아니고 끌어모아서 만든 하나의 덩어리를 다루듯이, 아주 전반적이고 간접적인 화법으로 얘기했다. 그러나 그런 취급을 받아도 그 젊은이들은 그에게 최상급의 공경을 바쳤다. 2시쯤 하스테라가 자리에서 일어서서 귀가를 서두르기 시작하면, 반드시 누군가가 나타나서 무거워 보이는 외투를 집어 입혀 주었다. 그러면 또 다른 사람은 코가 땅에 닿을 정도로 고개를 숙인 채 문을 열어 주고 K가 하스테라를 따라 문 밖으로 완전히 나갈 때까지 그 자세를 유지하고 있었다.

처음에는 K가 하스테라를, 혹은 하스테라가 K를 조금씩 바래다 주는 정도였으나 날이 가면서 이러한 밤의 종장(終章)은 하스테라 쪽에서, 함께 집에 와서 잠시 앉았다가 가지 않겠습니까, 하고 권하는 것이 습관처럼 되어 버렸다. 브랜디를 마시고, 시거를 피우며 한 시간쯤 시간을 보냈다. 그것은 하스테라에게는 무척 중요한 하룻밤이었고 2, 3주일 동안 헬레네라는 여인을 머무르게 한 때에도 계속 이어졌다. 그 여인은 비계덩어리 같은 중년 여인인데, 눈은 노란빛을 띠고 검은 고수머리가 이마 가장자리에 똘똘 말려 있었다. 처음 만났을 때에는 침대 속에 있었는데, 난잡하기 짝이 없는 자태로 소설을 탐독하고 있었고, 두 사람의 대화 같은 것에는 티끌만한 관심도 보이지 않는 것 같았다. 그러나 시간이 지나면 기지개를 켜고 하품을 했다. 그러고 나서 자기에게 주의를 끄는 방법이라고는 없는 처지이므로, 소설책을 하스테라에게 내던지는 것이었다.

하스테라는 미소 지으며 일어서고 K는 작별을 고했다. 그런데 하스테라가 헬레네에게 싫증을 느끼게 되면, 그녀는 담소하고 있는 두 사람에 대하여 꽤 지독한 방해를 했다. 지금은 그녀는 반드시 정장을 하고 두 사람을 기다렸다. 그 의상이라는 것이 자신은 굉장히 비싸고 또 몸에 잘 맞는다고 생각하고 있는 모양인데, 사실은 유행에 뒤떨어진 낡은 이브닝드레스였다. 그 중에서도 장식으로 붙여 놓은 기다란 리본은 눈에 매우 거슬려, 정면으로는 바라보기조차 싫었다. 이 의상의 세세한 장단점에 대해서는 전연 몰랐다. 말하자면, 바라보는 것을 거부하는 꼴인데, K는 몇 시간이고 눈을 아래로 내리깐 채 있었다. 그런데 여인은 몸을 흔들면서 방 안을 이리저리 걸어다니기도 하고, K 옆에 앉기도 하며 시간이 지날수록 차차 형세가 위태롭게 되면서 괴로움에 견디지 못하여 K의 어깨에 손을 얹고 하스테라로 하여금 질투심을 일으키게 하려고 수작을 부렸다. 여인이 오동통하게 살이 찐 가슴과 등을 대담하게 노출시킨 옷차림으로 탁자 위에 가슴을 대면서 K에게 얼굴을 내밀어, 이 쪽에서 얼굴을 들지 않을 수 없게 만드는 것은 별다른 속셈이 있어서가 아니었다. 단지 자포자기적인 심정 때문이었다. 그녀의 수확은 K가 그런 일이 있고 나서부터 다시는 하스테라가 있는 곳에는 가지 않겠다고 마음먹은, 그 결심뿐이었다.

얼마간 시일이 지나고 나서 다시 가 보니 헬레네는 없었다. K는 당연한 결과라고 생각했다. 그 날 밤, 두 사람은 전례없이 오랫동안 함께 있었고 하스테라의 긴급 동의로, 두 사람의 우정을 새삼 되새겼다. K는 술과 담배로 약간 착잡한 정신 상태가 되어 집으로 돌아왔다.

마침 그 이튿날 아침, 은행에서 직무에 관한 얘기를 하고 있을 때, 지점장이 간밤에 K의 모습을 본 것 같다고 말했다. 내가 잘못 본 것이 아니라면, 자네는 분명히 하스테라 검사와 힘차게 팔짱을 끼고 거리를 걷고 있었다고 말하는 것이었다. 그리고 지점장은 그것이 몹시 이상하게 생각되는지, 교회의 이름을 들먹거리고——물론 이런 점에는 면밀한 성질을 가진 사람이지만——분수가 있는 근처에서 봤다는 것이었다. 그래서 K는 검사가 친구라는 것, 간밤엔 말씀 그대로 분수 옆을 둘이서 지났다는 것을 설명했다.

지점장은 놀란 얼굴에 약간의 미소를 띠고 좀 앉으시오, 하고 자리를 권했다. 이것은 K가 지점장에게 대단한 호의를 가지게 된 이유 가운데 하나였다. 즉, 이러한 일은 가냘프고 병까지 들어 가벼운 기침에 시달리면서 극히 책임이 무거운 직책을 숱하게 짊어지고 있는 이 인물로부터 K의 행복과 그 전도에 대한 일종의 노파심과도 같은 것이 나타나는 것이었다. 물론 그것은 K와 꼭 같은 경험을 한 다른 동료들의 표현에 따라, 차갑고 형식적인 배려라고도 할 수 있을 것이고, 또한 유능한 부하를 위하여 2분 정도를 희생함으로써 수년 동안 충실한 자기 편으로 묶어 두려는 유효 적절한 수단인지 모른다——고 하더라도 어느 쪽이건간에 이러한 순간에는 K는 굴복하지 않을 수 없었다. 그리고 지점장은 다른 사람들과는 다른, 보다 다정한 태도였는지도 모른다. 즉, 상사로서의 지위

를 잊고, K와 대등한 위치에 선 것이 아니고——평소 직무상의 접촉에서는 오
히려 이것이 지점장의 일반적인 수단이었지만——지금은 반대로 K의 지위를
잊어버린 것같이 보이는 것이었다. 그리고 어린아이들이나, 새파란 신출내기이
기는 하지만 지점장에게 호감을 갖게 한 순진한 청년을 상대할 때처럼 부드럽고
자상한 태도였다. 만약 지점장의 배려가 진실성이 없는 것이라고 한다면, 또한
이 배려가 이러한 순간에 나타날지도 모른다는 심정, 적어도 그런 심정이 완전
히 K를 사로잡고 있는 것이 아니었다면 이러한 태도는 상대편이 지점장이건 다
른 누구이건간에 K로서는 절대로 용납하지 못했을 것이었다.

K는 자기의 약점을 잘 알고 있었다. 일찍이 아버지와 사별한 탓에 자상한 배
려 같은 것은 맛보지도 못한 채 집을 뛰쳐나와 버렸고, 또 장님이나 다름없는
몸으로 교외의 자그마한 거리에서 어렵게 지내고 있는 어머니, 마지막으로 찾아
본 지도 벌써 2년이 넘는데, 이 어머니의 사랑을 받으려고 하기보다는 도리어
언제나 멀리해 온 K였으므로 현재에 이르러서도 일종의 앳된 모습이 남아 있었
다. 아마도 약점은 여기에 있으리라.

"그렇게 친하게 지내는 줄은 미처 몰랐네."

냉엄한 지점장의 어조를, 어렴풋이 감도는 호의적인 미소가 다소나마 부드럽
게 만들었다.

건 물

처음에는 별로 특별한 의도가 있었던 것은 아니었지만, K는 온갖 기회를 포
착하여 자기의 사건에 대하여 최초의 통고를 낸 관청이 대체 어디 있는지 밝혀
내려고 노력했다. 밝혀 내는 일 그 자체는 어렵지 않았다. 티토렐리뿐만 아니라
불팔도 그 건물의 번지를 자세히 가르쳐 주었다. 나중에 티토렐리는 자기 힘으
로는 그 진위를 감별할 수 없는 비밀 계획에 부딪히면 띠게 되는 그 음흉스러운

웃음을 얼굴에 드러내면서, 이 관청은 전혀 의미를 가지지 않는 관청이다, 명령 받은 일을 일방적으로 표명하는 것에 지나지 않는다, 소송 당사자는 결코 접근 할 수 없는 대(大)재판소의 최종적인 말단 기관에 불과하다, 그러므로 우리가 어떤 일을 재판소에 바라게 되는 경우──물론 그러한 희망은 항상 계속되는 것이지만, 희망을 입으로 말한다는 것은 결코 현명한 짓이 아니다──아까 말 씀드린 그 하급 관청을 상대로 해야 하지만 그런 짓을 해 보아도 실질적 재판소 로 나아갈 수 있는 것도 아니고, 이 쪽 사정이 전달되는 것도 아니라고 말했 다.

K는 화가의 성질을 잘 알고 있었으므로, 반박도 하지 않고 더 이상 묻지도 않았다. 다만 고개만 끄덕여 보였을 뿐이고, 들은 것만은 머릿속에 간직했다. 최근 간혹 경험한 일이지만 사람을 괴롭히는 단계에 다다르면 티토렐리는 변호 사에 못지않았다. 다만 다른 것은 K는 변호사의 경우만큼 티토렐리에게 굴복하 고 있지 않으므로 마음만 내키면 사정없이 인연을 끊어 버릴 수도 있다는 것, 티토렐리는 예전보다는 좀 나아졌으나 보고하는 것을 좋아한다는 것, 또 하나는 K 쪽에서 티토렐리를 괴롭힐 수도 있다는 것 등이었다.

이번 사건에서도 K는 상대를 괴롭히는 것이었다. 티토렐리에게는 함부로 말 할 수 없는 것이라고 전제를 하고 K는 간혹 그 건물 얘기를 했다. 그 관청하고 는 서로 연락이 닿아 있기는 하나 아직 긴밀한 관계는 아니므로, 이 쪽의 존재 를 인정케 하려면 아무래도 위험이 따를 것 같다고 K는 말했다. 그러나 티토렐 리가 좀더 자세히 가르쳐 달라고 떼를 쓰면, K는 금방 화제를 바꾸어 버리고, 다시는 그 얘기를 하지 않았다.

이러한 조촐한 성과에 K는 기쁨을 느꼈다. 그리고 K는 다음과 같이 생각했 다. 재판소 그늘에서 살아가고 있는 이러한 무리들을 이제 많이 알게 되었다. 그들과 장난도 칠 수 있다. 거의 그들과 한패가 되었다고도 할 수 있을 것이었 다. 그들이 재판의 제 1단계에 도달한 것은 말하자면 앞을 내다보는 능력이 좋 았기 때문인데, 그러한 능력이라면 지금의 나에게도 있다. 만약 자기처럼 낮은 단계에 있다가 그 지위를 잃게 되는 경우가 있으면 어떻게 되나? 그렇게 되더라도 빠져 나갈 구멍은 있다. 즉 이 무리들과 자연스럽게 어울리는 것이었다. 다른 방도는 없었다. 그들은 단계도 낮고, 또 다른 이유도 있어서, 내 심리에 힘을 보태어 주지는 못하더라도 나를 받아들이고, 숨겨 줄 수는 있을 것이다. 뿐만 아니라 내 친구요, 후원자인 티토렐리가 그것을 거절할 리 없다.

이러한 희망을 K는 줄곧 가지고 있었던 것은 아니었다. 일반적으로 말해서 K는 역시 사리를 따질 줄 알고 있었으며, 어렵다고 해서 소홀히 하거나, 건너 뛰어 버리거나 하는 일은 될 수 있는 한 피하고 있었다. 하지만——그것은 일이 끝난 저녁 무렵, 지친 경우에 많았으나——그 날 일어난 보잘것 없는, 이리 저리 어떻게라도 해석되는 사건에서 즐거움이나 위안을 찾았다. 그럴 때면 K는 어김 없이 사무실의 긴의자에 드러누워——한 시간쯤 긴의자 위에서 기운을 회복하지 않으면 사무실을 떠날 수가 없었다——머릿속에서 관찰을 거듭하는 것이었다. 재판과 관계 있는 사람들에 관한 것은 아니었다. 그런 모양으로 졸고 있으면 모든 것이 뒤죽박죽이 되었다. 재판소의 커다란 역할을 잊어버렸다. 고소되어 있는 것은 자기 혼자이고, 다른 사람들은 모두가 법률가나 관리처럼 재판소의 건물 안 복도를 밀고 당기고 하면서 걷고 있었다. 가장 둔한 두뇌의 소유자들조차 극히 중대한 일을 생각하는 사람의 얼굴처럼, 한곳에 집중되어 움직일 줄 모르는 시선을 가지고 있었다.

그러고 나서 이번에는 구르바흐 부인의 하숙인들이 모습을 떠올렸다. 입을 딱 벌린 채 머리를 한 곳에 모으고 있는 것이 꼭 애달픈 노래를 합창하고 있는 것 같았다. 그 속에는 낯모르는 사람들도 몇몇 있었는데, 그것은 하숙에 대해서는 요즈음 별로 관심을 가지지 않았기 때문인 것 같았다. 낯모르는 사람이 있기 때문에 이 사람들, 즉 하숙인들에게 가까이 가는 것은 그다지 좋은 기분은 아니다. 그러나 뷔르스토나를 찾아 내기 위해서는 그 하숙인들 속으로 뚫고 들어가야 했다. 이것은 부득이한 일이었다.

예를 들면 이 사람들을 한 번 바라보았다. 그러면 갑자기 한 번도 본 일이 없는 두 개의 눈이 K에게 부딪쳤다. 뷔르스토나는 아니었다. 그러나 다시 한 번 찾으니 사람들 한복판에 그녀가 있었다. 좌우에 서 있는 두 신사의 어깨에 하나씩 두 팔을 걸치고 있었다. 인상에 남을 만한 광경은 아니었다. 무슨 이유가 있겠지만, 지금 처음 보게 되는 광경이 아니고, 언제인지 잘 기억할 수는 없으나 뷔르스토나의 방에서 본 해수욕장의 사진을 그냥 그대로 재현한 것에 불과했다. 어떻든간에 이런 모양을 보게 되면, K는 이 사람들에게 접근하고 싶은 마음이 사라지고 만다. 나중에 몇 번이나 K는 그 근처에 가 보았다. 그러나 이번에는 재판소 건물 안을 여기저기 성큼성큼 거닐어 보았다. 모두 눈에 익은 방이었다. 지금까지 한 번도 보지 못한, 음산한 복도에 옛날부터 지금까지 오랫동안 살아온 자기 집처럼 친근감을 느꼈다. 보고 듣는 것이 하나하나 정확하게 그리고 쉴 새없이 뇌리에 아로새겨졌다. 예를 들면, 외국인 한 사람이 대기실 안을 얼쩡거리고 있었다. 투우사와도 같은 복장이었다. 조각처럼 생긴 체격, 보기 흉할 정도로 짧은 상의, 그것은 노란빛을 띤 굵은 실로 짠 레이스 천으로 만든 것이었다. 이 인물은 그 얼쩡거리고 돌아다니는 발걸음을 잠시도 멈추지 않았다.

K는 놀란 시선으로 줄곧 그 인물만 바라보고 있었다. 레이스 천의 무늬도 생생하게 기억하게 되고, 잘못 짠 부분도 하나하나 발견했을 뿐만 아니라 짧은 상의가 흔들리는 모양까지 완전히 알게 되었다. K에게는 이 구경이 싫증이 나지 않았다. 아니, 좀더 정확하게 말하면 보고 싶지는 않은데 상대편이 놓아 주지 않는 것이었다. '이국(異國) 땅에 전개되는 가장(假裝) 행렬!' 그렇게 생각했다. 그리고 눈을 더 크게 떴다. K는 여전히 이 인물을 따라갔다. 마침내 긴 의자 위에서 잠이 깨고, 얼굴로 의자의 쿠션을 눌렀다.

〔이하는 작가의 손으로 말소되어 있다.〕

그런 모양으로 오랫동안 잠을 자고 나니, 기운이 회복된 것 같았다. 그러나 K는 생각을 계속했다. 이미 어둠이 깔려, 그것을 방해하는 것은 없었다. 티토렐리에 대한 생각을 하는 것이 K에게는 가장 즐거운 일이었다. 티토렐리가 소파에 버티고 앉아 있으면 K는 그 앞에 꿇어앉았다. 그리고 나서 상대편의 팔을 주물러 주고 온갖 방법으로 비위를 맞추었다. K가 무엇을 원하고 있는지 잘 알고 있었다. 그러나 모른 체했다. 그런 식으로 K를 괴롭혔다. 한편 K는 결국엔 초지(初志)가 관철될 것이라고 믿고 있었다. 티토렐리는 가벼운 사람이라 간단

히 함락되는, 책임감이라고는 없는 사나이였다. 재판소가 이와 같은 사람과 관
계를 맺고 있다는 것은 이해되지 않는 일이었다. 이 점이야말로 공략 목표로 삼
을 만한 허점이었다. 티토렐리가 오만한 태도로 고개를 쳐들고 뻔뻔스러운 웃음
을 짓지만, K는 마음을 어지럽히지는 않았다.

　K는 집요하게 매달렸다. 천천히 일어서서 마침내 티토렐리의 두 볼을 두 손
으로 어루만졌다. 그렇다고 이 일에만 신경을 쓰고 있는 것은 아니었다. 오히려
자포자기에 가까웠다. 재미있는 일이라서 일부러 늦추고 있는 것이었다. 승산
(勝算)은 분명히 있었다. 재판소를 현혹게 하는 이 어리석은 무리들! 자연의
법칙에 지배되고 있는 사람처럼 마침내 티토렐리는 K쪽으로 몸을 기울였다. 호
의에 넘치는 얼굴로 천천히 눈을 감는 동작이 K의 소망을 들어 줄 것 같은 기
색을 보였다. 그리고는 K에게 손을 내밀고 꼭 쥐었다. K는 몸을 일으켰다. 약
간 엄숙한 심정임은 말할 것도 없었다. 그러나 현재의 티토렐리는 엄숙함과는
아무런 관련이 없었다. K를 끌어안고 달렸다. 곧 재판소 건물에 도착했다. 계
단을 올랐다. 그러나 오르기만 하는 것이 아니었다. 올라갔다 내려갔다 했다.
전혀 힘이 들지 않았다. 물에 띄워 놓은 보트처럼 가벼운 동작이었다.

　K가 자기 발을 바라보고 이렇게 아름다운 동작은 이미 여태까지의 낮은 생활
의 산물일 수가 없다고 결론을 내리는 바로 그 순간, 아래로 숙이고 있던 머리
주위의 상태가 갑자기 바뀌었다. 여태까지 등뒤에서 흘러 들고 있던 빛이 그 위
치를 바꾸어 갑자기 번쩍거리면서 앞쪽으로부터 넘쳐 흐르는 것이었다. K는 얼
굴을 들었다. 티토렐리는 상대편에게 끄덕여 보이고, K의 몸을 홱 돌려 버렸
다.

　K는 다시 재판소 건물의 복도에 있었다. 그러나 주변은 아까보다는 차분한
느낌을 주었다. 눈에 거슬리는 일이 별로 없었다. K는 얼른 한번 훑어보는 것
으로 모든 것을 포착했다. 티토렐리로부터 떨어져 나와 혼자 걸어갔다. K는 오
늘 새로 맞춘 검은 양복을 입고 있었다. 따뜻하고 포근한 것이 몹시 기분이 좋
았다. 무슨 일이 생겼는지 K는 잘 알고 있었다. 그러나 알고 있다는 것이 더없
이 기쁘게 생각되었다. K는 그것을 입으로 말하고 싶지는 않았다. 복도의 구석

에 커다란 창이 여러 개 나 있었는데, 그 근처에 자기의 헌옷이 산더미처럼 쌓여 있는 것을 발견했다. 검은색 줄무늬가 뚜렷이 드러나 보이는 바지, 그 위 소매가 벌벌 떨고 있는 것처럼 보이는 속옷이 널려 있었다.

지점장 대리와의 싸움

어느 날 아침, K는 여느 때보다 기분이 훨씬 상쾌하고 또한 대항하는 힘이 넘쳐 흐를 듯한 느낌이 들었다. 재판 관계의 일은 거의 염두에 없었다. 이 정체를 알 수 없는 거대한 조직은 어딘가에 숨어 있는 어둠 속이 아니라면 만져 볼 수도 없는 갈퀴 같은 것으로 쉽게 붙잡아 쥐어뜯고 으깨 버릴 수 있을 것 같은 생각이 문득 들 때도 있었다. 여느 때와는 다른 기분에 젖어 있던 K는 지점장 대리를 자기 방으로 불러 눈앞에 쌓여 있는 직무에 관계된 일을 상의하려고 했다. 이런 경우, 지점장 대리는 K와의 관계가 전혀 변함이 없다는 태도를 취했다. K와 쉴새없이 싸우고 있던 그 당시와 조금도 다름없는 차분한 태도로 들어왔다. K의 상세한 설명을 조용한 태도로 들었다. 친근하고 동료들끼리나 씀직한 짧은 말로 동감을 표시했다. 그리고 업무의 요점에서 절대로 빗나가는 법이 없고, 직무 의식이 골수에까지 철저하게 박혀 있는 듯한 태도, 이것은 달리 속셈이 있어서가 아니지만, 이 태도 하나 때문에 K의 마음은 어지러워졌다. 의무의 이행을 생명으로 여기는 이 인물을 앞에 두고 K의 생각은 순식간에 산만해져 버리고 거의 아무런 저항도 못 해 본 채, 모든 것을 지점장 대리의 손에 내맡기게 되는 경우 같은 때에는, K는 너무 흥분하여 지점장 대리가 자리에서 일어나 아무 말도 하지 않고 자기 방으로 돌아가는 광경만 의식하게 되는, 그런 추태를 부리게 된 때도 있었다.

무슨 일이 생겼는지 K로서는 알 수가 없었다. 상의는 분명히 결말났다고도 생각할 수 있었다. 아니면 K 자신도 모르는 사이 상대편의 비위를 거슬렸는지 또는 말을 잘못했는지, 그렇지도 않다면 전혀 귀를 기울이지 않고 딴 생각만 하고 있는 것을 지점장 대리가 눈치채 버린 것인지, 이 몇 가지 가운데의 이유로 그는 얘기를 중단한 것이라고도 생각되었다. 그러나 한 걸음 더 나아가서 K가 그야말로 이상야릇한 결론을 내리고 또 지점장 대리는 교묘히 K가 그런 결론을 내리도록 유도해 놓고 황급히 실행에 옮겨 K로 하여금 상처를 입게 하려고 했다고도 생각되었다. 어느 쪽이든간에 그 후로는 이 일을 입밖에 낼 기회가 없었다. K는 지나간 일을 생각해 내는 것이 싫었고 지점장 대리는 일체 입을 열지 않았다. 말할 것도 없이 한동안은 별로 눈에 띌 만한 결과도 생기지 않았던 것이었다.

그러나 K는 이 사건으로 움츠러든 것은 아니었다. 적당한 기회가 생기고, 조금이라도 여력이 있으면 K는 벌써 지점장 대리의 방 입구에 들어가거나 상대편을 불러 내려고도 했다. 전날에 했던 것처럼 이 상대에 대하여 자취를 감춰 버리는 여유는 없었다. 단번에 모든 우려를 쓸어 내 버리고, 지점장 대리에 대한 옛날의 관계를 자연스럽게 부활시켜 줄 만한 결정적이고 신속한 성과를 이미 K는 기대하지 않게 되었다. 여기서 물러서서는 안 된다는 것을 K는 너무나도 잘 알고 있었다. 아마 사실이 요구하는 대로 K가 물러선다면 다시는 전진하지 못할 위험이 생기는 것이었다. K의 패배 의식 속에 지점장 대리를 방치해서는 안 된다. 이러한 패배 의식을 가지고 사무실에 태연히 앉아 있어서는 안 된다. 불안 의식을 품게 해서는 안 된다. K는 살아 있다. 그리고 지금은 아무리 보잘것 없어 보여도, 살아 있는 모든 것과 마찬가지로 언젠가는 새로운 재능에 의하여 사람들을 놀라게 할 것이었다. 이것을 될 수 있는 대로 자주 깨닫게 해 줄 필요가 있었다. K는 자주 자기 자신에게 타일렀을 것이지만 이와 같은 방법으로는 결국 자기의 명예를 쟁취하는 데 그칠 뿐이었다. 즉 약점을 안고 지점장 대리와 맞선다는 사실은 아무런 가치도 없는 것이다. 도리어 상대의 권력 의식을 굳혀 주고 또 관찰을 계속할 기회를, 적시에 적절한 조치를 할 수 있는 기회를 상대편에게 허용하는 결과가 될 뿐이었다.

그러나 K는 자기의 태도를 바꾸는 것은 불가능했다. 그것은 K가 자기 기만에 빠져 있었기 때문이다. 지금이야말로 아무런 걱정 없이 지점장 대리와 맞서서 싸울 수 있는 자격이 있다고 굳게 믿고 있으며, 몇 번이고 그 신념을 스스로 다짐했다. 어떤 불행한 경험에서도 K는 아무것도 배우지 못했고 깨닫지 못했다. 열 번 시도해서 실패로 끝난 것도, 열한 번째는 잘 될 것으로 믿고 있었다. 모든 것이 판에 박은 듯이 불리한 결과를 낳고 있는데도 불구하고 여전히 그런 신념을 품고 있었다. 이러한 회담 뒤에 지친 나머지 땀투성이가 되어 텅빈 머리를 겨우 가누고 돌아올 적이면 지점장 대리가 자기에게 압력을 가하는 것이 희망인지 절망인지 K로서는 알 수가 없었다. 그러나 다음 기회에 지점장 대리의 방을 향하여 걷고 있는 K의 가슴에 품고 있는 것은 아무튼 의심할 여지 없는 희망 바로 그것이었다.

　　〔이하의 1절은 작가의 손으로 말소되어 있다.〕

　이 날 아침은 이러한 희망이 여느 때와는 달리 유난히 강하다는 생각이 들었다. 지점장 대리가 느릿느릿 들어오더니 손을 이마로 가져가며 두통이 심해서 괴롭다고 말했다. K는 이 말에 대하여 뭐라고 대답해야겠다고 생각했으나 곧 마음을 고쳐 먹고 지점장 대리의 두통에는 아랑곳하지도 않고 대뜸 업무에 대한 얘기를 시작했다. 그러나 이 두통이 그다지 심한 것이 아니었는지 업무에 대한 흥미로 잠시 고통을 잊어버렸던 것인지 아무튼 지점장 대리는 지껄이고 있는 동안에 이마에서 손을 떼고 여느 때와 다름없이 즉각적으로 답변을 내뱉었다.

　이번에는 K도 잘 버티어 상대편을 물리칠 수도 있었다. 그러나 지점장 대리의 두통을 생각할 때, 그것은 상대편으로서는 불리한 것이 아니라 도리어 유리한 것으로 생각되어 K의 심정은 더욱 어지럽게 되었다. 이와 같은 고통을 상대편은 완전 무결하게 참아 내고 또 제압하고 있었다. 지점장 대리는 몇 번이나 미소를 띠었다. 그것은 그의 말과는 아무런 관계가 없었다. 그는 두통에 괴로워하고 있지만 머리는 그것 때문에 방해받지 않고 있었다. 그는 이 점을 자랑하고 있는 것 같기도 했다. 두 사람은 제각기 멋대로 지껄이고 있었다. 그러면서도 말로는 나타나지 않는 그 어떤 대화가 마무리되어 갔다. 상대편은 자신의 두통이 격심한 것을 조금도 드러내지 않고 있으나 염려할 정도의 두통도 아니고 더

구나 K가 자주 호소하는 그 두통과는 전혀 성질이 다르다는 것을 은근히 강조
했다. K는 반박하려고 했으나 지점장 대리가 자기의 고통을 적절하게 처리하는
것을 보자 그만 말을 계속할 수가 없게 되었다. 그런데 이것은 K로서는 참고할
만한 실례(實例)가 되기도 할 것이었다. K도 역시 업무에 관계없는 걱정거리
는 모두 떨쳐 버릴 수가 있었다. K로서는 종전보다 직무에 더욱 열중했다. 앞
으로 자신의 지위 유지에 중대한 영향을 미칠 은행의 새 제도를 실행에 옮겨 얼
마간 해이해진 직무 태세를 바로잡고, 업무상의 방문, 출장 같은 것을 보다 활
발히 전개해 보고서도 자주 내고 동시에 지점장으로부터 특별한 임무를 명령받
도록 하지 않으면 안 될 것이었다.

　오늘도 역시 마찬가지였다. 지점장 대리는 문을 들어서자마자 걸음을 멈추고
안경을 닦았다. 그것은 최근에 시작된 버릇과도 같은 행동이었다. 그러고 나서
K를 바라보고 그 다음엔 방 전체를 한번 둘러보았다. K와 수작하는 것이 이상
하게 보여서는 안 되겠다는 생각이 있었기 때문이다. 누구라도 주위에 있는 것
은 그러한 결과를 초래할 우려가 있다는 것이겠지. 그런데 K는 이 시선에 반항
하듯 씽긋 웃어 보이고는 그에게 자리를 권했다. 자신은 안락의자에 파묻혀 될
수 있는 대로 가까이 다가앉아 필요한 서류를 곧 끄집어 내어 보고를 시작했다.
지점장 대리는 처음에는 거의 귀를 기울이지 않았다. K의 책상은 가장자리의
아름다운 조각으로 둘러싸여 있었다. 그런데 대리가 지금 막 나무 부분의 헐거
워진 곳을 발견한 모양이었다.

　그는 집게손가락으로 책상의 헐거워진 가장자리를 툭툭 쳐 보더니 그것을 고
쳐 보겠다고 시도했다. K는 보고를 그만둘까 했으나, 지점장 대리는 그것을 허
락하지 않았다. 모두 정확하게 듣고, 그리고 세밀히 파악해야 되겠다고 분명히
말하는 것이었다. 그런데 대리의 입에서는 실속 있는 얘기라고는 조금도 새어
나오지 않았다.

　지점장 대리는 주머니칼을 꺼냈다. K의 책상 위에 있던 삼각자를 써서 이 가
장자리를 들어 올리려고 했다. 그렇게 하면 가장자리를 훨씬 깊게 박아 넣을 수
있기 때문이리라. K는 보고 속에 완전히 새로운 제안을 덧붙이고 있었다. 이

제안은 대리에 대하여 특별한 효과를 발휘할 것이라고 기대하고 있었다. 그러나 자기는 이 은행에서 뭔가 특별한 의미를 가진 인간이라는 의식, 자기의 생각은 자기의 입장을 변호할 수 있을 만큼의 힘을 가지고 있다는 의식, 그러한 의식이 차차 멀어져 가는 것에 기쁨을 느끼고 있다고 말하는 것이 옳은 견해인지도 모르겠다. 뿐만 아니라 이러한 자기 변호 방법은 은행에서뿐만 아니라 심리의 경우에도 최상의 변명이라고도 할 수 있을 것이다.

너무 급하게 지껄였기 때문에 K는 책상 가장자리로부터 지점장 대리의 손을 완전히 뗄 여유를 가질 수가 없었다. 보고서를 낭독하는 동안 K는 불과 두세 번, 비어 있는 손으로 마치 상대편을 달래기라도 하는 것처럼 가장자리를 가볍게 만져 보았을 뿐이었다. 이것은 K로서는 지점장 대리의 행동이 무엇을 의도하는 것인지 정확히 알 수 없었으나 이 가장자리에는 굳이 고쳐야 할 결점이 없다는 것, 설사 있다고 하더라도 보고를 들어 주는 것이 책상을 고치는 것보다는 중요하고 또 예의바른 일이라는 것을 지점장 대리가 깨닫게 되기를 바랐기 때문이다.

그러나 정력적이긴 하나 육체 노동을 하지 않는 사람들처럼 이 손을 놀리는 일은 지점장 대리를 몰입의 상태에 빠지게 했다. 가장자리의 일부는 이미 높이 치켜올려지고 지금은 이 장식물의 조그마한 한쪽 끝을 다시 제자리의 홈에 끼워 넣는 단계에 이르렀다. 그것은 떼어 낼 때보다 어려운 작업이었다. 지점장 대리는 일어서서 두 손으로 그것을 판자 속으로 밀어 넣지 않으면 안 되었다. 그러나 이것은 아무리 애써도 잘 될 것 같지 않았다.

K는 낭독을 계속하면서 지점장 대리가 자리에서 일어서는 것을 멀거니 바라보았다. 그러나 지점장 대리의 몸의 움직임이 자기의 보고서 낭독과는 조금도 관련이 없다는 것을 K는 알고 있었다. 그래서 K도 지점장 대리를 따라 의자에서 일어서면서 어떤 숫자 하나를 집게손가락으로 가리키면서 서류를 한 장, 지점장 대리에게 내밀었다. 그러나 상대는 두 손으로 눌러서는 아직 힘이 모자란다고 생각했는지 상기된 얼굴로, 전신의 무게를 가장자리 위로 옮겼다. 그러자 일단 성공했다. 자그마한 나무 끝은 삐삐거리면서 홈 속으로 끼여 들어갔다.

그러나 다음 순간, 홈에 금이 생기고 그것이 순식간에 커지더니 그만 두 조각으로 짝 갈라지고 말았다..

"재료가 나쁘군!" 지점장 대리는 화난 목소리로 중얼거렸다.

작가와 작품해설

■ 고독한 체코의 작가, 프란츠 카프카

프란츠 카프카(Franz Kafka)는 1883년 프리하의 유태인 가정에서 태어 났다. 그에게는 출세에 급급한 아버지와 유복한 가정 출신인 어머니 그리고 세 명의 여동생이 있었다. 카프카는 독일어를 사용하는 체코인이었다. 그 당시 프라하는 오스트리아의 지방 주도였기 때문에, 대부분의 주민이 체코 인이었음에도 독일어를 사용하는 사람들이 소수 있었던 것이다. 체코인들 가운데 유태인으로서 독일어를 쓰고, 그러면서도 유태 신앙을 가지고 있지 는 않았던 그의 환경은 그를 인종적, 종교적, 언어적으로 정체성 확립을 어 렵게 하는 여건이 되었다. 그가 사용하는 독일어가 다소 어색하고 문법적으 로도 오류가 있는 것은 일반 대중과 격리되었던 그의 환경에서 기인하는 것 이다.

카프카는 강한 성격의 아버지 때문에 힘겨워했는데, 그것은 그가 서른여 섯 살 되던 해 쓴 〈아버지에게 띄우는 편지〉에 분명히 나타나 있다. 그들은 아버지와 아들의 관계라기보다는 차라리 폭군과 노예의 관계에 가까웠다. 그의 작품 가운데에는 자기 단죄로 끝나는 작품이 많은데 이것은 그의 생활 환경에서 비롯한 문학적 특색이라고 볼 수 있다.

프란츠 카프카. 평생을 독신으로 살았던 그는 선천적인 고독형 인간이었 다. 항상 자기자신에게서까지 배신을 당했고 창작 활동에 있어서도 자기에 대한 불신으로 괴로워했다. 그는 평생 불면증과 환상으로 시달려 오다가 1924년 빈 근처 결핵 요양원에서 숨을 거두고 프라하에 묻힘으로써, 41세의 짧은 생애를 마감했다.

■ 관료주의와 비인간화 그리고 부조리성의 세계

〈심판〉과 〈변신〉은 일상생활에 있어서 그의 잡다한 신변을 표현하는 방법이었다. 가공적인 기구인 법원을 만들어 자기자신을 심판하는 경우는, 카프카에게 있어 이상한 일이 아닌 듯하다. 물론 다루어야 할 소재 역시 자기 신변으로부터 구할 수밖에는 없지만, 이런 제재를 그대로 사용하는 일이야 말로 바로 그의 자질이라 볼 수 있는 것이다.

장편소설 〈성(城)〉과 〈심판〉 등은 모두 미완성 작품이다. 작가가 실패라고 여겼지만 그의 세계적 명성의 토대가 되었던 작품들 중의 하나인 〈심판〉은 신변적인 이야기가 아닌 소송(訴訟)을 주제로 삼고 있다. 자신의 생일날 아침, 아파트에서 눈을 뜬 K는 구속영장도 없이 체포되는데 끝내 이유를 설명하지도 않은 채 법원은 그를 자살시키고 만다. 이에 대한 K의 반문이 이 장편소설의 구조를 이루고 있다. 법원도 그 정체를 끝까지 드러내지 않는다. K는 다만 왜 자신을 체포하는지, 도대체 어디에 자신을 재판할 수 있는 최고 법원이 있는지를 외쳐 묻는다. 그러나 역시 대답은 없다. 법원의 본질을 설명하는 것 같지만 화가, 신부, 변호사들의 허황된 요소만이 전지면을 채우며 관료주의와 비인간화와 인간 소외를 드러내 보이고 있다.

그의 이름에서 유래한 〈카프카에스크〉라는 형용사는 실존적 상실, 관료주의, 부조리성 그리고 비인간화되어 버린 세계를 상징하는 어휘가 되었다.

작가연보

1883   7월 3일, 체코의 수도 프라하에서 잡화상을 경영하는 상인
의 장남으로 태어나다.

1901 （18세）프라하 대학 법대에 입학.

1903 （20세）장편 〈아이들과 도시〉 집필. (이 작품은 현존하지 않는다)

1904 （21세）〈어느 투쟁의 기록〉 등 창작에 본격적으로 발을 딛다.

1906 （23세）대학 졸업. 법학박사 학위를 받다. 〈시골 결혼 준비〉 집필.

1908 （25세）노동자 재해 보험국에 취직(1922년 7월까지 근무). 〈피
레라온〉 지에 일곱 편의 소품을 발표.

1911 （28세）유태이 극장에서 공연을 관람한 후, 유태 민족에 특별히 관
심을 갖게 되다.

1912 （29세）장편 〈아메리카〉 집필, 최초의 소품집 〈관찰〉 출판. 〈사
형선고〉, 〈변신〉 탈고.

1913 （30세）장편 〈아메리카〉의 제 1 장을 〈화부〉라는 제목으로 발표.

1914 （31세）5월 말, 바우어양과 약혼했다가 7월에 파혼. 〈심판〉 기
고. 〈유형지에서〉 탈고. 제 1 차 세계대전 발발.

1915 （32세）〈변신〉 간행. 폰타네 상(賞)을 받다. 바우어양과 재회.

1916 （33세）4년 전에 탈고했던 〈사형선고〉 간행. 2월, 뮌헨에서 〈유
형지에서〉의 낭독회를 갖다. 그해 겨울부터 이듬해 봄에

걸쳐 〈시골의사〉 등 단편을 탈고.

1917　(34세)　7월, 펠리체와 두 번째 약혼. 8월, 처음 객혈. 진단 결과
　　　　　　　결핵임이 판명됨. 12월 하순, 병을 이유로 퓨리체와 파혼
　　　　　　　하다.

1918　(35세)　세레젠 지방을 여행하던 중, 율리 보뤼체크 양과 알게 되다.

1919　(36세)　〈유형지에서〉, 〈시골의사〉 간행. 11월 율리 보뤼체크와
　　　　　　　약혼. 〈아버지에게 띄우는 편지〉 집필.

1920　(37세)　〈밀레나에게 띄우는 편지〉 집필 시작.
　　　　　　　(밀레나는 〈화부〉를 체코어로 번역한 밀레나 애첸스카 부
　　　　　　　인) 율리 보뤼체크와 파혼.

1921　(38세)　〈최초의 고뇌〉 집필.

1922　(39세)　〈성(城)의 집필에 전념. 봄에 〈굶주린 예술가〉 탈고. 여
　　　　　　　름에 〈어느 개의 회상〉 기고. 밀레나와 결별.

1923　(40세)　도라 디만트라는 처녀와 동거. 10월 〈작은 여인〉 탈고.
　　　　　　　〈굶주린 예술가〉를 출판사에 넘기다. 겨울에는 〈집〉 집필.

1924　(41세)　6월 3일. 후두결핵(喉頭結核)으로 사망.
　　　　　　　이 해 3월에 시작한 〈가희(歌姬) 요제피네〉가 절필되다.

1931　　　　　그의 유고(遺稿) 〈중국의 만리장성〉 발표.

이진희

1967년생
성심여자대학교 독어독문학과 졸업
동 대학교 대학원 독어독문학과 졸업

BESTSELLER WORLDBOOK 58

심판

펴낸날 ㅣ 1997년 7월 8일 초판 1쇄
          2013년 1월 15일 초판 9쇄

지은이 ㅣ 프란츠 카프카
옮긴이 ㅣ 이진희
펴낸이 ㅣ 이태권
펴낸곳 ㅣ (주)태일소담
          서울시 성북구 성북동 178-2 (우)136-020
          전화 ㅣ 745-8566~7 팩스 ㅣ 747-3238
          e-mail ㅣ sodam@dreamsodam.co.kr
          등록번호 ㅣ 제2-42호(1979년 11월 14일)
          홈페이지 ㅣ www.dreamsodam.co.kr

ISBN 89-7381-212-2 00850